KB060040

쓸데없이
고귀한
것들의
목록

도정일
문학선
1

쓰잘데없이
고귀한
것들의
목록

도정일 산문집

문학동네

서문

서문 같은 것 없이 책 내면 안 되나? 우리가 이 행성에 태어났을 때 서문 써놓고 생을 시작했던가? 20년 전 첫 평론집 『시인은 숲으로 가지 못한다』를 낼 때에도 나는 서문 쓰기 싫어 도망 다니다가 1년이나 출간을 지연시킨 일이 있었다. 그럴 수만 있다면 이번에도 늑장 부렸으면 좋겠다. 그런데 그럴 수 없다고 한다. 어쭙잖은 내 책을 내겠다고 준비해온 사람들의 성화가 득달같다. 늑장은 부릴 만큼 부리지 않았는가, 진작 나왔어야 할 책들이 그래서 지금껏 나오지 못했는데 또 늦추면 책은 언제 낼 거냐? 죽은 다음에? 죽은 다음이라, 정신이 번쩍 든다. 책 같은 거 안 내면 안 내는 거지 뭐, 라는 것이 평소 내 지론인데 지난해 이리저리 바쁜 일에 시달리면서 생각이 좀 달라진 것인지 그래 맞다, 내가 100년 200년 살 건 아니잖은가, 책도 낼 수 있을 때 내는 것이 좋겠구나 싶다.

'쓰잘데없이 고귀한 것들의 목록'이라는 표제를 달았지만 정작 그런 제목의 글꼭지는 이 산문집 속에 들어 있지 않다. 이 문집의 표제가 무엇을 말하고자 하는 것인지 친구여, 당신은 안다. 세상이 쓰잘데없다고 여길지 몰라도 우리네 삶에 지극히 소중하고 고귀한 것들이 있다는 것을 당신은 안다. 그러나 이 산문집은 그런 것들의 '목록'을 만들어 제시하고자 하지 않는다. 그런 목록이라면 당신과 내가 앞으로 끊임없이 함께 만들어가야 할 미완의 목록으로 남겨두어야 하는 것 아닌가? 여기 실린 글들은 지난 20여 년 여기저기 신문 잡지 등에 발표되었던 것들이고 씌어진 시점과 내용도 다양하다. 처음부터 무슨 단일 주제를 생각하고 쓴 글들이 아닌데도, 정말이지 전혀 그런 것이 아닌데도, 산문집 제목을 그렇게 잡고 보니 수록된 글꼭지 하나하나에 표제의 취지가 배어 있는 것 같다. 신기하다. 지금쯤 우리는 쓰잘데없어 보이는 것들, 시장에 내놔봐야 아무도 거들떠보지 않는 것들, 돈 안 되고 번쩍거리지 않고 무용하다는 이유로 시궁창에 버려진 것들의 목록을 만들고 기억해야 할 시간이 아닌가? 그것들의 소중함과 고귀함을 다시 챙겨봐야 할 때가 아닌가?

　　20년은 길다면 긴 세월이다. 그런데 글들을 모아놓고 보니 우리 사회가 그동안 별로 달라진 것이 없다는 느낌을 금할 수 없다. 놀라운 일이다. 그 세월을 건너오면서 내가 어떤 일에 관심을 쏟았고 무엇을 생각했고 무슨 문제에 노심초사했는지도 한눈에 드러나는 것 같다. 산문집에 올리면서 발표 당시의 제목들을 조금씩 바꾼 것도 있다. 수록문들 대부분은 한 시대에 대한 나의 존재 증명 같은 데가 있어서 한편으로는 부끄럽고 한편으로는 애틋하다.

2014년 2월
도정일

쓰잘데없이
고귀한
것들의
목록
차례

4부

사회는
언제
실패하는가

1부

선물의
도착

누구시더라?

전라도 땅 어느 암자에서 마당을 하루 세 번씩 정갈하게 쓸며 살았다는 어떤 늙은 보살 이야기를 나는 잊지 못한다. 하루도 빠짐없이 아침, 점심, 해질녘이면 그녀는 싸리비로 정성스레 암자 마당을 쓸곤 했다고 한다. 그 암자에 머문 적이 있는 사람들이 전해준 얘기다. 나도 그 싸리비 보살을 한번쯤 만나보고 싶었지만 엘리엇의 시에 나오는 한 구절처럼 "언젠가 그 얼굴을 만날 시간은 있으리라, 시간은 있으리라" 하다가 이제는 그럴 시간이 영 지나가버렸다는 것을 알게 된 시간 속에 주저앉아 있다. 그 보살 얘기를 전해 들은 것이 한참 전 일이니까 그가 지금도 마당을 쓸며 살고 있을 것 같지는 않다.

내가 싸리비 보살 얘기를 잊지 못하는 것은 그녀의 빗자루질 때문만은 아니다. 빗자루 얘기 말고도 "누구시더라?"의 대목이 하나 더 있다. 암자에 하루이틀 머문 사람이 "안녕히 주무셨습니까"라며 아침 인사라도 할라치면 보살은 빗자루질 하다 말고 틀니를 덜그럭거리며 생전 처음 대하는 사람에게처럼 "누구시더라?"로 인사를 받곤 했다는 것이다. 말하자면 이런 식이다. 아침에 만난 사람도 낮에 보면 "누구시더라?", 낮에 이름을 댄 사람을 저녁에 만나면 또 "누구시더라?"다. "낮에 인사드렸잖아요, 저 아무개 아무개요" 그러면 보살은 아이처럼 웃으며

"아, 그랬나요?" 했다가 다음날 아침이면 마당 쓸던 손 멈추고 틀니 덜그럭거리며 또 어김없이 되묻기를 "누구시더라?"

　　나는 내게 끊임없이 "너는 누구냐?"고 되묻는 책을 좋아한다. 인생을 바꾼 책, 그러면 "아, 이 책이요"라며 책 하나 꺼내놓을 수 있는 사람들도 있겠지만 불행히도 나는 그 축에 끼지 못한다. 너는 누구냐고 내게 묻는 책은 한두 권이 아니기 때문이다. 그런 책들을 만나면서 내가 궁극적으로 내게 던지는 질문은 이런 것이다. 너는 누구인가? 그러나 네가 누구인가는 마침내는 중요하지 않다. 너는 너보다 더 큰 것, 너를 연결할 더 큰 어떤 것을 찾았는가? 싸리비 보살의 법문대로다. 누구시더라, 자기를 자기라고 조석으로 우기는 당신은?

한국일보 2007. 9. 8

14

타이 사람들의 오징어 셈법
—산치 예찬

음정 잡는 데 노상 실패하는 사람이 음치라면, 숫자 계산에 밝지 못한 사람은 '산치算痴'라 부를 만하다. 계산에 서툰 사람, 계산하기를 싫어하는 사람, 계산을 거부하는 사람이 '산치 부족'을 구성한다. 좀더 정밀하게 말해도 된다. 음치에 여러 등급이 있다면 산치의 등급과 종류도 다양하다. 첫번째 산치는 1에서 100까지를 틀리지 않게 셀 수 없는 사람이다. 40, 41, 42하다가 48로 건너뛰고 50에서 60으로 곧장 넘어가는 것이 그의 셈법이다. 그러므로 그가 만 원권 100장 한 다발을 틀리지 않게 세자면 족히 반나절의 피나는 투쟁이 필요하다. 그의 손에서 100장 다발은 90장이 되기도 하고 마술같이 120장으로 늘어나기도 한다.

두번째 산치는 숫자만 보면 도망치는 사람이다. 1에서 100까지는 어찌어찌 세어내지만, 100 단위를 넘어가면 절망이다. 소문에 그가 구구단을 외는 데 걸린 시간은 8년 6개월, 그러고도 그의 구구단 실력은 그리 믿을 만하지 않다. 그에게 육구는 36이기도 하고 84이기도 하며 아주 드물게만 54다. 그가 계산을 기피하는 이유는 셈을 못해서라기보다는 계산 자체를 싫어하기 때문이라는 소문도 있다.

세번째 산치는 계산을 거부하는 사람이다. 그는 산치이기를 적극적으로 선택한 산치, 지상의 산법을 버리기로 작정한 퍽 '철학적'인 산치다. 그는 세상이 의존하는 기초 산법의 신빙성을 문제삼기도 하고 그 자신만의 독특한 산법을 내놓기도 한다. 1+1이 2라고? 천만에, 1+1은 1이야, 라거나 2+2는 반드시 4가 아니다, 5일 수도 있고 8일 수도 있다는 것이 그의 산법이다.

오늘날 이 모든 종류의 산치들은 세상의 희귀종, 사라져가는 부족, 박물관 구경거리다. 아침부터 저녁까지 서울 종로 바닥을 이틀씩 뒤져도 우리는 한 사람의 산치를 찾아내기 어려울지 모른다. 산치가 이처럼 희귀종이 된 가장 큰 이유는 초등학교에서 대학에 이르기까지 교육의 목표가 '산치 박멸'이기 때문이다. 그럴 만하다. 산치 부족을 데리고서는 어떤 나라도 '선진국'이 될 수 없다. 시장의 시대에 산치는 어느 구석에도 쓸모없는 완벽한 '미스피트misfit, 부적합자', 사회의 짐, 없어져야 할 바보 천치다. 그 바보들을 도태시켜 쓰레기통에 버리지 않으면 경제는 성장하지 않고 나라는 내달리지 못하며 국민소득 2만 달러나 웰빙(오, 웰빙!)은 꿈도 꿀 수 없다.

산치 부족의 적극적인 박멸 작전 덕분에 오늘날 우리는 문학에서조차 산치들을 만나기 어렵다. 고추를 팔면 팔수록 손해 보면서도 많이 팔았다고 즐거워하는 고추장수 이야기, 아내가 낳은 아이들 중에 진짜 자기 아이는 몇인가 같은 문제에는 도무지 신경쓰지 않는 동네 바보, 하느님이 많으면 많을수록 좋지 어째 꼭 하나여야 하느냐고 우기다가 목이 달아나는 얼간이, 6시가 지나면 왜 반드시 7시가 와야 하느냐는 문제로 깊은 고민에 빠지는 푼수, 이런 바보들의 이야기로 한때 풍요로웠던 것이 문학의 세계다. 그 바보들은 다 어디로 갔는가? "입에 사탕 세 개가 들어 있다. 두 개를 더 넣으면 몇 개지?"라는 선생님 질문에 "한입 가득이요"라고 대답하는 어린 소녀가 아직 이 세상 어디에 남아 있을까? 그런 아이를 야단치지 않을 부모, 그런 방식의 대답을 용납할 학교는 이제 어디에도 없을 듯싶다. 실물의 세계가 바보들을 버리면 문학도 바보들을 내쳐야 하는가? 계산 같은 것 좀 어수룩하게 하고도 늠름한 여유의 사회는 이 세계에서 아주 사라진 것일까?

내 제자 백영주가 타이에 갔다가 그만 그 나라에 홀딱 반해버린 것은 산치의 계산 비슷한 것을 거기서 발견했기 때문이다. 그녀를 매혹한 것은 타이 사람들의 오징어 셈법이다. 아니, 정확히는 오징어 '값'을 셈하는 법이라 해야 옳다. 그의 보고에 따르면 타이에서 오징어 한 마리는 거기 돈으로 30밧인데 한 마리 사면 30밧이지만 세 마리를 사면 100밧이라는 것이다. 오징어 세 마리, 삼삼은 9, 값을 다 쳐주어도 90밧이다. 그런데 100밧이라고? 그녀의 구구단으로는 해가 동쪽으로 져도 삼삼은 9지 10이 아니다. 타이 사람들의 구구단은 다른가? 삼삼은 10? 이 이상한 곱셈의 의문을 풀기 위해 그녀는 몇 군데 가게를 더 돌며 확인했지만, 오징어 세 마리 묶음의 가격은 어디서나 100밧이었다고 한다.

그녀가 타이에 반한 사연은 이게 전부다. 본인 모르게 이런 얘길 해서 미안하지만, 학부 시절의 백영주는 강의 시간에 엽서에다 교수의 얼굴이나 무한히 그리며 앉아 있던 여학생, 시험 때는 질문에 상관없이 엉뚱한 책 얘기로 답안지를 메우곤 하던 친구다. 그녀도 희귀종 산치였음이 틀림없다. 그러지 않고서야 '삼삼은 10'이 되는 오징어 셈법 하나에 반해서 그곳에 눌러살기로 작정할 수 있었을까? "서울에서라면 80밧으로 내

17

려 깎아도 시원찮을 텐데 여기 사람들은 그런 거 따지지 않아요. 그냥 100밧 내고 사 가거든요." 타이에서는 정말로 한 마리 30밧의 오징어가 세 마리일 때 100밧으로 계산되는 것인지, '삼삼은 10'이 되는 그 셈법의 진실 여부를 나는 아직 확인하지 못하고 있다. "그래서 따져보았니? 왜 100밧인지?"라는 질문을 떠워 재삼 확인해보고 싶지만 나는 그러지 않기로 한다. 백영주가 자기 방식과 너무도 비슷한 셈법으로(그게 혹 오징어에만 한정된 것이라 해도) 살아가는 듯한 사람들을 발견하고 행복해한다면 그걸로 얘기는 충분히 행복하다.

물론 타이가 산치의 나라는 아닐 것이다. 산치의 나라이고서도 국민을 잘살 수 있게 할 방법은 없다. 그러나 산치를 박멸하고서도 잘살 수 있는 나라 역시 없다. 이유는 간단하다. 인간의 세계는 수량과 수리의 측면만으로 되어 있지 않기 때문이다. 집단적으로나 개인적으로, 인간이라는 존재의 절반은 계산의 천재를 요구하고 절반은 바보 산치를 요구한다. 시장에서조차 시장의 바깥을 그리워하는 것이 인간이다. 이 사실을 놓치는 경제학은 인간의 행위 동기들을 결코 이해할 수 없다. 바보는 경제의 적이 아니고 시장의 짐이 아니다. 그는 사람을 사람답게 해주는 보물이다. 그러므로 계산의 천재만을 키우려드는 사회는 인간을 반토막내고 보물을 내던져 역설적으로 계산에 실패하는 사회다. 문학이 각종의 산치 바보들에게 무한한 애정을 갖는 것은 그들에게 인간의 한 절정이 있다는 진실을 잊지 않기 위해서다.

한겨레 2005. 11. 18

지붕 위의 소년

세계에 대한 궁금증과 우주에 대한 신비감 없이 아이들이 잘 자랄 방법은 없다. 생각에 잠기는 아이가 인간의 미래이고 세계의 미래다.

어느 날 선생님은 칠판에 '핼리 혜성'이라 써놓고 초등학교 1학년 아이들에게 이 이상한 별떼에 관한 이야기를 들려준다. 그런데 있잖아, 요놈이 우주를 돌다가 은하수를 건너 우리가 살고 있는 이 지구와 오늘 박치기를 하면 어찌되는지 알아? 아이들은 눈이 동그래진다. "그렇게 되면 말야, 늬네들 내일 학교에 안 나와도 돼." 선생님한테서 그 얘기를 듣고 집으로 돌아온 소년은 그날 저녁 밥이 넘어가지 않는다. 어쩌면 그게 가족의 마지막 식사가 될지 모르기 때문이다. 소년은 엄마한테 야단맞고 혼자 제 방으로 돌아가지만 잠이 오지 않는다. 지구의 끝장은 어떤 것일까? 그는 밤중에 식구들 몰래 다락을 타고 지붕에 올라가 밤하늘의 총총한 별들을 바라보며 생각에 잠긴다. 그리고 세계가 끝나기를 기다린다.

미국 시인 스탠리 쿠니츠의 시 「핼리 혜성Halley's Comet」의 내용이다. 시는 이야기가 아니다. 그러나 모든 시는 이야기를 갖고 있고 이야기로의 번역이 가능하며 이야기를 만들 수 있게 한다. 시 한 편이 응축하고 있는 것들로부터 긴 영화 한 편이 나올 수도 있다. 시의 1분은 영화의 한 시간, 산문의 두 시간이다. 「핼리 혜성」속의 소년은 그래서 어찌되었을까? 그는 왜 세계가 끝나기를 기다렸을까? 학교 가기 싫어서? 세계의 끝장은 무서울까? 추울까, 뜨거울까? 궁금증과 두려움에 떨며 지구의 끝장을 기다리던 그 소년은 지붕에서 내려왔을까? 우리는 안다. 거기서 내려온 소년이 커서 그 자신 선생님이 되고 여자의 남자, 아이의 아빠, 시인, 예술가, 과학자가 되었으리란 것을. 우리는 또 안다. 어른이 되어서도 사람들의 가슴 한구석 기억의 깊은 웅덩이에는 밤하늘의 별들을 쳐다보던 소년 하나가 아직도 지붕에서 내려오지 않고 남아 있다는 것을.

여기까지는 내가 언젠가 신문에 썼던 어떤 칼럼의 한 대목이다. 순천 기적의 도서관 10년의 성취를 축하하는 지금 이 글에 나는 왜 이런 이야기를 인용하는 것인가. 그럴 만한 이유가 있다. 순천관을 설계할 때 우리가 가장 많이 신경썼던 부분은 이 도서관이 아이들에게 매혹적인 성장 환경이 되게 해주자면 어떤 공간을 어떻게 구성하고 배치할 것인가라는 문제였다. 도서관은 훈육의 장소가 아니다. 도서관은 아이들이 거리낌없이 호기심을 발동하고 상상력에 날개 달아 하늘로 치솟을 수 있게 해주는 자유로운 공간이어야 한다. 호기심, 상상력, 자유는 아이들에게 절대적으로 필요한 성장의 생태 환경이다. 우리는 그런 마법의 공간을 순천관에 구현하고 싶었다. 그래서 들어선 것이 우주로 날아갈 차비를 하고 있는 듯한 2층의 별나라방, 강당 지붕 위에 만들어진 비밀의 하늘정원, 열람실의 웅덩이 공간과 대나무밭, 하늘로 뚫린 창, 땅에 내려앉은 우주선 선실 같은 이야기방 등이었다.

설계자 정기용이 2003년 봄 그런 공간을 만들기 위해 노심초사하고 있을 동안 내 마음을 사로잡고 있었던 것은 스탠리 쿠니츠의 시에 나오는 바로 그 '지붕 위의 소년'이었다. 세계에 대한 궁금증과 우주에 대한 신비감 없이 아이들이 잘 자랄 방법은 없다. 생각에 잠기는 아이가 인간의 미래이고 세계의 미래다. 어른들은 아이들의 호기심 넘치는 질문들을 차단할 권리가 없고 그들의 상상력에 족쇄를 채울 권리도 없다. 몰래 지붕에 올라가 밤하늘을 올려다보며 세계가 어떻게 끝나는지 보고 싶었던 지붕 위의 그 소년이 장차 순천 기적의 도서관을 드나들 모든 소년 소녀 들이 아닐 것인가. 나는 설계자 정기용에게 쿠니츠의 소년 이야기를 들려준 적이 없다. 그러나 그 자신 시인의 감성과 빛나는 감응력을 가졌던 건축가 정기용은 "아이들이 도서관 지붕에 올라가 여름 밤하늘의 별들을 볼 수 있었으면 좋겠다"는 내 말이 무슨 소린지 잘 이해하고 있었다. 그가 순천관 강당 옥상에 비밀의 하늘정원을 만들고 2층의 별나라 다락방을 설계한 것은 그런 이심전심의 작용이 아니었나 싶다.

어느새 10년이 흘렀다. 개관 당시 초등학생이었던 순천의 소년 소녀 들은 훌쩍 자라 대학생이 되었다고 한다. 그들은 어떻게 자랐을까? 기적의 도서관은 그들의 성장에 작은 도움이라도 주었을까? 그랬을 것이라고 나는 생각한다. 우리가 기적의 도서관 건립 사업에 나섰을 때의 근본 취지는 단순히 어린이도서관 몇 개를 여기저기 지어보자는 데 있었던 것이 아니라 "아이들을 잘 키웁시다"에 있었다. 아이들을 잘 키우자—이것이 기적의 도서관 건립의 기본 정신이고 취지다. 나는 지난 10년간 순천관 운영자들, 사서들, 자원봉사자들이 그 정신을 살리기 위해 얼마나 많은 정성과 애정을 아이들에게 쏟아부었을지 충분히 짐작하고 있다. 그들의 손에서 자란 소년 소녀 들은 어떤 청년이 되었을까? 궁금하다. 청년이 되어서도 그들의 가슴에는 순천관의 밤하늘 별을 바라보던 그 호기심의 소년이 남아 있을까? 그럴 것이라고 나는 생각한다. 앞으로도 기적의 도서관은 아이들을 점수 경쟁으로 내몰거나 과목 공부 안 한다고 윽박지르고 큰소리로 야단쳐서 호기심 죽여놓고 상상력의 날갯죽지를 분질러놓는 일 없이, 정말이지 그런 일 없이, 순천의 아이들을 잘 키우는 데 기여할까? 그럴 것이라고 나는 생각한다. 순천관은 지난 10년간 그래온 것처럼 미래의 또다른 10년 동안에도, 그리고 더 많은 미래에도 아이들을 잘 키워내는 일에 정성을 다할 것이라 나는 생각한다. 이것이 내가 순천 기적의 도서관 10년을 진심으로 축하하는 이유다. '기적'은 '경이wonder'의 다른 이름이다. 아이들의 '경이로운 성장'을 돕기 위한 것이 아니라면 기적의 도서관이 무엇일 것인가?

순천 기적의 도서관 10주년 자료집 축사 2013. 11

바람의 비밀

한 소년이 자라 어른이 되기까지에는 어떤 힘들이 작용하는 것일까? 현대 생물학은 유전자가 개체 성장의 비밀을 쥐고 있다고 말하거나 적어도 그렇게 말하고 싶어한다. 글쎄 그럴까? 인간의 성장이 유전정보만으로 결정되는 것이라면 성장은 드라마가 아니라 이미 결정돼 있는 것의 운명적 전개에 불과하다. 우리가 위인이라 부르는 사람들, 예술의 천재들, 탁월한 인생을 전개한 개인들의 삶은 인생이 생물학적 운명의 단순 전개가 아니라 그 운명과의 싸움이라는 것을 잘 보여준다. 유전적 결함과의 싸움이 아니었다면 베토벤, 도스토옙스키, 니체, 헬렌 켈러는 없었을 것이고 인간 창조성의 보물창고는 한없이 초라해졌을 것이다. 미래 사회는 개체의 유전적 결함을 제거하는 데 막대한 비용을 쏟게 되겠지만, 그러나 잊지 말지어다, 인간적 위대성은 어떤 완전성의 결과이기보다는 오히려 결함의 결과라는 사실을.

사람들의 어린 시절 이야기, 모든 성장의 서사Bildungsroman가 우리를 매혹하는 것은 그들을 키운 비생물학적 비밀의 단서들이 거기 들어 있기 때문이다. "나를 키운 것은 8할이 바람"이라고 우리의 어떤 시인은 노래했지만, 이 '바람'은 그냥 바람이 아니라 우리네 유소년기의 모호하면서도 선명한 이미지들이 묻힌 깊은 지층, 나중에 가서야 그 의미의 풍요로움이 드러나는 숨겨진 영역이다. 거기에는 우리가 태어났을 때의 논두렁 개구리 울음소리, 흐드러진 복사꽃, 동네 바보의 언어, 불타는 노을, 골목의 달빛이 들어 있다. 거기에는 미친 여자, 귀신 나오는 집, 밤길의 공동묘지, 우리를 가슴 설레게 한 최초의 성취, 최초의 거짓말, 최초의 상실과 이별과 상처, 영광과 수치의 순간들도 있다. 이 모든 것들이 우리를 키운 그 비밀스러운 '바람'의 목록을 이룬다. 이 바람은 유전자 장부에는 들어 있지 않고 그것의 비밀은 유전자 독법만으로는 해독되지 않는다.

최근 미국의 주요 신문들은 지미 카터 전 대통령이 쓴 『해 뜨기 전 한 시간An Hour Before Daylight』이라는 제목의 소년 시절 회고록에 대한 서평들을 열심히 싣고 있다. 남부 조지아의 한 시골 소년을 대통령이 되게 한 바람은 무엇이었을까? 소년 카터는 근세 미국사의 가장 어둡고 힘들었던 시기에 가난한 시골 농장에서 온갖 농장일을 하며 자란다. 그러나 소년기를 되돌아보는 그의 눈길은 따스하다. 땅에 대한 그의 사랑과 신뢰는 감동적이다. 흙이 좋아 노상 맨발로 뛰어다니고 맨발로 진흙 속을 걷기 좋아하던 소년, 농가 소출을 줄이라는 정부 지시 때문에 다 자란 땅콩밭을 갈아엎으며 울던 아이, 책 읽기를 좋아하고, 세상에 뭔가 도움이 될 일을 하기 위해 안달하던 소년—그가 어린 시절의 카터다. 한번은 새로 이사할 집을 구경하러 갔다가 아버지가 열쇠를 갖고 오지 않아 안으로 들어갈 수 없게 된다. 아버지는 간신히 반쪽만 열리는 창문 틈으로 어린 카터를 들여보내 안에서 문을 따게 한다. "세상에 태어나 처음으로 쓸모 있는 일을 했다는" 생각으로 소년의 가슴은 뛴다. 그가 네 살 때의 일이다.

근년의 미국 대통령들 중에서 흑인에 대해 가장 동정적이었고 흑백 인종 문제에 관한 한 가장 훌륭한 정책들을 편 것은 린든 존슨, 지미 카터, 빌 클린턴 등 남부 출신의 대통령이라는 것이 미국 언론들의 일반적 평가다. 이 때문에, 흑백 분리의 역사적 뿌리가 깊은 남부 조지아에서 어떻게 흑인에 동정적인 대통령이 나올 수 있었는가도 많은 사람들을 궁금하게 하는 카터의 비밀 가운데 하나이다. 그 비밀을 풀어줄 열쇠 역시 카터를 키운 소년 시절의 바람 속에 있다. 흑인 소작농들의 집에 무시로 드나들며 같이 먹고 자고 흑인 아이들과 뛰놀며 자란 것이 그의 소년 시대이다. 그 무구했던 아이들이 자라면서 흑백 분리의 사회질서와 위계서열을 알게 되고 그를 대하는 흑인 아이들의 태도도 달라진다. 그것은 아이들 사이의 "평등이 사라지고" 흑인은 흑인, 백인은 백인으로 나뉘는 인간 분할의 순간이다. 그 분할은 소년 카터를 슬프게 한다. (이 대목은 포크너의 단편 「불과 화로」에서 한 백인 소년이 흑백 분리의 질서 속으로 편입되면서 경험하는 '슬픔과 수치'를 생각나게 한다.)

남의 얘기가 아니다. 한국은 흑백 사회가 아니지만 사람들을 이리저리 부당하게 나누고 쪼개는 인간 분할은 우리 사회에서도 슬픔이고 수치다. 히브리 경전 「레위기」에는 "이방인을 너희 동족같이 여기며 너희 자신처럼 사랑해야 한다. 너희도 한때 이집트에서 외국인이었음을 기억하라"라는 대목이 여러 차례 나온다. 타자를 향해 열릴 줄 아는 가슴은 어린 시절에 만들어진다. 성장의 비밀은 그래서 더욱 중요하다.

씨네21 2001. 3. 13

"멀건 우유밖에 안 보이는데요"

저항이 있는 곳에 교육은 없다. 아이가 흥미를 느끼지 못하면 저항이 일어나고, 저항이 강해지면 교육은 이미 실패다.

어찌 보면 저능아 같고 어찌 보면 천재 같기도 한 아이—이런 아이들에 대한 이야기는 '사람이 크는 법'의 신비를 끊임없이 생각하게 한다. 윈스턴 처칠의 어린 시절도 그런 경우였던 것 같다. 일곱 살에 세인트 제임스 공립학교에 입학한 소년 처칠을 두고 교사들은 이 아이가 지진아냐 아니냐를 판단하느라 일대 혼란에 빠진다. 그도 그럴 것이, 이를테면 라틴어문법 시간에는 완전히 멍청해져서 교사를 화나게 하는 바보 같은 아이 윈스턴이 어렵쇼, 읽기 시간이면 또래 아이들의 수준을 훌쩍 뛰어넘는 발군의 실력을 발휘하곤 했기 때문이다.

후일 처칠은 그 시절 자신이 학교를 "증오했다"고 회고하고 있다. 잠시도 여유를 주지 않는 학교의 딱딱한 규칙 생활, 무엇을 왜 배우는지 알 수 없게 하는 무조건의 암기교육 등이 학교를 증오하게 한 이유였다고 그는 회고한다. 방학은 그에게 해방의 순간이었는데, 집에 돌아온 처칠은 장난감 군대놀이에 빠지거나 아버지가 준 역사책이며 소설책 들을 탐독한다. "나는 『보물섬Treasure Island』에 얼마나 심취해 있었던가!" 처칠은 그

26

학교를 2년 만에 중퇴한다. 병이 난 것이다. 그러고는 다른 학교로 전학한다.

교사들의 눈에 이상한 아이로 비쳤을 소년 처칠의 비밀은 사실 비밀이 아니다. 저항이 있는 곳에 교육은 없다. 아이가 흥미를 느끼지 못하면 저항이 일어나고, 저항이 발생하면 교육은 이미 실패다. 아이가 바보기를 보일 때, 시름시름 앓거나 맥이 빠져 있을 때, 학교 가기 싫어할 때—그럴 때가 저항의 순간이다. 부모들이 이 순간을 알아보지 못하거나 잘못 관리하면 아이는 정말 옆길로 빠지거나 멍청이가 된다. "나는 내가 흥미를 느끼지 못하는 과목에서는 아무것도 배울 수 없었다"고 처칠은 회고한다. 이 말은 교육의 성공과 실패가 어느 순간에 결정되는가를 포착하고 있다.

현대적 풍자우화로 문명을 날린 미국 작가 제임스 서버도 비슷한 이야기를 남기고 있다. 그는 대학 시절 필수과목의 하나였던 식물학을 끝내 패스하지 못하는데, 그가 그 과목에서 계속 실패한 것은 "현미경을 들여다볼 수 없었기 때문"이다. 다른 학생들은 현미경으로 관찰한 식물세포 구조를 잘도 그려냈지만 그가 현미경을 들여다보면 매번 '희멀건 우유'밖에 보이지 않았다는 것이다. 교수가 아무리 현미경을 조절해주어도 서버의 눈에 들어오는 것은 멀건 우유뿐이었다. "아무것도 안 보이는데요. 우유뿐입니다." 그런 그에게도 어느 날 무언가 동그랗고 까만 것이 보여 열심히 종이에 그리고 있는데 교수가 와서 보고는 "이런, 이건 반사경으로 본 거 아닌가. 이눔아, 이건 네 누깔이야, 누깔!" 그렇게 해서 이 미래의 작가는 식물학 과목과 영원히 작별하고 최종 과락을 맞는다.

서버가 싫어한 것은 식물이 아니라 현미경이다. 현미경에 대한 저항이 그를 식물학계 전대미문의 바보가 되게 한 것이다. 아이가 흥미를 느끼지 못하는 일은, 적어도 그가 흥미를 보일 때까지는, 절대로 강요하지 말아야 하는 것이 부모의 지혜다. 아이들은 '여유' 속에서만 제대로 자란다. 이 성장의 비밀을 잊고 오늘도 아이들을 학원으로 어디로 정신없이 내쫓고 있을 한국의 부모들에게, 오 하느님, 여유를!

아름다운친구 1999. 4. 12

소녀 완서의 도서관

작가 박완서 선생의 어린 시절이 소재가 된 소설 『그 많던 싱아는 누가 다 먹었을까』에는 작중 주인공 소녀 완서가 난생 처음 서울의 공공도서관을 찾아갔던 이야기가 나온다. 식민지 시대 '국민학교' 시절 어느 날, 소녀 완서는 국어책에 나오는 도서관 찾아가기를 실행키로 하고 짝꿍 복순이와 함께 경성 공립도서관(지금의 롯데백화점 자리)과 경성 부립도서관(지금의 조선호텔 건너편)을 차례로 돌다가 간신히 어린이 열람실로 안내된다. 그날 완서가 빌려 읽은 책은 『레 미제라블Les Misérables』을 아동용으로 고쳐 쓴 『아아, 무정』인데 꽤 두꺼운 책이어서 완서는 도서관 문 닫을 시간까지 다 읽지 못한다. 대출이 허락되지 않았기 때문에 소녀는 못다 읽은 책을 그냥 두고 오는 수밖에 없다. 그때의 심정을 작가는 소설에서 이렇게 표현하고 있다. "내 혼을 거기다 반 넘게 남겨놓고 오는 것 같았다."

"그날 이후 공일날마다 도서관에 가서 책 한 권씩 읽는 건 내 어린 날의 찬란한 빛"이 되었다고, 지금은 큰 작가가 된 박완서는 소설 속에서 회고한다. "매일 밤 꿈에서 왕이 되는 행복한 거지와 매일 밤 꿈에서 거지가 되지 않으면 안 되는 불행한 왕 얘기도 그때 읽었고, 복순이가 먼저 읽은 『소공녀A Little Princess』도 물론 따라 읽었다. 소공녀 세라도 하녀로 전락한 뒤 어느 때부터인가 문득 밤마다 그의 귀가를 기다리는 따뜻하고 맛있는 음식과 훈훈한 난로를 꿈처럼 경험하게 된다. 나에게 부립도서관의 어린이 열람실은 바로 그런 꿈의 세계였다." 이런 대목들을 읽다보면, 작가 박완서를 있게 한 기초공사는 바로 그의 어린 시절 도서관 독서 경험에서 다져졌을 것이라는 생각이 든다.

지금 우리나라는 공공도서관, 대학도서관, 학교도서관, 어린이도서관 할 것 없이 전국 어디를 가봐도 도서관 수가 모자라고 콘텐츠도 빈약하다. 공공도서관은 돈 없는 시민도 정보-지식에 접근할 수 있게 하는 기본 인프라이며, 이 인프라를 깔아주는 것은 국가의 책임이다. 시민이 제 돈 내고 사 보지 않으면 책을 볼 수 없게 되어 있는 나라는 OECD 회원국 중 중국과 대한민국뿐이다. 국민이 정보-지식에의 평등한 접근권을 보장받지 못한다는 것은 문화적 문제이기에 앞서 심각한 사회적 불평등의 문제다. 정치, 경제, 문화의 모든 영역에서 정보-지식의 중요성이 높아지는 이른바 '지식사회'가 오고 있다고 큰소리로 말하는 나라일수록 시민의 평등한 정보 접근권을 높이기 위한 기본시설부터 먼저 만들어줘야 한다. 미래 사회가 어떻게 정보의 빈익빈부익부 현상을 막아낼 것인가는 지금 모든 지식사회 지향국들의 과제가 되어 있다.

우리나라는 공공도서관도 턱없이 모자라지만 이렇다 할 도서관 정책조차 없는 나라다. 지방자치단체들도 예외가 아니다. 정치인들에게도 도서관은 미미한 주변적 문제에 불과하다. 정치인, 정부, 관료 할 것 없이 정책 책임자 다수가 인터넷만 있으면 모든 정보를 공짜로, 혹은 싼값으로 얻을 수 있다는 황당한 생각에 사로잡혀 있다. 국민들도 도서관과는 워낙 인연

없이 살아온 터라 지역 도서관이며 어린이도서관을 더 많이 짓고 콘텐츠를 공급하도록 요구하는 일이 국민의 당연한 권리라는 인식은 별로 갖고 있지 않다. 미국 의회는 지금부터 정확히 200년 전인 1802년 1월 26일, 수도 워싱턴 중심부에 국립도서관부터 짓도록 의결하는데, 이것이 지금 세계 최대 도서관이 된 미국 의회도서관이다. 독립한 지 불과 20여 년밖에 안 된 나라가 도서관 짓는 일부터 시작한 것이다.

박완서 소설에 나오듯이 일제 식민통치자들조차도 공립도서관과 부립도서관을 시청 바로 앞에, 말하자면 '도심'에 짓는다는 기본 도시계획을 갖고 있었던 것으로 보인다. 그 공립도서관은 해방 뒤 국립도서관으로 바뀌지만, 독립한 나라의 역대 정권들은 그 도심 도서관을 남산으로 내쫓았다가 다시 서초동 구석으로 내몬다. 도서관의 이 지리적 주변화는 우리 사회의 수준을 대변한다. 공공도서관은 사회의 토대시설이고 이 시설은 주민들의 생활권 안에 있어야 한다. 뉴욕의 4대 공공도서관은 모두 도심에 있다. 서울은 뭘 하고 있을까? 시 당국은 '시립 중앙도서관'을 도심에 지어 1000만 시민의 문화중심부가 되게 해줄 정책을 세우고 실천할 때가 아닌가?

씨네21 2002. 2. 12

---

* 후기: 서울시는 구시청 건물에 시립 중앙도서관 격인 '서울도서관'을 지어 2012년 개관했다.

조수미의 셈치고 놀이

예술의 의인화는 단순한 인간중심주의가 아니다. 그것은
대상과의 사이에 '너와 나'의 대화 관계를 세우고 처지를
바꾸어 생각할 줄 알게 하는 쌍방향 이해의 형식이다.

언어들 사이에는 번역하기 어려운 말들이 많다. 우리말
의 '복福'에 해당하는 영어 어휘를 찾기 힘들 듯이 영어의 '컴
패션compassion'은 우리말 상응어를 얼른 내놓기 어려운 단어다.
'사랑'이라 해도 성에 차지 않고 '연민'이라 옮겨도 개운치 않
다. 맹자의 심성론에 나오는 '측은지심'이 의미상으로는 퍽 가
까운 듯하지만 '측은'의 지나친 속화俗化가 마음에 걸린다. 컴패
션이란 말에는 사랑, 연민, 동정의 뜻 말고도 '고통의 이해'라
는 의미가 들어 있다. 타인의 고통을 함께 느끼고 이해하는 데
서 솟아나는 사랑, 연민, 동정—이런 뉘앙스를 다 담아낼 우리
말을 찾는 일은 그래서 상당히 고통스럽다.
시카고 대학 철학 교수 마사 누스바움은 『시적 정의Poetic
Justice』라는 책에서 "컴패션을 위한 상상력" 훈련이 예술교육이
라 말한다. 작년에 나온 『사유의 고양—감정의 지성Upheavals of
Thought: The Intelligence of Emotions』이란 책에서도 누스바움은 타인
의 아픔에 대한 이해, 연민, 측은지심으로서의 "컴패션을 위한

상상력"교육이 "시민정신을 기르게 하는 데는 다른 어떤 것으로도 대체할 수 없는 극히 중요한"훈련이라 강조한다. 누스바움의 이런 주장은 인문학이나 예술교육이 한국에서처럼 해당 분야의 전문가를 길러내기 위해서만 필요한 교육이 아니라 더 근본적으로 '사람의 사회'를 만들기 위한 시민교육의 불가결한 일부라는 사실을 거듭 일깨운다.

소프라노 조수미의 수필집 『노래에 살고 사랑에 살고』는 젊은 나이에 씌어진 글들인데도 '경지'에 이른 예술가를 엿보게 하는 대목들을 많이 담고 있다. "사람을 이해하고 가슴에 품는 것"이 예술이며 "사람들의 고통을 이해하는"데서 예술은 출발한다고 그는 쓰고 있다. 공항에서 소설책 읽다가 비행기 놓친 이야기, 소설 읽으며 울던 이야기도 나온다. 어려서 가장 즐겨했던 오락이 『소공녀』를 읽다가 발견한 "셈치고 놀이"였다고 그는 토로한다. 일종의 가정법적 상상의 상황을 설정("그렇다 셈치고")해서 놀이를 만드는 것이 "셈치고 놀이"다. 그 놀이의 경험 덕택에 그는 어머니가 와 있을 리 없는 외국 무대에 올랐을 때에도 "맨 앞자리, 어머니가 앉아 있다고 치자… 오늘 공연이 성공하기를 가슴 졸이며 기도하고 있다고 치자"라는 "셈치고"의 방법으로 자신감을 가질 수 있었다 한다.

하느님이 인생을 풍요롭게 하라고 보내준 선물들 중의 하나가 바로 "셈치고 놀이"라고 조수미는 말한다. 이 "셈치고"의 상상력은 누스바움이 말한 "컴패션을 위한 상상력"과 다르지 않다. 그 상상력에서 사람과 사람, 인간과 비인간을 갈라놓는 울타리는 무너진다. 모든 존재물들을 "사람이라 치고"대화 상대로 끌어들이는 순간 예술이 탄생한다. 이것이 '의인화'의 신비한 기원이다. 예술의 의인화는 그냥 단순한 인간중심주의가 아니다. 그것은 대상과의 사이에 '너와 나'의 대화 관계를 세우고 처지를 바꾸어 생각할 줄 알게 하는 쌍방향 이해의 형식이다. 창조적 상상력 교육과 인성교육은 어디 먼 곳에 따로 있지 않다.

동아일보 2002. 3. 23

보름달은 왜 뜨는가

모든 것이 재빨리 변하는 시대, 변하지 않고는 사람이 살수 없는 시대에 보름달은 어쩌자고 이 지상에 없는 항시성의 경이로운 모델처럼 중천에 떠 있는가?

명절 때 수천만 한국인들이 고향으로 돌아가기 위해 한꺼번에 움직이는 것은 외국인의 눈에는 놀라움 그 자체다. 한국인에게 고향이란 도대체 무엇이며 어떤 곳인가? 무엇이기에 명절날 사람들은 그곳으로 가기 위해 열차와 버스와 고속도로를 메우는가? 집으로 가는 길은 느리다. 귀성 차량이 몰려드는 날 한국의 고속도로는 모든 차들이, 크고 넓은 바퀴를 단 빨간색 경주용 차들조차도, 그날 하루만은 지구상에서 가장 느리게 기어야 하는 거북이용 저속도로다. 한국인은 그가 잃어버린 지 오랜 느림을 경험하기 위해 명절날 귀향길에 오르는가? 그렇다면 그에게 고향은 느린 안단테의 리듬이고 추석은 그 잃어버린 리듬을 상기하려는 한국인의 철학적 기억의 명절인가? 알 수 없다.

현대 한국인은 거의 모두 고향을 떠난 사람들이다. 고향 아닌 곳으로 가서 살기 위해 그토록 열심히 고향을 떠났던 사람들이 명절 때 그토록 열심히 고향 가는 길에 오른다는 것도 참 이상한 일이다. 누구에게나 고향은 존재의 출발점이다. 그 시원을 떠나 살아야 했던 한국인은 너나없이 이방인이다. 떠나고 싶어 떠난 것이 아니라면 한국인에게 고향은 살 수 없는 곳, 버리고 떠나야 했던 집, 소외의 장소다. 그런데 그 집으로 왜 그는 돌아가보고 싶어하는가? 열심히 떠나고 열심히 되돌아가보는 이 두 개의 운동 사이에는 화해시키기 어려운 간극과 모순이 있다. 명절 귀향은 그 상반된 동작 사이의 간극을 메우고 모순을 덮어버리기 위한 한국인의 상징적 망각 의식인가? 비록 살기 위해 고향을 떠났을지라도 그 고향으로 1년에 한두 번은 되돌아가 자기 존재의 출발점을 만나보지 않고서는 쪼개진 가슴의 공허를 메울 수 없다고 한국인은 느끼는 것인가? 그렇다면 한국인에게 고향은 그가 이방인이기를 잠시 정지하고 자기가 자기임을 확인받아 존재의 충만을 회복하는 곳인가? 알 수 없다.

알 수 없는 것은 또 있다. 이를테면 고향의 밤하늘에 보름달이 왜 뜨는지 우리는 잘 모른다. 1년 열두 개의 보름달 중에서도 고향의 한가위 달이 가장 크고 밝고 넉넉해 보인다. 고향의 보름달이 왜 그렇게 크고 밝고 넉넉해야 하는지 우리는 잘 모른다. 그 달은 작년 추석에 왔던 그 달인가? 그런 것 같기도 하고 아닌 것 같기도 하다. 작년의, 그 전해의, 그리고 수많은 그 전전해의 달들은 다 어디로 갔는가? 어머니는 작년보다 조금 더 늙고 고향집은 조금 더 삭았을지라도 보름달은 아무리 봐도 작년의 얼굴 그대로다. 모든 것이 재빨리 변하는 시대, 재빨리 변하지 않고는 사람이 살 수 없는 시대에 보름달은 어쩌자고 이 지상에 없는 항시성의 경이로운 모델처럼 중천에 떠 있는가? 알 수 없다.

게다가 달빛은 넉넉하다. 달빛 속에서는 어떤 것도 말라죽지 않는다. 산비탈 두꺼비들은 달빛 속으로 산보 나오고 박쥐들은 달빛 속에 날고 아이는 마당의 평상 위에서 달빛을 덮고 잔다. 지붕의 뒤웅박은 달빛 먹고 자란다. 온 마을이 푸른 달빛으로 가득하다. 모든 것이 모자라고 모든 것이 궁박한 이 지상에 보름달은 어째자고 저 혼자 차별 없이 그리 넉넉한가? 알 수 없다.

　고향이 어째서 하나여야 하는지도 우리는 잘 모른다. 보름달이 하나뿐이듯 모든 이에게 고향은 하나다. 강남 부자에게도 고향은 하나이고 강북의 가난뱅이에게도 고향은 하나다. 왜 우리는 두 개, 세 개의 고향을 갖지 못하는가? 왜 고향이 있어야 하는가? 고향이 뿌리라면, 지금은 뿌리를 뽑아 던지고 유목민처럼 날쌔게 떠돌 줄 아는 자가 유능한 세계인이다. 그 세계인에게는 '집 없음homelessness'이 자랑이고 그의 성공 조건이다. 그런데 어째서 한국인은 고향을 찾아 해마다 길바닥에 나서고 집을 확인하고자 하는가? 알 수 없다. 누구에게나 고향은 한 곳뿐이라는, 고향의 그 운명적 단수성은 한국인이 가진 몇 안 되는 평등의 하나이기 때문인가? '홈리스'가 그에게는 악몽이기 때문에? 스웨덴의 탁월한 여행자 스벤 헤딘이 남긴 『티베트 원정기A Conquest of Tibet』에는 "살아서 집을 갖지 않듯 유목민은 죽어서도 무덤을 갖지 않는다"고 씌어 있다. 한국인은 결코 유목민처럼 살 수 없고 닻을 내릴 존재의 고향 없이는 살지 못하는 사람들인가? 살아서 집을 가져야 하듯 죽어서도 무덤을 가져야 하는 사람들인가? 그래서 한국인은 그렇게도 땅을 좋아하는가? 알 수 없다.

　이 모든 알 수 없는 것들에도 불구하고 보름달이 뜨는 날은 우리에게 통합의 날이며 이 통합은 문화적 경이다. 어제까지 다투던 사람들도 보름달 앞에서는 다툼이 없다. 귀향길에 오르는 사람들의 얼굴은 즐겁다. 더딘 고속도로에서도 이때만은 한국인의 인내심이 무한하다. 그런데 이 통합이 우리에게 문화적 경이가 되자면 좀 색다른 변모도 있어야 하지 않겠는가? 팔아먹지 않는 곳, 거기가 고향이다. 고향에 가서는 절대로 땅 얘기 하지 않고 팔아먹을 곳 궁리하지 말아야 하는 것 아닌가? 세상이 돈 안 된다고 멸시하는 것들의 고귀함을 생각해보는 일도 필요하지 않겠는가? 고향집 누렁이 황소의 눈을 최소한 1분쯤 들여다보며 그 눈의 문장을 읽어보는 일도 쓰잘데없이 고귀한 일이 아니겠는가? 누가 뭐래도 보름에는 조선 토끼들이 달나라에 올라가 떡방아 찧는다고 아이들에게 얘기해주는 것도 쓰잘데없이 소중한 일이다. "봐라, 저 토끼장이 그래서 텅텅 비었잖니?"

보름달이 왜 뜨는지 생각해보며 혼자 실실 웃는 것도 쓰잘데없이 재미있는 일이다. 바닷물을 섬으로 이끌듯 한국인을 고향으로 이끌기 위해 보름달은 뜨는 것 아니던가? 그 고향에서 1년에 하루만이라도 돈 되지 않는 것들만 골라 생각해보는 일은 고귀하다. 보름달 뜨는 날이 그런 바보의 날일 수 있다면 그건 우리에게 정말로 문화적 경이일 것이다.

한겨레 2005. 9. 23

위대한 것에 대한 감각

　긍정심리학 분야를 개척한 마틴 셸리그먼 펜실베이니아 대학 교수은 작년에 낸 책 『번성하라Flourish』에서 어떤 동료 교수의 소년 시절 추억담 하나를 소개하고 있다. 소년이 무슨 일인가로 잔뜩 기분이 상하고 풀이 죽어 구석에 쪼그리고 앉아 있을 때면 엄마가 늘 이렇게 말하곤 했다는 것이다. "애야, 너 오늘 영 기분이 안 좋은 모양이구나. 그럴 땐 어떻게 하는지 알지? 얼른 나가서 누구든 다른 사람을 좀 도와줘보렴." 엄마의 그런 '기분 전환법'을 들으며 자란 소년은 지금 대학에서 의료인문학을 가르치는 교수가 되어 있다. 남을 도우면 내가 낫는다는 것을 엄마는 어떻게 알았을까? 그 치유법은 세상의 다른 사람들에게도 통하는 것일까? 이 궁금증을 '학문적으로' 풀어보기 위해 그 교수는 엄마가 일러주곤 하던 그 치유법의 효과 유무를 엄밀한 과학적 실험에 부쳐 검증해보기로 한다. 그리고 엄마의 방식이 옳았다는 결론에 도달한다. 한 엄마의 소박한 지혜가 긍정심리학이라는 새 학문 분야를 개척하는 데 어떻게 기여했는가를 보여주자는 것이 이 일화의 골자다.

　소박한 지혜는 평범해 보이지만 위대한 데가 있다. 그것은 공부를 많이 해서 쌓은 지식도, 자랑할 만한 최첨단 정보도 아니다. 인생의 봄과 여름, 가을과 겨울을 두루 지내온 사람들이

경험으로 알고 느낌으로 아는 직관적 진실, 그것이 지혜다. 이
지혜의 가장 값진 부분은 '인간의 진실에 대한 겸허한 이해'다.
위 일화에 나오는 엄마는 사람들이 어느 때 힘을 얻고 행복해지
는가를 경험으로 알고 있다. 그는 그 경험에서 터득한 행복의
비결 하나를 아들에게 말해준 것이다. 엄마가 한 말은 "우리 아
들 기분이 영 말이 아니구나. 어디 가서 맛좋은 것 사줄까?"도
아니고 "우리 구경 갈까?"도 아니다. "나가서 누구든 다른 사람
을 좀 도와주고 와보렴"이다. 타인에게 베푸는 도움과 친절은,
그게 아무리 작은 도움이고 친절이라 할지라도 도와주는 사람
그 자신을 들어올려 존재의 상승을 경험하게 한다. 사람을 마술
처럼 바꿔놓는 것은 항용 이런 존재 상승의 경험이다. 위대한
엄마들은 그 경험의 비밀을 알고 있다.

남들보다 어쨌거나 더 많은 '스펙'을 쌓아야 하고 더 높은
성적을 올려야 한다는 강박에 짓눌려 사는 것이 지금의 대한민
국 학생들이다. 성장기 아이들에게 가장 중요한 것은 무엇이
가치인가를 아는 능력, 철학자 화이트헤드의 말을 빌리면 "위
대한 것에 대한 감각"을 키우는 일이다. 그러나 지금처럼 조석
으로 성적 경쟁에 내몰려야 하는 아이들에게는 가치에 대한 감
각도, 위대한 것에 대한 감각도 키울 겨를이 없다. 이건 보통
문제가 아니다. 성적 압박에 시달리는 학생에게 친구는 친구가
아니라 내가 거꾸러뜨리고 이겨야 하는 적수, 내 길을 가로막
는 훼방자, 내게 올 기회를 가로채고자 모든 준비를 하고 있는
위험인물로 비칠 수밖에 없다. 우정은 아무 가치도 아니다. 그
의 귀에는 "밟히고 싶지 않으면 밟아라"라는 소리만 쟁쟁하다.
시험장에서 그는 자기도 모르게 기도한다. "저애가 오늘 시험
을 왕창 망치게 해주십시오."

내가 아는 사람 K는 이런 식으로 자라는 한국의 아이들에게, 그리고 아이들을 들볶는 엄마들에게, 전혀 새로운 기도법 하나를 가르치고 다닌다고 한다. "저애가 오늘 시험을 망치게 해주십시오"라고 천지신명에 빌 것이 아니라 "쟤가 오늘 시험에서 1등 하도록 도와주십시오"라고 기도하라는 것이다. 그렇게 빌고 나면 "너는 마음이 편해져서 시험 부담도 없어지고 1등도 하게 될 것"이라고 그는 아이들에게 말해준다. 이 기도법의 효과 유무를 과학적 실험에 부쳐보아야 할까? 그럴 필요 없다. 성적에 관한 효험 여부를 떠나, 성적보다도 훨씬 더 중요한 어떤 것을 K의 기도법은 담고 있다. 그것은 '가치'에 대한 감각 길러주기의 효과다. 우정이라는 가치를 말하면서 아리스토텔레스는 "친구가 잘되기를 바라는 것이 진정한 우정"이라는 말을 남기고 있다. "네가 흥하고 싶으면 남부터 흥하게 하라"고 말한 것은 공자다. 인문학의 이 선각들이 가르치고 있는 것은 바로 "위대한 것에 대한 감각"이다. 자라는 아이들에게 이런 감각 키우기의 기회를 박탈할 권리는 누구에게도 없다.

한국일보 2012. 7. 25

변하는 것과 변하지 않는 것

사고력, 판단력, 집중력, 상상력, 이 네 가지는 시대 변화
에 관계없이 교육이 성장 세대에게 반드시 길러주고 함양
해야 하는 기본 능력이다. 그것들은 교육의 변수가 아니라
항수다.

우리 사회의 다음 시대를 끌어갈 젊은 세대 성원들은 도대
체 어떤 모습으로 대학에 들어오고 대학에서 어떤 식으로 '자
기 형성' 작업을 하고 있을까. "나는 나를 어떤 인간으로 만들
고자 하는가"가 자기 형성 작업의 골자다. 옛날 동양 사람들이
'수신修身'이라 부른 것, 독일 사람들이 '빌둥Bildung'이라 명명한
것, 영국인들이 '마음 기르기cultivation'라고 칭한 것이 모두 내가
나를 만드는 일, 곧 자기 형성 작업이다. '나'를 만들어가는 일
은 결코 쉽지 않다. 성장은 '아픈' 사건이다. 거기에는 마치 면
제되지 않는 세금처럼 고뇌와 번민의 시간이 요구되고 방황과
상실의 경험들도 따라붙는다. 그래서 한 인간의 성장을 돕는
일은 교육이라는 사업에 안겨지는 가장 근본적인 과제이고 목
표다. 시대가 제아무리 바뀌고 문명의 문법이 제아무리 요동쳐
도 교육의 그 근본 과제와 본질적 목표는 바뀌지 않고 바뀔 수
도 없다.

지금 우리 사회가 거의 까마득히 잊고 있는 것은 바로 이 문제, 곧 교육의 항구하고 본질적인 목표에 대한 망각이라는 문제다. 1990년대 이후 지금까지 약 20년 남짓한 세월 사이에 우리 사회를 휘어잡은 것은 '새로운 시대'라는 이데올로기다. 새로운 시대라는 표현 자체는 이데올로기라 말하기 어렵다. 그것이 이데올로기가 되는 것은 "자, 지금은 모든 것이 바뀐 시대다. 기술도 바뀌고 산업도 바뀐 시대다. 따라서 이 시대에는 인간도, 가치도, 교육도 바뀌어야 한다"는 요구가 마치 거역할 수 없는 신의 명령처럼 사람들을 사로잡을 때다. 물론 지금은 과거에 볼 수 없었던 새로운 기술, 산업, 직종 들이 다수 등장했다는 점에서 새로운 시대임에 틀림없다. 그러나 '새로운 시대'를 말할 때마다 우리가 깊이 유념해야 할 것이 있다. 변화의 시대에도 변하지 않는 것, 변할 수 없는 것이 있다는 사실이 그것이다. 변화에 민감하고 변화의 중요성을 강조하는 사람들일수록 '변하지 않는 것'에 대한 통찰과 감각이 필요하다. 변하지 않는 것에 대한 감각을 지닌 사람만이 변화를 말할 자격이 있다.

교육에서 그 '변하지 않는 것'은 무엇일까. 교육에 종사하는 자는 '생각하는 능력'이 치명적으로 약화된 인간을 길러내는 교육에 동조할 수 없다. '판단력'의 현저한 결손을 가진 인간을 길러내는 데 동조할 수 없다. '집중력'이 휘발해버린 인간을 길러내는 데 동조할 수 없다. '교감의 능력과 공감의 상상력'이 동결된 인간을 길러내는 데 동조할 수 없다. 사고력, 판단력, 집중력, 상상력, 이 네 가지는 시대 변화에 관계없이 교육이 성장 세대에게 반드시 길러주고 함양해야 하는, 이른바 '교육받은 인간'의 기본 능력이다. 그것들은 교육의 변수가 아니라 교육의 항수다. 그 능력들은 모든 창의성, 선도성, 유연성의 원천이고 모태이다. 변화에 대응하고 변화를 유도하며 변화를 만들어낼 수 있는 능력도 거기서 길러진다.

이런 관찰에 연결지어 말하면, 지금 대학들은 교육 현장에서 발생하고 있는 일련의 농담 같은 현상들 앞에서 심사가 불편하다. 이른바 '신세대' 구성원인 대학생들에게서 발견되는 어떤 치명적 결손들이 교육의 위기를 고지하고도 남는 데가 있기 때문이다. 독서력의 결핍은 대표적인 경우다. 내가 지금 말하고자 하는 것은 대학교육에 들이닥친 일대 위기에 관한 것이다. 이 위기의 책임은 학생들에게만 있는 것이 아니다. 그들이 거쳐온 중등교육의 방식, 그들의 삶과 문화를 지배하는 지금의 디지털매체 환경, 그들의 집중력을 분산시키는 수많은 시각적 유혹들, 신세대의 정체성 형성을 오도하는 시장의 위력, 이 모든 것들이 지금의 성장 세대에게 치명적인 지적, 정서적 능력 결손을 초래하고 있다. 요즘 유행하는 '비상대책위원회' 같은 것이라도 만들어져서 교육의 위기에 대처할 수 있었으면 싶은 생각이 간절하다.

한국일보 2012. 5. 23

버섯 따러 간 천재 수학자

돈 될 '대형 연구' 같은 것에나 목매단 대학들이 혼자 외롭
게 무언가 쓰잘데없어 뵈는 일이나 추구하고 다니는 페렐
만 스타일의 학자를 당장 내쫓지 않고 견딜 수 있을까. 그
리샤, 너는 한국에는 오지 마라. 여긴 버섯의 숲도 없다네.

2006년 8월 마드리드 세계수학자대회에서 사람들은 그를
기다리고 기다렸으나 그는 나타나지 않았다고 한다. 대회에 앞
서 세계수학자연맹 회장 존 볼 경이 러시아의 상트페테르부르
크까지 날아가 이틀씩 머물며 대회 참석을 종용했는데도 그는
종내 오지 않은 것이다. 개막식에서 존 볼은 이렇게 말했다고
한다. "섭섭하다. 그러나 참석하지 않은 것은 그의 결정이고 그
에게 상을 주기로 한 것은 우리의 결정이다." 그렇게 해서, 4년
에 한 번 40세 미만의 젊은 수학자에게 주어지는 큰 상 '필즈
메달'이 그 고집스러운 불참자에게 수여된다.
　세계 수학계가 100년 동안 매달렸으나 해결하지 못한 어려
운 문제 하나를 풀어냈다 해서 신문들이 대서특필하는 통에 갑
자기 사람들의 주목을 받게 된 러시아 수학자 그리고리 페렐만,
그가 '그'다. 연예인도, 정치인도, 스포츠 영웅도 아닌 수학자가
세계의 눈을 끌게 되었다는 것은 그 자체로 진귀한 뉴스다. 수

45

학은 지금 어느 나라에서도 '인기 학문'이 아니다. 수학은 돈, 명성, 권력의 어느 것도 가져다주기 어려운 기초 학문 분야의 하나이기 때문이다. 우리 대한민국은 대학 총장들조차도 "수학? 수학이 밥 먹여주나?"라고 공공연히 말하기 시작한 지 10년이 넘는 나라다. 그런데 수학자가 수학으로 유명해졌다니?

따지고 보면, 그리샤(그리고리의 애칭) 페렐만이 언론의 집중 조명을 받게 된 것이 꼭 그의 학문적 업적 때문만은 아니다. 그가 우주 공간의 생김새에 관한 가설의 하나인 이른바 '푸앵카레 문제'를 풀어낸 것은 수학계의 대사건은 될 수 있을지라도 대중적 관심을 끌 만한 뉴스거리는 아니다. 그를 유명하게 한 것은 오히려 수학 외적 요소들이다. 그가 세계수학자대회의 수상 후보가 되었으면서도 종적을 감추어버려 "그리샤, 너 어디 있니?"라고 신문들이 찾아나서야 했다는 사실, 그 이전에도 그가 유럽 수학회의 어떤 상을 거부한 적이 있다는 일화, 미국 스탠퍼드 대학과 프린스턴 대학이 교수로 모셔오고자 했는데도 그가 "싫다"며 퇴짜를 놓았다는 소식, 생김새가 제정 러시아 말기의 괴승 라스푸틴(이 괴승은 총알 여섯 발을 맞고도 숨이 끊어지지 않고 되레 저격자들에게 달려들었다는 얘기로 유명하다) 비슷하다는 형용 묘사, 지난 3년간 어딘가로 꼭꼭 숨어 전자우편도 받지 않는다는 이야기, 고등학생 시절인 16세 때 세계수학올림피아드에서 만점을 받은 '천재'라는 칭송, 이런 일화들이 말하자면 그를 뉴스의 인물이 되게 한 '페렐만 미스터리'의 요소들이다.

지금 이 시장 시대의 눈으로 보자면 페렐만 미스터리에서 단연 압권은 천재 그리샤가 돈 알기를 뭣같이 한다는 얘기다. 그가 풀어낸 푸앵카레 문제는 미국의 클레이연구소가 큰 상금을 걸고 지정한 '앞으로 1000년 동안 풀어야 할 7대 난제' 가운데 하나다. 아직 풀지 못한 그 일곱 개의 수학 문제들 가운데 어느 하나라도 풀어내는 사람에게는 상금 100만 달러를 주겠다는 것이 '클레이 밀레니엄 상'의 내용이다. 그리샤는 이 상의 아주 유력한 수상 후보다. 그의 업적이 향후 2년을 더 기다리며 테스트를 견디어낸다면 그는 100만 달러를 받게 된다. 그가 100만 달러의 주인이 될 것이 확실하다고 수학계 사람들은 믿고 있다. 그러나 지금 같은 행보로 보아 그가 냉큼 돈을 받아챙길 가능성은 전혀 없다는 것도 관계자들의 생각이다. 이 시대가 어떤 시대인데 돈 100만 달러를 감히 거절한다고? 100만 달러가 무슨 껌값이냐? 그리샤, 너 참 사람 놀라게 하는구나.

그렇다. 그러고 보니 우리를 놀라게 하고 뭔가 생각하게 하는 것은 페렐만의 학문적 업적보다는 그의 이 괴짜 운신법이다. 그의 행보는 돈, 명예, 권력으로 사람값이 매겨지는 시대의 물결을 거스르고 시대의 도덕률과 성공의 법칙을 넘어선다. 상트페테르부르크로 찾아간 존 볼에게 그는 "문제를 풀었다는 것만으로 충분하다. 상은 받지 않겠다"고 말했다고 한다. 그는 미국 대학들로부터의 교수직 제의만 거절한 것이 아니라 재직하고 있던 상트페테르부르크 대학에서도 사임했다고 한다. 이런 운신은 그가 괴짜이기 때문인가, 아니면 작가 알렉산드르 솔제니친이 은근히 자랑해마지않던 '러시아의 정신성'이란 것의 한 자락에 연결된 어떤 삶의 원칙, 혹은 어떤 가치관 때문인가?

모를 일이다. 러시아에서 학위를 받고 미국으로 건너와 박사후 과정을 밟는 동안 그를 알고 지낸 미국인 동료들은 평소의 그리샤가 '딴 세상 사람' 같았다고 회고한다. 그가 즐겨 추억거리로 얘기했던 것은 고향 상트페테르부르크의 숲에서 '버섯'을 찾아 돌아다닌 일이었다고 한다. 이런 일화들을 종합해보면 그의 일련의 처신법이 돌발적 행동은 아님이 분명하다. 지금도 그는 딴 세상 사람처럼 버섯 하이킹이나 하고 있는 것일까.

그런데 그를 만나고 온 존 볼의 보고 가운데 심상치 않은 대목이 하나 있다. "그는 수학 한다는 것에 어쩐지 실망한 것 같았다"는 보고가 그것이다. 수학 그 자체에 실망한 것인지, 아니면 수학 한다는 사람들의 '노는 꼴'에 정나미 떨어져 '수학하기'를 그만두려는 것인지는 알 길이 없다. 그러나 유럽수학회가 상을 주려 했을 때 그가 거절한 사유를 들어보면 뭔가 짚이는 것이 있다. "심사위원들의 자격을 믿지 않기 때문"이라는 것이 그가 수상을 거부한 이유다. 심사할 자격이 의심스러운 자들이 주는 상은 받지 않겠다—오 그랬구나, 그리샤, "차라리 버섯상이 낫지"가 그대의 메시지였구나, 잉? 그렇다면 세계수학자대회의 필즈 메달을 거부한 것도 심상치 않군그래.

우리가 궁극적으로 생각할 거리는 그리샤 페렐만 같은 사람이 지금의 대한민국에 태어나 학위를 한다면 그가 대학에 취직이나 할 수 있을까, 영광도 명예도 돈도 내팽개치는 사람이 한국 대학 사회 어느 곳에 발붙일 수 있을까라는 문제다. 그가 천재라면 우리의 교육이, 우리 대학들이, 그런 유형의 천재를 길러내고 보듬을 수 있을까. 돈 될 '대형 연구' 같은 것에나 목매단 대학들이 혼자 외롭게 무언가 쓰잘데없어 뵈는 일이나 추구하고 다니는 페렐만 스타일의 학자를 당장 내쫓지 않고 견딜 수 있을까. 그리샤, 너는 한국에는 오지 마라. 여긴 버섯의 숲도 없다네.

한겨레 2006. 8. 25

우리들의 홈리스

> 무엇보다도 나자렛 예수는 '홈리스'이다. 그는 집이 아닌
> 곳에서 집 없이 태어난 존재다. 이상하지 않은가, 집 없이
> 홈리스로 태어난 자에게서 사람들이 되레 '집'을 발견하고
> 집을 구한다는 것은?

히딩크의 나라 네덜란드에서는 산타클로스가 아이들에게
선물을 가져다주는 날이 크리스마스 전야 아닌 12월 5일 밤이
다. 산타클로스가 이처럼 빨리 네덜란드의 아이들을 찾아오는
이유는 12월 6일이 네덜란드에서는 '신터클라스Sinterklaas' 축일
이기 때문이다. 신터클라스는 산타클로스의 기원이 되었다고
알려진 성 니콜라스의 네덜란드식 이름이고 12월 6일은 그의
탄생일이다. 정확히 따지면 12월 6일은 성 니콜라스가 태어난
날이 아니라 '죽은 날'이다. 가톨릭의 성인 축일은 성인의 영혼
이 '하늘로 들어간 날'이지 그가 세상에 태어난 날이 아니다.
그러나 죽은 날이 태어난 날로 뒤바뀌기도 하는 것은 민중 축
제의 경우 흔히 있는 일이다. 가톨릭 성인 니콜라스가 지금은
프로테스탄트를 포함한 기독교 세계 일원에서 산타클로스로
다시 태어난 것이나 그의 축일과 아무 관계 없는 크리스마스가
마치 '산타클로스의 날'처럼 되어버린 것도 민중 축제의 흥미

로운 조화다.

성 니콜라스이건 신터클라스이건 혹은 다른 어떤 이름에 연결되건 간에, 산타클로스는 오늘날 기독교 문화권을 넘어 세계 많은 지역에서 아이들을 위한 축제의 주인공이 되어 있다. 우리 경우도 마찬가지다. 교인 집안이냐 아니냐에 상관없이 한국 아이들에게 산타는 '선물을 가져다주는 할아버지'고 크리스마스는 다른 어떤 것이기에 앞서 '선물 받는 날'이다. 산타가 나만 빼놓고 지나가면 어쩌나 싶어 아이들은 조바심친다. 산타와 비밀 교신을 시도하는 아이들도 있다. 아이들에게 산타의 선물은 그들이 이 세상에서 결코 무의미한 존재는 아니라는 것을 확인시키는 소중한 증표와도 같다. 산타가 나를 알아줄까? 어른들은 그런 아이들을 보며 그들 자신 산타가 되지 않고는 배길 재주가 없다. 무신론자도, 기독교 비판자도, 크리스마스 상업주의를 혐오하는 사람도, 슬그머니 산타가 되어 아이들을 위한 선물을 준비하고 잠든 아이의 머리맡에, 양말짝에, 아이를 위한 존재 확인의 증물을 넣어둔다. 그리고 다음날 아침 말한다. "야아, 너 선물 받았구나? 산타 할아버지가 너 착하다고 준 거지, 그렇지?"

4세기 적 실존 인물 니콜라스가 산타클로스로 부활한 것은 무엇보다 그의 생애가 '선물'과 깊이 연결되어 있기 때문이다. 그는 소아시아(지금의 터키) 서부 지중해 연안의 그리스인 거주지 미라에서 태어나 초기 교회의 주교를 지낸 사람이다. 그는 부유한 집안 출신이다. 부자 니콜라스의 생애에서 가장 유명한 것은 그가 어떤 가난뱅이 집안의 세 딸을 위해 세 번씩 금화를 선물했다는 이야기다. 가난에 쪼들린 아비는 딸들을 모두 유곽에 넘기기로 하는데, 이 소식을 들은 니콜라스는 밤중에 몰래 그 집을 찾아가 굴뚝으로 금화를 떨어뜨린다. 금화는 딸들의 양말 속으로 떨어진다. 그렇게 차례로 선물을 받은 처녀들은 그 돈으로 혼수를 장만해서 좋은 곳으로 시집갈 수 있게 된다. 니콜라스는 물려받은 재산 전부를 그런 식으로 가난한 자들에게 나눠주었다고 한다.

이 나눔의 정신을 생각하면, 성 니콜라스가 산타클로스가 되고 그의 사망일이 나자렛 예수의 탄생일인 크리스마스와 연결된 것은 그리 이상한 일이 아니다. 죽음은 도착이 아니라 떠남이기 때문에 산타가 선물을 들고 찾아오는 도착의 날은 어떤 새로운 탄생의 날과 연결되는 편이 대중적 상상력에는 훨씬 더 자연스러울지 모른다. 그리고 무엇보다, '신의 아들'이 인간의 몸으로 세상에 태어났다는 사건 자체가 '선물의 도착'이다. 그 도착으로 인해 하늘과 땅은 연결된다. 그 도착으로 인해 이 지상에는 인간의 세계가 신의 세계와 무관하지 않고 신이 인간의 일에 무관심하지 않다는 정보가 퍼진다. 이런 정보를 가진 세계는 그것이 없는 세계보다는 훨씬 낫다. 아무리 더럽고 어지럽고 피냄새 나는 곳이라 할지라도 인간계가 어떤 신성한 것과 연결되어 있다고 생각하는 순간 그 세계가 사람들에게 갖는 의미는 달라진다.

물론 이의가 없지 않다. 자기를 보살피고 지켜주고 위로하는 신을 믿는 것은 나쁘지 않다, 그러나 누가 '거짓말'을 믿을 수 있는가, 인간이 왜 거짓말의 위로를 받아야 하는가라고 리처드 도킨스 같은 생물학자는 반문한다. 낯익은 질문이다. 하지만 믿음에 얽혀 있는 것은 거짓말의 문제가 아니라 인간이 포기하기 어려운 화해와 의미 추구의 문제다. 인간은 그 자신의 유한성, 그 자신의 죽음과 화해해야 하고 이 지상에 사는 동안은 자기 존재의 의미를 만들고 찾아내어 자신의 삶을 어떤 정당성의 문법 위에 올려놓지 않으면 안 된다. 과학과 기술의 시대에도 종교 등의 상징적 연결 체계가 사라지지 않는 것은 화해와 의미 추구가 인간적 삶의 생략할 수 없는 요청이기 때문이다.

이 시대에 성탄절이 갖는 의미는 특별하다. 나자렛 예수가 태어난 곳은 여관방도, 호텔도, 산실도 아닌 말구유다. 그의 탄생은 가장 지고한 존재가 가장 미천한 곳에 내려온 사건, 말하자면 가장 높은 것과 가장 낮은 것, 가장 부유한 것과 가장 빈한한 것의 결합이고 만남이다. 무엇보다도 그는 '홈리스'이다. 그는 집이 아닌 곳에서 집 없이 태어난 존재다. 이상하지 않은가, 집 없이 홈리스로 태어난 자에게서 사람들이 되레 '집'을 발견하고 집을 구한다는 것은? 19세기의 영국 평론가, 시인, 칼럼니스트, 저술가 G. K. 체스터턴이 「크리스마스의 시」를 썼을 때, 그를 움직인 영감도 그 말구유 아기의 '집 없음'이다. "짐승들이 여물 먹고 침 흘리는 곳/ 그 누추의 구유에서 태어난 아기/ 그가 집을 갖지 않는 곳에서만/ 그대와 나는 집을 얻네/ 우리의 손은 만들고 머리는 안다/ 그러나 우리는 잃어버렸네, 오래전에, 우리의 가슴을."

「크리스마스의 시」에 곡조를 붙이면 크리스마스 캐럴이 된다. 홈리스로 태어난 자, 홈리스였기 때문에 오히려 사람들에게 '홈'이 된 존재의 그 이상한 비밀을 노래해보는 것이 아무래도 올해 우리의 크리스마스 캐럴이었으면 싶다. 당신과 내가 선물을 사들고, 그리고 선물 보낼 곳들을 생각해보며 집으로 들어가는 날의 저녁을 위해서.

한겨레 2005. 12. 23

신년 작심

자본주의가 사람들의 미움을 사지 않을 방법은 인간의 체온
을 가진 자본주의를 만드는 것이다. 그 자본주의에서 기업
이 선택해야 할 방향은 자본, 주주, 투자자 들의 최대 이익
만을 챙기는 일이 아니라 최소한 여섯 가지 가치들을 함께
고려하는 쪽으로의 '패러다임 전환'이다. 고객, 노동자, 투
자자, 하청업체와 대리점, 사회 공동체, 환경이 그 여섯 가
지 가치다. 파스칼의 말처럼 인간은 천사도 짐승도 아니다.
한국인의 집단적 신년 소망은 천사처럼 살고자 하는 것이
아니라 사막의 불안한 짐승처럼 살기를 거부하는 것이다.

신년 작심은 사흘을 넘기기 어렵게 단명하다. '새해에는
술이여 안녕' 혹은 '담배 그만'이라고 머리에 재를 뿌리며 다짐
한 사람들의 결심은 하루 만에 무너지거나 그 이행이 무한 연
기된다. 결심의 주인을 곧잘 배반하는 것도 그 신년 작심이라
는 것의 이상한 버릇이다. '모든 일을 정확히'라는 결심을 세우
고 새해 아침 동해의 떠오르는 해를 보기 위해 달려간 사람이
엉뚱한 열차를 타는 바람에 정확히 서쪽으로 내달렸다는 식의
착오가 말하자면 결심의 배반이다. 그러나 이런 단명성과 잦은
배반에도 불구하고 우리는 새해 결심 세우기를 중단하지 않는

다. 자기 갱신의 의식 같은 것이 신년 결심이기 때문이다.

새해 첫날에 세워보는 결심은 성찰, 약속, 소망이라는 세 가지 요소를 담고 있다는 점에서 특별하다. 작년 한 해 손전화를 여섯 번 잃어버리고 여섯 번 되찾은 한 아가씨의 신년 결심은 '손전화를 챙겨라, 언제나'이다. 시인 아무개씨의 신년 작심은 '졸지 말자'다. 구랍 어느 날, 그는 집으로 가기 위해 당고개행 전철을 타긴 했으나 술기운에 졸고 졸다가 열차가 당고개를 돌아 새벽 1시 반대편 종착역 오이도에 도착해서야 강제 하차를 당한 경험을 갖고 있다. 지난해의 실수에 대한 반성, 황당한 실수는 반복하지 말자는 다짐, 다짐의 순탄한 이행을 바라는 소망, 이런 것을 자기 갱신에 연결시키는 일이 아니라면 신년 결심이라 해서 특별할 것이 없다.

사람들의 신년 결심에 담긴 사연들은 소소하면서 의미 있는 인류학적 자료이기도 하다. 손전화를 챙기자는 결심은 21세기 초 한국인의 일상에서 그 손전화라는 것이 얼마나 중요한 녀석이었는가를 증언한다. 손전화를 여섯 번 잃고 여섯 번 되찾을 수 있었다는 것은 손전화 주인 찾아주기에 관한 한 한국인이 무척 정직했다는 사회학적 증거이거나 분실 기기를 '위치 추적'으로 찾아내는 기술이 2005년의 한국에는 이미 일상화되어 있었다는 소리다. 지난 한 해 엉뚱한 귀가 전철을 탄 한국인은 얼마이며 술에 취해서, 혹은 피로에 절어서, 무한히 졸다가 내릴 곳놓치고 오이도로 어디로 빙빙 돈 '서울의 오디세우스'는 몇 명일까? 사회학도라면 관심을 가질 만한 일상의 사회학이 거기 있다. 신문들도 한국인들의 신년 결심을 취재 보도할 만하다. 그 구구한 결심의 사연들에는 이 시대를 살아가는 한국인의 불안과 희망, 눈물과 웃음이 담겨 있을 것이므로.

집단의 삶에 대한 기원을 담을 수 있다는 것도 정초 소망 세우기의 매력이다. 신년 결심이 주로 개인들의 사적 삶에 관한 것이라면 신년의 기원 속에는 나 개인을 넘어 '우리'의 삶을 갱신하려는 집단적 소망도 담긴다. 집단적 소망이 없는 사회는 표류하는 배처럼 위험하고 공허하다. 한 배를 탄 사람들은 적어도 그 배를 어디로 어떻게 몰고 갈 것인가에 대한 합의와 약속을 가져야 한다. 개인들의 소망이 갈래갈래 찢어진 시대일수록 그 각각의 소망들이 존중되고 이루어질 수 있게 할 공통의 마당과 공통의 규칙, 그리고 규칙 준수의 약속이 필요하다. 우리가 2006년의 대한민국을 위한 어떤 집단적 소망을 표현해볼 수 있을까? 투표해보지도 않고?

투표해보지 않아도 한국에 5년 이상 살아본 사람이라면 2006년 한국인의 집단적 소망이 무엇인지 안다. 그 소망의 목록 첫머리에 올라 있는 것들은 ①취업과 고용 안정 ②빈부 양극화 해소 ③사람을 생각하는 사회 만들기다. 이것들은 낙원의 소망이기보다는 사람이 사람답게 사람으로 살 수 있는 사회를 향한 열망이다. 그런데 자세히 들여다보면 볼수록 1, 2, 3번 꿈의 어느 것도 한 나라의 힘만으로 이루어낼 수 있는 것이 아니다. 취업과 고용의 불안, 양극화의 심화는 세계시장 체제에 편입된 나라들의 공통 현상이고 세계화 열차를 탄 나라들이 앓고 있는 난치병이다. 우리는 세계화의 열차를 정지시킬 재간이 없고 거기서 뛰어내릴 재주도 없다. 그러나 혼자 풀기 어려운 문제이면서도 그걸 풀기 위해 힘과 재주를 모으지 않으면 안 되는 것이 세계화 시대 단위 국가와 사회 공동체 들의 운명이며 시장 체제 자체의 책임이다.

새해에는 우리의 시장세력과 기업 들이 제발 시장유일주

의 논리와 자본주의의 초보 논리를 경전 외듯 되뇌는 일은 그 만두어주었으면 싶다. 한국 자본주의가 신년에 깨치고 실현해 나가야 할 가장 시급한 과제는 자본주의에 인간의 얼굴을 달아 주는 일이다. 한국판 시장유일주의는 시장 논리에 의한 사회 경 영만이 사회 전체의 목표인 것처럼 시장 체제를 낙원화하고 시 장 논리를 복음화하는 오만에 빠져 있고 기업들은 이윤유일주 의의 포로가 되어 있다. 물론 기업은 이윤을 내야 한다. 그러나 시장이 사회의 목적이 아니듯이 이윤도 어떤 다른 목적을 위한 수단이지 그 자체로 목적이 아니다. 그 '다른 목적'은 아주 간단 하게도 '사람이 사람답게 살 수 있는 사회'의 실현이다. 이 목적 을 빼고 나면 무엇이 이윤 창출을 정당화할 것인가? 21세기 기 업의 모델은 달라져야 한다. 그 새로운 모델을 향한 전환의 첫 걸음은 기업이 수단과 목적의 혼동을 정지하고 자본주의에 인 간의 얼굴을 갖게 하는 데서 시작된다.

자본주의는 반드시 냉혹하지 않아도 된다. 자본주의가 사 람들의 미움을 사지 않을 방법은 인간의 체온을 가진 자본주의 를 만드는 것이다. 그 자본주의에서 기업이 선택해야 할 방향 은 자본, 주주, 투자자 들의 최대 이익만을 챙기는 일이 아니라 최소한 여섯 가지 가치들을 함께 고려하는 쪽으로의 '패러다임 전환'이다. 고객, 노동자, 투자자, 하청업체와 대리점, 사회 공 동체, 환경이 그 여섯 가지 가치다. 이 방향으로의 전환을 모색 하고 실천하는 기업들이 우리 사회에 여럿 등장하고 있다는 것 은 반가운 일이 아닐 수 없다.

우리는 2006년의 대한민국이 꼭 낙원이나 천당 같은 곳이 되기를 바라지 않는다. 그러나 대한민국이 지옥을 임대한 곳처 럼 되어서도 안 된다. 일하고자 하는 사람들이 일할 곳을 얻어

삶을 안정된 궤도에 올려놓고자 하는 것은 낙원 지향이기보다
는 사람처럼 살고 싶은 사람들의 소박한 꿈이다. 파스칼의 말
처럼 인간은 천사도 짐승도 아니다. 한국인의 집단적 신년 소
망은 천사처럼 살고자 하는 것이 아니라 사막의 불안한 짐승처
럼 살기를 거부하는 것이다.

한겨레 2006. 1. 6

그 유명한 아틀라스, 그 유명한 거북, 그리고

> 여보게, 철학하는 친구, 아틀라스의 어깨에 힘을 주어 세계
> 를 지탱할 수 있게 하는 것은 바로 인간일세. 거북이를 떠
> 받쳐 세계를 망하지 않게 하는 것도 인간이네그려. 그러니
> 까 그 유명한 아틀라스를 받쳐주는 유명한 존재, 그 유명한
> 거북이를 떠받치는 유명한 존재는 인간일세.

인간이 사는 이 세계가 무너지지 않고 바로 서 있는 것은 거
인신 아틀라스가 땅덩이를 어깨에 메고 있기 때문이라고 그리스
신화는 이야기한다. 인도신화에 오면 아틀라스는 '거북이'로 바
뀐다. 세계는 바닥 없는 심연 위에 위태롭게 떠 있다. 그 세계가
깊은 나락으로 떨어지지 않는 것은 다행히도 거북이가 밑을 받
쳐주고 있기 때문이다. 아틀라스와 거북이는 세계를 망하지 않
게 하는 '구원자'이고 세계를 떠받치는 '토대'다. 그들은 세계를
지탱하는 안전망의 기초다. 그들의 무한한 인내 덕분에 세계는
부서지지 않고 혼돈의 검은 아가리 속으로 곤두박질하지 않는
다. 그런데 그들의 인내가 무한하지 않다면? 아틀라스가 힘에
부쳐 땅덩이를 내던지고 거북이란 놈이 에라, 나 몰라라 땅덩이
버리고 연애라도 하러 달아나버린다면?
유대 민담에는 좀 다른 이야기가 전해진다. 유대 신비주의

전통의 어떤 이야기에 따르면 이 세계가 망하지 않는 이유는 아틀라스의 어깨나 거북이 등때기 덕분이 아니라 '의인義人들'의 존재 때문이다. 이 세계에는 36인의 감추어진 의인들이 있다. 이 의인들은 다른 사람들 눈에 뜨이지 않고 표나지 않으며 어디에 있는지 아무도 모른다. 그들은 숨어 있고 감추어져 있으면서 다른 인간들을 위해 선행을 베푸는 자들이다. 그들의 아름다운 선행이 이 세계를 지탱하고 존재하게 한다. 그들의 선행은 신을 감동시킨다. 신이 한순간 인간의 세계를 쳐서 멸하려다가도 징벌의 손길을 제어하는 것은 그 숨은 의인들의 선행이 신 앞에서 인간의 길을 내보이고 이 세계를 정당한 것이게 하기 때문이다.

그 의인들은 영웅이 아니다. 학벌 좋은 사람도, 유명 인사도, 고관대작도, 율법학자도 아니다. 그들은 그냥 사람들이 저잣거리에서 보는 평범한 인간, 보통의 이름 없는 이웃, 대장장이, 목수, 농사꾼 같은 사람들이다. 글자를 몰라 경전은커녕 기도문조차 읽지 못하는 의인들도 있다. 교회당에서 그들이 앉는 자리는 회중의 언저리, 먼발치, 문간이다. 그들은 다른 사람들의 눈에 결코 의인으로 비치지 않는다. 그들 스스로도 자기가 의인이라는 것을 모른다. 의인의 표가 나지 않고 '내가 바로 의인'이라는 잘난 의식도 없으므로 그들에게 사회적 인정이 있을 리 없고 자기 인정도 있을 수 없다. 스스로 내가 의인이라 말하거나 '내가 의인이 아닐까' 생각하는 의인이 있다면 그는 그 즉시 죽어 자빠진다. '내가 의인'이라는 생각은 교만을 일으키고 교만은 이미 의인의 길이 아니기 때문이다.

'신 앞에서의 인간의 길'을 생각하는 것은 유대 문화의 정신적 전통이 인류 문명에 준 빛나는 유산의 하나다. 인간의 길이 이웃을 향한 선행이라고 유대 민담은 말하지만, 그 선행이라는 것을 그냥 선행으로만 새겨들어서는 아무래도 허전하다. 선행을 선행이게 하는 가장 중요한 조건은 '고통의 흡수'다. 타인의 고통을 가슴으로 흡수하지 않는 선행은 그냥 내보이기 위한 전시용 선행이기 때문이다. 이런 생각을 해볼 수 있게 하는 것은 유대 신비주의 전통 속의 '36'이라는 숫자다. 이 숫자의 신성성은 유대 문화가 수메르 문명으로부터 물려받은 것이지만 유대 전통에서 '36'이 의미하는 것은 어떤 완전성이다. 세계가 망하지 않고 존재하자면 그 세계에는 반드시 36인의 의인이 있어야 한다. 그래야 세계의 고통이 모두 흡수된다. "의인 한 사람이 죽으면 다른 의인이 나타나 36의 숫자를 채운다"고 유대 민담은 이야기한다. 고통을 담을 그릇이 하나라도 모자라면 안 된다는 얘기다. 이렇게 보면 36인의 의인이란 더도 덜도 말고 '세상의 고통을 흡수하는 자들'이다.

아르헨티나 작가 호르헤 루이스 보르헤스는 『상상적 존재들의 책Book of Imaginary Beings』에서 그 36인의 의인을 37인으로 늘리고 이런 식의 이야기를 풀어놓는다. "세계에는 언제나 37인의 의인들이 있다. 그들의 임무는 신에게 세계를 정당화하는 것이다. 그들은 가난하고, 서로 아는 사이도 아니다. 자신이 의인이라 생각하는 순간 의인은 죽고 세계의 다른 지역에서 다른 의인으로 대체된다. 그 의인들이 우주의 비밀스러운 기둥이다. 그들은 우리의 구원자다. 그러나 그들 자신은 그것을 모른다." 보르헤스가 무엇 때문에 전통 민담 속의 36인 의인을 37인으로 늘렸는지는 알 수 없다. 그러나 그 암시는 흥미롭다. 서른일곱 번째 의인은 혹시 당신이 아닌가? 당신이 바로 그 의인이어야 하지 않는가? 스스로 의인인 줄 모르고 또 몰라야 하는 그 의인이?

지금 우리는 양극화 시대의 고통을 겪고 있다. 세계는 늘 고통스러운 곳이지만 고통의 기원, 성격, 종류는 시대마다 다르고 처방도 다르다. 고통의 기원과 성격에 따라 처방은 달라야 한다. 정부가 내놓을 수 있는 처방이 있고 사회가 내놓아야 할 처방이 있다. 개개의 시민이 생각해야 할 처방도 있다. 그러나 그 모든 처방들이 함께 나누어 가져야 하는 어떤 공통의 것이 있다. 그것은 누구도 예외일 수 없는 책임의 윤리학, 말하자면 사회적 삶의 고통에 대한 공동 책임감이다. 가진 자는 가진 자대로, 가난한 이는 가난한 대로 손을 열어 베풀고 가슴을 열어 흡수해야 할 것이 있다.

그리스신화의 아틀라스나 인도신화의 거북이가 세계의 '토대'를 만들어주고 있다는 이야기에 대해서는 '토대의 토대'를 질문하는 철학의 꼬투리 잡기가 빈번하다. 아틀라스가 땅덩이를 떠메고 있다면 그 아틀라스가 서 있는 발판은 무엇인가? 거북이가 땅덩이를 떠받치고 있다면 그 거북이를 떠받치는 자는 누구인가? 철학자들은 곧잘 말한다. 인간아, 꿈꾸지 말게, 너의 세계를 받쳐줄 튼튼한 토대는 아무데도 없다네. 36인의 의인들의 얘기로 이런 꼬투리 잡기에 대응할 방법이 있을까? 철학적 목적보다는 사회적 이유에서? 방법이 있을 것도 같다. 여보게, 철학하는 친구, 아틀라스의 어깨에 힘을 주어 세계를 지탱할 수 있게 하는 것은 바로 인간일세. 거북이를 떠받쳐 세계를 망하지 않게 하는 것도 인간이네그려. 그러니까 그 유명한 아틀라스를 받쳐주는 유명한 존재, 그 유명한 거북이를 떠받치는 유명한 존재는 인간일세.

그러나 여기서 잠깐, 우리가 자신 있게 말할 수 있을까? 그 유명한 인간이 지금의 방식으로 제 생각만 하면서 혼자 퍼

먹고 배 불리고, 똥 말고는 어떤 것도 나누지 않는다면 그가 언제까지 유명할 수 있을 것인지? 언제까지 세상 망하기를 제 힘으로 막을 수 있을지?

한겨레 2006. 3. 3

쾌락의 경제학과 바보 노선

아무도 바보가 되지 않으려는 시대는 오히려 정신의 창조
적 자원을 고갈시킴으로써 가장 확실하게 모두를 바보가
되게 하는 시대일 수 있다. 이것이 '쉽게 쉽게'의 쾌락 경제
학이 지닌 궁극적 비합리성이다.

인간은 자신의 삶에 최대의 편리성과 편의성을 도입하려는
경향을 갖고 있다. 프로이트에 따르면 이 경향은 쾌락 추구의 경
제학적 원리이다. 에너지의 최소 투자로 최대의 쾌락을 얻어내
는 것이 쾌락의 경제학이다. 어떤 물건을 100원에 살 수 있을 때
는 같은 물건을 200원 내고 사지 않는 것이 경제행위의 합리성
이자 만족의 원리인 것처럼, 쉬운 방법으로 쾌락을 얻을 수 있을
때는 그것을 택하는 것이 쾌락 경제학의 합리성이다. 최소 투자
의 쉬운 방법이 있는데도 굳이 어렵고 힘든 방법을 선택한다면
그건 확실히 합리성을 저버리는 '바보의 노선' 같아 보인다.
　지금은 아무도 바보가 되지 않으려는 시대, 바보의 노선에
대한 적극적 경멸의 시대이다. 예컨대 짜깁기, 복사, 모방과 같
은 손쉬운 방법으로 소설 쓰고 영화 만들고 그림을 그릴 수 있
는데도 그 방법들을 거부하는 것은 바보 되기의 지름길이다.
이런 바보는 오늘날 허용 가능한 귀여운 '동네 바보'가 아니라

적극적 경멸의 대상이다. 비디오로 보면 두어 시간의 에너지 투자만으로『전쟁과 평화War and Peace』를 손쉽게 소화할 수 있는 데도 소설『전쟁과 평화』를 읽느라 이틀 사흘씩 시간을 보낸다면 그 역시 바보 되기의 확실한 길이다. 이 종류의 바보는 시간만 낭비하는 것이 아니라 목뼈 디스크에 걸려 병원 가고 그래서 사회에 비생산적 부담까지 안길 가능성이 있는 바보, 말하자면 바보 부족의 극치다. 그는 '이 시대 으뜸 바보상 수상'의 영광을 차지하는 대신 적극적 기피와 경멸의 대상이 된다.

문화 수용자들로 하여금 에너지의 최소 투자로 최대의 즐거움을 얻게 해주려는 것은 대중문화의 일반적 생산 원리다. 쾌락의 경제학에 입각한 이 원리는 '쉽게, 재미있게'를 생산의 대원칙으로 삼는다. 대중문화의 주요 기능이 오락성 문화 소비물의 사회적 제공이라면 어렵고 난해하고 힘든 오락물은 이미 오락물이 아니다. 수용자들에게 땀 흘리게 하기보다는 쉽게 하고 긴장을 풀게 하고 삶의 난제들을 잠시 잊을 수 있도록 도피성 망각의 기회를 주는 것은 대중문화의 거대한 사회적 효용이다. 아무도 이 효용을 부정하지 않고 그것의 필요성을 부인하지 않는다. 인간의 사회적 삶은 '짜기(긴장)'와 '풀기(긴장 해소)'의 순환에 입각하기 때문에 오락물을 통한 긴장의 최소화는 긴장의 최대화를 요구하는 경쟁적 생존 환경 속의 불가피한 휴식 기제이다.

그런데 문제는 어디 있는가? 지금 우리 사회가 보여주는 문화론적 문제들 가운데 가장 심각한 것은 대중문화적 효용의 남용, 다시 말해 문화의 전면적 오락화 경향이다. 작가들에게 "쉽게 써라"라는 주문은 주문 이상의 '명령'이 되어 있고 "왜 이리 어려워?"라는 말은 '수용 거부'를 의미하는 확실한 신호다. 쉽게 쓰지 않거나 못하는 작가는 역량이 없는 사람, 또는 굶어 죽기로 작정한 사람이다. 오락물 이상의 영화는 이미 영화가 아니다. 창조적 사색과 판단, 비평적 견해를 담은 저술들은 책방에서 먼지만 뒤집어쓰고 있다가 쓰레기 분리수거통의 '종이'함에 들어가기 바쁘다.

문화는 소비 영역으로만 그치는 것이 아니다. 그것은 소비 이상의 창조적 생산활동의 영역이기도 하다. 창조적 생산은 생산자와 수용자 모두의 땀을 요구한다. 창조적 생산치고 손쉬운 것은 없고 창조적 수용의 경우에도 최대의 에너지 투자가 요구된다. 좋은 예술작품이란 쉽게 즐거움을 주는 작품이기보다는 수용자에게 거의 언제나 최대의 에너지 투자를 요구하는 작품이고, 투자한 만큼의 즐거움을 주는 작품이다. 어려운 책이 반드시 고전인 것은 아니지만 고전치고 어렵지 않은 것은 없다. 모두 쉬운 길로만 뛰려는 문화, 쉽지 않은 것은 철저히 기피되는 문화, 쾌락의 경제학을 생산과 수용의 전면적 논리로 삼는 문화는 섬유질 없는 이유식의 문화다. 이런 문화 속의 사회는 장담컨대 정신적 '유아기'를 벗어나기 어렵다.

신매체의 시대가 문화의 전면적 오락화를 진행시키고 정신의 유아적 퇴행을 강하게 부추기고 있다는 사실은 우리가 마땅히 주목해야 할 사항의 하나이다. 아무도 바보가 되지 않으려는 시대는 오히려 정신의 창조적 자원을 고갈시킴으로써 가장 확실하게 모두를 바보가 되게 하는 시대일 수 있다. 이것이 '쉽게 쉽게'의 쾌락 경제학이 지닌 궁극적 비합리성이다.

이 역설의 진리에 주목할 때, 힘든 길을 일부러 선택하기도 하는 '바보의 노선'은 결코 바보의 노선이 아니다. 오늘날 그 노선처럼 소중하고 필요한 것도 없다.

한겨레 1995. 1. 21

질문을 잃어버린 아이들

"이 대학에는 어떤 학생들이 옵니까?"라는 학부모 질문에
"어려서 질문이 많았던 아이들이 자라 우리 대학으로 옵니
다"라고 대답한 총장이 있다. 그는 질문의 위대함과 경건함
을 아는 사람이다. 질문이 죽으면 호기심도 죽고 호기심이
죽으면 탐구의 열정도 죽는다.

　어른을 쩔쩔매게 할 질문을 던질 수 있다는 것은 아이들이
가진 특권의 하나다. 여섯 살짜리가 "엄마, 불은 왜 뜨거워?"라
고 물으면 엄마는 쩔쩔맨다. "뜨거우니까 뜨겁지"라고 말하는
것은 대답이 아니란 걸 엄마는 안다. "얘는, 안 뜨거운 불도 있
니?"라며 슬쩍 역공을 시도해보아도 마음은 개운치 않다. 그건
곤경을 면하려는 궁여지책일 뿐 대답은 아니기 때문이다. "내
가 그걸 어떻게 알아?"라고 말했다가는 엄마의 권위가 말이 아
니다. "너 그런 쓸데없는 거 물어볼래?"라고 야단치는 것은 그
결과가 너무도 파괴적이다. 야단맞은 아이는 자라처럼 목을 움
츠리고 시무룩해진다. 이 '시무룩'이 자꾸 쌓이면 아이는 질문
하기 전에 망설이고 눈치보고, 그러다가 질문을 상실한다.
　질문을 상실한 아이들이 자라 멍청이가 된다. 어른들이 아
이들의 질문 앞에 최고로 경건해지는 것은, 아니 최고로 경건

해져야 하는 것은, 아이들을 멍청이로 키울 권리가 누구에게도 없기 때문이다. 어떤 노벨상 수상자는 "1+1이 어째서 2가 되어야 합니까?"라는 한 소년의 질문에 답하기 위해 쩔쩔매면서 무려 11장이나 되는 '답변서'를 쓴 적이 있다. 그는 아이들의 질문 앞에 경건해져야 한다는 것을 아는 사람이다. "이 대학에는 어떤 학생들이 옵니까?"라는 학부모 질문에 "어려서 질문이 많았던 아이들이 자라 우리 대학으로 옵니다"라고 대답한 총장이 있다. 그는 질문의 위대함과 경건함을 아는 사람이다. 질문이 죽으면 호기심도 죽고 호기심이 죽으면 탐구의 열정도 죽는다.

　밖으로 공부하러 나간 한국인 유학생들에게서는 거의 공통적으로 세 가지 특징이 발견된다고 말하는 미국 대학 교수들이 많다. 질문이 없다, 자기 생각이 없다, 토론할 줄 모른다는 것이 그 3대 특징이다. 물론 이건 과장일 수 있다. 유학 초기에는 우선 말이 잘 안 되니까 질문이 있어도 없는 척, 생각이 있어도 없는 척해야 할 때가 많다는 것을 유학 생활을 경험한 사람들은 안다. 토론도 마찬가지다. 세미나에서 어쩌다 한국인 학생이 발언하면 교수가 몸을 30도 각도로 기울이며 바짝 긴장하는 수가 있다. 무슨 소리를 하나 알아듣기 위해서다. 말은 서툴지만 발언 요지가 왜 없겠는가. 그럴 때 교수는 고개를 끄덕이며 "지금 미스터 김이 한 말은," 하고 발언의 핵심을 다시 유창하게 요약해서 중계방송해주는 수도 있다. 그런 교수를 만난 유학생은 행복하다.

　그러나 한국 학생들의 소위 그 '3대 특징'이 전혀 터무니없는 평가냐면, 그렇지 않다. 영어를 쓰지 않아도 되는 대한민국 대학 강의실에서도 그 세 가지 특징은 여지없이 발휘되기 때문이다. 강의실에 올 때는 질문을 들고 와라, 대학생은 질문 생산자다, 질문이 없으면 공부도 없다, 이런 식으로 교수들은 질문을 권고하고 유도한다. 강의 시작하기 전에 질문지부터 제출하게 하는 수도 있다. 학생들의 머릿속에 질문이 있어야 강의도 되고 토론도 가능하다. 그러나 이런 노력이 빠른 성과로 보답되는 일은 극히 드물다. 한 학기 내내 "질문하라"는 주문이 연거푸 떨어지지만 그때마다 학생들은 시선을 내리깔면서 시무룩해진다. 그러다가 교수 자신이 궁금해진다. 도대체 이 시무룩의 이유는 무엇인가? 한번은 교수가 휴게 시간에 복도를 지나가는데 학생 몇이 한쪽에 몰려서서 저희들끼리 투덜대는 소리가 들린다. "교수님이 자꾸 질문하라, 질문하라 그러는데 뭘 알아야 질문하지." 그날 이후 그 "뭘 알아야 질문하지"는 그 교수에게 크나큰 화두가 된다. 정말 뭘 알아야 질문하는가? 질문하는 법을 가르쳐주어야 하는가?

질문하는 법? 질문하는 법은 고장난 똥차 고치는 법, 피시 프로그램 까는 법, 감자 수제비 뜨는 법과는 좀 다르다. 그것은 '어떻게'에 매달리는 방법지know-how의 기술이기보다는 묻는 행위 그 자체를 포기하지 않는 정신적 습관에 더 가깝다. 반드시 뭘 알아야 질문이 가능한 것은 아니다. 아이들이 질문이 많은 것은 궁금한 것이 많아서이지 뭘 많이 알아서가 아니다. 궁금한 것을 질문으로 표출하는 정신의 습관 유지하기, 거기서 질문이 나오고 질문의 능력이 자란다. 한국 대학생들이 질문하지 않는 것은 중등교육 6년을 지나는 사이에 질문하는 습관보다는 질문하지 않는 습관에 더 익숙해졌기 때문이다. 아이들이 궁금증을 발동하게 하기보다는 "얘들아, 이건 중요해, 시험에 나올 거야"라면서 이른바 '족집게' 교사가, 과외 선생이, 쓰레기통 뚜껑 열듯 아이들의 머리 뚜껑을 열고 그 중요하다는 것들을 쏟아붓는 것이 우리네 중등교육의 장기다. 그 방식의 교육으로부터 스스로 질문하고 발견하는 정신의 습관이 자랄 길은 없다.

지난 한 10년 동안 소위 '인문학의 위기' 문제와 관련해서 인문학도들에게 가장 많이 제기되는 '질문'의 하나는 지금 이 시장의 시대에 인문학의 가치와 용도가 무엇이냐라는 것이다. 시장의 시대에 인문학은 무슨 돈이 되는가, 돈도 안 되고 쓰잘 데도 없다면 인문학의 설 자리는 어딘가? 이런 질문은 동정과 우려에서 나오는 수도 있고 비아냥거림의 문맥에서 나오는 수도 있다. 하도 자주 듣다보니 인문학이 '돈 버는 데'도 중요하다, 인문학의 경제적 가치는 이러저러하다, 어쩌고 하면서 인문학 옹호에 나서는 사람들도 있다. 인문학을 사람들의 삶에 훨씬 더 가까이 접맥시켜야 한다는 주장도 나온다.

인문학은 인문학자만을 위한 것이 아니고 전공자만을 위한 것이 아니다. 무슨 일을 하건 질문하는 일이 결정적으로 중요하다면 모든 사람이 바로 그 질문하기의 정신 습관을 몸에 붙이게 하는 것이 인문학이다. 인문학의 기본 질문들은 인문학도만의 것이 결코 아니다. 이를테면 "나는 왜 여기에 있는가?"라는 물음 같은 것이 인문학의 기본 질문이다. 나는 왜 여기 이 자리에 있는가? 이 질문은 우리를 되비추는 거울과도 같다. 한국 신문의 상당수 기자들은 '비뚤어진 기사를 쓰기 위해' 그 자리에 있다. 상당수 정치인은 당리당략을 위해 거기 있고 상당수 교육 종사자들은 틀린 교육을 하기 위해 교단에 서 있다. 명령과 양심 사이에서, 이해관계와 공익 사이에서 혼이 찢어지는 것을 경험하기 위해 어떤 자리를 지키고 있는 사람들도 없지 않다.

모든 사람이 "나는 왜 여기에 있는가" 스스로 묻고 그 질문의 거울 앞에 서게 하는 것, 그게 우선 인문학의 가치다.

한겨레 2006. 8. 11

절반의 선물

> 큰 도둑 프로메테우스가 헤파이스토스의 대장간에 들어가
> 불을 훔치는 데는 성공하지만, '시민의 덕'은 제우스의 방
> 에 있었기 때문에 훔쳐내지 못한다. 그러니까 그가 인간에
> 게 전달한 것은 '절반의 선물'인 셈이다.

그리스신화에 나오는 프로메테우스 이야기를 모르는 사람
은 별로 없다. 프로메테우스의 명성이 아직도 자자한 것은 그
가 인간에게 불을 훔쳐다줌으로써 인간이 동물계에서 결정적
인 '비교 우위'를 확보할 수 있게 해주었기 때문이다. 불은 무
기이자 기술이며 힘이다. 불은 인간이 얻은 최대의 선물임이
틀림없다. 비교 우위는 인간과 여타 동물들 사이의 이야기로
끝나지 않는다. 21세기 인간 그 자신의 세계에서도 누가 더 많
은 불을 가졌는지가 국가 간 힘의 서열을 결정한다. 미국이 지
금 한창 으스대는 것은 지상에서 가장 많은 불과 불의 사용 기
술을 손에 쥐고 있기 때문이다.
　　그런데 플라톤 대화편 『프로타고라스Protagoras』에 전해지는
프로메테우스 이야기에는 조금 색다른 대목이 나온다. 프로메
테우스가 인간에게 줄 선물을 훔치기 위해 신들의 세계로 숨어
들었을 때 그가 훔치고자 한 물목이 오로지 '불' 하나만은 아니

었다는 것이다. 그가 의중에 두었던 또다른 물목은 '시민의 덕 civic virtue'이다. 그러나 그는 이 품목을 가져오지 못한다. 그는 절름발이 공예의 신 헤파이스토스의 대장간에 들어가 불을 훔치는 데는 성공하지만, '시민의 덕'은 제우스의 방에 있었기 때문에 큰 도둑 프로메테우스조차도 그 품목만은 훔쳐내지 못한다. 그러니까 그가 인간에게 전달한 것은 '절반의 선물'인 셈이다. 그가 의도했던 또하나의 선물은 결국 '배달되지 않은 선물'로 남는다.

이 배달되지 않은 선물을 어찌할 것인가? 배달되지 않았기 때문에 인간은 아주 포기해야 하는가, 아니면 제 손으로라도 그 빠진 선물을 확보해야 하는가? 당대 논변 수사학의 거두 프로타고라스가 어느 날 그를 찾아온 소크라테스 일행에게 프로메테우스 이야기를 꺼낸 것은 바로 이런 문맥에서다. 그 빠진 선물은 포기하기에는 너무도 소중한 것이다. 인간 사회의 정의, 공동체를 위한 덕목, 무엇이 옳고 그른지를 판단할 능력과 용기와 실천력―이런 것들이 그 '시민의 덕'에 포함되기 때문이다. 그러므로 그 배달되지 않은 선물은 인간이 제 손으로 확보해야 한다고 프로타고라스는 주장한다. 어떻게? "가르쳐야 한다"고 프로타고라스는 말하고 "덕이 가르쳐질 수 있는 것인가?"라고 소크라테스는 반문한다. 이 방법 논쟁을 위해 두 사람은 화창한 봄날 하루를 바친다.

그 배달되지 않은 선물의 빈자리가 너무도 커 보이는 곳이 바로 21세기 한국 사회다. 인간은 '불' 덕분에 먹고살 일상의 기술은 확보했을지 모르지만 불 못지않게, 혹은 그 이상으로 중요한 시민의 덕은 갖고 있지 못하다는 것이 프로타고라스의 문제 제기였다면, 이는 프로타고라스의 시대를 떠나 현대사회

전반의 문제로 부상한다. 그러나 그 문제가 뼈아픈 성찰의 화두로, 사회 경영의 원칙적 질문으로, 교육의 근본적 과제로 진지하게 제기되고 사회 전체가 '시민의 덕목'을 키울 방도를 찾아야 할 곳은 지구촌의 다른 어느 동네보다도 바로 우리 동네, 우리 사회다.

이 논단의 자리를 빌려 거듭 강조하고 싶은 것은 도덕주의적 설교가 아니라 민주 시민사회를 만들고 시민의 역량을 키워야 한다는 것 이상으로 지금 우리에게 절박하고 절실한 명령은 없다는 것이다. 왕조 사회의 신민臣民이었다가 식민지 시대를 거쳐 졸지에 뭐가 뭔지도 모르고 '민주공화국'의 국민으로 바뀐 것이 근대 한국인의 정치적 운명이었다면, 이 운명의 전개에서 거의 송두리째 빠진 것이 '시민으로의 성숙'이라는 과정이다. 그러므로 이 빠진 부분을 메우고 시민적 역량이라는 이름의 선물을 우리 손으로 만들어야 한다는 것은, 모든 정권의 의무이며 사회 전체의 책임이다. 우리가 세계 13대 교역국가라는 자랑만으로는 그 배달되지 않은 선물의 빈자리가 채워지지 않는다.

한겨레 2002. 3. 4

통나무도 황새도 아닌

민주주의에 싫증난 개구리들이 제우스를 찾아가 간청한다.
"민주주의는 너무 무기력합니다. 우리에게 왕을 주십시오." 개
구리들이 사는 연못에 어느 날 요란한 소리가 나면서 무언가가
풍덩 떨어진다. 하늘에서 '왕'이 강림한 것이다. 개구리들은 왕
의 얼굴을 쳐다볼 생각도 못하고 벌벌 떨다가 한두 녀석이 용기
를 내어 조금씩 접근하기 시작한다. 가까이 가도 아무 탈이 없
자 개구리들은 왕의 다리를 만져보기도 하고 어깨에 올라가 팔
짝팔짝 뛰어보기도 한다. 그러나 온 동네 개구리들이 무슨 짓을
해도 왕은 조용하다. 그는 모든 것을 허용하는 평화의 왕이다.
제우스가 내려보낸 것은 커다란 통나무였기 때문이다.

개구리들은 다시 제우스를 찾아가 호소한다. "우리는 멍청
이 왕을 원치 않습니다. 우리가 바라는 건 활동적인 왕이올시
다." 제우스가 이번에는 큰 황새를 내려보낸다. 황새왕은 활동
을 개시한다. 그는 연못의 개구리들을 닥치는 대로 쪼고 찌르
고 잡아먹는다. 개구리들의 비명이 요란하자 제우스는 말한다.
"내가 숙고 끝에 내려보낸 부드러운 평화의 왕을 너희들은 싫
다고 하지 않았느냐? 또 무엇을 보내랴? 더 지독한 놈을 보내
기 전에 만족하고 있을지어다."

17세기 프랑스 우화 작가 라퐁텐의 이 이야기는 정치의 퇴

보와 역전 가능성에 관한 유용한 교훈을 담고 있다. 민주주의를 할 줄 모르는 국민은 민주주의의 느린 속도에 짜증내고 토론, 설득, 절충, 타협의 과정들이 불가피하게 요구하는 느릿느릿한 합의 절차들을 곧잘 무능과 비효율로 간주한다. 그 순간부터 그들은 우화 속의 개구리들처럼 옛날의 왕을, 혹은 독재자를, 그리워하기 시작한다. 그리고 "독재, 독재라지만 독재가 더 효율적이었잖아?"라는 소리, "이럴 땐 그냥 시원하게 콱콱 밀어붙이는 지도자가 있어야 해"라는 소리들을 생각 없이 입에 올리기 시작한다.

민주 시민이 알아야 할 것은 '시원하게 콱콱 밀어붙이는 지도자'라는 발상 자체가 얼마나 위험한 비민주적 생각인가라는 점이다. 시원하게 콱콱 밀어붙이고 싶지만 그럴 수 없고 그래서는 안 되는 것이 민주사회의 절차다. 우리처럼 이제 간신히 민주주의를 출발시킨 나라는 이 절차의 민주주의를 배우고 익히는 데만도 최소한 100년은 더 걸릴 것으로 보아야 한다. 그 100년의 첫 10년이 중요하다. 그 10년을 참고 견디면서 민주주의의 명제, 가치, 기술을 조금씩 익혀나가지 못한다면 퇴행과 반전의 검은 여신은 다시 우리를 찾아올 수 있다. 한 나라의 정치 수준과 국민의 수준 사이에는 오차가 없고 기적도 없다.

그러나 민주사회라 해서 정치 지도력이 마비에 빠지란 법은 없다. 방향타를 놓치고 시간을 허비하는 데 능한 지도자일수록 민주적 절차의 느림을 핑계삼아 무위 정치에 빠지는 수가 흔하다. 우리처럼 5년제 정권 단임제 국가에서는 한 정권이 쓸 수 있는 시간 예산이 결코 넉넉하지 않다. 낭비할 시간은 없다. 현 정권은 민주주의와 시장경제의 병행 발전이라는 국정 비전을 내걸고 출발한 정권이다. 민주주의 사회체제와 합리성의 경제체제를 만드는 데는 오랜 시간이 걸릴 것이다. 그러나 국민이 바라는 것은 그 실현을 향한 중요한 초기 단계 작업들만은 현 정권이 감당해줌으로써 향후의 어떤 정권도 역사의 시곗바늘을 거꾸로 돌릴 수 없게 단단한 기틀을 마련해야 한다는 것이다.

시민 민주주의와 합리적 경제체제를 만들기 위해 이미 국민이 합의한 제1의 과제는 유효하고 속도 있는 개혁이다. 개혁은 향후 발전을 위한 절대적 조건이며, 그것의 성공 여부에 나라의 명운이 걸려 있다. 물론 현 정권도 이 과제의 중요성을 잘 알고 있는 것 같아 보인다. 그런데 국민이 지금 답답해하는 것은 무슨 까닭인가? 라퐁텐의 개구리들처럼 국민에게 민주 역량이 없기 때문인가 아니면 정부의 개혁 수순, 방법, 기술에 문제가 있는가? 국정 비전이 있음에도 불구하고 다수 국민들이 비전의 부재를 느끼는 이유는? 외침과 실천이 따로 놀고 손발이 맞지 않는 듯한 느낌을 자꾸 받게 되는 까닭은?

주간조선 1998. 10. 19

공생의 도구

나도 살고 너도 살기 위해서는 공생의 도구와 수단이 필요하다. 이반 일리치가 생각한 대표적인 공생의 도구는 세 가지—도서관, 자전거, 그리고 시다.

2003년 11월, 어린이 전용 도서관인 '기적의 도서관' 1호관을 순천에서 개관하던 날의 어떤 장면 하나가 지금도 내 머리에 깊이 박혀 있다. 공식 개관 행사가 끝난 뒤 서울 손님들을 배웅하고 돌아서는데 갑자기 "와아" 하는 함성과 함께 한 떼의 동네 아이들이 '벌떼처럼' 우리 쪽을 향해 달려오고 있었다. 무슨 일인가 싶어 어리둥절해하고 있는데, 보니 내 옆에 있던 순천 시장을 향해 아이들이 "시장님!" 하고 외치며 달려와 팔에 안기고 매달리며 환호성을 지르고 있는 것 아닌가. '벌떼처럼'이란 말은 이런 경우에 적절한 표현이 아니다. 그러나 나는 그날 순천 시장에게 벌떼처럼 매달리던 아이들의 모습을 잊을 수 없다. 아이들은 그런 방식으로 시장에게 '고마움'을 표하고 있던 것이다. 어느 정치인이건 정치하는 사람이 아이들에게 그토록 환영받고 영웅이 되는 광경을 나는 일찍 본 일이 없다.

"아이들 책값 대느라 죽을 지경이었지요. 이젠 한시름 놓았습니다." 순천의 젊은 엄마들이 내게 한 말이다. 순천이건 어디

77

건 간에, 아이들이 보고 싶어하는 책을 맘놓고 사줄 수 있는 한국인 가정은 전국적으로 결코 많지 않다. 책 읽기를 즐기는 아이들은 책을 빨리 보고 많이 본다. 후배 교수 한 사람은 아들이 하나 있는데, 그 아들 하나를 위해 작년 한 해 사댄 책이 600권이었다고 한다. "모두 돈 주고 샀단 말인가?" "그럼요. 무슨 다른 방법이 있나요. 미국 같으면 동네 도서관에서 빌릴 수 있지만 여긴 도서관도 없고, 차 타고 굽이굽이 찾아가봐야 책도 별로 없어요." 그래서 그가 아이 책값으로 지불한 돈이 줄잡아 500만 원은 된다는 것이다. 600권이라면 예외적으로 많은 양이라 생각할 사람들이 있겠지만, 참고로 미국 쪽 통계를 보면 여름방학 몇 달 사이에 무려 2600권을 읽는 아이도 있다고 한다. 물론 많이 읽는 것만이 능사는 아니지만.

남미 사상가 이반 일리치는 사람들이 함께 잘사는 '공생共生의 방법'을 열심히 모색했던 우리 시대의 대표적인 공공 지식인 가운데 하나다. 나만 잘사는 것이 아니라 남도 잘살게 하자는 것이 공생의 철학이다. 월남전 막바지였던 70년대 초 미국의 반전 운동가들이 내걸었던 구호 중에 "나도 살고 너도 살고Live and let live"라는 것이 있었는데, 비록 반전의 문맥에서 나온 것이긴 하지만 지금 생각해보면 공생의 원칙을 그처럼 쉽게 잘 요약한 말도 없을 듯하다. 나도 살고 너도 살기 위해서는 공생의 도구와 수단이 필요하다. 공생을 위한 수단들에는 어떤 것이 있을까? 이반 일리치가 생각한 대표적인 공생의 도구는 세 가지—도서관, 자전거, 그리고 시詩다.

인간이 만들어낸 제도들 중에서 아닌 게 아니라 도서관은 그 정신에서부터 목적과 운영방식에 이르기까지 철저하게 공생의 도구다. 도서관이 공생의 빼어난 도구라는 사실을 시급히 인식해야 하는 나라가 우리 대한민국이다. 중진국 이상의 사회 발전 수준을 이룩한 나라들 가운데 돈 없으면 책을 볼 수 없게 되어 있는 거의 유일한 나라가 한국이기 때문이다. 책은 당연히 돈 주고 사서 보는 것이라는 생각이 시민들 자신의 머리에 꽉 차 있고, 정치하는 사람들은 정보 접근의 평등을 보장하는 일이 지금 같은 '정보화 시대'의 정책적 급선무라는 데 좀체 생각이 미치지 못한다. 정보의 불평등은 모든 불평등의 근원이며 공생의 길을 가로막는 사회적 악조건의 하나다. "지금은 정보화 시대다"라고 백번 외쳐대기보다는 정보 접근의 불평등을 제거하는 공생의 수단으로서의 도서관을 살리는 일이 훨씬 중요하다.

자라는 아이들에게 맨 먼저 가르치고 배우게 해야 할 삶의 방식이 공생의 원리다. 그러나 누가 가르쳐주지 않아도 동네 도서관을 드나드는 아이들은 도서관이 바로 그런 공생의 공간이라는 것을 몸으로 체득한다. 도서관이 모두 함께 사용하는 공공의 장소라는 인식, 도서관 자료들은 나만 보고 쓰는 것이 아니라 다른 아이들을 위한 것이기도 하다는 생각, 자료와 기물을 아끼고 소중하게 다루는 태도, 상호 존중과 예절—이런 것들을 아이들은 도서관 드나들며 깨치고 배운다. 자기가 재미있게 읽은 책은 다른 아이들에게도 알려주고 같이 읽고 이야기하면서 즐거움을 공유한다. 도서관엘 처음 와보는 아이들도 또래 아이들이 열심히 책 읽는 걸 보면 덩달아 책을 읽게 된다. '모방 효과emulation effect'가 발생하는 것이다. 이 모든 것이 공생의 훈련이고 경험이며 실천이다. 그런 훈련과 경험과 실천이 아이들을 위한 생략할 수 없는 성장의 과정이라면, 도서관은 성장의 필수 도구다. 거기서부터 공생의 철학을 체득한 '인간'이 자란다.

중앙도서관 2004. 2. 22

시 배달부의 인기

사람과 사람들을 이어붙이고 인간과 별과 바람, 나무와 구
름, 지렁이와 개구리까지도 한데 이어붙인다는 점에서 시
는 인간이 가진 최선의 선린 외교정책이다.

평소에 시, 소설, 드라마 같은 문학작품을 즐겨 읽거나 1년
에 최소한 몇 편이라도 챙겨 읽는 사람들은 그러지 않는 사람
들과 구별될 만한 어떤 행동상의 특징을 보이는가? 이상하게도
문학 교수들 중에 진지하게 이런 질문을 자기 자신을 향해 던
져보거나 그 질문에 자진해서 시달려보고 싶어하는 사람은 많
지 않다. 우선은 그것이 문학 그 자체와는 별 관계 없는 질문처
럼 들린다는 것이 첫째 이유다. 정치학을, 혹은 경제학을 공부
하는 사람은 다른 사람들과 구별될 만한 행동 특징을 보이는가
라는 것이 정치학이나 경제학 본령의 질문이 아닌 것처럼 느껴
지듯이 말이다. 그러나 더 큰 이유는(어쩌면 이게 진짜일지 모
른다) 그 질문에 그렇다/아니다로 대답할 실증적 증거를 들이
댈 길이 없어 보이기 때문이다. 커피를 즐겨 마시는 사람과 아
닌 사람의 차이 같은 거라면 몰라도 문학 독자와 비독자 사이
의 행동 차이라고?

그러나 그 질문은 상당히 의미 있다. 대학 강단에서 소위

'문학 강의'란 걸 평생 해오면서도 문학이 "사람을 바꿔놓을 수 있는가"라는 질문을 한 번도 던져보는 일이 없다면 문학 강의가 뭘까? 학생들에게 시, 소설, 드라마를 읽으라 해놓고 그 읽기의 경험이 학생들에게 어떤 변화를 일으키는지 아닌지 아무 관심도 없다? 내 생각에, 많은 경우 문학 강의가 망하거나 혼수상태에 빠지는 이유 가운데 하나는 바로 그 질문이 강의의 밑바닥에 깔려 있지 않기 때문이다. 물론 그런 변화를 측정하거나 측정의 방법을 찾아내는 일은 문학 강의의 본령이 아닐지 모른다. 그러나 그런 질문 자체가 아예 제기되지 않는다면 문학 강의의 교육적 의미는 살아날 길이 없다. 학교에서만 그런 것이 아니다. 대중적으로도, 문학을 읽는 행위의 '사회적' 의미를 생각해보지 않는다면 문학 독서의 중요성을 어디서 어떻게 말할 수 있을까?

한국문화예술위원회(구 문예진흥원)는 작년부터 '문학의 대중적 친숙화'를 위한 사업들을 펼쳐오고 있다. 작년에는 '문학회생'이라는 이름으로, 금년에는 '문학나눔'이라는 명칭으로 전개되고 있는 사업들이 그것이다. 회생이건 나눔이건 간에 사업의 목적은 문학의 대중적 향수 기회를 넓히기, 곧 사람들이 문학을 접할 수 있는 기회를 크게 열고 넓혀보자는 것이다. 창작자들을 위한 생산 지원 못지않게 중요한 것이 향유자를 위한 지원이다. 이 점에서 문학을 사람들의 삶 속으로 들고 들어가 시민들이 더 자주, 더 많이 문학을 나눌 수 있게 지원한다는 것은 독서 인구 키우기는 물론이고 시민의 예술 참여도를 높인다는 점에서 문화적으로 의미 있는 사업이다.

문학의 이런 대중적 친숙화 작업의 하나로 지금 두 달째 진행되고 있는 것이 시인 도종환의 '시 배달'이다. 원하는 사람이면 누구에게나 일주일에 시 한 편씩을 인터넷으로 배달해주는 것이 그 사업의 골자다. 시인이 손수 고른 시가 플래시 영상 카드에 실려 텍스트와 낭송의 형태로 매주 월요일 아침 사람들에게 '선물'로 배달된다. 스스로 '문학집배원'이 되어 시 배달에 나선 시인은 우리더러 잠깐 삶의 템포를 조절하고 "당신의 한 주일을 시 한 편 읽는 것으로 시작"해보라고 말하는 것 같다. 일상의 바쁜 쳇바퀴에 갇힌 사람들에게 이건 신선한 메시지다. 시인의 이런 노력에 대한 호응이 '폭발적'이라는 소식이고 보면 사람들이 그런 메시지에 얼마나 목말라 있었던가를 알 만하다. 대구 지역에서는 교육청이 나서서 대구·경북 일원의 중고등학생 2만여 명에게 월요 아침의 시를 받아볼 수 있도록 주선했다는 소식도 들린다.

  사람들은 왜 시를 마다하지 않는 것일까? 시가 그들의 삶에 중요하기 때문이다. 그 중요성의 핵심은, 내 생각에, 시가 '연결의 다리'라는 데 있다. 시는 사람들의 가슴과 가슴을 연결하고 나를 나 아닌 모든 다른 것들과 연결시키고 나를 나 자신에게 연결한다. 사람과 사람들을 이어붙이고 인간과 별과 바람, 나무와 구름, 지렁이와 개구리까지도 한데 이어붙인다는 점에서 시는 인간이 가진 최선의 선린 외교정책이다. 무엇보다도 시는 내가 나보다 더 큰 어떤 것, 내가 '나'의 좁은 울타리를 넘어 더 크고 중요한 어떤 것과 연결되게 한다. '더 크고 중요한 어떤 것'이라는 소리가 고깝게 들리는 사람에게라면 말을 바꿔도 된다. 나보다 더 작고 약하고 미천한 것, 그래서 내가 노상 업신여기고 깔아뭉개고 구둣발로 걷어찼던 것들도 사실은 내가 그 존재의 귀함을 몰라보았던 '더 큰 어떤 것'이다. 그 모든 작은 것들을 어느 순간 나에게로 이어붙여 그 존재의 고귀함을 느낄 수 있게 하는 것이 시다. 사람들이 시로부터 멀리 멀리 떠나 있는 삶을 강요당하면서도 시를 그리워하는 이유는 시가 가진 이런 느낌과 연결의 마술 때문이다. 시가, 문학이, 사람들을 바꿔놓을 수 있는 힘의 원천도 거기 있다.

문학 독자한테서는 비독자와는 다른 어떤 행동상의 특징이 발견되는가? 우리는 이런 질문의 사회적 의미를 확인하기 위한 실험을 한 번도 해본 일이 없다. 그러나 미국 예술기금위원회NEA가 2002년에 연방 통계청을 통해 실시한 '미국인의 예술 참여도' 조사를 보면 그 질문과 관련된 몇 가지 흥미로운 사실들이 드러나고 있다. 가장 두드러진 발견은 문학 독자가 비독자에 비해 자선활동이나 자원활동 같은 사회적 참여행위의 빈도가 훨씬 더 높다는 것이다. 문학 독자들이 사회적 자선활동에 참여하는 비율은 43%임에 비해 비독자의 참여율은 17%에 그치는 것으로 조사돼 있다. 이 차이는 결코 작은 것이 아니다. 참여란 연결의 다른 이름이다. 문학 외의 예술 형식, 음악회에 가고 미술관이나 박물관을 방문하는 등 인접 예술 영역에 대한 참여율도 문학 독자가 비독자에 비해 두 배 이상 높다는 것도 그 조사에서 드러난 발견의 하나다.

우리는 문학의 가치와 효용이 그것의 무효용성에 있다는 주장을 진리처럼 받아들이는 데 익숙해 있다. 그 주장의 진리 가치를 굳이 부정할 필요는 없다. 그러나 지금 우리는 문학을 읽고 즐기는 행위의 사회적 효용에 대해서도 깊이 생각해보아야 할 시대에 살고 있다. 읽고 쓰고 느끼고 성찰하는 행위가 사회적 삶의 기초라면, 문학 읽기는 사람이 사람으로 자라고 사람으로 살 수 있게 하는 인간적인, 그리고 시민적인 힘의 원천이다. 도종환 시인의 시 배달이 지니는 사회적 의미의 큰 줄기 하나도 거기 있을 것 같다.

한겨레 2006. 7. 14

* 한국문화예술위원회는 매주 빠짐없이 낭송 녹음과 삽화를 곁들인 한 편의 시를 사람들에게 보내주는 사이버상의 문학집배원 사업을 2006년부터 지금까지 8년째 계속해오고 있다. 현재 고정 수신자는 30만 명이 넘는다. 문학의 대중적 친숙화와 문학나눔에 기여하는 사업 사례다. 이런 성과의 배후에는 2006년 당시의 문화예술위원회 김병익 위원장, 동 위원회 내의 문학나눔사업추진위원회를 이끌었던 오정희, 신달자, 황광수, 도종환 제씨, 행정지원업무를 맡아주었던 차창룡, 김근, 정우영, 정경아 같은 시인들의 땀방울이 스며 있다. 2014년 현재 시 배달부는 장석남 시인이다.

"신도 들키는 때가 있으니"

> 눈에 보이는 것을 보이는 것 이상의 세계로 확장시켜 의미
> 의 풍요화를 달성하는 것이 은유, 상징, 알레고리, 반어, 역
> 설 같은 언어적 발견의 기술들이다. 상상력이 '의미의 확
> 장'이라면, 그 확장의 기술은 문학만을 위한 것이 아니다.
> 그것은 모든 창조행위의 기본 요청이고 '창조'를 말하는 인
> 간의 필수 장비다.

우리의 중고등학교에서는 시를 읽히고 시를 써보게 하는
교육이 거의 소멸해버린 지 오래다. 시 교육은 학교가 원치 않
고 학부모들이 원치 않는다. 아이들에게 시의 세계를 열어주기
위해 눈물겨운 노력을 기울이는 일선 교사들도 물론 없지 않
다. 그러나 교육 현장에서 그들의 정성에 주어지는 대접은 잘
해야 개밥의 도토리 혹은 찬밥 수준이다. 고등학교에 오면 교
과서에 실린 몇 편의 시들을 대학 입시와 관련해서 기계적으로
암기하게 하거나 공식화된 질문에 맞춰 '정답' 훈련을 시키는
것이 전부다. 교육이 '개밥'된 마당에 시 교육이 그 개밥의 도
토리 신세가 된 것은 당연하다면 당연한 일일지 모른다.

시 교육은 정답을 거부하는 상상력 교육이다. 그것은 기계
적 암기교육에 저항하는 창의성 훈련이며, 모든 존재하는 것들

을 향해 가슴을 열게 하는 감성교육이다. 인간의 마비를 방지하는 최선의 대책이라는 점에서 시 교육은 인성교육의 핵심 중에서도 핵심이다. 창의력과 상상력을 길러주는 교육, 인성과 감성 함양의 교육이 필요하다는 소리들은 그저 소리로만 요란할 뿐 정작 교육은 거꾸로 가고 있다. 이 뒤집어진 교육으로부터의 결손을 메우기 위해서는 학부모들이 깨치고 나서서 자녀들에게 시를 읽히는 길밖에 없다. 그럴 사람이 몇이나 있을지는 모르지만.

"차오르는 몸이 무거웠던지/ 새벽녘 능선 위에 걸터앉아 쉬고 있다// 神도 이렇게 들키는 때가 있으니!" 시인 나희덕의 금년 시집 『어두워진다는 것』에 실린 어떤 시의 첫머리 3행이다. 이 시에는 '上弦'이라는 제목이 붙어 있다. 상현이라면 만월을 향해 차오르는 달이다. 능선에 걸린 상현달에서 잉태한 여신을 발견하는 눈, 그 달의 여신이 능선에 앉아 잠시 쉬다가 인간의 눈에 들킨다는 상상의 확장—이것은 놀라운 감성이고 상상력이며 언어 예술만이 성취할 수 있는 이미지 형상화이다. 시는 이렇게 이어진다.

"때로 그녀도 발에 흙을 묻힌다는 것을/ 외딴 산모퉁이를 돌며 나는 훔쳐보았던 것인데/ 어느새 눈치를 챘는지/ 조금 붉어진 얼굴로 구름 사이 사라졌다가/ 다시 몸을 일으켜 저만치 가고 있다// 그녀가 앉았던 궁둥이 흔적이/ 저 능선 위에는 아직 남아 있을 것이어서/ 능선 근처 나무들은 환한 상처를 지녔을 것이다/ 뜨거운 숯불에 입술을 씻었던 이사야처럼"

인간이 죽을 때까지 써야 하는 것이 언어다. 시의 언어는 비유, 상징, 알레고리, 반어, 역설, 모순형용 등등의 방법으로 창조력을 키우고 상상력을 확대하고 의미의 비옥한 잉여 가치

들을 생산한다. 눈에 보이는 것을 보이는 것 이상의 세계로 확
장시켜 의미의 풍요화를 달성하는 것이 은유, 상징, 알레고리,
반어, 역설 같은 언어적 발견의 기술들이다. 상상력이 '의미의
풍요로운 확장'이라면, 그 확장의 기술은 문학만을 위한 것이
아니다. 그것은 모든 창조행위의 기본 요청이고 '창조'를 말하
는 인간의 필수 장비다.

동아일보 2001. 12. 21

처녀들의 웃음소리
— 왜 신화를 읽는가

> 신화 독자는 과학이 없어서 신화를 읽는 것이 아니고 합리적 설명이 모자라서 신화로 달려가는 것도 아니다. 우리가 기원신화를 읽는 것은 거기서 궁극적으로, 그러나 마치 처음인 것처럼 '우리 자신'을 만나기 때문이다.

최근 우리 독서계의 '신화 붐'을 놓고 45도 각도로 고개를 갸웃거리는 사람들이 있다. 한국 아이들이 왜 그리스·로마신화를 읽어야 하는가? 신화의 무대나 시대 배경은 우리에게 친근하지 않다. 거기 나오는 이름들도 쥐가 나도록 혀를 꼬부리고 굴리지 않으면 발음하기 어렵다. 서양 신화에 일찍부터 빠지게 하는 것은 '상상력의 식민화'를 준비하는 일 아닌가? 더구나 지금은 과학기술의 시대다. 봄이 오는 것은 페르세포네가 지하에서 지상으로 올라오기 때문이 아니고 파도가 치는 것은 포세이돈이 삼지창을 휘둘러서가 아니다. 신화시대에는 제우스의 '벼락'이 악당을 응징했을지 모르지만 지금 벼락 맞아 죽는 악당은 없다. 신화는 아이들에게 오히려 비합리적 사고를 길러주지 않겠는가?

그런데 이렇게 생각해보면 어떨까? 피뢰침이 나오면서 제우스의 벼락은 소용없게 되었지만 그의 벼락이 상징하는 '정의'까지도 피뢰침 때문에 소용없게 되었는가? 신화를 읽는다 해서 정말 페르세포네 덕분에 봄이 온다고 믿을 21세기 아이들은 없다. 그들을 즐겁게 하는 요소는 다른 데 있다. 이해력이 높아지면서 아이들은 페르세포네가 죽음과 재생을 이어주는 순환질서의 친근한 인간화라는 것을 알게 된다. 자연현상에 사람의 이름을 붙여주어 사람과 대화하게 하는 신화적 의인화의 장치 덕분에 자연은 사람과 말을 트고 친해진다. 그때부터 인간과 자연은 서로 이해하고 걱정해주는 친화 관계로 들어간다. 자연의 이런 인간화는 자연을 착취할 궁리를 하게 하기보다는 사랑하고 이해하게 한다.

페르세포네를 만나기 위해 아이들이 봄의 들판으로 달려나가는 것은 나쁘지 않다. 봄바람에서 그녀의 숨결과 따스한 체온을 느끼는 일은 나쁘지 않다. 진달래, 개나리에서 그녀의 화사한 얼굴을 만나고 즐거운 웃음소리를 듣는 것도 나쁘지 않다. 시인 신경림의 어떤 시에는 처녀들의 웃음소리가 북한산 골짜기에 봄을 가져온다는 대목이 나온다. 이건 물론 비과학적 진술이다. 그런데 그런 진술을 두고 비과학적이니 허위니 어쩌고 하며 시비를 걸고 나설 사람은 미성숙성을 특징으로 하는 일부 진화론자이거나 시가 무엇이고 예술이 무엇인지 모르는 '얼뜨기 과학자'일 것이다. 진짜배기 과학자는 절대로 그렇게 말하지 않는다. 그는 예술과 과학, 과학과 신화를 갈라놓는 경계의 소중함을 알고 있다. 신화와 시는 동서양을 통틀어 궁극적으로 한통속의 언어다. 동양 시인은 처녀들의 웃음소리 때문에 봄이 온다 하고, 서양 신화는 페르세포네의 웃음소리 때문에 봄이 온다고 말한다. 페르세포네는 지하 세계의 지배자 하데스의 아내지만 그녀의 신화적 상징은 '처녀 kore'다.

    물론 신화는 비논리적일 때가 많다. 세계와 신과 인간의 기원을 이야기하는 신화들을 보면 황당하기 짝이 없다. 그러나 이 비논리성은 논리가 도달하지 못하는 진실의 차원으로 우리를 인도한다. 창조신화에서 우리가 얻고자 하는 것은 과학적 설명이 아니다. 신화 독자는 과학이 없어서 신화를 읽는 것이 아니고 합리적 설명이 모자라서 신화로 달려가는 것도 아니다. 종의 기원에 대한 과학적 설명을 듣고자 한다면 생물학을 찾을 일이다. 우리가 기원신화를 읽는 것은 거기서 궁극적으로, 그러나 마치 처음인 것처럼 '우리 자신'을 만나기 때문이다.

동아일보 2002. 2. 15

보르헤스의 천국과 도서관

과거, 현재, 미래가 만나고 기억과 상상력이 용접되는 곳,
지적 모험의 땅, 돈도 비자도 필요 없는 여행지, 국경과 인
종과 계급이 영원히 퇴각한 코즈모폴리턴의 세계, 거기가
도서관이다.

서울시가 본격적인 도서관 건립에 나선다고 한다. 최근 보
도에 따르면 서울시는 금년에 시작해서 2008년까지 소규모 공
공도서관 129개관을 건립(리모델링 포함)하고 서울을 대표할
대형 도서관도 하나 짓는다는 구상을 밝히고 있다. 지방자치단
체가 종합적인 도서관 설립 계획을 내놓기는 경기도에 이어 이
번 서울이 두번째지만, 광역 대표 도서관을 계획에 포함시킨
것은 서울이 처음이다. 인구 1000만의 서울에는 주민의 생활
권에 밀착한 '동네 도서관'이 최소 220개는 있어야 하고 본격
적인 연구조사 활동이 가능한 '규모의 도서관'도 네 개쯤 필요
하다. 현재 서울 일원에는 사설 도서관까지 합쳐 공공도서관이
74개소 있고, 대형의 집중 도서관은 한 곳도 없다. 도서관만 놓
고 말하면 서울은 '문화 도시'가 아니다. 전화번호부만 있고 책
은 한 권도 없는 졸부의 집구석, 부동산 거래소, 놀부네 토건회
사 같은 데가 서울이다. 그런데도 도서관 짓는 일은 한없이 뒷

전으로 밀쳐놓는 것 같았던 서울시가 드디어, 늦게나마, 도서관 건립에 나서기로 했다니 듣던 중 반가운 소리다.

디지털과 인터넷 시대에도 불구하고 도서관의 사회적 필요성은 줄지 않고 그 기능은 퇴화하지 않는다. 지난 몇 년 세계 주요 국가들의 도서관 건립 건수는 해마다 늘고 있고, 나라별 편차가 있긴 하지만 도서관 이용자도 증가하고 있다. 한 예로, 2004 회계연도 뉴욕 시 공공도서관 이용자는 연인원으로 따져 뉴욕 인구의 두 배인 1540만 명, 전년 대비 6%가 늘어난 규모다. 뉴욕 시 이민 밀집지역인 브롱크스 자치구의 경우에도 지난해 지역 도서관 이용자는 주민 150만의 두 배인 300만 명이고 그중 70만 명이 도서관 대출증 소지자다. 이런 사례들은 도서관이란 데가 조만간 종이책 박물관, 구시대 유물, 활자매체의 무덤으로 내려앉을 것이라던 '디지털 점쟁이'들의 예상을 뒤엎는다.

우리는 도서관과는 참 인연 없이 살아온 백성이다. 도서관과 시민의 삶이 너무도 멀리, 사돈의 100촌 거리로 떨어져 있었기 때문이다. "도서관 덕 보며 살았다"고 말할 수 있는 한국인은 1000명에 한 명이 채 안 될지 모른다. 어릴 때부터 도서관 다니며 자랐노라 말할 사람은 만 명에 하나를 만나기 어렵다. 그러나 요 몇 해 사이 이런 사정에는 큰 변화가 일고 있다. 어린이도서관을 지으라는 주민 요구가 빗발치고, 학교도서관 확충 운동이 전개되는가 하면 공공도서관을 더 많이 짓고 콘텐츠를 채우라는 주민들의 요구도 높아지고 있다.

디지털 점쟁이들의 허황된 생각과는 반대로, 도서관에 대한 사회적 수요가 점증하고 있는 것은 도서관이 여전히 사회의 필수 기본시설이라는 사실을 웅변한다. 돈 없이도 책은 얼마든지 볼 수 있게 한다는 점에서 도서관은 정보격차를 줄이는 위대한 민주 기구다. 아이디어를 만나고 기회를 창출하게 한다는 점에서 도서관은 수동적 문화 향수를 넘어 가치가 창조되는 생산 기지, 평생 학습의 장, 시민의 대학, 주민의 서재다. 과거, 현재, 미래가 만나고 기억과 상상력이 용접되는 곳, 지적 모험의 땅, 돈도 비자도 필요 없는 여행지, 국경과 인종과 계급이 영원히 퇴각한 코즈모폴리턴의 세계, 거기가 도서관이다. 실용이 필요한 사람들에게 도서관은 지식의 사냥터이고 혼의 춤이 그리운 사람들에게 도서관은 영혼의 즐거운 무도회장이다. 도서관은 만남의 장소다. 남녀가 만나고 만나서 사랑도 하고, 내가 나를 만나고 너를 만나는 곳, 타인을 만나면서 어럽쇼, 어찌된 거냐, 너에게 내가 있구나의 기묘한 연금술이 일어나는 곳, 거기가 도서관이다.

그러고 보니 도서관이 천국 같네? 아닌 게 아니라 그렇게 말한 사람이 있다. 20세기 남미 대표 작가의 하나, 호르헤 루이스 보르헤스가 그다. 그는 '천국'을 상상해보다가 "천국은 필시 도서관처럼 생겼을 것"이라 말한 사람이다.

그러나, 낙원까지는 아니더라도 지금 우리처럼 빈부의 골이 깊어지는 나라의 정치인, 정책 수립자, 관료 들이 반드시 알아야 할 것이 있다. 그것은 도서관이 이 시대 '사회 안전망'의 하나이고 공생의 도구라는 사실이다. 아이들 책 사줄 돈이 없어 가슴에 멍드는 젊은 엄마, 아빠, 고모, 이모, 삼촌 들에게 어린이도서관은 자녀 양육의 책임과 경비를 분담해주는 사회 기구다. 아이들이 안심하고 갈 수 있는 놀이터, 공부방, 탁아소가 어린이도서관이다. 동네 도서관은 갈 곳 없는 노인들, 몸 불편한 사람들, 마음 외로운 사람들이 냉대받지 않아도 되는 거의 유일한 사회시설이다. 동네 도서관은 직업훈련이 필요한 사람들에게는 무상교육의 장이고 동네 사람 누구나 초대받는 문화체험의 무대, 누구든 여가의 창조적 활용으로 행복을 키울 수 있는 공적이면서 사적인 공간이다. 잘만 운영하면 동네 도서관은 취업을 비롯한 유용한 삶의 정보와 공동체의 경험들이 교환되는 정거운 나눔의 방, 사회봉사의 현장, 기초 기술의 연마장이다.

동네 도서관은 무엇보다도 시민의 사회적 능력 중에 기본이 되는 잘 읽고 잘 쓰고 정보를 다루는 능력, 이른바 '리터러시literacy'의 요람이다. 이 리터러시가 부단히 강화되는 곳에서만 판단력을 가진 민주 시민, 책임 있는 사회인, 유능한 경제인이 나온다. 우수한 연구자, 예술가, 전문 직업인도 그 능력 위에서 배양된다. 공동체 유지에 필요한 선의, 배려, 이해의 능력도 근본적으로 리터러시에 뿌리를 두고 있다. '책 읽는 가족'의 문화도 리터러시라는 기본 위에서만 가능하다. 이렇게 보면 도서관을 짓고 대민 서비스 체제를 구축하는 일은 더도 덜도 말고 정확히 사회 발전과 안전의 기본을 세우고 기초를 닦는 일이다. '기본이 선 나라'의 그 '기본'은 먼 곳에 있지 않다. 기본은 눈에 잘 뜨이지 않는다. 그러나 그것 없이는 만사가 공중누각이다. 도서관 정책이 중요한 사회정책이 되는 이유는 그것이 바로 사회의 기본에 대한 응답이기 때문이다.

동네 도서관 얘기를 주로 하다보니 서울에 있어야 할 또다른 기본시설로서의 대형 도서관 얘기를 할 틈이 생기지 않는다. 건물 건립 이후에, 건물 이상으로 중요해지는 도서관 운영방식과 체제, 전문 인력과 프로그램의 문제도 언급할 겨를이없다. 도서관 짓는 일이 정치적 상상력의 문제라면 운영과 프로그램은 문화적 상상력에 관계된 문제다. 그런데 오늘만 날인가, 남겼다 나중에 얘기하면?

한겨레 2006. 1. 20

보물의 나라 만들기

2005년 2월 영국 정부는 에든버러의 스코틀랜드 국립도서관이 '존 머리 아카이브'라는 것을 사들일 수 있도록 복권기금 3350만 달러(한화 335억 원)를 지원한 일이 있다. 18세기의 영국 출판인 존 머리가 1758년부터 사 모으기 시작한, 그리고 그의 사후에도 1920년까지 수집이 계속된 '보물' 수장고가 존 머리 아카이브다. 무슨 보물? 오래된 똥색의 누런 금화? 아니다. 진화론을 내놓은 찰스 다윈, 시인 윌리엄 워즈워스와 바이런, 소설가 제인 오스틴 등 2세기에 걸쳐 영국 '문화'를 만들어간 사람들의 편지, 노트, 수고, 메모 같은 '종이때기'들이 그 보물이다. 이 종이 보물들의 시세 평가액은 우리 돈으로 850억 원 정도라지만 그 보물들이 미국에 팔려가는 것을 막기 위해 스코틀랜드 국립도서관이 협상 끝에 590억 원에 사들이기로 했고, 영국 정부는 그 구입 자금을 지원하느라 335억 원을 분담한 것이다.

영국에서 미국으로 팔려간 '종이 보물'들도 없지 않다. 가장 최근의 일로는 작가 이디스 워튼의 '서재'를 꼽을 만하다. 워튼은 미국 태생이면서 1911년 미국을 떠나 1937년까지 프랑스에서 살았던 소설가다. 그녀의 서재를 구성했던 장서 컬렉션이 한 영국 소장자의 손에 보존되어오다가 작년 그녀의 고향인 미국 매사추세츠 주 레녹스의 워튼기념도서관으로 팔려간 것이다. 팔려갔다지만 미국 쪽에서 보면 작가의 사후 귀국이고 환향이다. 미국인들이 워튼의 서재를 귀향시키기 위해 지불한 돈은 260만 달러, 우리 돈으로 26억 원이다. 그런데 그 서재의 장서 총량은 2600권이다. 2600권에 26억 원이라, 책 한 권에 100만 원씩을 지불한 꼴이다. 스코틀랜드 국립도서관도 그렇고 워튼기념도서관도 그렇고, 종이때기에 불과한 것들을 지키기 위해 거금을 바치다니, 모두 미친 짓 아닌가?

이런 '미친 짓'의 배후에는 가격으로 따질 수 없는 가치의 세계에 대한 평가가 있다. 작가의 서재는 단순 책방이 아니다. 그것은 그가 무슨 책을 읽으며 밑줄을 긋고 여백에 무슨 말을 써넣었는지, 누구와 교류하고 책과 편지를 나누고 무슨 생각을 하면서 살았는지를 들여다볼 수 있게 하는 비밀스러운 정신의 지형도, 한 시대의 문화사, 작가의 자서전, 당대 사람들의 전기다. 워튼 서재에는 1915년 시어도어 루스벨트가 보낸 책도 한 권 보존되어 있다. 자신의 저서 『미국과 세계대전America and the World War』을 워튼에게 보내면서 루스벨트는 "이디스 워튼에게, 한 미국적인 미국인으로부터"라는 증정의 글귀를 써넣는다. 자신을 '미국적인 미국인'이라 평가한 루스벨트의 말, 그것은 전직 대통령 루스벨트가 종이때기에 남긴 가장 짧은 한 편의 자서전과도 같다. 바로 이런 지형도, 문화사, 전기적 자료 들을 거름으로 해서 후대 사람들의 창조 작업은 계속된다. 그 거름으로부터 새로운 책들이 씌어지고 영화와 연극이 만들어지고 수많은 부가가치들이 산출된다.

소중하고 귀한 문화사적 자료들을 모으고 보존해서 지속적인 부가가치의 생산이 일어나게 하는 곳이 도서관이다. 도서

관은 아이들이 입시 준비나 하러 가는 독서실 정도의 공간이
아니라 창조적 생산 기지다. 한 사회의 문화사, 정신사, 사회사
의 기록들과 지적 예술적 성과들을 실물로 보존하는 기억의 사
원, 그러나 기억과 보존만을 위한 죽은 사원이 아니라 창조와
활용의 에너지들이 팔딱거리는 작업장, 그것이 도서관이다. 그
도서관은 '보물섬'이다. 예컨대 뉴욕 공공도서관은 미국 사회
가 '국가적 자원'이라 여기는 그런 보물섬의 하나다. 보물섬 도
서관은 온갖 희한한 보물들을 주기적으로 공개하는 전시관이
자 박물관이기도 하다. 보물섬 도서관에서는 고서나 희귀 도서
만이 보물이 아니다. 한 사회의 문화를 살찌운 예술가와 사상
가들, 사회를 개선하기 위해 노력했던 유·무명 인사들, 연행
예술인들과 기업인 등이 남긴 편지, 사진, 메모, 수첩, 원고, 작
업 노트, 이런 것들도 새로운 창조의 토대가 되는 보물들이다.
　　보물섬 도서관은 연구자들에게는 집중적인 리서치의 장
소, 일반 사용자들에게는 즐거운 경험의 장, 관광객들에게는
뜻밖의 발견이 선사되는 문화 명소다. 텍사스의 한 도서관은
영화배우 말런 브랜도가 뉴욕에서 잃어버렸다는 수첩 하나를
소장하고 있다. 브랜도와 미국 영화 연구자들은 반드시 그 수
첩을 보아야 하기 때문에 텍사스로 가고, 그의 연기를 사랑했
던 사람들은 브랜도의 삶과 비밀의 한 자락을 만나기 위해서
텍사스행 비행기를 탄다. 보물섬 도서관에서는 대통령을 지낸
사람들의 아카이브만 소중한 것이 아니다. 작고 예술가들은 물
론이고 생존 예술인들의 아카이브도 소중한 보물단지다. 노먼
메일러 같은 생존 원로 작가들의 아카이브를 만들기 위해 그들
의 서재 물건들과 육필 메모 등 실물 자료들을 수백만 달러에
사들이는 도서관들도 있다.

우리는 도서관이 보물섬이라는 사실을 까맣게 모르는 사회에 살고 있다. 우리 국립중앙도서관이나 서울대 규장각은 상당한 보물들을 소장하고 있다. 그러나 도서관이 창조의 보물섬이라는 생각은 결코 널리 퍼져 있지 않다. 도서관은 책 모아 분류해두고 정보 서비스만 제공하는 데가 아니라 온갖 종류의 기록 보물들을 수집, 보존, 전시해서 창조적 상상력을 자극하는 곳이어야 한다. 그러나 우리는 생존 예술인은 물론이고 작고 예술가들의 경우에조차도 그들의 체취가 담긴 실물 자료들을 열심히 모아 아카이브를 만들어두었다는 도서관 얘기는 들어본 적이 없다. 도서관 사람들까지도 그런 일은 도서관의 할 일이 아니라고 생각한다. 더러 생각이 있어도 돈이 없다 한다. 하지만 돈이 있어도 그런 일에 쓸 생각이 없고 도서관 기능을 그쪽으로도 확대해야 한다고 생각하지 않는 것이 더 문제다. 그래서 우리 사회는 얇고 척박하다.

서울시가 대표 도서관을 만든다고 한다. 그 대표 도서관은 보물섬으로 만들어지는 것이 좋다. 거기에는 이를테면 박완서의 육필 원고, 신경림의 시작 노트, 강운구의 네거필름, 고우영의 스케치 같은 것들이 수집 보존되어야 한다. 그 도서관에는 또 이를테면 최불암의 편지, 김혜자의 연기 메모, 안성기의 수첩도 있어야 한다. 보물의 나라 만들기의 비결은 뜻밖에도 쉬운 곳에 있다. 안성기의 수첩을 얻자면 그가 수첩을 잃어버릴 때까지 기다려야 할지 모른다. 그러나 그가 수첩을 백번 잃어버려도 누구 하나 그걸 보물이라 여기지 않는다면?

한겨레 2006. 2. 3

은유의 슬픈 그물: 시인과 우체부

시인을 만난 죄로 시인이 되고 시인된 죄로 죽음을 향해 일
찍 떠나야 했다면 시는 결국 마리오에게 무엇인가? 아름다
움을 발견한다는 것은 무엇인가? 신은 어째서 이 가난한 어
부의 순박한 은유 낚시에 죽음의 대가를 요구하는가?

영화 속의 인물 마리오 로폴로, 그리고 그 역을 맡았던 배
우 마시모 트로이시, 이들은 인간의 얼굴이 그 자체로 한 편
의 시가 될 수 있다는 것을 보여주었다—영화 〈일 포스티노Ⅱ
postino〉가 미국에서 개봉되었을 때 시사 주간지 『타임』은 그렇
게 썼다. 무슨 불치의 위장병에 걸려 고생하던 마시모 트로이시
는 촬영이 진행되는 동안 걸음도 제대로 걷지 못할 만큼 쇠약해
있었고 이 때문에 감독은 힘든 장면의 배면 연기 때는 다른 사
람을 대용 연기자로 고용했다고 한다. 그 트로이시는 영화 촬영
이 끝난 지 12시간 후에 숨을 거두었다. 그가 곧 죽으리라는 것
은 그도 알고 감독도 아는 일이었다. 그러나 마리오 로폴로 역
의 마지막 연기를 끝냈을 때 트로이시는 감독에게 "잘해내지
못해 미안하다. 요다음 우리 영화 다섯 편쯤 더 만들자"고 말하
면서 되레 감독을 위로했다. 감독은 그 트로이시를 끌어안고 울
었다.

100

찡한 이야기다. 영화를 읽는 데는 반드시 배우에 대한 영화 외적 정보가 필요하지 않고 그런 정보를 무슨 중요한 판단 자료로 삼을 필요도 없다. 그러나 우리는 배우 트로이시가 〈일 포스티노〉에서 보여준 감동적 연기의 장면 장면들이 연기자 자신과 작중 인물 사이의 이상한 운명적 합일(영화 속에서 우체부 마리오도 죽는다)에 연결되고 있다는 생각을 해보지 않을 수 없다. 트로이시의 슬프디슬픈 얼굴, 그리고 안으로 한없이 꺼져드는 목소리—그 얼굴은 단순히 슬픔을 '연기하는' 자의 얼굴이 아니고 그 목소리 또한 연기 효과를 위한 연기자의 '가성'이 아니다. 그것은 죽음을 예감하는 자의 얼굴이며 사신死神의 방문을 받아본 자의 음성이다. 그 얼굴에는 그런 예감만이 표출할 수 있는 슬픔과 두려움과 진실이 있고 그 목소리에는, 웃을 때조차도, 죽음의 소리가 섞여 있다.

자기 존재의 소멸을 눈앞에 둔 배우가 삶의 마지막 순간까지 카메라 앞에서 혼신의 힘을 다해 연기하다가 촛불처럼 꺼져간다는 것은 연기자의 삶을 한 편의 시가 되게 한다. 그 마지막 연기가 단순한 배역 연기일 수 있을까. 마시모 트로이시는 작중 인물 마리오 로폴로를 연기하면서 동시에 마시모 트로이시 그 자신을 연기한다. 연기자와 연기 대상 사이의 거리는 돌연 사라지고 둘은 구분하기 어려운 단일 '페르소나'로 융합한다. 이 거리 소멸의 미학에서 연기의 진실과 진실의 연기는 하나이자 같은 것이다. 마시모 트로이시가 마리오 로폴로를 연기하고 마리오 로폴로가 마시모 트로이시를 연기한다. 이질 요소들을 결합하는 '융합의 언어'를 은유라고 한다면 마리오는 마시모의 은유이고 마시모는 마리오의 은유이다. 〈일 포스티노〉에서 둘은 함께 은유의 시를 쓰고 있다.

그러고 보면 영화 〈일 포스티노〉에는 세 사람의 시인이 등장한다. 시인 파블로 네루다, 네루다의 우편물을 배달하기 위해 고용되어 대시인을 만나고 세계의 아름다움을 발견하게 되는 우체부 마리오, 마리오라는 은유로 자기를 표현하고 떠나는 배우 마시모 트로이시―이들은 제각각 시인이다. 조국 칠레에서 쫓겨나 마리오가 사는 이탈리아의 한 외딴 섬에 온 '공산주의자' 시인 네루다는 시를 쓰기 때문에만 시인인 그런 시인은 아니다. 추악한 공산주의 시인이 있다면 아름다운 공산주의 시인도 있다. 영화 속의 네루다는 아름다운 혼을 가진 공산주의자 시인, 정치조차도 그에게 오면 따스한 인간애가 되고 순결한 열정이 되는 그런 시인이다. 이를테면 가난하고 순박한 우체부 마리오의 친구가 되어주는 것이 그에게 '정치'이고 '시'다. 마리오는 시인들이 쓰는 은유가 여자들에게 인기 있다는 것을 알고 네루다에게 은유를 가르쳐달라고 말한다. 네루다가 마리오에게 '메타포'를 얘기해주는 장면은 이 시인의 대중시학을 잘 표현한다. 시는 시인의 전유물이 아니며 은유는 문학만이 가지는 무슨 고유한 심미적 요소가 아니라 인간의 삶 속에, 대중의 일상 속에 널려 있는 언어라는 것을 그는 마리오에게 일깨운다.

  마리오: 선생님, 은유가 뭡니까?
  네루다: '하늘이 운다'가 무슨 소리지?
  마리오: 비가 온다는 소리지요.
  네루다: 그게 바로 은유라는 거야.
  마리오: 그렇게 쉬운 거예요? 은유가?

  그 우편집배원 마리오는 죽기 전까지 시라고는 단 한 편밖에 쓰지 못한 시인, 그 한 편의 시조차도 발표할 기회를 얻지 못한 그런 시인이다. 공산당 집회에 '시인'으로 초대된 그는 경찰에 밀린 군중들에게 밟혀 죽고 그가 발표하려던 시도 사람들의 발에 깔려 사라진다. 그 시가 「네루다 선생님께 바치는 시」라는 제목을 달고 있었다는 것 외에는 아무것도 알려지지 않는다. 시한 편 쓰고 그나마 발표조차 못해본 채 죽는 마리오는 그럼에도 불구하고 시인이다. 칠레로 돌아간 네루다를 위해 섬의 '소리들'을 낚아 녹음기에 담을 때, 그는 이미 한 사람의 시인이 되어 있다. 칼라 디 소토의 파도 소리, 아버지의 슬픈 그물 소리, 섬위의 별빛 소리… 그는 그 소리들에 이런 이름들을 붙인다. 그는 자기가 은유를 낚아올리고 있다는 사실을 의식하지 않는 시인, 스스로 시를 쓰고 있다는 것을 알지 못하는 시인, 그래서 더욱 순백의 광휘를 발하는 그런 시인이 되어 있었다. 그에게 시는 그렇게 오고 있었던 것이다.

〈일 포스티노〉는 이 세 사람의 시인들에게 바쳐지는 헌사이다. 그들 세 사람은 이제 영화와 현실 속에서 모두 죽고 없다. 영화 속의 인물 마리오는 집회에 나갔다가 죽고, 배우 트로이시는 촬영 끝나면서 죽고 시인 파블로 네루다도 지금은 생존해 있지 않다. 그들이야말로 한때 이 세계에 존재했던 아름다움의 형식이자 모습들이라는 듯 영화 〈일 포스티노〉는 영상 화첩 속에 그 아름다움의 기억을 보존한다. 마리오가 은유의 그물망으로 아름다움을 낚듯 마이클 래드포드 감독은 카메라로 아름다움을 낚아올린다. 래드포드 감독은 영국 출신이면서 오히려 〈자전거 도둑Ladri di biciclette〉이나 〈철도원Il ferroviere〉 같은 이탈리아 영화의 최선의 전통을 계승하고 있는 것 같다. 그러나 그는 과거의 신사실주의 영화들이 좀체 갖고 있지 않던 재치

103

있는 대사와 유머를 도입함으로써 '재미있는 영화'를 만들 줄
도 알고 영상미 넘치는 장면 구성법도 터득하고 있다. 마리오
가 자기의 사랑하는 여자 베아트리체 루소를 생각하며 그녀에
게서 얻어온 축구 게임판의 작은 공을 보름달에 대비시켜 보는
장면은 영화사에 오래 기억될 만한 영상 은유적 명장면의 하나
이다. 그것은 영상이 언어의 도움을 받지 않고서도 비유법을
쓸 수 있다는 가능성을 보여준다. 이 점에서 〈일 포스티노〉는
은유의 시학에 바쳐지는 영상적 헌사이기도 하다.

　물론 〈일 포스티노〉의 압권은 여전히 우체부 마리오이다.
트로이시가 육화시키고 있는 마리오는 모든 타락한 영상에 대
한 부정이며 경고다. 신발의 무게까지 다 합쳐봐야 50킬로그
램도 안 될 듯한 깡마른 체구의 사내, 궁핍의 모든 흔적을 달고
자전거 한 대로 시골 구석구석 우편물을 나르는 이 가난한 우
체부는 영상예술의 궁극적 성취가 영상 자체의 화려함이나 멋
내기 스타일에 있지 않다는 것을 보여준다. 영화는 영상이면서
동시에 서사 형식이고 그것이 성취하는 감동의 결정적 기원은
여전히 '서사'에 있다. 좋은 이야기, 좋은 시나리오, 좋은 각색
이 중요한 것은 그 때문이다. 마리오의 이야기는 결국 한 사내
의 변신에 관한 이야기이다. 어부의 아들이면서 배 타기를 싫
어하는 이 사내는 고기잡이 대신 우체부가 되고, 시인 네루다
를 만난 후로는 은유의 그물망으로 아름다움을 낚아올리는 어
부로 변신한다. 이 변신은 그에게 일종의 구원이며 그가 세상
의 아름다움을 발견하는 방식이다. 그가 발견한 아름다움은 화
폐가치라고는 없는 것들, 그래서 아름다운 것들이다.

　마리오의 그 자기 구원이 그러나 그에게 죽음으로 통하는
관문이었음을 알게 되는 것은 영화 속의 시인 네루다이다. 구

원이 동시에 죽음의 계기가 되는 이 이상한 아이러니—아름다움을 발견한 자는 그 발견의 첫값을 죽음으로 치러야 한다면 그 아름다움은 무엇인가? 마리오가 죽고 난 한참 후 이 옛 친구를 찾아왔다가 그의 죽음을 알게 된 네루다는 자신이 마리오와 함께 거닐었던 칼라 디 소토의 해변을 걸으면서 깊은 명상에 잠긴다. 영화는 이 시인의 명상 내용을 언어로 표현하지 않는다. 그것은 그냥 긴 침묵, 언어적 공백, 하늘과 땅과 바다 사이에 서 있는 시인의 모습을 롱테이크로 보여줄 따름이다. 시인은 말이 없지만 그러나 관객은 이 시인의 소리 없는 명상을 관객 자신의 명상으로 바꾸지 않으면 안 된다. 어쩌면 이것이 관객에 대한 영화 〈일 포스티노〉의 최종적 요구일지 모른다. 시인을 만난 죄로 시인이 되고 시인된 죄로 죽음을 향해 일찍 떠나야 했다면 시는 결국 마리오에게 무엇인가? 아름다움을 발견한다는 것은 무엇인가? 신은 어째서 이 가난한 어부의 순박한 은유 낚시에 죽음의 대가를 요구하는가?

이것이 마리오의 '슬픈 그물' 이야기다. 그물의 수식어로 '슬픈'이라는 형용사를 선택했던 마리오는 아버지의 그물 아닌 자기 자신의 그물을 그 형용사로 표현하고 있었던 셈이 된다. 은유의 슬픈 그물망, 그 그물의 값을 죽음으로 치러야 했던 은유 낚시꾼의 슬픈 운명, 그 운명적 변신의 아픈 결과를 명상하는 시인의 곤혹과 괴로움—영화 〈일 포스티노〉는 이 곤혹을 관객의 몫으로 돌린다. 그런데 이상스럽게도 바로 그 곤혹스러움이 〈일 포스티노〉를 잊을 수 없는 영화가 되게 한다.

씨네21 1996. 9. 3

죽은 나무에 물 주는 소년
―문명의 재난과 영상예술

> 죽은 나무를 심고 거기 지성으로 물을 주면 나무가 살아난다
> 는 〈희생〉의 부활 모티프는 아무도 믿지 않는 바보의 믿음,
> 천치의 실천 같다. 그러나 바보의 그 경건한 믿음과 실천 이
> 상으로 지금 중요한 것이 있느냐고 이 영화는 묻고 있다.

현대인은 불안하고 심기 불편하다. 그가 불안한 이유는 역
설적이게도 빈곤 아닌 포만 때문이며, 그 포만이 어쩌면 위조
지폐의 유통 위에 이루어진 가짜 만족일지 모른다는 깊은 의혹
때문이다. 한쪽에는 풍요가 제공하는 만족이 있고 다른 쪽에는
그 만족을 무의미한 것이게 하는 근원적 불만이 있다. 만족과
불만의 이 기이한 이중성―이것이 현대인의 삶을 도처에서 '평
크' 내고 그를 심기 불편하게 한다. 그에게 풍요의 여신은 재난
과 함께 온다. 그가 만족하면 할수록 가슴에는 더 많은 구멍이
뚫리고 그의 삶은 공허 속으로 곤두박질한다. 이상한 형태의
빈곤감이 그의 삶에서 의미를 박탈하고 이 박탈감은 밥통의 포
만감만으로는 메울 길 없는 허기를 일으킨다. 기술문명의 번성
위에 권력을 향유하면 할수록 현대인은 자신이 무력한 존재라
는 거세공포에 휩싸이고 자신이 죽을병에 걸려 있을지 모른다
는 깊은 질환 의식의 포로가 된다. 소용돌이 물살과 칼바위 사

이에서 오도 가도 못하는 고대 서사시의 주인공 오디세우스처럼 현대인은 그 자신이 쳐놓은 문명의 덫에 스스로 걸려 있다.

이 덫이 문명의 모순이다. 문명이 재난이 되어가고 있다는 것이 문명의 모순이며, 이 주제를 다루는 것은 현대 예술의 진지한 작업의 하나다. 모든 진지한 예술적 주제는 소멸했다는 포스트모더니즘의 주장은 사실과 다르다. 현대인을 괴롭히는 생존의 딜레마는 수없이 많고 그 딜레마를 파고드는 예술적 작업은 어느 때보다도 필요하다. '영상예술'은 문명의 모순이라는 주제를 어떤 방식으로 다룰 수 있을까? 영화가 타락하지 않은 방식으로 타락한 문명의 문제를 다룬다는 것은 가능한가? 지난 3월 한국 관객에게 첫 선을 보인 안드레이 타르콥스키의 영화 〈희생Le Sacrifice〉(1986)이 근자 수입 외화들 가운데 특별히 우리의 관심을 끈 것은 그것이 바로 그런 질문들을 생각하게 하면서 동시에 질문에 응답하는 듯한 작품이기 때문이다.

안드레이 타르콥스키—국제 영화제들에서의 화려한 수상 경력을 가진 소문난 영상 작가, 상징적 바보, 고집스러운 예술가의 서울행은 여러모로 특이하다. 죽은 나무 한 그루 짊어지고 뒤늦게 나타나 "이거 살리자"라고 말하는 이상한 지각생처럼, 그는 죽은 지 9년이 지나서, 그것도 자신의 마지막 작품을 데뷔작으로 삼아 서울에 온 것이다. 이 늦은 도착은 그러나 너무 빠른 것인지 모른다. 〈희생〉에 대한 서울 관객들의 반응이 반드시 호의적인 것은 아니었기 때문이다.

〈희생〉은 한국 관객을 지루하게 할 수십 가지 이유들을 갖고 있다. 등장인물들은 그 누구도 눈을 즐겁게 할 용모의 소유자들이 아니다. 주인물 알렉산더는 정신병동의 만년 환자 같고 그에게 구원의 여인이 되어주는 마리아는 땅에서 금방 솟아나

107

아직 세수도 못한 여자처럼 주근깨투성이다. 전편을 통해 이렇다 할 액션도, 로맨스도, 극적 사건도 없고 서사구조는 종잡을 수 없게 뒤범벅이다. 타이틀백이 지난 다음 카메라는 레오나르도 다 빈치의 그림 〈동방박사의 경배The Adoration of the Magi〉를 훑어내리는 데만 10분 가까운 시간을 소비한다. 느린 화면, 집밖에서의 알렉산더의 길고 따분한 사설, 흑백 처리된 집안의 우울한 분위기와 색조, 우체부 오토의 이상한 언행들, 인과관계가 분명치 않은 이미지와 장면 들의 느닷없는 삽입과 전환, 서로 차원이 다른 두 가지 구원 서사의 무리한 겹치기에서 오는 스토리의 황당함—이런 요소들은 우리처럼 할리우드 영화의 문법에 단단히 길든 관객을 미치도록 답답하게 한다.

영화 〈희생〉의 읽어내기 혹은 보아내기의 어려움은 주제의 난해성 때문만은 아니다. 이 작품의 메시지는 되레 극히 간명하다. 알렉산더의 입으로 표현되는 그 메시지는 "인간이 자연을 능멸하고 기술권력에 도취함으로써, 문명 그 자체의 파산에 이르고 있다"는 위기 진단이고 이런 파산에서 구원받기 위해서는 "이 파산한 인간이 사랑, 희생, 희망으로 정신의 경건성을 회복해야 한다"는 것이다. 어려운 것은 '정신성의 회복'이라는 구원의 메시지 자체가 아니라 그 메시지의 '영화예술적 표현방식'이다. 관객이 경험하는 어려움은 그 영상 표현의 고단위 '모호성'을 수습할 마땅한 독법이 잘 발견되지 않는다는 데 기인한다. 이 모호성을 뚫는 일은 타르콥스키의 영화가 관객에게 제기하는 일종의 정신적 도전일지 모른다.

〈희생〉의 모호성은 영화의 '상징구조'와 '서사구조'라는 두 차원에 있다. 이를테면 죽은 나무, 자전거, 마리아, 소년 고센, 17세기 유럽 지도, 불타는 집은 단순 영상이 아니라 '상징

108

부호화한 영상'이며 이 일련의 영상 이미지들이 난해해 보이는 것도 영상의 이런 상징적 운용 때문이다. 죽은 나무는 인간의 탐욕이 죽인 자연, 파산한 인간의 집, 고갈된 정신성의 상징이다. 마리아는 사랑과 자기희생의 존재이면서 동시에 성모, 땅의 여신 가이아, 여성적 자연 대지를 상징 차원에서 제시하는 복합적 이미지이다. 우체부 오토는 알렉산더의 친구이자 그의 '더블double'이고, 그가 노상 타고 다니는 자전거는 산업혁명 이후의 동력 형식에 대한 거부―근대 문명의 동력 형식에서 절망을 보았던 헨리 애덤스가 '다이나모'라고 부른 그 악마적 힘을 거부하는 상징적 장치이다. 오토는 알렉산더에게 마리아를 찾아갈 때는 반드시 "자전거로 가라"고 당부한다. 자전거, 마리아, 자연은 이 영화에서 분리할 수 없는 상징 연관을 이루고 있다. 마지막 장면에서 마리아는 바로 그 자전거로 땅의 여신처럼, 알렉산더가 실려간 도시와는 반대 방향으로 대지를 달린다. 마리아의 자전거는 현대 문명과는 반대 방향으로 역진한다. 어느 날 오토가 알렉산더에게 가져다주는 17세기 유럽 지도 역시 자전거처럼 산업혁명 이전의 세계에 대한 상징이자 그 사라진 세계에 대한 향수의 표현이다. 말 못하는 소년 고센의 침묵은 쓰레기통으로 바뀐 대지, 폐차 더미들이 쌓인 대지로부터 도망치는 인간들, 사람이 살 수 없게 된 세계에 대한 그의 소리 없는 발언이다. 그 소년이 마지막에 말문을 여는 것은 알렉산더의 희생행위에 의한 세계의 구원 가능성을 암시한다. 그는 죽은 나무에 물 주는 소년이다. 그는 알렉산더에게, 또는 이 세계에, '희망'의 상징이다.

불타는 집의 상징 코드도 만만치 않다. 〈희생〉의 '희생' 주제를 요약하는 이 장면은 아무것도 희생하지 않으려는 현대인들에게 그 희생제의에 참여하고 그것을 경험하라는 듯이 6분 가깝게 지속된다. 불타는 집의 검은 연기는 어느 방향으로 흐르는가? 희생 제단에 피워진 향불의 연기는 제물이 바쳐진 신에게로 향할 때 의미를 획득하고 제사는 성공한다. 〈희생〉에서 그 연기가 향하는 곳은 '마리아'이다. 이 장면에서 마리아는 인간의 손에 끝없이 능멸당하고 희생되면서도 사랑을 잃지 않는 땅의 여신, '어머니인 땅'의 상징으로 올라서고 알렉산더는 그 여신에게로 달려가 무릎 꿇고 경배한다. 이 문맥에서 보면 알렉산더와 마리아가 동침하는 장면은 남녀 사이의 단순한 성적 결합이 아니라 땅의 여신에 대한 인간의 경배이며 병든 자의 제의적 헌신이고 그 헌신의 받아들여짐이다. 마리아가 죄인의 손을 씻기듯 알렉산더의 손을 정성스레 씻기는 장면, 두 사람의 몸이 침대에서 공중으로 붕 떠오르는 '부양'의 이미지 등은 성적 결합의 사실성과는 몇 단계 떨어진 상징 차원의 것이다. 그것은 인간과 관대한 자연 사이의 근원적 에로티시즘을 표현한다.

　서사의 구조 층위에서 보면 〈희생〉의 모호성은 무엇보다도 이미지, 장면, 사건의 비직선적 제시에 주로 연유한다. 쓰레기로 뒤덮이고 헌 자동차가 나뒹굴고 사람들이 도망가는 '묵시록적 장면'들이 난데없이 서사 진행을 차단하며 끼어들고, 이 장면들 사이의 시간적 선후 관계나 논리적 인과를 해명할 단서는 주어지지 않는다. 전쟁 뉴스, 알렉산더의 마리아 방문, 야밤 오토의 내방, 집안 풍경 등은 실제 사건인지 꿈속의 환영인지 알 수 없게 되어 있고 이런 장면들의 흑백 처리 자체가 현실과 몽상 사이의 경계를 모호하게 한다. 왜냐면 그 흑백은 흑백이면서 자세히 보면 아주 흑백 아닌 컬러의 '뒤섞임'이기 때문이다. 그러나 이런 기법들을 흔히 말하듯 꿈 텍스트적 기법으로만 읽어내는 것은 기법이 어떻게 작가의 문명론적 논평 차원과 연결되고 있는가를 이해하는 데 별 도움이 되지 않는다. 서사의 비직선적 구조는 오로지 한 방향으로만 뛰는 문명의 맹목적 진행양식과 직선 시간성에 대한 비판이자 거부의 성격을 지닌다. 그러므로 〈희생〉의 경우 순환과 반복, 경계 흐림 등의 서사구조는 문명의 직선 시간성에 대한 기법 차원의 비판이자 대응이 된다. 비직선성은 문명이 억압해온 자연의 시간양식, 땅의 시간양식이며, 문명이 배제한 문명의 타자이다. 때로 지루해 보이는 '긴 포착'의 장면들에 사용된 회화적 기법 역시 문명의 과잉 동작과 속도를 거부하는 타르콥스키 특유의 대응방식이다.

죽은 나무를 심고 거기 지성으로 물을 주면 나무가 살아난다는 〈희생〉의 부활 모티프는 아무도 믿지 않는 바보의 믿음, 천치의 실천 같다. 그러나 바보의 그 경건한 믿음과 실천 이상으로 지금 중요한 것이 있느냐고 이 영화는 묻고 있다. 누구든 "하루에 두 번씩 경건하게 규칙적으로 화장실에 물컵을 붓기만 해도 세계는 구원될지 모른다"고 알렉산더는 말한다. 물론 이 바보의 실천은 세상을 구원할 직접적 행동양식이 아니라 구원을 위한 상징적 행위이고 타르콥스키의 예술도 상징 차원에서의 영화적 실천이다. 그는 흥행성을 거부하는 예술적 작업이 '현대 예술의 사회적 소임'이라 믿는 듯하다. 24시간 오락물에 빠져 허우적거리는 우리에게 타르콥스키는 바보의 바보 같은 영화를 봄으로써 마침내 바보이기를 면하라고 권고한다. "친구여, 정신없이 뛰지 말게"라고 말하면서.

씨네21 1995. 3. 28

111

2부

쓸쓸함이여,
스승이여

여행자의 깨침
—대학 신입생을 위하여

"자기 집에서 편하지 않은 것, 그것이 도덕성의 한 부분이다." 집으로 돌아와 타자의 존재를 보는 여행자, 그는 사이드의 망명자와도 비슷하다. 그 여행자의 소득에서 우리는 안주하지 않는 대학 생활의 정신적 성취를 본다.

나는 이 글을 버펄로라는 곳에서 쓰고 있지만 지금쯤 새내기들을 맞아 필시 시끌벅적할 우리의 대학 캠퍼스들이 눈에 선하다. 해마다, 고목에 물오르고 개구리 잠 깨는 봄의 시작과 함께, 눈빛 초롱한 신입생들을 만난다는 것은 대학에 몸담고 있는 사람들의 큰 행복 가운데 하나다. 봄학기가 1월에 시작되는 미국에서는 우리처럼 새내기를 맞는 춘삼월의 설렘을 경험할 수 없다. 내가 머물고 있는 버펄로는 경상도보다 더 클 성싶은 호수를 양쪽에 하나씩 끼고 있어 3월에도 무시로 흐린 눈발이 분분하고 4월이 지나야 간신히 봄이 오는 고장이다. 여기서 차로 30분 거리의 나이아가라 폭포 주변에는 물보라를 뒤집어쓴 나무들이 투명한 얼음옷을 더께더께 입고 있다. 나무들이 얼어 죽지 않는 것이 기적 같다. 얼음집이 에스키모에게 집이듯 나이아가라의 나무들에게는 얼음옷이 겨울옷인지 모른다.

돌연한 깨침처럼, 여행자는 흔히 두 가지 만남을 경험한다. 그는 여행길에서 많은 것을 보되 그가 본 어느 것도 소유하지 못한다. 새로운 것, 아름다운 것, 탐나는 것들이 제아무리 많아도 그는 그냥 빈손으로 돌아가야 한다. 소유의 왕국에서 해방된 사람처럼 그는 아무것도 소유하지 않고 소유할 수 없다. 여행이란 그러므로 소유와 집착으로부터의 자유로움, 우리에게 익숙하지 않은 그 낯선 자유와의 만남이다. 그리고 그는 남의 나라, 그 타자의 고장에 와서 어럽쇼, 어찌된 건가, 거기서 마치 거울 속의 자신을 만나듯 제 나라 자기 고장, 자기 자신을 발견한다. 영국 작가 G. K. 체스터턴이 했던 말("외국 땅에 발을 딛는다는 것은 자기 조국에 발을 딛는 것이다") 그대로 그는 타지에서 고국을 만난다.

여행은 그러나 이런 두 개의 만남으로만 끝나지 않는다. 세번째 만남이 있다. 제 나라에 돌아왔을 때 그는 자신이 이미 이전의 자기가 아님을 문득 깨닫는다. 남의 고장에서 제 나라를 발견한 사람은 제 나라에서도 남의 고장을 발견한다. 그에게 가장 익숙하고 친숙한 것들에서 그는 그가 몰랐던 타자의 얼굴을 만나는 것이다. 그는 바뀌어 있다.

대학을 다닌다는 것과 여행의 경험 사이에는 모종의 유사성이 있어 보인다. 여행의 경우처럼 대학에서 우리는 아무것도 소유하지 않는다. 우리가 가진 것, 고정관념, 굳어진 가치관에서 벗어나 자유로워지는 것이 대학 생활이다. 무언가를 단단히 움켜쥐기 위해, 어떤 것에 매달리고 집착하기 위해 대학에 가는 이가 있다면 그는 번지수를 잘못 잡은 사람이다. 우리는 누에고치가 되기 위해 대학에 가지 않는다. 모래에 머리 처박는 타조처럼 자기가 믿는 것에만 열심히 머리 파묻기 위해서라면 대학에 가지 않아도 된다. 쥐었던 것도 일단 놓는 곳, 거기가 대학이다. 놓지 않고는 우리가 대학에서 새로운 것을 만날 가능성은 없다. 몸을 가두는 육체의 감옥이 있다면 혼을 가두는 정신의 감옥도 있다. 대학은 정신의 가두리 양식장이 아니라 여행자의 행로처럼 열린 바다, 넓은 하늘, 트인 지평이다.

『걸리버 여행기Gulliver's Travels』의 주인공 걸리버는 난쟁이, 거인, 철학자, 말 들의 나라를 여행하고 '야후Yahoos'족도 만난다. 이 나라들은 세상에 존재하지 않는 판타지 속의 세계이다. 그런데 이상하다. 그 존재하지 않는 이상한 나라들의 여행기에서 18세기 영국 독자들이 본 것은 자기네 나라 영국이다. 낯선 나라를 통해 되비쳐오는 제 나라의 얼굴 만나기, 그것이 여행의 한 소득이라면 대학 생활의 가장 자랑할 만한 성과도 나 아닌 것, 타자, 다른 세계들과의 만남을 통해 나를 알고 넓어지는 것이다. 이 자기 확장을 가능하게 하는 것이 자기에게 질문 던질 줄 아는 성찰과 비판의 능력이다. 질문하는 능력의 확장을 보장하기 위해 사회가 대학에 인정하는 높은 특권이 대학의 자유, 학문의 자유다. 그것은 특권이되 모든 기득권을 거부하고 진리의 소유 주장을 심문하는 특권, 정신의 가장 활발하면서도 겸손한, 그리고 겸손해지기 위한 특권이다.

평론가 에드워드 사이드는 최근의 에세이집 『망명에 대한 성찰Reflections on Exile and Other Essays』에서 모든 형태의 문화적 고정성에 비판적 거리를 유지하는 것이 망명자exile의 정신이며 자신은 그런 망명자의 하나라고 말한다. 그리고 테오도어 아도르노의 말을 인용한다. "자기 집에서 편하지 않은 것, 그것이 도덕성의 한 부분이다." 집으로 돌아와 타자의 존재를 보는 여행자, 그는 사이드의 망명자와도 비슷하다. 그 여행자의 소득에서 우리는 안주하지 않는 대학 생활의 정신적 성취를 본다. 나

중에 설혹 어떤 안거의 순간이 온다 할지라도 그것은 질문 없이 네모꼴로 오래오래 퍼져앉은 자의 안주는 아니다.

씨네21 2001. 3. 20

그 남자의 안부 전화

아름다운 삶이 우리에게 주는 것은 쾌락이 아니라 즐거움
이다. 쾌락이 자주 존재의 타락을 강요한다면 즐거움은 존
재의 확장을 경험하게 한다. "정의가 없다면 인간은 수치
다"라고 프란츠 카프카는 말했지만, 마찬가지로 아름다움
이 없다면 인간존재는 수치다.

1995년 3월, 세계 금융업계에 '은행 제국'으로 알려졌던
영국의 베어링스 은행이 하루아침에 도산하는 사건이 있었다.
232년의 긴 역사를 가진 이 위풍당당한 은행에 이처럼 비참한
종말을 가져다준 것은 니콜라스 니슨이라는 28세의 투전꾼이
었다. 베어링스 은행의 싱가포르 주재 트레이더였던 니슨은 그
전해에 혼자서 수백만 달러를 베어링스 은행에 벌어다주었고,
이 사실에 감복한 은행측은 이 젊은 투전꾼의 능력만 믿고 그
의 도박이 지닌 무모성과 실수 가능성에 대해서는 아무 걱정도
하지 않았던 것이다.
　흥미로운 것은 니슨이 "미안하다"라는 쪽지를 은행측에
남기고 도주하기 이틀 전 동료 한 사람과 나눈 전화 대화의 한
토막이다. 이 야반 통화에서 그가 던진 첫 마디는 "그래, 어떻
게 지내?How is life?"라는 것이었다. 이런 식의 안부 질문은 평

상시의 그의 어법이 아니었다. 외환 거래 동향이나 선물 시장에 관한 정보 교환 말고는 그 어떤 다른 내용도 담지 않았던 것이 이 투전꾼의 보통 때 통화방식이었다. 그런데 그날 밤, 그는 느닷없이 마치 먼 유년의 고향 친구에게 안부 묻듯 "어떻게 지내?"라고 물어온 것이다. 그가 돈놀이의 세계에 관한 정보 아닌 친구의 삶의 근황을 물은 것은, 그 동료가 일기로는, 그것이 처음이었다. 그리고 그는 잠적했다.

"그래 요즘 어떻게 지내?" 이것은 1996년 가을 우리가 우리 자신에게 던져보아야 할 물음이다. 요즘의 우리, 국민소득 1만 달러 시대의 한국인은 어떻게 지내고 있는가. 그는 그의 삶을 보살피며 사는 듯이 살고 있는가. 절대 빈곤의 시대에는 굶주림으로부터의 해방이 '사는 듯이 사는' 길이고 꿈이다. 궁핍으로부터의 해방이라는 것이 지니는 중요성에 대해서는 아무도 토를 달 수 없다. 삶의 물질적 조건을 안정시키는 일은 품위 있는 삶의 기초이기 때문이다. 그러나 이 해방과 안정에는 큰 함정이 하나 있다. 그것은 '풍요성'에 대한 인식의 도착 현상—말하자면 인간의 삶에는 물질적 풍요 이외에는 어떤 가치도 목표도 존재하지 않는다는 극히 위험한 인식의 함정이다. 이 함정에 빠지는 순간 우리는 또하나의 거대한 궁핍에 직면한다. 말할 것도 없이 그것은 정신의 궁핍, 가치의 궁핍, 의미와 목적의 궁핍이다.

물질적 궁핍으로부터 벗어난 나라의 국민들이 항용 그 벗어남의 순간부터 소비문화와 향락문화를 향해 일제히 행진한다는 것은 흥미로운 현상이다. 우리도 예외가 아니다. 1996년 현재 한국인이 몰두하고 있는 것은 쾌락의 문화, 향락의 문화, 흥청망청의 문화이다. 어떤 보고에 따르면 현재 우리나라의 향락업소는 40만 개이다. 서울의 신촌 대학가에만도 1500개의 향락성 업소가 몰려 있다. 밖에 나간 한국인 여행자는 과거 일본인들이 그랬듯 섹스 관광, 보신 관광, 쇼핑 관광의 단골손님이다. 이 추악한 한국인은 돈을 물 쓰듯 하고, 가난한 나라의 백성들을 가난하다는 이유로 경멸하며, 그들의 코앞에서 100달러 지폐들을 쫙 펴서 "아이구 더워"라며 부채를 만들어 부친다. 그는 자신이 철저한 경멸의 대상이 되고 있다는 사실을 모른다.

이 한국인은 "그래 요즘 어떻게 지내?"라는 질문 앞에서 "잘 먹고 잘산다"고 대답할 것이 틀림없다. 그러나 그가 잘 먹기는 할는지 모르지만 잘사는 것은 아니다. 잘산다는 것은, 적어도 잘 먹기만 하는 삶이 아니다. 먹는 것만이 유일한 관심사이고 목표일 때 인간은 '베르제 선생의 강아지' 비슷해진다. 프랑스 작가 아나톨 프랑스는 "베르제 선생의 작은 강아지는 하늘의 푸르름을 쳐다본 적이 없다. 먹을 수 있는 것이 아니기 때문이다"라는 요지의 말을 남기고 있다. 그 강아지에게는 푸른 하늘, 여름 저녁의 노을, 눈 내린 숲의 아름다움은 관심사가 아니다.

먹는 일에 얼마나 기여하는가라는 차원의 유용성만을 잣대로 할 때 '돈 되는 일' 아닌 모든 일은 분명 '쓸데없는 짓거리'이다. 푸르름을 보기 위해 하늘을 쳐다보는 것은 먹는 문제나 돈 만들기와는 관계없는 짓이고 미술관에 가고 연주회에 가고 시를 읽는 것도 먹는 삶의 기준에서 보면 쓸데없는 짓거리에 속한다. 이런 행위들은 쾌락과도 사실상 관계가 없다. 쾌락은 육체의 한 부분에 관련되는 순간적이고 이기적인 욕망 충족이기 때문에 그 이기적 충족에 기여하지 않는 대상은 쾌락의 경제학에서도 역시 쓸모가 없다. 그런데 아름다움이란 무엇인가. 그것은 아름다운 사랑과 마찬가지로 이해관계의 범위로부터 벗어나기이며 타산과 용도의 경제학을 초월하기이다.

돈은 인간 생활에 중요하다. 그러나 돈 그 자체가 삶의 목적인 것은 아니다. 쾌락 역시 인간의 삶에서 제외될 수 없으나 쾌락 추구만을 목적으로 하는 삶은 위험하고 허망하다. 삶의 목적은 '아름다운 삶'의 영위에 있다. 이해관계와 수지 타산을 떠날 줄 아는 삶, 용도와 유용성을 초월할 줄 아는 삶, 어떤 것을 '소유하기'나 '소유하는 자'를 벗어나 존재 그 자체를 중히 여기는 삶이 아름다운 삶이다. 아름다운 삶이 우리에게 주는 것은 쾌락pleasure이 아니라 즐거움joy이다. 쾌락이 자주 존재의 타락을 강요한다면 즐거움은 존재의 확장을 경험하게 한다. 존재 확장의 경험이 기쁨이라는 것이다.

즐거움과 기쁨을 위한 투자, 그것이 곧 아름다움에 대한 투자이다. 이 투자가 있을 때에만 인간은 즐거움과 기쁨이 있는 삶을 누릴 수 있다. 그 삶을 지향하는 것이 바로 '삶의 질' 높이기이다. 삶의 질은 향락의 수준에 있지 않고 아름다움의 수준에 있다. "정의가 없다면 인간은 수치다"라고 프란츠 카프카는 말했지만, 마찬가지로 아름다움이 없다면 인간존재는 수치일 것이다.

삼성전자 사외보 1996. 10. 20

정신의 붕어빵

정신을 작은 상자에 가두는 교육을 어떻게 고칠 것인가—
지금 우리 사회가 진정으로 고민해야 할 교육의 문제는 이
것이다.

북미 원주민의 어떤 신화에 '실패하는 조물주' 이야기가
있다. 이 조물주는 세상 만물을 만들어내면서도 막상 인간을
만드는 대목에 가서는 서투른 견습공처럼 연거푸 실패한다. 그
는 진흙으로 두 형상(남자와 여자)을 빚어 도자기 가마 같은
데 집어넣고 공을 들이는데 나흘 만에 거기서 나온 것이 그가
구상했던 '사람'이 아니라 암수 개 한 쌍이다. 그는 다시 진흙
을 빚어 가마에 넣고 이번에는 열사흘 정성을 쏟는다. 그러나
결과는 또 실패. 나흘의 세 배나 되게 시간과 정성을 들였건
만 가마에서는 암수 뱀 한 쌍이 섯섯거리며 기어나온 것이다.
"두 번씩이나 실패했으니 사람을 어떻게 만들꼬?" 그는 고민
에 잠긴다. 인간 만드는 일이 저 혼자 힘으로 되지 않는다는 걸
알고 그는 자기 조수에게 도움을 청한다. 이 '조교'의 결정적인
협력을 받고서야 조물주는 간신히 인간을 얻게 된다.
　　이 이야기를 여기 소개하는 것은 '조교 예찬'을 위해서가(물
론 조교는 예찬받을 만하지만) 아니라 사람 만드는 일 앞에서는

조물주도 쩔쩔맸다는 소식을 환기하기 위해서다. 인간을 처음 만든 것은 조물주겠지만, 이 창조 사업을 이어받은 것은 인간 그 자신이다. 우리가 '교육'이라고 부르는 것은 인간이 인간을 만드는 사업의 일부다. 그 인간 만들기가 붕어빵 찍어내기 정도의 작업이라면 사회는 교육이라는 문제 때문에 크게 고민할 필요가 없다. 젊은이들은 "나는 어떤 인간이 될까"로 밤잠 설치지 않아도 되고 어른들은 "내 아이를 어떻게 키울까"로 머리 싸매지 않아도 된다. 붕어빵 잘 찍어내기도 그리 쉬운 일은 아닐 테지만, 교육의 가장 큰 고민은 붕어빵 인간을 어떻게 잘 만들어내는가에 있지 않고 "어떻게 붕어빵을 만들지 않을까"에 있다. 그런데 지금 우리 사회는 교육의 이 정당하고도 필요한 고민 때문에 고민하는 것이 아니라 붕어빵 만들기의 효율성 문제―어떻게 하면 붕어빵을 잘 찍어낼까라는 문제로 더 노심초사하고 있다.

　대학의 경우, 한국에 와 있는 외국인 교수들은 한국 대학생들에게 두 번 놀란다고 곧잘 피력한다. 학생들의 '게으름'에 놀라고 '놀고 보자' 주의에 또 놀란다는 것이다. 우리가 보기에 이 게으름과 놀고 보자는 그리 놀라운 것이 아니다. 신입생들에게서 거의 공통으로 발견되는 안쓰럽고 측은한 특징의 하나는 10리 파도를 간신히 헤엄쳐나와 해안에 상륙한 난파선 생존자와도 같은 탈진 상태다. 젊은 육체는 이 탈진을 감추고 있지만 정신은 기진맥진해서 파김치가 되어 있다. 대학 들어오느라 기진하고 맥진한 이 정신들에 대학은 우선 쉬고 노는 곳 같아 보인다. 게다가 한국의 대학들은 유흥가로 완전 포위되어 있어 노는 데는 그만한 환경이 지구상에 없다. 가장 두려운 것은 이 파김치가 된 정신들로부터는 지적 호기심, 상상력, 도전적 비판력이라는 에너지가 나오지 않는다는 것이다. 학점이나 잘 챙

124

겨 '무사히' 졸업장 받아 쥐고 나가자는 것이 이 탈진한 정신들의 일반적인 정신 상태다. 중고교 6년 동안 교과서와 참고서 외에는 다른 책이라곤 접해볼 겨를 없이 시킨 대로 입시 과목에 매달리고 수능시험에 목매단 끝에 대학에 들어온 정신의 붕어빵들은 그렇게 해서 들어올 때나 다름없는 정신의 붕어빵 상태 그대로 대학을 나서고자 한다. (붕어빵이기를 거부하는 소수의 젊은 지성들에게는 갈채를!)

현실론자들, 특히 학부모들은 대학 입시의 경쟁을 뚫는 데 다른 무슨 방법이 있느냐고 묻는다. 학생들 자신도 이 고도 취업경쟁 시대에 무슨 다른 묘수가 있는가 하고 질문한다. 이것은 지금 우리 사회의 현실적 고민임에 틀림없다. 그러나 한 가지 확실한 것은 이건 교육이 아니고 인간 만들기가 아니라는 사실이다. 인간의 몸은 작은 자루에 불과하지만 그 정신은 작은 상자가 아니다. 그 정신은 마음놓고 춤출 수 있을 때에만 커지고 넓어져 무서운 탄력을 발휘한다. 정신을 작은 상자에 가두는 교육을 어떻게 고칠 것인가―지금 우리 사회가 진정으로 고민해야 할 교육의 문제는 이것이다. 체제에의 기술적 적응력 키우기만이 교육의 목표는 아니다. 수동적 적응이 있다면 틀을 깨고 나가는 창조적·비판적 적응도 있다. 교육의 힘이 발휘되어야 하는 것은 이 후자이다.

교육제도와 방법이 문제의 전부는 아니다. 우리 교육이 자잘한 조무래기 감자 생산 작업 이상의 것이 되자면, 대학교육을 포함한 교육의 전 영역에서 국가 및 사회의 투자 규모는 최소한 지금의 다섯 배는 되어야 한다. 지금의 교육투자로는 우리에게 작은 감자의 미래만 있을 뿐이다.

씨네21 2001. 4. 17

사패산 화두

할 수 있다 해서 아무 일이나 다 하지 않고, 깔아뭉갤 수 있
다 해서 다 뭉개지 않고, 뚫을 수 있다 해서 다 뚫지 않는
자기 통제의 능력을 빼고 나면 인간이 천사에게 자랑할 것
이 무엇인가?

북한산 관통 도로를 내기 위해 송추 사패산 봉우리 밑으
로 터널을 뚫는다는 정부 계획에 잠시 제동이 걸린 모양이다.
불교계와 환경단체들의 반대에도 불구하고 터널 착공을 강행
하려던 당국과 시공 주체들, 그리고 공사를 몸으로 막고자 사
패산 골짜기에 힘겨운 저지 캠프를 차렸던 불교계 인사들 사이
에 연말까지는 공사 계획을 일단 중단하고 문제를 순리로 풀어
보자는 합의가 이루어졌다고 한다. 이런 합의가 문제 해결을
보장하는 것은 아니다. 그러나 한때 법정으로 치닫고 폭력 사
태까지 일어나게 했던 팽팽한 갈등이 잠시 숙어지면서 모두가
'숨 좀 돌리고 생각할' 기회를 얻은 것은 그나마 좀 다행스러운
일이다.

그런데 우리 모두 숨 돌리면서 생각할 일은 무엇인가. 공
사 중단 결정이 대선을 앞둔 시점에서 불교계를 자극하지 말자
거나 당장 무리한 공사 강행보다는 시간을 두고 반대자들을 설

득한 다음에 해도 된다는 전략적 계산의 산물이라면, 그런 계산만으로는 사패산 사태가 우리 사회에 던지는 근본적 의미를 '생각해보는 일이 아니라는 사실을 생각하는' 일이 무엇보다 필요하다. 물론 겉으로만 보면 터널 공사 반대자들이 주장하는 것은 북한산 관통 도로보다는 에둘러 가는 우회 도로를 만들어 '국립공원' 북한산의 훼손과 생태 파괴를 막자는 것이다. 우회 도로를 만들면 사패봉에 거대한 터널 구멍을 뚫지 않아도 된다. 그러나 관통 도로냐 우회 도로냐에 문제의 근본적 의미가 있는 것은 아니다. 그게 문제라면 효율과 비용 면에서 어느 쪽이 더 경제적이고 편의성이 높은가를 따져 일은 해결될 수 있을 것이다.

그게 아니다. 사패산 터널 뚫기에 대한 저항의 사회적 의미는 그런 것이 아니다. 이렇게 자문해보자. 우리가, 대한민국과 그 국민이 모든 경우에, 자나깨나 앉으나 서나, 그저 경제적 효율과 편의성과 실용성만을 따지고 계산하는 삶의 방식을 지금처럼 후안무치로 밀고 나가도 되는가? 우리가, 대한민국 사람들이, 좀 빠르다 싶으면 어디나 터널 뚫고 좀 편하다 싶으면 아무 곳이나 깔아뭉개어 길 내고 아스팔트 깔아 자연을 도살하는 그 "짐승스런 편리"(시인 정현종의 표현)의 노예가 되어도 되는가? 우리가 정말 그렇게 마구 살아도 되는가?

우리가 정말 그렇게 살아도 되는가? 이것이, 내가 보기에, 사패산 저항이 우리에게 던지는 질문이고 화두다. 현지에서 공사 저지 캠프를 이끌어온 수경스님이나 회룡사 비구니 스님들이 우리 사회에 생각해보라고 요구하는 화두도 그것일 것이라고 나는 생각한다. 그들이 지키려는 것은 송추 사패봉이면서 동시에 우리가 그동안 수없이 허물어온 수많은 사패봉들, 지금도 우리가 조석으로 모여 허물 것을 간단히 모의하고 점찍는 이 땅의 허다한 사패봉들이다. 이 점에서 사패봉 지키기는 우리가 뚫고 부술 수 있으되 '그러지 않기로 결정하는' 어떤 고귀한 것, 신성한 것, 정신적인 것의 상징이 된다. 할 수 있다 해서 아무 일이나 다 하지 않고, 깔아뭉갤 수 있다 해서 다 뭉개지 않고, 뚫을 수 있다 해서 다 뚫지 않는 자기 통제의 능력을 빼고 나면 인간이 천사에게 자랑할 것이 무엇인가? 그 능력은 인간이 발휘할 수 있는 가장 높은 수준의 정신적·윤리적 탁월성이 아닌가?

그 탁월성이 쓰잘데없는 것이라고 나는 생각하지 않는다. 윤리적 탁월성의 경제적 효용은 수치로 나타낼 수 없을지 모른다. 그러나 그런 자제력, 자연에 대한 외경, 신성의 영역을 남겨둘 줄 아는 능력의 유무가 참다운 의미에서 문명사회이고 선진사회다. 그런 사회에서만 사람들은 사람다워진다. 21세기 우리 사회에 안겨진 가장 큰 도덕적 도전은 '탐욕의 제어'이며 사패봉 갈등은 이 도전을 극화해서 보여준다. 월드컵 이후 대한민국을 '업그레이드'하자는 논의가 한창인 듯하지만, 한국이 정신적 품위에서도 높은 수준에 올라서지 않는 한 궁극적인 '업그레이드 코리아'는 불가능하다. 유럽으로 어디로 고가의 '명품' 사냥을 다닌다는 내 사랑하는 속물 친구들에게 한마디 하자면, "얘들아, 사패봉이 명품이다."

한겨레 2002. 8. 19

한국 '지구의 날' 선언문

"하느님, 우리 아이들에게 숨쉴 수 있는 공기와 마실 수 있는 물을 주십시오. 아이들에게 안전한 먹거리를 허락해주십시오. 그 밖의 것은 모두 사치입니다."
—2011년 3월 원전 폭발 이후 후쿠시마 지역 여성들의 기도

지구라는 이름의 이 푸르른 행성은 생명의 탄생과 재탄생을 주재하는 단 하나의 절대적 모태이고 어머니입니다. 그 모태는 우리에게 숨쉴 공기와 마실 물을 줍니다. 모든 생명체들은 그 모태의 땅에 뿌리박고 그로부터 먹을 것을 얻습니다. 그러나 지금 그 모태는 갈가리 찢기고 파이고 썩고 병들어 있습니다. 그 모태가 병들었기 때문에 우리가 얻는 것은 마침내 숨쉴 수 없는 공기, 마실 수 없는 물, 믿을 수 없는 땅입니다. 생명의 순환은 지금 정지의 위기 앞에 놓여 있습니다.

이 위기를 만든 자는 우리들 인간입니다. 문명의 진행 3000년 끝에 우리가 도달한 곳은 어이없게도 생명의 가능성이 부정되는 죽음의 골짜기입니다. 잘살기 위해 문명을 일으킨 인간이 오히려 죽음의 골짜기에 도달했다는 것은 거대한 역설이고 아이러니이며 딜레마입니다. 이 역설적 딜레마는 인간 문명

이 절정에 도달한 지난 몇백 년 사이에 더욱 빠른 속도로 심화되어 드디어는 더 방치할 수 없는 위기와 대파탄의 모습으로 우리에게 다가와 있습니다. 우리는 그 위기를 직시하고 그것을 풀어야 하며 삶의 모든 영역에서 그것을 풀기 위해 행동해야 합니다. 병든 지구를 되살리는 일은 지금 생존해 있는 우리 세대의 의무이며 모든 나라, 모든 사람들의 21세기 과제입니다. 그 과제를 면제받을 수 있는 사람은 아무도 없습니다.

이것이 오늘 우리가 이 나라에서 '지구의 날'을 선포하는 의의이고 이유입니다. 세계 많은 나라들이 '지구의 날'을 제정하고 "우리도 무언가 해야 한다"며 지구 살리기에 나서고 있습니다. 한국이, 한국인이, 거기서 제외될 수 없고 제외되어서는 안 됩니다. 우리에게는 생명 공동체로서의 자연을 존중하는 오랜 문화 전통과 지혜가 있습니다. "모든 것의 뿌리는 같고, 모든 것은 서로 연결되어 있다"라는 생태철학적 사유는 동양의 오랜 세계관이며 자연관입니다. 이 세계관에서 인간의 '세계'는 '자연'과 분리되어 있지 않습니다. 정치, 사회, 문화, 예술, 학문, 과학, 기술 같은 인간 문명의 영역만이 세계인 것이 아니라 자연 자체가 인간의 '세계'입니다. 자연 따로 있고 세계 따로 있지 않습니다. 우리에게 경제는 생태 체계를 유지하는 삶의 예술이어야 하며, 우리에게 세계화의 시대란 세계 속에 자연을 회복하는 시대, 아니 세계가 '자연'의 일부가 되게 하는 시대여야 합니다.

모든 생명체는 연결되어 있다―우리는 이 오랜 생태적 사유 전통과 지혜를 재가동하고 우리의 독특한 문제 해결방식을 세계 공동체에 보태어야 합니다. 우리는 문명과 자연을 화해시키고 모든 생명체가 함께 사는 공존의 정의를 실현하며, 자연

적대적인 생산과 소비의 양식을 바꾸어가야 합니다. 21세기 한국인은 그가 어디서 무슨 일을 하면서 어떻게 살건, 그의 일과 삶이 생태 체계의 일부이며 생명의 모태에 연결되어 있다는 사실을 깊이 인식해야 합니다.

'지구의 날'은 하루가 아닙니다. 1년 365일이 모두 지구의 날입니다. 그런데도 우리가 어느 하루를 잡아 '지구의 날'을 선포하는 것은 그 하루가 1년 열두 달 365일을 대표하고 우리의 행동과 결단의 의지를 상징하게 하기 위해서입니다. 지구를 위한 행동의 의지를 선포하는 이 순간에 당신과 나는 손을 맞잡고 함께 참여합니다.

환경운동연합 2000. 3. 19

---

* '지구의 날'은 1970년 4월 22일 미국에서 시작된 대규모 자연보호 캠페인을 기념해서 제정되었다. 우리나라는 1990년 100여 나라 500여 단체가 동참한 '지구의 날' 대회에 참여한 후 민간단체를 주축으로 매년 4월 22일 기념행사를 열고 있다. 이 글은 환경운동연합의 요청에 따라 2000년 한국 '지구의 날' 행사 선언문으로 씌어진 것이다.

태안 바닷가의 부활 의식

"아무도 책임지는 사람이 없다. 사실은 우리 모두에게 책임이 있다. 원전이 들어왔을 때 후쿠시마 사람들은 모두 환호하지 않았던가. 외지로 나갔던 젊은이들도 원전 일자리가 생기니까 다투어 고향으로 돌아왔다. 원전은 지역 경제를 살리고 사람들의 삶에 번영을 가져왔다. 후쿠시마 사람들 모두가 그 수혜자다. 그 원전이 재앙으로 돌변했을 때, 그 책임은 누구에게 있는가? 후쿠시마 사람들은 전원 무죄인가?"

—후쿠시마 주민들의 말

"원전에 매달리는 나라는 한 국가가 멸망할 수도 있다는 가능성을 인정해야 합니다. 원전 사고에 왜 대비하지 못했는가, 이것이 지금 가장 후회스럽습니다."

—간 나오토(일본 전 총리)

사계의 자연질서 속에서 해마다 겨울을 맞고 보내는 문명권의 사람들은 거의 예외 없이 '빛의 축제'를 갖고 있다. 낮이 짧아지고 한 해의 가장 긴 밤들이 세상을 어둠으로 뒤덮을 때, 사람들은 마치 그 짧아진 빛의 시간을 벌충이라도 하려는 듯이 땅 위에 찬란한 불꽃을 지핀다. 촛불을 켜고, 폭죽을 터뜨리고,

빛의 궁전을 만든다. 지상을 장악한 어둠의 제국에 맞서는 인간의 항거 의식, 그것이 빛의 축제다.

　겨울은 인간이 죽음을 경험하는 시간이다. 죽음을 경험할 때의 인간에게 가장 간절히 솟아오르는 것이 부활과 소생에 대한 기대이다. 죽은 것들은 다시 살아날까? 낮은 다시 길어지고 봄은 정말로 다시 올까? 다시 오지 않는다면? 인간이 나서서 어둠을 몰아내지 않는다면 빛이 돌아올까? 해야 솟아라, 기도하지 않는다면 해가 다시 떠오를까? 겨울철 빛의 축제는 이런 부활 기원의 축제이기도 하다. 크리스마스의 촛불 장식과 유대인들의 하누카 축제까지도 그 민속적 뿌리는 구원과 소생의 기원 의식에 닿아 있다. 텔레비전 드라마 〈이산〉에 잠시 소개되었던 조선시대 궁중 연말행사 '나례희'도 그런 기원의 축제 가운데 하나다. 신화 속의 '죽는 신'들은 반드시 '부활하는 신'들이기도 하다. 디오니소스가 그러하고 오시리스가 그렇고, 심지어 나자렛 예수까지도 그러하다.

　2007년 연말, 겨울의 시작과 함께 한국인을 강타한 죽음의 세력은 태안반도 연안에 밀어닥친 검은 기름띠이다. 십리포, 백리포, 천리포, 만리포를 거쳐 파도리에 이르기까지, 대산항에서 군산항까지, 장장 167킬로미터 50헥타르의 바다와 연안 모래밭, 개펄과 바위들과 사구를 뒤덮은 시커먼 기름띠는 순식간에 해양 생물들을 목 졸라 죽이고 연안 주민들을 절망 속으로 몰아넣고 있다. 이 죽음의 공원에 생명들은 부활하고 새들은 다시 찾아올까? 바지락, 낙지, 조개, 굴, 게 들은 거기서 다시 숨쉴 수 있을까? 바다와 모래밭을 되살리기 위해 달려온 시민들은 지금 이 시간에도 바위와 자갈과 모래의 기름을 닦아내고 있다. 검은 죽음의 세력에 맞서기라도 하려는 듯 그들은 흰색 노란색의 밝은 빛 방제복들을 입고 있다. 2007년 12월 겨울 한국인은 태안 바닷가에서 소생과 부활의 기원 의식을 올리고 있다.

태안으로 달려간 사람들은 재앙 앞에서 가만있을 수 없다고 느끼는 동정과 선의의 능력을 가진 시민들이다. 그러나 그 눈물겨운 부활 의식을 보는 사람들의 마음은 편치 않다. 근원적인 차원에서, 재앙의 뿌리는 거대한 유조선을 바다에 띄우지 않고서는 한순간도 작동할 수 없는 석유 문명 그 자체에 있다. 그 문명의 방향을 바꿀 수 있을까? 현대인은 아무도 이 근원적 질문에 대한 답을 갖고 있지 못하다. 모두 꿀 먹은 벙어리다. 현대인은 그 문명에 기대어 먹고산다. 그는 그 문명의 수혜자이며, 그것이 몰고 오는 재앙의 공범자다. 그는 살기 위해 죽음을 초대하고 빛을 만들기 위해 어둠을 불러들여야 하는 역설의 딜레마에 갇혀 있다.

그러나 그렇다 하더라도, 재앙의 직접적 원인 속에 '인재人災'의 요소가 개입했는지의 여부를 가려내는 일, 사고를 최대한 방지할 대책의 수립 같은 일은 생략될 수 없다. 딜레마와 태만은 서로 다른 문제다. 1989년 사상 최악의 기름유출 사고를 낸 엑손 석유회사 유조선 엑손 발데스호 사고의 배후에는 '술 취한' 선장이 있었고 2002년 스페인 최악의 기름유출 사고를 낸 프레스티지호의 침몰 배경에는 낡은 선체의 수리를 거부한 인간의 태만이 있다. 생태계 멸시, 생명의 권리에 대한 무관심과 무감각, 무자비한 이익 추구는 태만 중에서도 가장 심각한 태만이다. "경제부터 살리자"는 주장은? 경제를 위해서는 무엇이든 할 수 있고 또 해야 한다는 소리일 때, 그것은 위험천만의 주장이다. 경제제일주의는 결코 경제를 위한 길이 아니다. 그것은 값비싼 대가를 물게 하는 재앙으로의 초대이기 때문이다.

경향신문 2007. 12. 27

내 마음의 님비
—지진의 심리학

> 지금 지구의 어느 곳도 안전하지 않다. 모두가 파멸을 향한
> 항로의 승객이고 공범자이면서 "나는 아냐"라고 말하는 예
> 외주의—이 턱없는 예외주의가 '내 마음의 님비'다.

한국인에게 지진이란 언제나 다른 나라의 재난, 우리 땅에
서는 결코 일어나지 않을, 그러므로 신경쓸 필요 없는 어떤 멀
고 막연한 불운의 이야기에 불과하다. 한반도는 용케도 지진
면역지대 같아 보인다. 자연의 신은 한반도에 '기름' 한 방울
주지 않은 대신 지진도 주지 않는다. 스스로 경험해보지 않은
일에 대한 인간의 이해 능력은 극히 빈약하다. 우리도 예외가
아니어서, 다른 나라들의 지진 피해 소식은 우리에게 그저 몇
개의 차가운 추상적 숫자로 그친다. 신문방송의 보도를 접하고
도 우리의 반응은 "응, 그랬어?" 정도다. 이런 반응의 밑바닥
에는 "우린 아냐, 우린 괜찮아"라는 안도감이 깔려 있다. 영원
히 안전하고 절대로 꺼질 일 없어 보이는 단단한 땅 위에 사는
사람들은 행복하다. 그 행복한 사람들의 귀에는 주식시세 내려
앉았다는 뉴스는 큰 뉴스일 수 있어도 어디서 땅 꺼졌다는 소
식은 소식도 아니다.

지난 1월 26일 인도 서부 해안 구자라트 주 일대를 한순간

납작하게 만든 지진은 2년 전의 터키 지진 때처럼 지진의 정치학 비슷한 것을 보게 한다. 지진은 평등의 위대한 강요자이다. 인도에서 들려오는 외신들을 보면 진앙에 가까운 피해지역의 경우 부잣집도 내려앉고 가난뱅이 집도 내려앉아 부자들과 가난뱅이들이 동시에 길바닥으로 나앉는 신세가 되어 더운 죽 한 그릇, 담요 한 장을 얻기 위해 다투어야 한다. 만인은 법 앞에서만 평등한 것이 아니라 지진 앞에서도 평등하다. 하늘(지붕)이 무너지고 땅이 꺼질 때 빈부는 따로 노는 것이 아니라 같은 운명의 평등한 피해자가 된다. 인도 같은 신분 사회에서도 지진은 신분을 가리지 않고 존중하지 않는다. 다만, 부자들의 경우에는 피해로부터의 탈출 속도가 좀더 빠르다는 차이가 있다. 지진의 평등 정치학 다음에는 불평등의 정치학이 이어진다.

지진의 심리학, 또는 지진의 철학 같은 것도 있다. 인간의 일상은 몇 개의 의심할 바 없는 기본적 믿음 위에 지탱된다. 내가 먹는 밥, 마시는 물에 적어도 독이 들어 있지는 않을 것이라는 믿음은 그런 것의 하나다. 그중에 가장 기본적인 것이 땅의 단단함에 대한 믿음이다. 이 믿음 덕분에 우리는 매번 지팡이로 땅을 두드려보며 걷지 않아도 된다. 그런데 이 확신을 순식간에 무너뜨리는 것이 지진이다. 어떤 외지 논평자의 말처럼, 이번 인도 지진 피해자들은 "땅의 견고함에 대한 믿음을 한동안, 어쩌면 영원히, 상실할지" 모른다. "왜 이런 변이 우리에게 닥친 겁니까?"라고 피해자들은 절규한다. "땅의 어머니 신에게 매일 기도한다"는 여자도 있다. 땅에 대한 믿음의 상실은 인간의 일상을 뒤흔드는 무서운 불안 심리를 조성한다. 지중해 지역의 고대 지진사를 소상하게 알고 있었던 플라톤은 어쩌면 '믿을 수 없는 땅'에 대한 불안 때문에 "영원히 견고하고 변하지 않는 것은 이 지상에 없다. 그것은 다만 하늘에만 있다"는 주장 위에 그의 철학 체계를 세우려 한 것인지 모른다.

지진의 정치학, 심리학, 철학으로부터 우리가 얻을 것은 어떤 지혜, 어떤 겸손, 어떤 자각이다. 우리가 사는 이 지구라는 이름의 땅은 지금처럼 인간에게 개똥 취급당하고 사정없이 쓰레기통이 되면서도 영원히 인간을 무사하게 받쳐줄까? 그럴 것 같지 않다. 타이타닉호 승무원들이 빙산과의 충돌 위험성을 경고하는 전신 메시지들을 무시한 것은 "이 배는 절대로 가라앉지 않는다"는 믿음 때문이었고, 그런 시시한 메시지보다는 처리해야 할 더 중요한 전신들이 있다고 생각했기 때문이다. 그리고 그들은 침몰한다. 지구는 지금 그 타이타닉과 흡사하다. 수없이 많은 경고신호들이 나오고 있음에도 불구하고 지구 행성의 승객들은 다른 메시지들에 정신이 팔려 침몰 위험신호에는 콧방귀도 뀌지 않는다. "우린 괜찮아"라고 그들은 생각한다. 그러나 지구 침몰은 완벽하고 평등한 파멸의 순간일 것이므로 인간에게는 갈아탈 배도, 나앉을 길바닥도, 복구할 오두막도 없다.

이른바 '님비NIMBY' 현상이란 이를테면 쓰레기 소각장 같은 것은 "우리 동네에는 안 돼not in my backyard"라고 말하는 현대인의 자기 예외주의를 지칭한다. 그 '님비'의 의미를 달리 풀면 "우리 동네엔 지진 같은 거 없어. 우린 아닐 거야. 우리는 안전해"가 될 수 있다. 그러나 지금 지구의 어느 곳도 안전하지 않다. 지진 이상의 지진, 믿을 수 없는 땅, 평등 공멸의 순간을 인간은 지금 제 손으로 준비하고 있기 때문이다. 모두가 그 파멸 항로의 승객이고 공범자이면서 "나는 아냐"라고 말하는 예외주의—이 턱없는 예외주의가 '내 마음의 님비'다.

씨네21 2001. 2. 20

게코주의
— "탐욕은 좋은 것이여"

자연의 시간은 내버려두어도 흘러가지만 역사의 시간은 내버려두면 멎어버리기도 하고 거꾸로 돌기도 하고 천방지축 뛰다가 시궁창에 처박히기도 한다. 사람의 힘으로 어찌할 수 없는 것이 자연의 시간이다. 그러나 역사의 시간은 사람이 그것을 어떻게 쓰면서 사느냐에 따라 산다는 것의 기쁨과 영광을 높여주기도 하고 살아 있다는 사실 자체를 슬프고 고통스럽고 부끄러운 일이 되게 하기도 한다. 2012년 신년 한 해의 시간을 우리는 어떻게 쓸 것인가?

한 해는 긴 시간이 아니고 그 시간 동안 우리가 할 수 있는 일은 많지 않을 것이다. 그러나 적어도 우리 사회를 지금보다는 '더 나은' 사회로 만들어나가는 일에 우리가 다시 착수할 수는 있다. 그 재착수 작업의 첫 단계는 총선과 대선을 앞둔 이 시점에서 누구도 외면할 수 없는 세 토막 질문을 만나는 일로 시작된다. 나는 어떤 사회에 살고 싶은가? 우리들 한국인은 도대체 어떤 사회를 만들고자 하는가? 내가, 그리고 우리가, 각자의 자리에서 할 수 있는 일은 무엇이고 반드시 해야 할 일은 무엇인가?

무슨 어려운 질문이 아니다. 그 질문에 답하기 위해서는 우리가 동의한 일도, 합의한 일도 없는 사회가 어떤 사회인가를 먼저 확인해보기만 하면 된다. 우리는 소수 부유층이 경제 성장의 과실을 독점하다시피 챙겨가고 다수 국민은 생업의 어려움에 조석으로 허덕여야 하는 극단적 불평등 사회를 만들자고 합의한 일이 없다. 우리는 1 대 99의 비율로 상징되는 유례없는 빈부 격차 사회를 만드는 데 동의한 적이 없다. 자영업은 줄줄이 엎어지고 골목골목의 소상인 생계 수단들은 대기업 유통업체들의 '빨대'에 걸려 나날이 살길이 막막해지고 있다. 소득, 자원, 기회, 보상의 분배방식은 약자와 최저 계층에는 너무도 불공정하다. 젊은 세대는 취업난에 울고 취업 인구의 절반은 박봉의 임시직과 고용 불안에 떤다. 우리는 이런 사회를 원한 적이 없다.

불평등 사회는 '3불 사회'다. 그것은 불행하고 불안하며 속속들이 병든 불신 사회다. 한국인의 우울증, 정신장애, 자살, 폭력, 외향성 파괴 행동 같은 사회병리적 현상들은 OECD 국가들 중 최고 수준으로 늘어나고 있다. 우리는 이런 불행한 사회를 만드는 데 동의한 바 없다. 기득권 수호에 여념 없는 정치권이 공존의 정의를 파괴하는 사회를 만드는 데 우리는 동의한 적이 없다. '게코주의Gekkoism'가 공생의 윤리를 짓밟아 공동체적 신뢰를 불가능하게 하는 사회를 만들자고 우리 누구도 합의한 일이 없다. 우리가 동의하고 합의한 것은 "너도 살고 나도 산다"의 공존 사회이고 "네가 살아야 나도 산다"의 공생 사회이지 그 반대의 사회가 아니다.

올리버 스톤의 1987년 영화 〈월스트리트〉에 주인공으로 나오는 고든 게코Gorden Gekko는 "탐욕은 좋은 것Greed is good"이라는 명언(?)을 남긴 인물이다. "자네 아직도 순진하게 민주주의 타령이냐? 그런 건 없네. 자유시장이 있을 뿐이야"라는 것도 그의 명언이다. 그에게 탐욕은 인간 진화의 원동력이고 성공의 복음이다. 올리버 스톤의 영화가 나온 지 20년이 지난 2008년에야 세계는 뉴욕 금융가를 파산으로 몰고 간 것이 바로 그 '게코의 아이들'이었다는 사실을 알고 깜짝 놀란다. 그러나 사실은 놀랄 일이 아니다. 게코의 아이들은 지금도 미국을 주름잡고 있고 세계 도처에 건재중이며 한국에도 무더기로 있다.

우리가 묵시적으로 합의한 사회는 국민이 고개 끄덕이며 받아들일 만한 사회, 지속가능한 사회, 도덕적 정당성을 가진 사회다. 시장제일주의자들은 자본주의와 도덕성을 연결시키는 일에 코웃음 칠지 모른다. 그러나 그 정당성 없이는 자유시장 자본주의 자체가 지속할 수 없고 정당정치와 대의민주주의도 위기에 빠진다. 국민이 수용하지 않기 때문이다. 게코의 탐욕주의를 넘어서기, 거기서부터 2012년의 시간을 어떻게 쓸 것인가에 대한 우리의 모색이 시작됨직하다.

한국일보 2012. 1. 18

"교수님, 저 돈벼락 맞고 싶어요"

근대사회는 돈이라는 악마와 파우스트적 계약을 체결했다
고 케인스는 말한다. 악마여, 인간이 충분히 잘 먹고 잘살
수 있을 때까지만 인간에게 봉사하라. 그런 다음 사라져라.
인간이 먹고살기 위해 확보해야 할 '필요'의 수준이 충족되
는 사회 발전 단계에 이르면 그때 가서 악마를 '해고'해서
쫓아버리면 된다는 것이 그의 아이디어다.

대학에서는 신입생들을 상대로 "인생에서 가장 중요하다
고 생각하는 가치 다섯 가지를 적어보라"는 내용의, 일종의 가
치 조사 비슷한 것을 실시해보는 때가 있다. 이런 조사는 단순
한 심심풀이 호기심 충족 행사가 아니다. 열아홉 살 신입생들
의 머릿속에 어떤 가치 목록이 들어 있는지를 알아보는 일은
학생들이 무슨 기대를 걸고 대학에 들어왔는지, 장차 인생에서
무엇을 성취하고 어떤 삶을 살고 싶어하는지에 관한 요긴한
참고 자료가 된다. 학생들이 4학년이 되었을 때에도 유사한 후
속 조사가 실시될 수 있다. 신입생 때의 가치 목록과 대학 생
활 4년 후 졸업을 앞둔 시점에서의 가치 목록 사이에 무슨 변
화가 있는지 없는지를 알아보자는 것이다.
내가 일하고 있는 대학의 경우, 신입생 가치 조사에서 단연

목록 1위에 오르는 것은 '돈'이다. 돈에 1등 자리를 내준 다음에는 행복, 성공, 가족, 사랑, 건강 같은 항목들이 조금씩의 순위 차이를 보이며 2위에서 5위까지를 차지하는 것이 '대세'다. 물론 예외가 없지 않다. '정의'를 올리는 학생도 있고 '눈물'을 주요 가치로 등록시키는 학생도 있다. 그러나 이런 예외들은 예외라는 것이 그러하듯 그 수가 극히 드물고 대세에 영향을 줄 정도의 유의미한 '세'를 형성하지는 못한다.

대학 1년생들의(단 1개 대학의 샘플에 불과하지만) 가치 목록에서 돈이 1등을 차지하는 것에 대한 무슨 해석을 시도해보자는 것이 지금 이 글의 목적은 아니다. 내가 주목하고 싶은 것은 두 가지다. 첫째, 돈이 가장 중요하다는 가치판단은 지금 우리에게는 전혀 놀라운 일도, 새삼스러운 일도 아니다. 2009년 로이터-입소스 공동 여론조사를 보면 "당신은 돈이 인생 최고의 성공 증표라고 생각하는가?"라는 설문에 한국인의 69%가 그렇다고 응답한 것으로 되어 있다. 조사 대상 9개국 가운데 1등이다. 중국이 우리와 동률 1위이고 인도가 3위(67%), 일본이 4위(63%)다. 미국, 프랑스, 네덜란드, 스웨덴, 캐나다 같은 나라 사람들이 돈에 부여한 중요도는 33%에서 27% 사이다. (아시아 사람들이 서구인들보다 두 배 이상으로 돈을 성공의 최대 증표라 여기고 있다는 조사결과는 매우 흥미롭다.) 그러니까 한국의 대학 신입생들이 돈을 최고 가치로 여기고 있다는 것은 로이터-입소스의 공동 여론조사 결과와 상치되지 않고, 한국인 대다수의 상식적 판단("지금 한국에서는 돈이 최고야")과도 배치되지 않는다. 그래서 '놀라운 일'이 아니다.

둘째, 젊은 세대가 돈을 가치 목록 1위에 올리고 있다는 것은 교육에 큰 부담을 안기는 사회적 문제라는 사실을 우리는 주목해야 한다. (아시아 사람들이 돈에 높은 중요성을 주고 있다는 것은 그 자체로 사회학적 문화적 연구거리다. 그러나 그 문제는 여기서 다룰 것이 아니다.) 나의 관심은 "사회가 그러니까 아이들도 그렇지"라는 식의 사회풍조론을 꺼내자는 것이 아니고 성장 세대의 소위 '가치 전도' 현상을 개탄하자는 것도 아니다. 지금 대학교육 현장에서, 특히 교양교육의 경우, 교수들을 딜레마에 빠뜨리는 최대의 어려움 하나는 '돈 이야기'를 어떻게 처리할 것인가라는 문제다. 게오르크 지멜처럼, 혹은 아리스토텔레스처럼 "돈은 목적이 아니라 수단이다. 수단은 그 자체로는 가치가 아니다"라거나 "수단적 가치를 목적 가치로 바꾸는 것이 바로 가치 전도"라는 식으로 말하는 것이 강의실에서 교수들이 돈 이야기를 다룰 때 흔히 선택하는 고전적 방식의 하나다. 학생들의 반격이 들어온다. "그래도 교수님, 벼락이라도 좋으니 전 돈벼락 좀 맞아보고 싶습니다." 교수가 지멜의 통찰에 기대어 응답한다. "'무엇을 하기 위한' 수단이 돈이다. 그 '무엇'이 목적이라면 돈은 그 목적을 이루기 위한 수단이다. 강을 건너자면 다리라는 수단이 필요하다. 그러나 사람이 다리 위에서 살 수는 없잖은가?" 학생이 또 응수한다. "아니요, 전 그 다리에서 살고 싶어요."

돈 문제에 관한 한 학생들에게 돈 이외의 '가치들'에 관한 얘기를 들려줄 방법의 절대적 궁핍, 이것이 내가 '교육의 부담'이라 말한 것의 의미다. 석존의, 혹은 법정스님의 고귀한 '무소유'론도 돈, 소유, 소비가 행복의 비결이라고 생각하는 다수 젊은이들에게는 먼산 뜬구름 흘러가는 소리로 들린다. 토머스 모어가 16세기에 그려낸 '유토피아'는 사람들이 '황금을 절대적으로 천시'하면서 사는, 그래서 탐욕, 시기, 질투, 경쟁, 불의의 감염에서 벗어난 '이상향'인 나라다. 우리 학생들은 말할 것이다. "그게 무슨 유토피압니까? 당신들이나 그런 데서 사십시오." 말하자면 '백약이 무효'다. 백약이 무효일 때 들이닥치는 것이 절망이다. 그런데 교육 종사자에게 절망은 독약과도 같다. 절망할 수 없고 절망해서는 안 되는 것이 교육이고 교육 담당자다. 방법을 찾아야 한다. 돈에 관한 이야기를 '날씬하게' 처리할 방법은 없을까? 가치와 현실을 이어붙이고 학생들의 현실적 관심을 가치교육의 조망 속으로 끌어들일 어떤 중재안 같은 것이 없을까?

경제학자 존 메이너드 케인스가 1930년에 21세기 사람들을 위해 내놓은 '악마와의 계약'론은 그런 '안'의 필요성을 제기한다. (로버트 스키델스키의 최근 저서 『얼마나 있어야 충분한가How Much is Enough?: Money and the Good Life』에는 케인스의 그 아이디어가 상세히 소개되고 있다.) 케인스 왈, 돈은 인간 타락의 경멸할 만한 기원이다. 그러나 사회가 사람들에게 살 만한 조건을 만들어주기 위해서는 돈이 있어야 하고 생산도 늘어나야 한다. 그래서 근대사회는 돈이라는 악마와 파우스트적 계약을 체결했다고 케인스는 말한다. 악마여, 인간이 충분히 잘 먹고 잘살 수 있을 때까지만 인간에게 봉사하라. 그런 다음 사라져라. 악마와의 계약은 영구한 것이 아니어도 된다. 인간이 먹고살기 위해 확보해야 할 필요needs의 수준이 충족되는 사회 발전 단계에 이르면 그때 가서 악마를 '해고'해서 쫓아버리면 된다는 것이 그의 아이디어다.

물론 이 재담 같은 아이디어는 이미 실패작이 되어 있다. 왜 실패했는가? 스키델스키는 케인스가 인간의 '탐욕'이라는 요소를 충분히 고려하지 않았다고 지적한다. 케인스는 '필요'와

'욕구wants'를 구분하지 않았고 필요를 충족시키기만 하면 악마의 봉사가 더는 필요하지 않다고 생각했다는 것이다. 필요에는 충족의 선이 있을 수 있다. 이를테면, 배고픈 사람에게 짜장면 한두 그릇이면 되지 열 그릇씩 필요하지는 않다. 한 가족에 자동차 열 대, 냉장고 다섯 대씩 필요한 것은 아니다. 그러나 욕구(스키델스키의 용어, 더 흔하게는 욕망)에는 "이만하면 충분하다"고 말할 수 있는 선이 없다.

이런 지적은 이미 우리에게 익숙하다. 행복은 '욕망 분의 소비'라는 20세기 공식(소비의 양을 늘려 욕망을 충족시키는 것이 행복이라는)이 왜 틀린 것인지 우리는 알고 있다. 욕망의 크기는 알 수 없고 한정할 수 없는 것이어서 소비 혹은 소유의 양으로 무한 욕망을 충족시킨다는 것은 불가능하다. 돈은 짜장면, 자동차, 냉장고와는 다르다. 그것은 아무리 가져도 충분하다고 여겨지지 않는 마성을 갖고 있다. 파우스트의 악마를 해고하기는커녕 그 악마의 덫에 더 단단히 걸린 것이 지금의 우리이고 인간세계이기 때문이다. 그런데 무엇이 중요한가? 돈의 문제와 가치의 문제를 연결해보려 했던 케인스의 시도 자체가 중요하고 소중하다. 지금 우리 사회에는 그런 시도를 향한 사회적 노력과 사유가 필요하다. 교육의 부담은 사회의 부담이며 그 부담을 처리하기 위한 교육과 사회의 '협업'의 필요성이 절실하다. 가치라는 것을 생각하지 않는 사회는 위험하다. 가치는 돈에 자기표현을 위탁할 수 없고 효용이나 사적 선호의 문제로 처리될 수 있는 것도 아니다.

한겨레 2013. 10. 4

행복 방정식

> 만약 행복의 추구가 불행의 완벽한 제거와 고통의 완벽한
> 회피에 목표를 둔다면 그 목표는 달성 불가능할 뿐 아니라
> 그 자체가 고통의 기원이 된다. 완벽한 행복의 추구란 가능
> 하지 않다. 그것은 이미 삶의 진실이 아니며, 인간 사회의
> 도덕적 이상도 아니다. 사람들이 행복해지는 법을 열심히
> 찾아 헤매야 하는 사회는 행복한 사회가 아니다. 그것은 오
> 히려 절망의 사회다.

소문 통신에 따르면 '행복 사냥'이 요즘 세계 몇몇 나라에
서 대중적 유행이 되어 있다 한다. 영국에서는 행복론 계열의
책들이 무더기로 쏟아져나와 사람들을 행복의 나라로 안내해
주고 있고(내 귀에 들려온 책 제목만도 대여섯 종은 된다) 여
당 야당 할 것 없이 정치권이 부쩍 '행복의 정치학'이라는 것에
열을 올리고 있다는 소식이다. 미국에서는 '행복학' 강의가 대
학의 인기 과목으로 올라섰다고 한다. 우리도 그 몇몇 나라에
낀다. '웰빙'이라는 말은 업계가 수입한 지 몇 해 만에 중산층
이상의 사람들에게는 '팥빙수'보다 더 친근한 말이 되어 있다.
'행복해지는 법'을 가르쳐주겠다고 공언하는 책들도 여럿 나와
있다.

영미 두 나라가 행복에 관심이 많은 것은 우연한 일이 아니다. '최대 다수의 최대 행복'이라는 말로 '행복'을 사회적 화두가 되게 한 것은 영국의 공리주의 철학이다. 미국의 경우, 폴 새뮤얼슨이 쓴 인기 경제학 교과서가 '행복 방정식'이란 걸 소개한 것은 벌써 한참 전의 일이다. 무엇보다도 두 나라는 자본주의, 시장경제, 자유무역, 세계화, 신자유주의의 선도국들이다. 자본주의 선도국들은 행복이란 것을 강조할 필요와 의무가 있다. 자본주의가 사람들을 행복하게 해준다면 그걸 자랑하기 위해서도 "봐라, 우리는 행복하다"고 떠들어야 하고, 약속과 달리 자본주의가 사람들을 비참하게 한다면 그 비참을 덮고 가리기 위해서, 그리고 그 비참에 비례해서 행복해지는 법("불행은 네 탓이야")의 개인적 터득 기술을 열심히 사람들에게 가르쳐주어야 한다. 그런데 우리는 어느 경우인가?

21세기 초 도시 중산층 이상의 한국인을 지배하는 정신 상태는 두 개의 강력한 '코드'에 관통당해 있다. 더 날씬한 은유가 생각나지 않아 좀 투박하게 대놓고 말하자면, 하나는 '탐욕의 코드'이고 또하나는 '선망의 코드'다. 탐욕의 코드는 폴 새뮤얼슨이 말한 자본주의적 '행복 방정식'을 따른다. 이 경제학자가 소개한 계산법에 의하면 행복(H)은 욕망(D) 분의 소비(C)다. "내가 원하는 것을 얼마만큼 소비했는가"가 나의 행복을 결정한다. 소비를 소유로 바꿔놓으면 이해하기가 쉽다. 내가 100을 원하는데 100을 가지고 있으면 나는 완벽하게 행복하다. 그러나 100을 원하는데 가진 것은 20뿐이라면 내 행복은 완전치의 1/5에 불과하다. 이 경우 나는 겨우 20%만 행복하고 80%는 불행하다. 그러므로 소유하라, 친구여, 욕망의 크기만큼 소유하고 그 소유를 달성하기 위해 뛰어라, 그러지 않으면 너는 불행을 벗어날 길이 없다. 네가 뛰어야 네 부동산도 뛴다.

선망의 코드는 "저 자는 갖고 있는데 나는 없어, 이건 안 되지, 암 안 될 일이고말고"라고 사람들을 들쑤셔 견딜 수 없게 만드는 전염성 질투의 부호다. 저 사람이 갖고 있는 것은 나도 가져야 한다. 내가 저 인간만큼 갖지 못한다면 나는 불행하다. 내가 가질 행복을 저 자가 갖고 있네그랴? 저런 도둑놈, 내 행복을 훔쳐가다니. 화가 치미는 바로 그 순간에 질투의 여신이 나타나 행복에 이르는 길을 확인시켜준다. 저 자가 가진 것은 너도 가져라, 뺏고 훔쳐서라도. 그러면 행복은 네 것이다. 아니, 너는 저 자가 가진 것 이상으로 가져야 해. 저 녀석이 100을 가졌다고? 그러면 너는 200을 가져, 300이면 더 좋고.

탐욕과 선망의 부호가 행복 방정식이 될 수 없다는 것을 일찌감치 알려준 것은 석가모니다. 욕망의 크기는 무한해서 그것을 충족시킬 방도가 없다는 것, 그것을 알게 된 것이 붓다의 '깨침' 가운데 하나다. 욕망은 일정량의 크기로 묶이지 않는다. 100을 바라던 욕망은 그 100을 소유하는 순간 200으로 불어나고, 200을 갖는 순간 300으로 커져 달아난다. 욕망의 크기를 정할 수 없기 때문에 소유를 키우는 방법으로 행복에 도달한다는 것은 신기루 잡기다. 그러므로 욕망의 크기를 줄여라. 그것만이 평온에 이르는 길이다. 욕망이 제로일 때는 제로의 소유만으로도 너는 행복하다. 재갈을 물릴 수 없는 무한 욕망이 탐욕이다. 그 탐貪이 충족되지 않아 너를 화나게 하고 질투하게 하는 것이 '진瞋, 분노'이며 이 간단한 진리를 모르는 것이 '치痴, 어리석음'다. 그러므로 욕망을 다스려라, 줄여라, 끊어라, 그리고 평화로워라, 친구여.

그러나 자본주의적 행복 방정식이 행복은커녕 불행, 불안,

불만의 기원이라면, 석존의 평화 공식만으로 이 지상에 살 수 있는 사람도 히말라야의 도인 말고는 아무도 없다는 것 역시 인간세계는 안다. 욕망을 제로 지점에 두는 것이 '니르바나'라면, 욕망이 제로 포인트로 돌아가는 그 열반은 죽음의 순간에만 가능하다. 사람들이 생각하기에 죽음은 생명체의 목표가 아니다. 사회적으로도 그리하다. 모두 죽어서 니르바나에 들자고 주장하는 '열반당'이 세속의 정치 세계에서 성공할 가능성은 그야말로 제로다.

그러나 생존에 필요한 욕망과 무한 탐욕은 서로 성질이 다르다. 석존의, 혹은 동양적 정신세계의 가르침은 현대인의 불행감을 다스리는 데 너무도 중요하고 요긴하다. 사람들의 탐욕과 선망을 부추기지 않고서는 단 하루도 지탱되지 않는다는 것이 현대 경제의 치명적 결함이며 현대인의 삶을 괴롭히는 딜레마다. 이 결함을 치유하고 딜레마를 풀 방법이 있을까? 동양 문화권에 속한다면서 동양의 사유방식, 동양적 삶의 지혜는 시궁창에 던지고 탐욕과 선망의 코드에 나포되어 있는 것이 지금 우리 사회다. 세계 전체가 그러하다. 그러나 그 치명적 결함을 고쳐 나가야 하는 것이 현대 문명의 과제이자 우리 사회의 과제다.

고통과 불행은 그 자체로는 결코 예찬할 것이 못 된다. 많은 경우 고통은 무의미하고 잔인하다. 그러나 삶이 고통과 불행을 수반한다는 것 역시 아무도 피할 수 없는 인간세계의 현실이다. 만약 행복의 추구가 불행의 완벽한 제거와 고통의 완벽한 회피에 목표를 둔다면 그 목표는 달성 불가능할 뿐 아니라 그 자체가 고통의 기원이 된다. 완벽한 행복의 추구란 가능하지 않다. 그것은 이미 삶의 진실이 아니며, 인간 사회의 도덕

적 이상도 아니다. 사람들이 행복해지는 법을 열심히 찾아 헤
매야 하는 사회는 행복한 사회가 아니다. 그것은 오히려 절망
의 사회다.

한겨레 2006. 7. 28

행복과 민주주의

'행복'만큼 주관적인 것도 없다. 사람마다 행복의 모양새가 다르고 색깔이 다르다. 가난한 섬마을 아이들은 개펄에 뒹굴며 놀아도 행복하고 비단옷 입은 제왕은 용상에 앉아서도 전혀 행복하지 않았던 경우가 허다하다.

행복이라는 것이 학문 특히 사회과학의 연구 대상이 되기 어렵다고 여겨져온 것은 행복의 이런 높은 주관성과 가치 연관성 때문이다. 과학은 검증과 측정과 체계화의 단단한 절차들을 요구한다. 이 사람에게는 행복인 것이 저 사람에게는 행복도 아무것도 아니라면 행복을 측정할 객관적 기준을 뽑아낼 길은 막막해 보인다.

그런데 요즘 사정이 많이 달라지고 있다. 사회과학자들이 행복연구에 뛰어들고 있고 '행복학'이란 것을 새로운 학문 영역으로 올려세워보려는 움직임도 있다. 특히 눈에 띄는 것은 행복연구에 주관성 이상의 객관적 지수들과 자료들을 집어넣는 경제학자들의 행복연구다. 이 분야의 개척자 가운데 하나인 리처드 이스털린, 『행복의 경제학The Economics of Happiness』을 쓴 마크 애니엘스키는 모두 경제학 교수다. 『행복과 경제학 Happiness and Economics』의 저자 브루노 프라이도 취리히 대학 경제학자다. 최근 불어로 번역되어 꽤 많은 독자를 얻었다는 『행복—신학문의 교훈Happiness: Lessons from a New Science』의 저자 리처드 레이어드는 런던경제대학LSE의 저명 교수다. 『진보의 역설 The Progress Paradox』을 쓴 그레그 이스터브룩도 경제학자다.

경제학자들이 부쩍 행복연구에 달려드는 이유는 이해할 만하다. 행복에 대한 생각은 사람마다 다를 수 있지만 행복을 좌우하는 가장 강력한 결정자를 대라면 사람들의 머리에 맨 먼저 떠오르는 것은 긍정적 의미에서건 부정적 의미에서건 돈, 소득, 부 같은 소위 '경제적' 요소들이다. 실업, 고용 불안, 빈곤, 부채에 시달리는 사람들에게 행복은 누가 뭐래도 단연 돈의 모습으로 오거나 적어도 '돈과 함께' 온다. 사랑처럼 행복도 결코 '돈으로' 혹은 '돈만으로' 살 수 없다는 것을 사람들은 안다. 그러나 다른 어떤 자본보다도 물질자본 혹은 재정자본이 많은 경우 행복의 방정식을 좌우한다는 것도 사람들은 안다. 경제학자들이 행복연구에 뛰어드는 것은 행복의 결정자 가운데 경제적 요소가 차지하는 비중이 크기 때문이다.

그런데 흥미로운 것은 행복의 경제학을 말하는 경제학자들 중에 어느 누구도 부의 축적이 행복의 열쇠라고 주장하지 않는다는 사실이다. 이들에 따르면 돈은 행복을 결정하는 다섯 가지 요소(인간자본, 사회자본, 자연자본, 환경자본, 재정자본)들 중의 하나이다. 다른 요소들이 모자라거나 찌그러져 있을 때는 아무리 돈이 많아도 행복의 파랑새는 물건너간다는 것이다. 지난 50년간 전 세계적으로 소득 증대와 경제 번영이 진행되었지만 그 덕분에 사람들이 더 행복해졌다고 느끼지는 않는다. 이것이 '행복의 역설'이다. 물질자본은 증가했으나 행복감은 증대하지 않았다는 것이 이 역설의 골자다. 부가 증대하면 할수록 오히려 불행감은 더 높아진다는 연구결과를 내놓는

153

경제학자도 있다.

　이런 역설은 왜 발생하는가?『행복과 경제학』의 저자 브루노 프라이의 진단은 "돈보다 민주주의가 행복에 더 중요하다"는 것이다. 그가 말하는 민주주의는 사람들이 공동체의 삶에 적극 참여하고 공동체를 함께 일구고 운명을 자기 손으로 결정하는 민주적 '자율성'이다. 다른 경제학지들도 예외 없이 행복과 공동체, 행복과 민주적 시민사회 사이의 깊은 연관성을 언급한다. 진단이 이 경지에 이르면 행복의 문제는 경제학을 넘어 사회학, 정치학, 문화의 영역으로 확대된다. 영향력 있는 하버드 대학 정치학자 로버트 퍼트넘은 '웰빙'이 돈의 문제가 아니라 시민적 덕목, 연결망, 공동체의 안전 같은 무형의 '사회자본social capital'에 따라 결정된다고 주장해온 사람이다. 이런 주장과 경제학자들의 진단 사이에는 상당한 친연성이 있다. '웰빙'을 말하는 지금의 한국인들이 곱씹어볼 대목이다.

경향신문 2007. 8. 23

제야의 스크루지

마흔 이후 사람들이 훨씬 중후해 보이는 것은 잃어버린 것들의 무게 때문이다. 그 무게와 함께 사람들은 어떤 기술을 터득하기 시작한다. 가슴이 어떻게 상실의 시간과 화해하는가라는 기술이 그것이다. 이 화해를 가리켜 '성장'이라고도 하고 '성숙'이라 부르기도 한다.

제야除夜의 밤에 사람들은 좀 이상해진다. 대한민국에서 가장 바쁘게 한 해를 산 사람도 그해의 마지막 밤은 혼자 지내고 싶어한다. 요란한 송년모임을 보내고 돌아오는 사람들도 대문 들어서기 전 잠시 잠깐, 최소한 5초쯤은, 혼자 껌껌한 밤하늘을 쳐다보는 수가 있다. 이상한 일이다. 섣달그믐 밤길을 걸으면서 뭔가 소중한 것을 길바닥에 흘리고 온 아이처럼 머뭇거리며 자꾸 뒤돌아보는 사람도 있다. 어디선가 '땡' 종치는 소리도 들린다. 물론 그의 머릿속 어디 깊은 데서 나는 소리다. 이상하다, 머리통에 벽시계가 박힌 건가? 시와는 담쌓고 사는 사람도 한 해의 마지막 밤에는 "아, 아"라며 시 한 줄을 읊조린다. 번역하면 그 "아, 아"는 "아, 또 한 해가 가는구나"라는 소리, 말하자면 그의 송년시다.

엄숙함이란 것이 아주 소멸해버린 듯한 시대에도 사람들

이 1년에 한 번, 제야의 순간에 엄숙해지는 것은 인간이 별수 없이 시간의 아이들이기 때문이다. 열아홉, 스물아홉, 혹은 서른아홉―이렇게 '아홉' 숫자의 나이를 보낼 때의 송년의 밤은 특히 더 아리고 아프다. 열아홉 나이를 넘기는 순간 '소년 시대'는 영원히 어디론가로 반납된다. 괴테의 시 「마왕」의 끝 구절처럼 "소년은 죽었다"고 말해야 하는 십대의 마지막 밤은 장례식처럼 엄숙하다. 그 반납된 소년이 다시는 되돌아오지 않는다는 것을 아는 순간 시간의 아이는 처음으로 상실을 경험한다. 눈물도 두어 방울 떨어진다. 스물아홉이나 서른아홉의 충격도 비슷한 데가 있다. 이십대의 마지막 해와 함께 '청춘'은 가고, 서른아홉을 넘기면서 쇠줄에 감긴 듯한 '장년 시대'가 시작된다. 마흔 이후 사람들이 훨씬 중후해 보이는 것은 입지立志의 중량보다는 잃어버린 것들의 무게 때문이다. 그 무게와 함께 사람들은 어떤 기술을 터득하기 시작한다. 가슴이 어떻게 상실의 시간과 화해하는가라는 기술이 그것이다. 이 화해를 가리켜 '성장'이라고도 하고 '성숙'이라 부르기도 한다.

그리고 새해 아침, 이 화해의 기술은 희망의 장르들을 탄생시킨다. 신년 작심, 새로운 계획과 소망, 덕담 등의 송구영신의 의식들이 바로 그런 희망의 장르다. 허방으로 보낸 세월을 금년에는 벌충해야지, 신년의 나는 작년의 내가 아냐, 난 달라질 거야, 금년에 나는 무슨 일을 할까? 이 신년 희망의 장르들 중에서 가장 스릴 있는 것의 하나는 '만약What if?'의 설정이다. '만약' 마왕이, 혹은 산신령이 나타나 "네 금년 소원이 뭐냐? 세 개만 말하라, 다 들어주마"란다면? 『파우스트Faust』에서 젊은 파우스트가 마왕에게서 받는 제안도 그런 것이다. 파우스트가 열거한 소원 세 가지 가운데 두 개는 지금의 당신과 나, 대한민국 백성의 소망과 퍽 닮은 데가 있다. 그것은 땅 위에서의 '무진장'에 관한 것이다. 무진장의 먹을 것과 무진장의 돈을 주십쇼, 마왕님. 세번째는? "별들 사이를 날 수 있게 해주십시오"라고 파우스트는 말한다. 세번째 소원으로 우리는 무얼 말할까? 우리의 소원은 통일? 러시아 민담에 나오는 한 농부의 '질투의 소원' 같은 것? "마왕님, 세 개까지 필요 없고 한 가지면 됩니다. 제 이웃 놈들의 눈알을 하나씩 파서 모두 애꾸눈이 되게 해줍쇼."

상실과의 화해가 성숙을 의미한다면, 희망의 장르도 질투 어린 것보다는 성숙해 보이는 것이 낫다. 소설로 영화로 널리 알려진 찰스 디킨스의 『크리스마스 캐럴A Christmas Carol』은 심보 고약한 구두쇠 에버니저 스크루지에게 일어난 크리스마스이브의 사건 이야기이다. 그러나 잠시 방향을 돌리면 그것은 기독교도가 아니더라도 세계 모든 곳을 위한 송구영신의 장르가 된다. "아무리 고약한 사람도 하룻밤 사이에 착한 인간으로 변할 수 있다"는 것이 디킨스 소설의 사회적 메시지다. 스크루지를 바뀌게 하는 것은 그의 죽은 동료 말리의 유령이다. 유령은 스크루지의 과거와 미래를 보여줌으로써 그의 '현재'를 변하게 한다. '만약' 우리가 스크루지처럼 유령의 방문을 받아 우리가 잊고 있었던 우리 자신의 과거와 대면하고 우리가 모르는 우리의 미래를 만나게 된다면? 누군가의 무덤 앞에서 눈 덮인 묘비를 쓸어내는 순간 거기 내 이름이 새겨져 있는 것을 보게 된다면?

우리는 모두 조금씩, 어쩌면 아주 속 빼닮은, 2001년의 스크루지거나 예비 스크루지일지 모른다. 나는 작년의 내가 아니야, 금년에 나는 달라질 거야. 그러나 어떻게? 이 자기변화selftransformation를 자극하는 것이 디킨스식 판타지의 효용이다. 신년 벽두, 판타지는 잠시 유용한 희망의 장르가 된다.

씨네21 2001. 1. 2

다다다, 탐!

힌두 경전 『우파니샤드Upanishads』에는 '벼락신의 언어'를 인간이 어떻게 해석하고 알아들어야 하는가에 관한 한 대목이 나온다. 벼락신 프라자파티는 인간의 언어로 말하지 않고 벼락의 언어로 말한다. 벼락의 언어는 벼락치는 소리—우리 식으로 표현하면 '딱딱딱'이고 힌두 경전 표현으로는 '다' 소리가 세 번 연속되는 '다다다'이다. 다다다? 이 소리로 벼락신은 무엇을 말하는가? 경전에 따르면, 첫번째 '다' 소리는 '다미아타Damyata'의 '다'이다. '다미아타'는 힌두어로 "너를 다스리라"는 의미다. 두번째 '다'는 '다타Datta'의 '다'이고 "주어라"를 의미한다. 세번째 '다'는 '다야디암Dayadhyam'의 첫 소리이며 의미는 "자비로워야 한다"이다.

이 해석학은 퍽 근사하다. 당신의 책상머리에, 바람벽에, 거실에, '다다다!'라고 써붙일 만하지 않은가? 그러나, 그러지 말기 바란다. 21세기를 살기로 작정한 사람에게 벼락신의 가르침은 "죽어라Drop dead!"는 소리나 진배없다. 우리가 우리 욕망을 다스릴 수 없고 다스려서는 안 되는 시대에 "너를 다스리라"니? 세상의 돈이란 돈은 모조리 갈퀴로 긁어모아도 시원찮을 마당에 "주어라"라고? 주긴 뭘 줘? 남 줄 것이 어디 있간디? "자비로워라"도 바람에 말똥 굴러가는 소리다. '자비'로웠

159

다가는 기업 망하고 나라 망하고 나도 망한다. 살기 위해 우리는 벼락신의 세 가지 가르침을 완벽하게 거꾸로 뒤집어야 한다. ①너를 다스리지 마라. 탐욕은 좋은 것이다. 탐욕의 주체라는 점에서만 너는 인간이다. ②헌 칫솔, 구멍난 냄비, 강아지똥 말고는 아무것도 남에게 주지 마라. 돈은 보이는 대로 움켜쥐고 훔칠 수 있을 때는 훔치라. 노예이고 싶은가? 돈만이 너를 부유케 하고 자유롭게 한다. ③자비의 염에 끌리는 자는 무자비하게 망한다. 자비는 죽음에 이르는 병이다. 그것은 네가 잘라내야 하는 무겁고 추악한 혹부리이다. 그 혹부리를 달고 경쟁 시대의 바늘구멍을 통과할 자는 없다. 모든 경우에 '나 먼저'와 '나부터'를 내세우라.

이 뒤집어진 벼락신의 가르침, 거기서 우리는 정확히 이 기술·금융 자본주의 시대의 '시대정신'을 만난다. 벼락신의 언어를 풀어내는 현대적 번역어는 '다다다'가 아니라 '탐탐탐'이다. 첫번째 '탐' 소리는 "탐욕은 다스리지 마라"이고 두번째 '탐'은 "탐하라"이며 세번째 '탐'은 "탐욕은 좋은 것이다"이다. 아니, '다다다'를 그대로 두고 새로운 해석학을 시도할 수도 있다. 첫번째 '다'는 "다스리지 마라", 두번째 '다'는 "다부지게 탐하라", 세번째 '다'는 "다 탐하라, 사정없이"이다. 어느 쪽을 선택하는가는 당신의 자유다. '다다다'와 '탐탐탐' 사이에 빛나는 선택의 자유가 있다. 선택? 그럴 필요도 없다. 두 가지 명령을 다 움켜잡는 것이 다다다多多多의 시대정신에 더 잘 맞아떨어진다. "다다다, 탐! 탐탐, 다다다, 탐!" 이 지혜의 언어는 속도감, 비의성秘義性, 간결성의 조건들을 두루 갖추고 있어 영어로 옮기고 〈운명 교향곡〉의 가락을 붙이면 그대로 우리 시대의 '만트라mantra'가 된다. "Da Da Da, Tam! Tam

Tam, Da Da Da, Tam!"

'다다다 탐'의 시대에 살아남는 가장 간단한 방법은 '죽음에 이르는 병'에 걸리지 않는 것이다. '느림'은 이 시대에 당신을 죽음으로 이끌 병 가운데서도 가장 확실한 죽음의 병이다. 당신 주변의 사람들을 빠른 자와 느린 자로 선명히 나누고 어떤 경우에도 느린 자의 편에 줄 서지 마라. 모든 느린 것들에 대해 전면전을 선포하라. 3초 이상 당신을 기다리게 하는 것은 틀림없이 당신의 적이다. 기다리지 마라! 기다리는 자는 죽는다. 3초 안에 문이 닫히지 않는 엘리베이터, 3초 이상 기다리게 하는 피시 프로그램, 당신을 3초 이상 기다리게 하는 애인, 3초 이상 당신의 앞길을 가로막는 초보 운전자, 당신을 지루하게 하는 책, 이들은 당신을 죽음으로 이끄는 악마들이다. 당신은 이들을 저주하고 구둣발로 걷어차고 내던지고 갈아치워야 한다. 당신 자신이 느림의 징후를 보일 때는 지체 없이 '업그레이드'하라!

그런데 우리를 참으로 속 터지게 하는 것들이 있다. 아이들이 자라는 데는 왜 시간이 걸리고 과일은 왜 천천히 익고 씨앗들은 왜 겨울 눈더미와 지층 사이에서 서서히 싹 틔울 준비를 해야 하는 것일까? 성장은 어째서 업그레이딩과 다른가? 머리의 속도는 어째서 그렇게 느린가? 그러므로 기도하고 기다릴 일이다. 21세기에 이 모든 느린 것들은 제발 좀 없어져라. 기다리라고? 기다리면 죽는데?

씨네21 2001. 2. 6

과자극 사회의 아이들

이사를 자주 다니는 집의 아이들은 이사할 때마다 높은 수준의 스트레스를 받고 심하면 우울증도 앓게 된다는 연구결과가 나와 있다. 성장기의 아이들, 특히 13세까지의 소년기 아이들에게는 친숙하고 익숙한 환경이 절대적으로 필요하다. 아이들이 세계를 배워가는 과정은 그들이 사는 주변 환경과 친해지고 그 환경의 얼굴, 소리, 모양새를 자기 것으로 만드는 데서 시작된다. 유소년기에 살았던 동네가 어른이 된 사람에게도 평생 고향처럼 느껴지는 것은 그 친밀성의 기억 때문이다. 이사를 가는 순간 아이들은 그러나 그 친한 안정의 세계를 잃고 생판 낯선 세계 속으로 던져진다. 친구도 새로 사귀어야 하고 길도 익혀야 하고 학교에도 새로 적응해야 한다. 그들은 졸지에 이방인이 된다. 그 이방인에게 불안, 긴장, 스트레스가 없을 수 없다.

잦은 이사만이 아니다. 21세기 한국 사회에 태어나 자라는 아이들은 스트레스를 받아야 할 일이 너무 많다. 초등학생 때부터 아이들의 하루 일과는, 일과가 아니라 일정이라 해야 할 정도로, 웬만한 기업체 사장의 일정처럼 촘촘히 조직되어 있다. 학교, 학원, 과외 교사를 두루 돌다보면 쉬고 놀 시간은커녕 잠잘 시간도 모자라다. 수면 부족으로 아이들의 눈은 늘 침침하고 토끼눈처럼 발갛게 충혈되어 있다. 그 과잉 조직된 하루 일정은 아이들이 고교생쯤 되면 '초과잉'으로 단계가 더 높아진다. 아이들은 바쁘기만 한 것이 아니다. 정신없이 뛰어다녀야 하는 그들의 어깨에는, 19세기 영국 시인들이 "앨버트로스"라고 부른 거대한 새처럼, 어떤 마귀할멈이 올라타 뒤통수를 짓누르고 있다. '성적'이라는 이름의 스트레스 마귀다. 이 마귀 때문에 아이들의 정신은 날 수 없고 마음은 잠시도 편하지 않다. 그들이 우울증에 빠지지 않는다면 그게 되레 이상하다.

과잉 조직된 삶, 성적 스트레스 같은 것 말고도 21세기 한국의 아이들이 알게 모르게 견디어야 하는 마귀는 또 있다. '자극의 융단폭격'이 그것이다. 어른들이 만들어 퍼뜨리는 온갖 종류의 자극적 정보들이 아이들을 포위하고 그들의 오관을 들쑤셔놓는다. 하루에도 수백 건의 광고 메시지들이 소리로, 영상으로, 그림으로 아이들의 눈과 귀를 폭격한다. 길에는 오만가지 자극적 업소들과 간판들이 늘어서서 아이들을 유혹한다. 버스, 지하철, 길바닥, 심지어 학교와 집에서도 아이들은 차고 넘치는 자극의 세계에 둘러싸여 자극의 융단폭격을 받고 있다. 21세기 한국은 아이들에게 '과잉 자극over-stimulation'의 사회다.

자극은 인생살이의 불가피한 요소이고 필요한 요소다. 그러나 어른의 경우에도 평균적으로 사람이 흡수하고 처리할 수 있는 자극의 양에는 한도가 있다. 성장기의 아이들이 자극을 흡수하고 거기 대응할 수 있는 능력은 극히 한정되어 있다. 어린 나이일수록 자극 정보를 소화해내는 능력이 약하다. 흡수력 이상으로 자극이 주어지면 아이들의 뇌신경은 망가진다. 텔레비전과 아동 두뇌 발달 사이의 관계에 대한 미국 쪽 연구를 보면 6세 이전의 아동들을 자주 텔레비전 영상에 노출시킬 경우

아동의 기본 인지신경과 공간지각력이 '결정적으로' 손상된다
고 나와 있다. 결정적이란 말은 인지신경과 공간지각력이 한번
유소년기에 망가지고 나면 평생 복구되지 않을 정도로 그 손상
의 파괴력이 크다는 소리다. 컴퓨터와 비디오게임에의 조기 노
출이 아동들에게 초래하는 파괴력도 마찬가지다.

　　과잉 자극의 사회에서 아이들의 삶을 과잉 조직하고 그들
을 최대의 긴장과 스트레스 속으로 몰아넣는 것이 요즘 한국에
서의 아이 키우는 법이고 교육 방법이다. 어떻게 해서든지 자
기 아이를 영재 만들고 천재 만들고 싶어하는 부모들일수록 그
방법에 매달린다. 그런데 그게 아이들을 영재 만들고 천재 만
드는 길인가? 바보 같은 질문이다. 수면 부족의 아이들은 기억
력, 사고력, 집중력이 떨어져 '멍청이'가 된다. 과잉 자극에 노
출된 아이들은 신경 흥분 때문에 집중력 떨어지고 산만해져서
잠시도 가만 앉아 있질 못한다. 그런 아이들은 정상적인 인지,
사고, 창조의 능력을 발휘하기가 어렵다. 우리가 지금처럼 아
이들을 키우기로 한다면 대한민국은 조만간 머릿속은 삶은 호
박 같고 가슴은 반응력도 감동도 메말라버린 멍청이 세대의 손
에 접수될 것이 확실하다.

경향신문 2007. 10. 31

'호랑이 담뱃대'의 원두막

사람들이 오로지 정보 사냥만을 목적으로 책을 읽는다고
생각하는 얼뜨기 정보주의자, 빠르고 쉽게 '정보-지식'을
습득하기만 하면 '교육'이 이루어진다고 믿는 가당찮은 아
이티 기술주의자들이 있다. 이 종류의 기술주의자들이 세
계를 지배하겠다고 나서는 것이 우리 시대다.

　제천 기적의 도서관에 가면 '호랑이 담뱃대'라는 이름의 할
아버지 할머니 자원봉사단이 있다. 도서관에 오는 아이들에게
호랑이 담배 먹던 때의 이야기보따리를 풀어놓는 사람들의 모
임이어서 이름도 '호랑이 담뱃대'다. 회원은 여남은 명, 대개 칠
순을 넘긴 제천의 어르신네들이다. 아이들은 이야기를 먹고 자
란다. 그들에게는 이야기를 들려줄 사람이 필요하다. 텔레비전,
비디오게임이 할머니 할아버지 같은 전통적 '스토리텔러'들을
대체해버린 시대에 제천에서만은 동네 노인들이 나서서 이야기
꾼의 맥을 잇고 있는 것이다. 한 세대가 듣고 자란 이야기들을
다음 세대로, 어른들이 아이들에게, 녹음된 기계 소리 아닌 사
람의 숨결로 전해주고 들려준다는 것은 우리가 잃어버린, 잃고
서야 그것의 소중함을 간신히 알게 된 보물단지의 하나다. '호
랑이 담뱃대'는 그래서 제천의 '명품'이다. 그 명품은 아이들에

게도 시쳇말로 '인기 짱'이라 한다. 아이들은 "할아버지, 이야기 하나 들려주세요"라며 바짓가랑이를 잡고 늘어진다.

'호랑이 담뱃대'가 호랑이 담배 먹던 때의 이야기만 들려주는 것은 아니다. 작년 6월, 이야기꾼들이 아이들에게 들려준 것은 6·25 전쟁 이야기다. 윗대로부터 전해 들은 이야기가 아니라 바로 자기 세대의 경험을 아이들에게 이야기로 전수한 것이다. 그 경험담에는 삶과 죽음이 있고 슬픔과 두려움, 절망과 희망의 이야기가 있다. 이런 이야기들은 요즘 아이들이 몰두하는 게임과는 그 성격이 전혀 다르다. 게임에서 살고 죽는 것은 놀이에 불과하다. 그러나 삶의 경험에서 죽음은 장난이 아니다. "그래서 그때 나무 위에 숨었던 내 친구가 총 맞아 죽었지 뭐야. 살았더라면," 하고 이야기꾼은 잠시 말을 끊는다. 살았더라면? 살았더라면 그 사람도 호랑이 담뱃대가 되어 "여기 늬네들한테 재미난 이야기를 들려주고 있을 꺼인디, 그렇지?" 이야기꾼의 이야기는 그런 식으로 아이들에게 지금 여기에 없는 자의 영원한 사라짐을 '상실'로 경험하게 한다.

주먹밥, 보리개떡, 쑥털털이 같은 것도 호랑이 담뱃대가 전쟁 이야기를 들려주면서 도서관 아이들에게 나눠 먹인 경험 전수의 소품들이다. "할아버지, 보리개떡이 뭐야?"라고 한 아이가 물었을지 모른다. "할머니, 주먹밥 맛있었어요?" 하고 질문한 다섯 살짜리 소녀가 있었을지도 모른다. 호랑이 담뱃대 노인들은 젊은 날 그들이 의존했던 연명의 수단들을 지금 아이들에게도 맛보이지 않고서는 전쟁의 경험을 전할 수 없다고 생각했을 것이다. 주먹밥이 뭐고 개떡이 뭔지 모르는 아이들을 제천 바닥에 그대로 두고서는 제천이 절대로 온전한 제천일 수 없다며 불안해했을지도 모른다. 아이들에게 경험거리를 만들어주는 일도 호랑이 담뱃대 활동의 하나다.

이 비슷한 일이 아주 최근에도 있었다는 소식이다. 한 아이가 책 보다가 "할아버지, 원두막이 뭐야?"라고 호랑이 담뱃대 할아비에게 물어온 것이다. 그리고 '원두막 소동'이 벌어진다. 원두막 소동? 사실은 원두막이 뭔지 모르는 아이들을 위해 호랑이 담뱃대가 생각해낸 '원두막 건립 프로젝트'다. 요 녀석들이 글쎄 원두막도 모르다니, 큰일이구나, 큰일. 그 '큰일'을 당한 호랑이 담뱃대 회원들은 도서관 앞마당에 원두막 한 채를 지어주기로 하고 도서관장을 찾아가 상의한다. "이봐요 관장, 원두막이 뭐냐고 애들이 묻는데 하나 지어줘야 하잖아?" 도서관장 최진봉은 시청 산림과로 어디로 전화를 넣어 나무 구할 방도를 궁리한다. 그리고 산으로 간다. 이게 원두막 사건의 발단이고 도서관장이 지게 지고 나무하러 산에 가게 된 사연이다. 분홍색 셔츠를 곱게 차려입고 다니는 도서관 사서 윤사수 씨도 그날은 별수없이 관장을 따라 지게 지고 산으로 가지 않았을까? 거기 도서관 종사자들은 충분히 그러고도 남을 사람들이다.

나는 지금 제천의 한 도서관을 칭찬하기 위해 이런 얘기를 하고 있는 것이 아니다. 아이들은 어떤 '정보'를 얻기 위해서만 책을 읽는 것이 아니다. 어른도 마찬가지다. 사람들이 오로지 정보 사냥만을 목적으로 책을 읽는다고 생각하는 얼뜨기 정보주의자, 빠르고 쉽게 '정보-지식'을 습득하기만 하면 '교육'이 이루어진다고 믿는 가당찮은 아이티 기술주의자들이 있다. 이종류의 기술주의자들이 세계를 지배하겠다고 나서는 것이 우리 시대다. 그들은 자신만만하다. 세 개의 힘센 우상들을 그들이 모시고 있기 때문이다. 기술의 우상, 시장의 우상, 소비오락의 우상이 그 신판 삼위일체의 신들이다. 이런 우상교회의 신도들은 이 새로운 신들이 세계의 모든 문제를 해결해줄 것이라 굳게 믿고 있다. 기술의 신은 모든 난제를 풀고 시장의 신은 모든 주림을 해결할 것이며 소비오락의 신은 모든 불행을 제거하리라. 그런데 무엇이 문제인가? 우리 사회가 그 우상교회의 동굴로 넋 놓고 깊이깊이 빠져들고 있다는 것이 문제다.

이 우상의 시대에 제천 어린이도서관의 호랑이 담뱃대 멤버들은 아이들에게 옛날이야기 들려주고 원두막 지어준다. 이 어느 것도 기술, 시장, 소비오락의 신들과는 관계가 없다. 그곳 도서관장은 문익점 이야기를 위인전으로 읽은 아이들을 데리고 나가 도서관 마당 텃밭에 목화씨를 심는다. 목화는 기적처럼 잎을 내고 잎사귀들은 여름 한철을 지나면서 어엿이 자라 흰 꽃을 피운다. 자기네 손으로 심은 목화씨가 순을 내고 잎을 키우고 꽃망울 터뜨리는 것을 보면서 아이들은 세상에 태어나 가장 훌륭한 일 하나를 했다는 듯이 즐겁고 행복하다. 때가 되면 아이들은 문익점처럼 붓대롱에 목화씨를 간직하리라. 내년 봄 그들은 그 붓대롱의 씨들을 다시 땅에 심어 생명의 기적을, 성장의 느린 리듬을, 부활과 순환의 이치를 깨치리라. 아이들은 그렇게 자란다. 아니, 그렇게 자라야 한다.

그런데 한 가지 걱정도 있다. 아파트에서 자란 아이들이 "할머니, 부뚜막이 뭐야?"라고 묻는다면? 그때 호랑이 담뱃대는 부뚜막 만들어주기 프로젝트에도 나서야 하나?

한겨레 2006. 6. 2

오, 쓸쓸함이여 스승이여

쓸쓸한 사람들이여, 쓸쓸함에 이끌려라. 삶은 결국 쓸쓸함의 한 뼘 길이가 아닐 것인가? 오 쓸쓸함이여, 그대도 인생의 진실 하나를 보게 하는구나.

작가 박완서의 일기체 소설 『한 말씀만 하소서』는 사람에게 상실의 고통이 얼마나 견디기 힘든 것인지, 그리고 인간이 고통을 통해서만 발견할 수 있는 진실의 모습들은 어떤 것인지를 보여주는 작품이다. 가을 수확을 밤사이 도둑맞고 빈손으로 들판에 선 농사꾼처럼, 다 큰 아들을 먼저 생의 저편으로 떠나보내고 절망하는 한 어머니가 소설의 주인공이자 화자이다. 구약의 욥이 그랬듯이 이 어머니도 "왜 하필 나에게 이런 불행이?"라는 질문으로부터 놓여나지 못한다. 중편 길이의 소설 한 편에 크고 작은 감동적인 이야기의 샘들이 무수하다. 그 감동의 샘들 가운데는 독자를 멍하게 하는 대목이 하나 있다. 그것은 주인공의 아들이 '쓸쓸함'에 이끌려 마취과 의사를 지망했다는 이야기다.

잘은 모르지만, 대학을 갓 나온 젊은 의사들에게 마취과는 그리 인기 있는 전문 분야가 아닐 성싶다. 사람들의 눈에 잘 뜨이지 않는 응달의 부족 비슷한 것이 마취과 의사다. 그런데 소설 주인공의 아들은 그 마취과 전문의가 되기로 작정한다. 세상이 알아주는 분야들을 마다하고 아들이 마취과를 지망하고 나서자 어머니는 좀 실망스럽다. 왜 하필 마취과를? 수술이 진행되는 동안 환자의 생명줄을 쥐고 있는 것이 마취과 의사다. 그는 환자를 잠들게 했다가 다시 깨어나게 하는 사람이다. 목숨 하나가 그의 손에 달려 있다. 그러나 수술이 끝나고 나면 아무도 그 마취과 의사를 기억하지 않는다. 환자도, 환자의 가족도, 마취과 의사에게는 고맙다고 인사하지 않는다. 그래서 마취과 의사는 쓸쓸하다. 그런데 자기는 바로 그 쓸쓸함에 이끌려 마취과를 지망했노라고 아들은 말한다. 어느새 훌쩍 커버린 한 인간을 아들에게서 발견한 어머니는 좀더 화려한 선택을 아들에게 기대했던 자신이 슬며시 부끄러워진다.

　지난 10일 순천에서 이른바 '기적의 도서관'이라는 이름의 어린이 전용 도서관 개관식이 있던 날, 건물 설계를 맡았던 건축가 정기용은 사람들이 다 떠난 뒤에도 저녁 늦은 시간까지 열람실 한쪽 구석에 오랫동안 앉아 있었다. 그의 머리에는 만감이 교차하고 있었을 것이다. 어린이 전용 도서관 모형관을 설계하는 일이 절대로 쉬운 작업이 아니었다는 것을 우리는 안다. 크고 우람한 기념비적 건물, 육중한 석조 건축물 같은 것은 어린이도서관으로는 적합하지 않다. 거대 건물은 아이들을 겁주고 질리게 하며 도망치게 한다. 아이들을 끌어당겨 그 안으로 뛰어들게 해야 하는 것이 어린이도서관이다. "얘야, 나하고 놀자"라고 말을 거는 건물, 나무와 풀과 물이 있고 별과 구름이 보이고 바람의 숨결이 느껴져야 하는 곳, 거기가 어린이도서관이다. 거기에는 부드러움과 친근함과 따스함이 있어야 하고 마법과 환상과 비밀이 있어야 한다. 이런 도서관 모형은 사실상 국내외 어디에서도 찾아보기 어렵다.

아직 손봐야 할 구석들이 더러 남긴 했어도, 순천 기적의 도서관은 일단 어린이도서관 모형관으로 꼽아도 될 만한 건축적 성과다. 상상력을 자극하는 아기자기한 공간구조와 연출, 비밀로 가득찬 듯한 작은 방들, 맘대로 뒹굴 수 있는 따스한 바닥, 엄마 품처럼 포근하고 아늑한 요철 공간들의 배치―아이들을 매혹할 이런 요소들을 이 도서관은 갖고 있다. 건물 구석구석에서 토끼들이 튀어나올 것 같고 거북이란 놈이 기어다닐 것 같다. 열람실에는 아이들과 함께 대나무가 자라고, 지붕에 뚫린 채광창으로는 언제나 하늘과 구름과 별이 보인다. 해님도 도서관 안을 들여다본다. "얘들이 뭣 하고 있나?"

그날 오래도록 자리를 뜨지 못한 설계자 정기용의 마음을 나는 안다. 개관과 함께 설계자는 건물을 넘기고 떠나야 한다. 지난 몇 달 턱없이 적은 경비와 시간 제약 속에서 설계 아이디어를 살려내기 위해 밤새우며 작업해온 현장소장, 시공자, 관리자 들도 떠나야 한다. 그들의 땀과 노심초사를 사람들은 기억해줄까? 그들이 장차 도서관에 들렀을 때 직원들은 "누구시죠?"라고 묻지 않을까? "개관식 때 우리는 참 쓸쓸합니다." 시공회사 유탑엔지니어링의 현장소장 모득풍씨의 말이다. 쓸쓸했을 사람들이 어찌 그뿐이랴. 쓸쓸한 사람들이여, 쓸쓸함에 이끌려라. 삶은 결국 쓸쓸함의 한 뼘 길이가 아닐 것인가? 오 쓸쓸함이여, 그대도 인생의 진실 하나를 보게 하는구나.

경향신문 2003. 11. 12

이 시대의 스승상을 말하기

> 교육은 없고 훈련만 있어야 하는 곳에 '스승'이란 이미 시대착오이고 퇴물이며 잘해야 잉여에 불과하다. 지금 우리에게 필요한 것은 '스승'의 실종을 개탄하는 일보다는 우리에게 아직도 '스승'이 필요한가라는 질문과 정면으로 만나는 일이다.

오늘날 한국의 대학에서 '스승'은 아주 시시한 화두의 하나다. 아무도 들먹거리고 싶어하지 않는다는 점에서 그것은 폐기된 낱말의 하나이기도 하다. '스승'이 시시한 언어가 된 것은 우리에게 스승이 없기 때문인가, 교육이 없기 때문인가? 스승은 이제 사라진 종족인가? 그들은 되살려야 할 패러다임인가, 시대착오인가? 지금 대학을 채우고 있는 그 많은 교수들은 누구란 말인가?

지난 50년 사이에 '스승'은 두 번의 결정적인 의미 변화를 겪는다. 첫번째 변화는 30년에 걸친 군사정권 기간 동안 '스승'에 발생한 심각한 의미 모순과 이미지의 추락이다. 학생 데모를 막는 데 동원되는 가련한 설득자, 학생 감시자, 권력의 부나비─이것이 그 시절 대학을 다닌 사람들의 머리에 박혀 있는 교수의 의미이자 이미지다. 그 '교수'는 잘못을 잘못이라 말하는 사람이 아니라 잘못을 잘못이라 말하는 자가 되레 잘못이라고 말하는 자, 진실을 말하지 않는 자, 알량한 전문 지식과 권위와 교권을 군화에 헌납하고, 그렇게 해서 얻은 떡고물로 한 세월 편하게 건너가고자 했던 자의 이름이다. 교육이 있는 곳에 '스승'이 있어야 한다면, 이 시절의 교수는 탐구, 토론, 강의의 자유 위에 성립하는 대학교육의 실천적 스승이기보다는 '스승'의 조롱, 배반, 캐리커처에 더 가깝다.

두번째 주요 사건은 90년대 이후, 그러니까 지난 10여 년 사이에 진행된 세계적 환경 변화들과 함께 초래된 '스승'의 명예퇴장, 혹은 구조조정이다. 오늘날 대학은 산학 복합체의 한 구성 요소이며 시장기제의 일부다. 시장의 세계화라는 외적 환경 변화가 대학에 강요한 것은 대학교육의 목표와 성격 자체를 시장에 맞추어 뒤바꾸는 근본적인 변화다. 오늘날 한국 대학에는 '교육'이 있다기보다는 '훈련'만 있다. 교육education을 훈련training으로 대체하기, 혹은 기능 훈련을 교육이라 부르기, 이것이 지금 대학교육에 발생하고 있는 변화의 핵심이다. 교육은 없고 훈련만 있어야 하는 곳에 '스승'이란 이미 시대착오이고 퇴물이며 잘해야 잉여에 불과하다. 그러므로 지금 우리에게 필요한 것은 '스승'의 실종을 개탄하는 일보다는 우리에게 아직도 '스승'이 필요한가라는 질문과 정면으로 만나는 일이다. 대학교육 자체가 바뀐 마당에 '스승'이 필요한가? 스승 같은 건 없어도 되는 곳에 스승이 필요하다고 말하는 것은 말이 되는 소리인가?

그렇다. 이 질문을 숙고하는 데서부터 스승의 상을 말하는 작업은 시작되어야 한다. 스승이란 누구인가? 세상에 대한 바른 관점을 유지하고자 노력하고 그런 노력의 소중함을 가르치는 자, 경험과 지식과 상상력을 부단히 용접하고 관용의 정신을 유지하면서도 진실 앞에 자신을 세우려는 자, 좁은 이해관계의 울타리를 넘어서려는 공정한 정신의 소유자, 인간적 결함에도 불구하고 위대한 것에의 감각을 전달하는 자—그가 지식 행상 아닌 '스승'이라는 것을 우리는 안다. 교육이 있어야 하는 곳이라면 이런 스승은 필요하다. "우리가 위대한 스승 앞에 앉았을 때에만 교육은 발생한다." 탈무드의 한 구절이다.

교수신문 2003. 5. 7

3부

관계의
건축학

인문학적 사유의 네 가지 책임

오늘날 인문학에 안겨지는 사회적 책임은 강단 인문학적 작업과는 다르다. 그것은 인간에 관한 사유와 실천으로서의 인문학이 중시해야 할 네 가지 책임의 문제와 연결되어 있다. 인간에 대한 인간의 책임, 사회에 대한 인간의 책임, 역사에 대한 인간의 책임, 문명에 대한 인간의 책임을 환기시키는 일이 그것이다.

인간이란 무엇인가? 어떻게 하면 인간을 이해할 수 있을까? 옛날 페르시아의 한 왕자는 자기가 인간을 잘 알아야 장차 나라를 제대로 다스릴 수 있을 것이라 생각하고 전국의 학자들을 불러 인간 이해의 방법을 마련해오라고 당부한다. 20년이 지나 학자들은 낙타 스무 마리에 책 2000권을 싣고 나타난다. "너무 많다. 줄여오라." 또 10년이 지난다. 그사이 왕자는 왕이 되고 학자들은 낙타 세 마리에 책 500권을 실어 왕에게 대령한다. "이것도 너무 많다. 더 줄여라." 다시 몇 년이 흐른 뒤 이번에는 나귀 한 마리에 책 100권 등짐을 지운 학자들이 나타난다. 왕은 이미 늙고 병들어 임종의 침상에 누워 있다. 왕은 탄식하며 말한다. "인간을 아는 일이 그렇게도 어려운가? 죽는 순간까지도 나는 인간을 알 수 없단 말이냐?" 그러자 학자 하나가 왕에게 귓속말로 일러준다. "폐하, 사실은 단 한 줄이면 됩니다. 태어나서 살다가 죽는 것, 그게 인간입니다."*

인간의 한 생애가 '태어난다, 산다, 죽는다'는 단 세 개의 동사로 요약될 수 있다는 것은 그리 기분 나쁜 일은 아니다. 인간은 누구나 죽음 앞에 평등하듯 그 세 개의 동사 앞에서 평등하다. 인간만 그런 것이 아니다. 태어난다, 산다, 죽는다는 것은 모든 생명 가진 것들에게 공통으로 적용되는 생물학적 전기다. 그 전기는 생명체 공통의 것이라는 점에서 평범하고 평등하며 위대하다. 인간이 그 전기로부터 제외되지 않는다는 사실은 인간의 코빼기에서 자만심을 뽑아내고 그를 낮은 곳으로 임하게 하는 효력을 갖고 있다.

그러나 인간과 그의 삶에 대한 사유행위로서의 인문학은 "태어나서 살다가 죽는다"의 생물학적 전기를 거부하는 데서 출발한다. 인간이 잘나서가 아니라 인간이 자기 존재와 삶의 방식에 대해 지고 있는 '책임'을 생각하고 따지는 것이 인문학의 한 중요한 과제이기 때문이다. 인간은 태어나 살다가 죽는다. 예외는 없다. 그런데 여기서 중요한 것은 '살다가'라는 부분이다. 어떻게 살았느냐에 따라 인간의 전기는 천차만별로 달라진다. 어떤 사람은 인간으로 태어나 개처럼 죽고, 어떤 사람은 개처럼 태어나 인간처럼 죽는다. 삶의 방식이 각기 달랐기 때문이다. 철학자 볼테르는 생전에 자기 묘비명을 써놓고 죽은 사람이다. "친구를 사랑하고 적을 미워하며 죽노라"는 것이 그의 자작 묘비명이다. 이 비명은 그가 어떻게 살고 왜 살았는가를 요약한다. 그것은 생물학적 보편 전기와는 다르다. 사마천은 자신이 왜 『사기史記』를 쓰게 되었는가를 밝힌 글 「보임안서報任安書」에서 "사람은 누구나 한 번 죽지만 어떤 죽음은 태산보다 무겁고 어떤 죽음은 새털보다 가볍다"는 구절을 남긴다. 죽음의 차이에 관한 언명치고는 동서고금에 이보다 더 빛난 표현이 없을지 모른다. 죽음의 차이는 사실은 삶의 차이—어떻게 살았는가의 차이에 좌우된다.

넓게 규정했을 때 인문학은 인간에 관한 사유, 표현, 실천의 총합이다. 이 의미의 인문학은 강단 인문학 혹은 학문으로서의 인문학과는 좀 구별될 필요가 있다. 학문 갈래로서의 인문학은 서구 근대의 산물인 반면, 인간에 관한 사유, 표현, 실천으로서의 인문학은 동서양에 걸쳐 오랜 역사를 갖고 있다. 우리가 보통 인문학이라 부르는 것은 문학, 철학, 역사, 예술사, 서지학 같은 근대 이후의 학문 분과들을 지칭하지만 사실은 인간이 인간을 이해하고 인간을 생각하고 인간의 길을 모색해온 동서고금의 오랜 사유 전통을 통틀어 의미할 때가 더 많다. 이런 인문학은 좁은 분야를 파고드는 전문적 학문 연구자만의 것이 아니고 그런 전공자만이 할 수 있는 것도 아니다. 그 의미의 인문학은 만인의 것이다. 강단 인문학의 경우처럼 학문으로서의 인문학을 연구하는 것과 인문문화적 가치를 사유하고 실천하는 것으로서의 인문학 사이에는 큰 차이가 있다. 인문학을 학문으로 공부하는 사람에게는 자기 전공 분야의 인문학 갈래를 연구하는 것이 주 과제다. 그는 '인간의 책임'을 생각하는 것이 인문학의 기본 정신이라는 관점을 꼭 가져야 할 필요가 없다. 그런 정신 없이도 강단 인문학은 가능하기 때문이다.

강단 인문학은 물론 중요하다. 그러나 오늘날 인문학에 안겨지는 사회적 실천적 책임은 강단 인문학적 작업의 범위를 벗어난다. 그것은 인간에 관한 사유와 실천으로서의 인문학이 중시해야 할 네 가지 책임을 환기시키는 문제와 연결되어 있다.

인간에 대한 인간의 책임, 사회에 대한 인간의 책임, 역사에 대한 인간의 책임, 문명에 대한 인간의 책임이 그것이다. 다시 강조하지만 이런 의미의 인문학은 전문 연구자들만의 전유물이 아니다. 또 이런 인문학은 교양주의자들이 생각하듯 예술과 문화 등등에 대한 무슨 고급 교양이니 소양이니 하는 것들을 스펙 쌓듯 쌓아나가는 것을 능사로 삼지도 않는다. 인문학에 관한 이런 종류의 '교양론'은 이미 오랜 타락의 전력을 갖고 있다. 우리가 관심을 가져야 하는 인문학은 목걸이, 팔찌 같은 단순 장식물이 아니다. 또 우리가 생각해야 할 인문학은 일부 실용주의자들이 착각하듯 무용한 백수의 사업인 것도 아니다. 이런 실용주의 역시 사유의 정지를 특징으로 하는 이 시대의 정신적 마비와 타락을 반영한다.

위에 말한 네 가지 책임은 인간의 책임이다. 그러나 그 책임의 문제를 부단히 사유하고 그 중요성을 사회에, 사람들에게, 부단히 환기시키는 것은 인문학의 책임이다. 그 책임을 수행코자 하는 곳에서 대학의 강단 인문학을 넘어선 실천의 인문학이 탄생한다. 지금 시대에는 그런 인문학이 필요하다.

국민일보 2010. 12. 17

---

* 이 글 앞머리에 인용된 짧은 이야기는 원래 아나톨 프랑스가 쓴 것이지만 이 글에서는 약간 고쳐 사용했다.

『논어』1장의 행복론
—"학이시습지 불역열호"의 진실

공자의『논어論語』첫 장은 세 절로 구성되어 있다. 1절은 "학이시습지 불역열호學而時習之 不亦說乎", 2절은 "유붕자원방래 불역락호有朋自遠訪來 不亦樂乎", 3절은 "인부지이불온 불역군자호 人不知而不慍 不亦君子乎"이다. "배우고 또 실행하니 기쁘지 아니한가. 벗들이 먼 데서 찾아오니 즐겁지 아니한가. 남들이 알아주지 않는다 해서 화내지 않으니 군자답지 않은가."

고교 시절 한문 선생님한테서『논어』의 이 첫 장을 소개받았을 때 반 아이들을 압도한 것은 감동이 아니라 실망스러움이었다는 기억을 나는 갖고 있다. 그때 한문 선생님은 "사람을 바꾸어놓는 것이 스승이고 교육이다. 공자 이후 지금까지 공자만한 스승은 없었다"라는 말로 공자를 소개해놓고 우리에게『논어』의 뚜껑을 열어 보였는데, 잔뜩 기대에 부푼 아이들의 귀에 들려온『논어』첫 장의 '공자 말씀'은 그렇게 밋밋하고 미적지근하고 흐리멍덩할 수가 없었다. "그게 공자 말씀이야? 그런 소리라면 나도 할 수 있어." 그렇게 반응한 아이도 있었고, 나중 한문 시험 때 "물에 물을 탔으니 물맛이 좋지 아니한가—공자 말씀"이라 써냈다가 교무실로 불려가서 석탄 난로의 큰 물 주전자를 머리 위로 받쳐들고 한참 벌을 선 아이도 있었다.

배우고 공부하고, 배운 것을 행동으로 익혀 실천과 결합시키는 일이 얼마나 어려운 것인가를 알게 될 때까지 "학이시습지 불역열호"의 진실은 좀체 가슴에 와 닿지 않는다. 현대인에게는 배움 따로 놀고 실행 따로 논다. 그런데 배움과 실천의 결합이 '기쁜' 일이 되자면 최소한 두 가지 조건이 충족되어야 한다. 첫째, 실행으로 옮길 만한 배움이란 옳고 바른 배움, 나에게만 유익한 배움이 아니라 다른 이들에게도 유익한 배움이어야 한다. 도둑은 배운 것(기술)이 제아무리 뛰어난 것이라 해도 그 배움이 만인 앞에 떳떳하고 만인에게 유익한 것이 아니므로 그가 배운 것을 실행한다 해서 그 지행知行 결합이 항구한 기쁨을 주기는 어렵다. 둘째, 배우기는 바르게 배웠는데 그 배운 것을 실천으로 옮기지 못하거나 옮길 수 없을 때에도 기쁨은 오지 않는다. 배움과 실천의 분리는 일종의 마비이고, 이 마비는 사람을 슬프게 할 수는 있어도 기쁘게 하기는 어렵다. 이렇게 읽다보면,『논어』첫 장 1절의 "학이시습지"는 사람이 어느 때 기쁨과 즐거움을 얻게 되는가에 대한 깊은 통찰로 다가온다.

그 통찰 속에『논어』의 행복론 하나가 들어 있다. 그 행복론의 요체를 '탁월성'의 문제와 연결해서 정리하면 이러하다. 첫째, 듣고 배운 것이 만인 앞에 떳떳하고 만인에게 유익한 것일 때에만 그 배움은 '탁월한' 배움이다. 둘째, 배움과 실천이 기름과 물처럼 따로 놀지 않을 때, 바르게 배운 것을 실행으로 옮길 수 있을 때에만 그 실천은 '탁월성'을 획득한다. 이런 두 가지 탁월성이 삶의 행복을 결정한다. 현대인이 자주 불행감에 시달리는 것은 그의 삶의 방식, 가치관, 태도가 그 두 가지 탁월성과는 아주 먼 거리에 있기 때문이다.

"벗들이 먼 데서 찾아오니 이 또한 즐겁지 아니한가."『논어』의 이 두번째 절에도 깊은 행복론이 담겨 있다. 먼 데서 찾아오는 이『논어』속의 친구는 무슨 인사 청탁을 위해 KTX 타고 오는 사람도, 승용차 몰고 권력을 빌려 오는 아첨꾼도, 이득과 영달을 노려 비행기로 날아오는 기회 사냥꾼도 아니다. 그는 그냥 친구이고 벗이다. 그 벗이 벗을 찾아오는 이유는 서로 벗을 알아보고 벗을 만나는 것이 '무조건' 즐겁고 기쁜 일이기 때문이다. 이 무조건의 관계가 '우정'이다. 불원천리로 벗을 찾아오는 벗에게는 벗을 만난다는 것 말고는 아무 다른 목적이 없다. 그에게 벗은 어떤 목적을 위한 수단이 아니라 그 자체로 목적인 존재, 그가 이 세상에 있다는 것 자체가 사람을 기쁘게 하고 즐겁게 하는 그런 존재이다.

그러나 이런 무조건의 우정이 성립하자면 두어 가지 전제가 필요하다. 무조건의 우정은 마피아적 우정이 아니고 무조건 봐주는 우정도 아니다. 우선 벗은 벗을 알아볼 귀와 눈을 가지고 있어야 한다. 둘째, 벗과 벗 사이에는 깊은 신뢰와 가치의 공유가 있어야 한다. 이런 눈과 귀와 신뢰의 능력은 이득, 영달, 권력에의 기대가 아니라 그런 것들을 넘어선 곳에서 나오고 그런 것들보다 더 크고 본질적인 가치가 세상에는 있다고 생각하는 정신의 품질에서 나온다. 정신의 그런 품질을 우리는 '마음의 탁월성'이라 부를 수 있다. 이런 탁월성을 가진 사람은 즐겁고 행복하다. 그는 그의 벗이 철새처럼 시류에 따라 오가고 정상배들처럼 이용 가치를 노려 가까워지기도 하고 멀어지기도 하는 존재가 아니라는 것을 안다. 현대인이 불행감에 자주 시달리는 것은 이런 의미의 인간관계를 만들고 유지하는 것에 대한 거부감과 불안감 때문이고 그런 우정 관계가 자기 삶에는 아무 도움도 되지 않는다고 단정해버리는 타산적 사고가 그를 지배하기 때문이다.

　"남들이 알아주지 않는다 해서 화내지 않으니 군자답지 않은가." 『논어』 첫 장의 행복론을 마무리하는 이 세번째 절은 우리의 병든 영혼을 위해 공자가 일찍 준비한 복음 같은 데가 있다. 남이 알아주지 않으면 불같이 화내고, 남의 눈을 잡기 위해 조석으로 안달하다가 안 되면 저주를 퍼붓는 사람들, 그게 '우리'다. 그 우리는 행복하지 않고 행복할 수가 없다. 행복이 전적으로 남들의 시선 여하에 달려 있기 때문이다. 이 시선에 사로잡힌 사람들이 공자 복음에서 새겨들을 얘기는 참 많다. 그러나 그 얘기를 오늘 해 떨어지기 전에 다 끝내기는 어려울 듯하다. 다음 기회로 미루어두자.

국민일보 2011. 3. 18

남들이 알아주지 않아도 화내지 않으니

남들의 시선이 너를 좌지우지할 수 없게 하라. 영혼이 병들
면 행복이 어디에 있겠는가? 이것이 내가 보기에, 공자의 가
르침이고 『논어』의 중요한 행복론이며 또 동양 담론이 '수
양'이라는 말에 담고자 한 핵심적 의미다.

최근의 뉴욕타임스 인터넷 판에는 이 신문의 칼럼니스
트 애덤 브라이언트가 쓴 흥미로운 기사 한 건이 올라 있다.
"CEO들에게서 지혜를 끌어내기"라는 제목의 기사다. 사람이
자기 분야에서 '성공'하는 데 꼭 필요한 후천적 품질 다섯 가지
만 꼽는다면 그것들은 무엇무엇일까? 저명 CEO 70명에게 이
질문을 주고 응답을 받아낸 글이다. '후천적 품질'이라는 말이
재미있다. 타고난 능력이나 재능은 개개인의 통제권을 벗어난
생래적 자질이다. 그러나 그런 자질들 말고 습관, 태도, 기율
같은 통제 가능한 요인들을 통해 사람들이 몸에 붙이기도 하고
붙이지 못하기도 하는 것이 후천적 품질이다. 선천적 재능이
신의 선물이라면 후천적 품질은 내가 내게 만들어준 선물이다.
그런 후천성 품질들 가운데 CEO들이 성공의 조건으로 가
장 많이 꼽은 것, 그래서 다섯 개 품질 조건의 첫번째 자리를
차지한 것은 '열정적 호기심'이다. 호기심이 반드시 후천적인

185

것인가에 대해서는 이견이 있을 법하다. 그러나 아이들을 보면 호기심의 후천성 부분을 부인하기 어렵다. 다섯 살짜리 아이들은 호기심 덩어리다. 그 무렵의 아이들은 질문의 천재들이다. 질문이 많다는 것은 궁금한 것이 많고 호기심이 왕성하다는 반증이다. 그런데 그 호기심 덩어리였던 아이들이 소년기, 청년기를 지나 이른이 되었을 때의 모습은 제각각 다르다. 어떤 아이는 계속 호기심 많은 소년, 청년, 어른으로 자라고 어떤 아이는 호기심을 어디 반납해버린 듯 질문 없는 사람으로 자란다. 인간은 누구나 호기심 많은 동물로 태어난다는 점에서만 호기심은 생래적인 것이다. 그 의미의 호기심은 자연이 준 '평등한' 선물이다. 그러나 그가 어디서 어떻게 자라고 어떻게 자기를 형성하는가에 따라 자연의 그 평등한 선물은 '불평등한' 후천적 품질로 바뀔 수 있다.

다수의 CEO들이 열정적 호기심이라는 말로 의미한 것은 무엇보다 '인간에 대한 호기심'이다. 사람들은 왜 어떤 일에 매달리는가? 어떤 이는 왜 이렇게 행동하고 어떤 이는 저렇게 행동하는가? 같은 일이라도 다른 방식으로 해볼 수는 없는가? 사람들은 무엇을 원하는가? 어떤 이는 왜 이런 것을 원하고 어떤 이는 저런 것을 원하는가? 나는 지금 어떤 일을 하고 있다. 그런데 나는 그 일을 '왜' 하는가? 무엇을 위해서? 나는 왜 저기에 있지 않고 여기에 있는가? 내가 나에게 지고 있는 책임은 무엇이며 너에게, 혹은 타인들에게 지고 있는 책임은 무엇인가? 인문학의 관점에서 말하면 이런 호기심은 인간을 알고 이해하려는 지적 열정이다. 인간은 '나'라는 단수 존재와 '너'를 포함한 복수 존재들의 집합이다. 나를 알고 너를 이해하려는 인간 탐구의 열정을 성공의 첫번째 자격 조건으로 올린

CEO들은 말하자면 그들 나름의 '인문학도'이다. 아닌 게 아니라 브라이언트가 만난 CEO들 중에는 이런 말을 한 사람이 있다. "나는 인간 본성을 탐구하는 학도입니다I am a student of human nature."

그런데 '품질' 문제와 관련해서는 좀더 자세히 따져볼 것이 있다. 누가 무슨 일을 왜 하는가라는 것은 그 사람의 행위 동기와 행동 목표를 이해하는 데 중요하다. 그러나 동기와 목표를 '이해'하는 일만으로는 충분치 않을 때가 많다. 동기와 목표를 이해하는 일 이상으로 궁극적 차원에서 중요한 것은 '품질'이라는 문제이다. "남들이 하니까 나도 한다"라는 것은 품질 차원에서 보면 점수가 거의 빵점이다. 남들이 소를 말이라 하고 개를 고양이라 부른다면 나도 소를 말이라 하고 개를 고양이라 부를 것인가. "이렇게 하면 남들이 칭찬하니까 나도 한다"라는 것 역시 품질은 거의 제로이다. "남들이 알아주니까 한다"라는 것도 그 품질 수준은 거의 바닥이다. 칭찬과 인정은 사회적으로 요긴한 데가 있다. 그러나 남들이 칭찬하지 않으면 무슨 일을 하다가도 그만두고 알아주지 않으니까 내던져버리기로 한다면 내 생각과 판단은 어디에도 없고 그 일 자체가 할 만한 일인가 아닌가에 대한 나의 가치 분별이나 신념도 찾아볼 수 없다. 누가 뭐래도 이 일은 할 만한 일이니까 한다는 판단과 가치관과 신념이 개입할 때에만 '품질'이라는 것이 나온다. 그리고 그 품질의 유무가 우리의 행복을 좌우하고 좋은 삶의 가능성 여부를 크게 결정한다. 행복은 최종적으로 품질의 문제다.

공자의 『논어』 첫 장 3절에 나오는 "남들이 알아주지 않는다 해서 화내지 않으니 군자답지 않은가人不知而不慍 不亦君子乎"라는 구절에 우리가 거듭 주목하는 것은 그것이 품질과 행복의 연

187

관 관계에 대한 탁월한 관찰이기 때문이다. 남들이 알아주지 않는다 해서 화내지 마라. 할 만한 일, 해야 할 일인데도 남들이 알아주지 않는다는 이유로 하지 않는다면 나는 내게 부끄럽고 초라한 인간이 아닌가. 남들이 알아주지 않는다 해서 불같이 화내고 삿대질하고 깔았던 멍석도 걷어치운다면 나는 대체 나에게 무엇인가, 병든 영혼이 아니라면? 남들의 시선이 니를 좌지우지할 수 없게 하라. 영혼이 병들면 행복이 어디에 있겠는가? 이것이 내가 보기에, 공자의 가르침이고 『논어』의 중요한 행복론이며 또 동양 담론이 '수양'이라는 말에 담고자 한 핵심적 의미다. 『논어』의 '군자'는 현대적으로 풀면 외물外物에 흔들리지 않고 시류에 떠내려가기를 거부하는 '내적 견고성의 인간'이다. 지금은 그런 견고한 품질의 인간을 만나기 어려운 시대다. 그래서 공자 말씀이 더 소중해진다. 품질은 그 내면적 견고성의 다른 이름이며, 그 품질이 '내가 나와 관계' 맺는 길의 요체다.

국민일보 2011. 4. 22

인문학, 관계의 건축술
—무용한 질문의 위대한 실용

> 내가 건축하는 관계, 내가 만드는 관계의 섬은 나와 너 사
> 이에, 나와 남들 사이에 내가 정성껏 피워올리는 한 포기
> 신성한 꽃은 아닐 것인가? 그 꽃은 돈으로 살 수 없고 시장
> 에 내다팔 수 없다는 점에서 '신성'하다. 그 꽃은 무용지물
> 일지 모른다. 그러나 내가 그것을 멸시할 때 내가 가진 다
> 른 모든 것, 나의 다른 모든 사업들은 마침내 무용지물이
> 되지 않겠는가.

대학에 갓 들어온 열아홉 살짜리 신입생들에게 '인문학'을
강의하는 일은 경륜이 높은 교수들에게도 절대로 쉬운 작업이
아니다. 인문학은 무엇보다도 인간에 관한 사유행위다. 신입생
대상의 인문학 강의가 녹록지 않은 이유는 인문학을 설명해주
는 일 자체가 어려워서라기보다는 19세 청소년들에게는 '인
간'이라는 주제부터가 전혀 매력적인 것이 아니기 때문이다.
신형 스마트폰이라면 또 몰라, 따분하게 '인간'이라니! 그 학
부생들이 인간에 관심을 갖고 인문학 강의실을 찾기 시작하는
것은 그들이 대학에서 두어 번의 여름과 두어 번의 겨울을 보
내고 난 다음—그러니까 3학년이 될 무렵부터이다. 인문학에
대한 이런 관심의 발로는 학생들의 '지적 도약의 단계'와 대체

189

로 일치한다.

　학부 저학년 대상의 인문학 입문 강의에서는 '충격 효과'를 시도해야 할 때가 있다. 엉뚱한 질문을 던지는 것은 그런 효과를 위한 한 가지 방법이다. 이를테면 이런 식이다. 강의실 피피티 화면에 푸른빛의 행성이 둥실 떠 있다. 외계에서 본 지구다. 그리고 그 화면 하단으로 질문 하나가 천천히 떠오른다. "너는 이 지구에 왜 왔는가?" 학생들이 움칫한다. 그들의 눈에 충격의 그림자가 비친다. "여러분이 대학에 온 이유가 무엇인가? 바로 이런 질문을 만나기 위해서다. 대학에 다니는 동안, 그리고 대학을 졸업하고 나서도 여러분은 평생 그런 질문들과 대면해야 하고 그 질문에 스스로 응답해야 한다." 인문학이 무엇이냐면, "여러분이 그 종류의 질문에 응답할 수 있도록 돕고 안내하는 것이 인문학이다." "지구 바깥에서 본 지구를 우리 눈앞에 대령해서 이 푸른 행성을 객관화할 수 있게 한 것은 과학의 위대한 성취다. 그러나 그 행성을 보면서 '나는 왜 이 지구에 있는가?'라는 질문을 던지는 것은 인문학이다."

　나는 왜 이 지구에 와 있는가? 나는 왜 없지 않고 있는가? 정답이 없고 정답이 있을 수 없는 질문이다. 우리가 노망들 때까지 헤매어도 정답을 찾을 수 없는 질문을 던진다는 점에서 인문학은 무용의 열정에 봉헌된 학문 같아 보인다. 그러나 이 쓸잘데없어 보이는 질문은 두 가지 이유에서 위대한 실용을 갖고 있다. 첫째, 정답이 없으므로 우리는 각자 그 질문에 응답할 방법을 스스로 찾고 만들어야 한다. 둘째, 그 질문이 없고 그 질문에 대한 응답의 모색이 없을 때 우리네 삶은 의미, 가치, 목적을 확보할 길이 막막해진다. 영혼은 황량해지고 삶은 무의미의 늪에 빠진다. 빵과 의미는 삶을 지탱하는 두 기둥이다. 빵이 삶의 바깥쪽을 버텨낸다면 의미는 삶의 안쪽을 지키고 지탱한다. 삶이 무의미해질 때 사람들은 시들시들 병들고 미치고 자살한다. 이 세계로부터 의미가 빠져나갈 때일수록 인간은 제 손으로 의미를 만들고 삶에 의미를 공급해야 할 책임 앞에 놓인다. 이 의미 공급 작업에 필요한 절대적 요청이 "나는 왜 여기 있는가?"라는 질문이다. 이것이 그 무용해 보이는 인문학적 질문의 '위대한 실용'이다.

나는 왜 여기 이 지구에 와 있는가? 나는 먼 별나라에서 온 어린 왕자도 아니고 은하를 헤매다 온 길 잃은 방문자도 아니다. 그런데 왜 여기에 있는가? 정답은 없다. 그러나 한 가지 확실한 것이 있다. 그것은 내가 이 지상에서 사람들 속에 있고, 사람들을 만나고, 그들과 함께 살고 있다는 사실이다. 그 '나'는 누군가를 만나기 위해 이 지상에 온 것은 아닌가? 사람들을 만나고 그들과 함께 한 세월 이 지상을 걷기 위해 온 것은 아닌가? "이 푸른 유성에서 나는 당신을 만났습니다"*라고 말할 수 있기 위해 여기 온 것은 아닌가? 내가 당신을 만나고 누군가를 만난다는 것은 내가 나 아닌 타자들과 어떤 '관계'를 만들고 그 관계 속에 사는 일이다. 말하자면 나는 사람들을 만나고 그들과 어떤 관계를 만들기 위해 이 지구에 와 있다. 어떤 관계를 만드는가, 그 관계의 성질과 품질은 어떤 것인가―이것이 나를 '나'이게 한다. 나는 나 혼자 '나'로 존재하는 것이 아니라 '너'와의 관계 속에, 그리고 '남'들과의 관계 속에 존재하고 그 관계 덕분에 내가 된다. 그 관계를 떠나면 나는 무의미하다.

나는 왜 여기에 있는가? 이것이 인문학의 기본 질문이라면 어떤 관계를 어떻게 구축할 것인가를 안내함으로써 그 질문에 응답할 길을 모색할 수 있게 하는 인문학적 기초 훈련이 '관계의 건축술'이다. "사람들 사이에 섬이 있다/ 그 섬에 가고 싶다"고 읊은 것은 시인 정현종이다. 나와 너, 나와 남 사이의 '관계'에서 사랑이라는 섬이 생겨나고 우정이라는 이름의 섬이 솟아난다. 그 관계로부터 존경과 신뢰와 행복의 섬도 만들어지고 증오와 배반, 적대와 배척이라는 섬도 생겨난다. '나'는 어떤 섬을 만들고 어떤 섬으로 가고 싶어하는가? 어떤 관계를 만들어야 나는 나일 수 있을까? 이렇게 생각해보자. 내가 건축하는 관계, 내가 만드는 섬은 나와 너 사이에, 나와 남들 사이에 내가 정성껏 피워올리는 한 포기 신성한 꽃은 아닐 것인가? 그 꽃은 돈으로 살 수 없고 시장에 내다팔 수 없다는 점에서 '신성'하다. 그 꽃은 무용지물일지 모른다. 그러나 내가 만드는 그 관계의 꽃은 이 지상에서 내 존재를 의미 있는 것이게 하는 나의 최종적 사원, 나의 부처, 나의 예루살렘은 아닐 것인가? 내가 그것을 멸시할 때 내가 가진 다른 모든 것, 나의 다른 모든 사업들은 마침내 무용지물이 되지 않겠는가?

국민일보 2011. 6. 10

---

* 1993년 6월 21일, 서울시 종로구 연강홀에서 열린 고은 시인 회갑 기념 행사장에서 황지우 시인이 읊은 축시의 첫 구절.

행복의 역설과 인문학

　요즘 사람들의 입에, 언론매체에, 부쩍 자주 오르내리는 화두 가운데 '행복의 역설'이란 것이 있다. 이만하면 행복하다고 말할 만한 외적 조건들이 상당한 수준에서 확보되었음에도 불구하고 사람들의 행복감은 늘지 않는다는 것이 행복의 역설이다. 이런저런 조사결과들을 보면 행복감은 늘기는커녕 되레 줄어드는 것으로 나와 있다. "나는 행복하다"고 생각하는 한국인보다는 "행복하지 않다"고 느끼는 한국인이 몇 배나 더 많다. 부, 수명, 삶의 질, 의료시설, 안전망, 교육 수준 등 측정 가능한 객관적 지표로 따지면 행복의 조건들은 과거 어느 때보다 향상되었다고 말해야 할 시대에 오히려 불행감을 느끼는 사람이 훨씬 더 많다면 이건 어쩌된 일인가? 역설도 이 수준에 달하면 단순 역설이 아니라 '미스터리' 아닌가?

　이 역설 혹은 미스터리에 가장 민감한 것은 우선 정치권이다. 이해할 만하다. 국민을 행복하게 해주겠다는 약속은 정치가 반드시 써먹어야 하는 대국민 연애술이다. 행복의 역설이라는 개념이 등장하기 훨씬 전부터 중앙, 지방 할 것 없이 '행복의 정치학'을 동원하지 않는 정치세력은 사실상 없었다고 말해야 한다. 어딜 가나 '행복도시'의 구호가 방방곡곡 걸려 있었고 지금도 그러하다. 그런데 국민 행복을 높이려는 정치의 노력(?)에도 불구하고 정치가 행복을 외쳐대면 댈수록 사람들은 더 불행해지는 것 아닌가? 이건 또 무슨 역설인가? 정치가 약속을 지키지 못했기 때문인가? 스스로 "불행하다"고 강조하는 사람들은 행/불행의 사실 여부를 떠나 많은 경우 '불행'을 자랑하고 싶어하는 사람들이라고 철학자 버트런드 러셀은 말한 적이 있다. 한국인은 불행을 자랑하고 싶어하는가? 아니면 한국인은 자기가 충분히 행복한데도 그 사실을 모르는 백성인가? 행복한 상태에 있으면서 행복을 모른다면 그것은 무지이거나 자기기만이다. 한국인은 스스로 행복하다는 사실을 모르는 무지에 빠져 있는가?

최근 한국인의 행복감 결여를 다룬 어떤 신문의 정초 특집을 보면 이 '무지'의 문제가 슬며시 고개를 내밀고 있다. 지금의 한국인은 객관적 조건으로 보아 반드시 불행감을 느껴야 할 처지에 있지 않다, 한국인이여, 당신은 행복할 자격이 있다, 그러니 제발 불행감을 떨쳐내고 "나는 행복하다"고 좀 말해주렴―그 특집의 안팎에는 이런 소리들이 깔려 있다. 신문의 정초 복음 같기도 하고 대국민 호소 같기도 한 그 소리를 듣다보면 우리는 우리가 지금 얼마나 행복하게 살고 있는가를 모르는 무지한 백성이라는 느낌이 든다. 당신은 행복할 자격이 있다, 그 자격을 알고 인정하라, 그러면 당신은 당당히 행복해질 것이고 한국인의 행복을 만방에 선언할 수 있을 것이다. 불행을 느낄 이유가 없는데 왜 불행감에 잡혀 있는가? 이런 복음은 행복의 역설, 혹은 불행감의 감옥에서 한국인을 풀어주는 해방의 메시지 같은 것이기도 하다. 해방의 메시지라, 고맙지 않은가.

고맙긴 하지만 인문학적 관점에서는 생각할 것이 많다. 정치 못지않게, 그러나 좀 다른 이유에서, 인문학도 행복의 역설

194

이라는 문제에 민감하다. 인문학적 사유 전통의 왕할아비 반열에 드는 아리스토텔레스는 행복을 '삶의 목적'으로까지 올려세운 사람이다. 물론 그가 말한 행복eudaimonia은 현대인이 생각하는 행복과는 다른 것이긴 하지만 바로 그 '다른 점' 때문에, 현대인의 불행감이라는 문제를 뚫고 나가고자 시도하는 사람이라면 아리스토텔레스적 행복론을 참조하는 일이 아주 요긴하다. 행복 혹은 '좋은 삶'에 대한 그의 사유를 현대적으로 각색하면 이런 것이 될 수 있다. "영혼이 병들면 행복할 수 없다." 이것을 다시 행복의 역설에 적용하면 이러하다. "행복의 외적 조건이 제아무리 잘 구비되어도 병든 영혼으로는 결코 행복을 얻을 수 없다." 인문학의 본질 화두에 속하는 "무엇이 인간을 인간이게 하는가"라는 질문에 대해서도 아리스토텔레스적 응답이 가능하다. "영혼이 병들지 않게 하는 것, 그것이 인간을 인간이게 한다." 물론 이것은 그 본질 질문에 대한 정답이 아니라 한 가지 응답이다.

행복의 역설 못지않게 현대인의 행복을 좀먹는 것은 '행복 추구의 역설'이다. 행복의 외적 조건이 개선되었는데도 행복감은 늘지 않는다는 것이 행복의 역설이라면, 추구하면 할수록 행복은 멀리 달아난다는 것이 행복 추구의 역설이다. 이 추구의 역설 문제는 행복의 역설 못지않게 난처한 문제이고 그래서 당연히 인문학의 관심사에 속한다. 그런데 행복을 추구하면 행복은 왜 달아나는가? 행복이 달아나는 것은 그 추구의 방식이 '슬픈 영혼'의 방식일 때이다. 슬픈 영혼에게는 만사가 허망하다.

그런데 무엇이 병든 영혼이고 무엇이 슬픈 영혼인가? 영혼은 어느 때 병들고 슬퍼지는가? 이 질문을 생각해보는 것이

다음 글의 과제이다. 지난 글에서 나는 '인간에 대한 인간의 책임'을 외면하지 말아야 하는 것이 인문학적 사유의 책임이라는 주장을 내놓았는데 그 인간은 우선 우리들 자신이고 '나' 자신이다. 나는 내 행복에 책임을 지고 있다. 내 영혼의 안녕과 건강을 보살필 책임은 무엇보다도 나에게 있다. 그 '나' 속에는 '우리'가 포함된다. 나를 빼면 우리가 없고 우리가 없으면 나도 없다. 이것은 집단주의인가? 아니다. 우리 시대에 필요한 인문학적 사유의 지혜는 개인주의냐 집단주의냐의 서글픈 분할을 넘어서고 사회냐 개인이냐의 문제 설정도 넘어서는 데 있다.

국민일보 2011. 1. 7

내가 감당해야 하는 사건

> 우리가 이 지상에 태어나는 것은 우리 자신이 결정한 사항
> 도, 선택한 사안도 아니다. 그러나 그 사실 때문에 삶에 대
> 한 나의 책임, 당신의 책임, 우리의 책임이 면제되는 것은
> 아니다.

"나는 인간으로 다시 태어나고 싶지 않지만, 만약 태어나
야 한다면 궁벽한 산골에 가서 완벽하게 정직한 삶을 살고 싶
다." 지난주 타계한 작가 박완서 선생은 생전에 이런 취지의 말
을 남긴 것으로 전해진다.

다시 인간으로 태어나고 싶지 않다는 말, 궁벽한 산골을
언급한 부분, 완벽하게 정직한 삶이라는 대목 등은 박완서의
문학을 접해본 사람들은 물론 그럴 짬이 없었던 사람들에게도
많은 것을 생각하게 한다. 고인의 영전에 얼른 용서를 구한 다
음, 일종의 상상력 실험용으로 그 대목을 잠시 용도 전환해보
면 어떨까. 인간의 생사를 주재하시는 분이 우리에게 묻고 우
리가 대답하는 장면을 상상해보는 것이다. 그는 이렇게 묻는
다. "너는 인간으로 또 태어나고 싶으냐?" "태어난다면 이 지
구 어느 구석, 어떤 집에?" "다음 생에서는 뭘 하면서 살고 싶
은가?"

인문학의 초기 발생 지점의 하나인 고대 그리스에서는 이런 종류의 질문에 답변한 사람들이 많다. 실존 인물이냐 허구적 인물이냐의 구별은 이 경우 별로 중요하지 않다. 신화 속의 현자 실레누스라면 "인간으로 다시 태어나고 싶은가?"라는 첫번째 질문에 "사양합니다"라며 얼른 손사래 치고 나올 것이 틀림없다. "다시 태어나요? 에구, 싫어요, 싫어." 이 현자는 "인간으로 태어나지 않는 것이 최선이고 일찍 죽는 것이 차선"이라 말했던 사람이다. 물론 정반대 답변도 있다. "노예로 살고 개똥처럼 구르더라도 다시 태어나 살아보고 싶소." 트로이전쟁에 나갔다가 젊은 나이에 전사한 영웅 아킬레스의 대답이다.

어디에 태어나고 싶으냐는 두번째 질문의 경우, 견유학파 디오게네스의 답변은 이럴 것이다. "아무데나 좋아요. 집이니 국가니 하는 건 내겐 아무 의미도 없소." 그는 평생 집도 절도 갖지 않았던 사람이다. 그러나 정치가 솔론이나 역사가 헤로도토스라면 생각이 다를 것이다. "그야 단연 민주주의 문명국 그리스지요. 페르시아 같은 야만국은 웃돈 얹어줘도 싫습니다."

다음 생에서는 뭘 하면서 살고 싶은가라는 세번째 질문에 대해서는 어떤 답변들이 나올까? 철학자 플라톤: "다시 태어나도 철학을 하겠소. 철학만큼 고귀한 실천이 없지요. 다른 건 전부 개떡입니다." 신비주의 수학자 피타고라스: "개나 닭처럼 살아보고 싶소. 그들도 인간의 형제니까요." 마라톤 우승자: "운동선수를 하겠소. 인간이 가진 탁월성을 최고로 발휘하자면 운동경기만한 것이 없습니다." 미의 여신 아프로디테의 대꾸도 하나 보탤 만하다. "사랑이죠. 난 퍼지게 연애하면서 살래요."

어디에 태어나고 어떤 집에 태어날 것인가를 스스로 선택해서 태어나는 사람은 없다. 장소만 그런 것이 아니라 시대도 그러하다. 탄생에 관한 한 인간은 완벽하게 수동적 존재다. 이 수동성은 사람을 맥빠지게 하기에 충분하다. 탄생의 때와 장소를 선택할 수 없다는 것은 인간의 운명이 '운'에 달렸다는 얘기이기도 하기 때문이다. 운은 우연성의 다른 이름이다. 그 우연성 때문에 어떤 사람은 물 만난 고기처럼 활개치며 살고, 어떤 사람은 물에 빠진 개미처럼 연신 물 먹고 허우적거려야 한다면 그처럼 불합리하고 부조리한 일도 없어 보인다.

사람의 영혼은 언제 병드는가? 영혼을 병들게 하는 요인은 수백 가지이고 그 요인들의 성질을 따져 위계를 정하는 방법도 수없이 많다. 그러나 다른 것은 일단 제쳐놓고 우선 운의 문제에 관한 인문학적 사유의 한 자락을 딛고 말한다면, 우리의 영혼을 병들게 하는 요인들 중에 첫번으로 꼽아야 할 것은 그 영혼이 운이라 불리는 우연성의 덫에 깊숙이 빠져 그로부터 벗어날 힘을 완전히 상실했을 때다. 그럴 때 그 혼의 얼굴은 어둡고 목소리는 침울하다. 그를 가두고 있는 침울한 절망의 색조가 가감 없이 그대로 반사된다. 그 자신의 빛깔도 목소리도 갖고 있지 못한 혼은 수동태의 혼, 절망의 포로가 된 혼이다. 절망한 혼은 운의 희생자이면서 동시에 운의 예찬자다. 그의 불행을 결정한 것이 운이라면 그의 행복을 결정해줄 것도 운이라고 그는 믿고 있기 때문이다.

병든 영혼의 위기는 불행을 운의 탓으로 돌리는 사람들에게만 찾아오는 것이 아니다. 남들보다 몇 배 좋은 조건 속에 태어나고 그 조건 덕분에 소위 '행복'을 누리는 사람의 경우는 영혼이 병들 가능성도 훨씬 더 크다. 자기보다 못한 운을 타고난 사람들, 그래서 인생의 초기 조건들의 불우성 때문에 고생하는 사람들을 깔보고 경멸하는 순간 그의 영혼은 병들기 시작한다.

그의 혼은 절망 때문에 병드는 것이 아니라 오만 때문에 병든다. 오만의 병은 절망의 병보다 더 고치기 어렵다. 그는 자신의 행운이 그에게 선물처럼 주어진 것이라는 사실을 잘 모르거나 인정하고 싶어하지 않는다. 불우한 사람들은 모두 자기만 못해서 그렇다는 생각에 그는 깊이 빠져 있다. 그러나 이 행운의 영혼도 불운의 영혼처럼 운의 절대적 위력을 믿고 있기는 마찬가지다. 잘 나가던 배가 엎어지듯 그에게도 침몰의 순간이 오면 그는 그 위기를 자기 책임 아닌 운의 탓으로 돌린다.

인간의 삶이 우연성의 개입을 완벽하게 차단할 방법은 없다. 엉뚱한 때에 엉뚱한 곳에 잘못 배달된 소포처럼 시대를 잘못 만나고 장소를 잘못 만나 불우한 삶을 살아야 했던 사람들이 그렇지 않은 사람들보다 훨씬 더 많을지 모른다. 우리가 이 지상에 태어나는 것은 우리 자신이 결정한 사항도, 선택한 사안도 아니다. 그러나 그 사실 때문에 삶에 대한 나의 책임, 당신의 책임, 우리의 책임이 면제되는 것은 아니다. 나의 탄생은 내가 결정한 바 없고 선택한 바 없는 일이지만, 그러나 탄생 이후의 우리 삶은 우리가 감당해야 하는 사건이다. 이것이 인간에 대한 인간의 책임을 생각하는 게 인문학적 사유의 첫번째 과제라는 말의 의미다. 물론 그 과제에 포함되는 것이 어찌 운의 문제뿐이겠는가마는.

국민일보 2011. 1. 28

나는 누구이며 무엇인가

—인간은 '인간'을 발명한다

인간은 인간을 발명해온 동물이다. 참이라는 가치를 추구하다가 인간은 과학자를 발명했고 선이라는 가치를 추구하다가 철학자를 발명했으며 아름다움을 추구하다가 시인을 발명하고 예술가를 발명했다. 생명이라는 가치를 위해 인간은 의사를 발명했고 지금도 발명하고 있다. 인간은 사랑과 우정이라는 가치를 위해 자기를 희생하기도 하는 인간을, 자유, 정의, 평등 같은 가치를 추구하기 위해 목숨도 내던지는 인간을 발명했다. 지금도 발명은 계속되고 있다.

요즘의 여객기에는 자동항법장치가 있어서 조종사가 일일이 비행 항로를 잡고 방향을 수동 조작하는 등의 일에 신경쓰지 않아도 된다. 장치에 이상이라도 발생하지 않는 한 비행기는 미리 입력된 항로 정보에 따라 목적지까지 잘도 날아간다. 그러나 기계와 달리, 인간에게는 그런 자동항법장치가 없다. 우리는 어디로 갈까, 무엇을 할까, 어떻게 살까 매 순간 판단하고 선택하고 결정해야 한다. 어떤 선택과 결정이 반드시 성공을 보장하는 것도 아니다. 우리의 모든 판단과 선택에는 숙명처럼 불확실성이 따라붙고 우리의 모든 결정에는 늘 불안의 그림자가 따라다닌다.

그런데 인간은 그 불확실성과 불안에 대응할 특별한 능력을 하나 갖고 있다. '성찰'의 능력이 그것이다. 성찰은 '뒤돌아보기'다. 내가 제대로 가고 있는지, 삼천포로 빠지고 옆길로 새어 항로를 이탈한 것인지 아닌지를 알자면 달려온 길을 뒤돌아보는 수밖에 없다. 그것이 성찰이다. 그러나 우리가 뒤돌아보는 진정한 이유는 앞을 내디보기 위해서다. 그래서 성찰은 돌아보기이면서 동시에 내다보기다. 성찰은 앞뒤 두 개의 눈을 갖고 있다. 눈 하나는 과거를, 또하나는 미래를 보고 있다. 성찰이 인간의 '특별한' 능력인 이유는 과거를 보면서 동시에 미래를 보는 눈이 거기 달려 있기 때문이다.

인간은 누구인가? 인간을 인간이게 하는 것은 무엇인가? 이것은 인문학이 던지는 기본적 질문들 중의 일부다. 기본적 질문에는 '정답'이 없기 때문에 초등에서부터 중등교육 전 과정을 통해 '정답 찾기' 훈련만을 받다가 대학에 들어온 사람들 가운데 상당수는 정답 없는 인문학의 질문들을 만나면 최소한 30초는 기절하거나 기절하기 전에 도망쳐버린다. 또 정답 없는 질문은 질문이 아니라고 배운 사람들에게도 인문학의 질문은 질문 같지가 않다. 그래서 전문 지식이 머리에 넘치는 사람들조차도 인문학은 막연하고, 어렵고, 뜬구름 잡기라고 생각하는 수가 흔하다. 그런데 정답 없는 질문은 왜 중요하고 '기본적'인 것인가?

아무도 정답을 갖고 있지 못하므로 인문학적 기본 질문들에 대한 해답은 다른 사람 아닌 '내'가 내 손으로 찾아야 한다. 그 질문들에는 '나만이' 응답할 수 있다. 인터넷을 아무리 뒤지고 조선 팔도에 아무리 문자를 날려도 "나는 누구인가?"라는 질문에 대한 해답은 나오지 않고 찾을 수 없다. 기성의 해답이 없기 때문에 내가 응답해야 한다는 것이 기본 질문의 위대한 중요성이다. 왜 응답해야 하는가? 인간에 대한 기본 질문들에 내가 어떤 식으로건 나의 해답을 내놓지 않으면 이 세상에 내가 존재하는 이유와 의미를 당당히 말할 수 없고 내 존재의 정당성("나는 왜 없지 않고 있는가?")과 내 삶의 문법("나는 어떤 삶을 살고자 하는가?")을 세울 수 없기 때문이다. 인간은 무엇보다 자기 존재의 이유를 생각하는 동물이며 자기 삶의 의미와 가치와 목적을 확보하고자 하는 동물이다. 이것이 인간을 인간이게 하는 가장 중요한 기본 조건이다.

성찰의 눈으로 과거를 돌아보면 우리는 인간이 사회를 만들고 문명을 일구는 오랜 역사 과정에서 자기 삶의 의미를 확보하기 위해 무엇을 추구하고 무슨 일을 해왔는가를 비교적 쉽게 파악할 수 있다. 인간의 문명사는 수많은 흥망성쇠와 부침의 역사다. 그러나 그 복잡다단한 문명사를 한눈에 꿰뚫어볼 어떤 비결 같은 것이 없지 않다. 문명의 아침이 열린 이후 지금까지 인간은 자기 삶에 의미와 목적을 부여하기 위해 일련의 가치들을 추구하고 만들고 또 구성해온 존재다. 말하자면 그는 '가치를 추구하는 인간'을 발명해온 것이다. 인간을 발명하는 인간—이 관점은 인류 문명사를 한 줄로 꿰어볼 수 있게 할 정도로 요긴한 데가 있다. 과학의 가장 괄목할 만한 발명이 '과학' 그 자체이듯이 인간의 가장 괄목할 만한 발명품은 '인간' 그 자체다. 물론 인간은 동물이다. 그러나 동물이면서 동시에 '동물로부터 인간을' 발명해온 존재, 그가 인간이다.

어려운 얘기가 아니다. 인간이 부단히 어떤 가치들을 추구하고 탐색해왔다는 것은 인간이 가치의 탐색자를 부단히 발명해온 존재라는 것을 웅변한다. '참'이라는 가치를 추구하다가 인간은 과학자를 발명했고 '선'이라는 가치를 추구하다가 철학자를 발명했으며 '아름다움'을 추구하다가 시인을 발명하고 예술가를 발명했다. '생명'이라는 가치를 위해 인간은 의사를 발명했고 지금도 발명하고 있다. 인간은 사랑과 우정이라는 가치를 위해 자기를 희생하기도 하는 인간을, 자유, 정의, 평등 같은 가치를 추구하기 위해 목숨도 내던지는 인간을 발명했다. 그리고 지금도 발명하고 있다. 가치와 의미와 목적을 추구하는 인간은 하늘에서 온 존재가 아니다. 그는 인간 그 자신이 만들고 발명해온 존재다. 인간의 자기 발명성, 이것이 우리가 흔히 '휴머니즘'이라 부르는 것의 핵심을 요약한다.

이 의미의 인간주의는 인간중심주의가 아니고 인간의 오만도 아니다. 그 인간주의의 중심부에 놓여 있는 것은 무엇보다 '책임지는 인간'이다. 자기 자신에 대해서, 타인에 대해서, 자연과 사회와 문명에 대해서, 그리고 역사에 대해서 책임을 의식하고 책임을 지고자 하는 인간, 이것이야말로 '인간이 발명하는 인간'의 모습이다. 인문학이라 불리는 것의 핵심에 놓여 있는 것도 바로 그 '책임지는 인간'이다. 인간에 대한 인간의 책임, 사회와 역사에 대한 인간의 책임, 문명과 자연에 대한 인간의 책임—이런 책임 의식이 인문학의, 그리고 인문 정신의 요체다. 인간이 추구해온 중요한 가치들, 이를테면 자유와 평등, 진리와 정의, 사랑과 우정, 공존과 상생, 배려와 보살핌, 생명 존중과 평화 애호 등등의 가치들은 인간 그 자신과 그가 사는 사회, 그가 만드는 역사와 문명에 대해 인간이 결코 방기할 수 없는 '책임'의 문제에 직결되어 있다.

21세기를 살아갈 젊은 지성들에게는 '인간의 책임'이라는 문제의식만큼 중요한 것이 없을지 모른다. 지난 500년간 인류는 과학혁명과 기술혁신, 정치혁명(민주주의), 사상혁명(계몽), 경제혁명(시장경제), 산업혁명 같은 거대한 문명사적 업적들을 이루어내었는데, 그 업적 하나하나는 인류를 오랜 기간 고통스럽게 했던 많은 문제들과 딜레마들(예컨대 무지, 불평등, 빈곤, 역병, 불관용 등)을 풀어낸 눈부신 '솔루션'들을 대표한다. 그 해법들은 21세기가 근대 세계로부터 물려받은 문명적 자산이자 유산이다. 그 유산 덕분에 21세기는 과거 어느 시대와도 비교할 수 없을 정도로 풍요로운 시대를 구현하고 있다. 그러나 이 시대가 '문제 없는 시대'인가? 천만의 말씀이다. 국지적으로나 세계적으로, 이 시대를 압박하는 수많은 '글로벌 어젠다'들이 제기되고 있고 그 문제들은 여러분의 해결책을 기다리고 있다.

잠시 눈을 감고 우리 시대를 괴롭히는 국지적 세계적 문제들에 어떤 것들이 있는지 생각해보라. 1 대 99의 세계라는 말로 요약되는 빈부 격차의 극단적 심화, 생태계 파괴, 넘쳐나는 쓰레기, 자원 고갈, 시장에 의한 사회 접수, 핵에너지의 위험성과 에너지 부족 문제, 노령화, 테러, 기후변화, 정보-지식의 왜곡과 조작, 과학과 윤리의 충돌, 말기 자본주의의 역기능, 민주주의의 위기—여러분의 머리에는 이런 문제들이 꼬리를 물고 떠오를 것이다. 지금 세계는 한 면에서는 풍요의 세계이면서 다른 면에서는 궁핍의 시대다. 이 궁핍의 시대를 결정적으로 특징짓는 것은 인간의 인간성 상실, 사회의 몰가치화와 가치 서열 전도, 도덕성의 후퇴, 윤리의 정지 같은 '인문학적' 문제들이다. 인문학적 문제란 인문학이 발생시킨 문제들이라는 의미가 아니라 인문학적 성찰과 해법의 모색이 절실히 요구되는 문제들이라는 의미다.

아직 자기 수련의 도상에 있는 대학의 젊은 지성들이 무슨 수로 이런 문제들에 대한 해법을 찾아 나설 것인가? 방법은 얼마든지 있다. 자기 성찰적 질문들을 던지고 그 질문들과 대면하는 일, 거기서부터 문제 해결의 작업은 시작된다. "나는 어떤 인간이 되고자 하는가?"(나의 형성과 발명), "나는 어떤 삶을 살고자 하는가?"(내 삶의 발명), "나는 이떤 사회에 살고 싶어하는가?"(가치 추구와 발명)―이런 질문들은 우리를 성장하게 하고 성숙하게 한다. 성숙이란 결국 무엇인가? 인간, 사회, 자연, 문명, 역사에 대한 나의 책임을 망각하지 않는 능력의 형성, 그것이 성숙이다.

원광대학보 2012. 11. 8

인문학 교육과 시민교육

사회를 지탱하는 데 필요한 가치를 옹호하는 일은 인문학의 몫이며, 공공의 가치, 평화, 관용, 선의, 아름다움 같은 것에 대한 존중의 능력을 일깨우고 비판 정신과 대안적 상상력을 키우는 일도 인문학의 작업이다. 공동체 유지에 필요한 시민 덕목의 학문적 바탕을 다지는 것 역시 인문학이다. 이 점에서 인문학의 위축은 그 자체로 사회적 위기다.

인문학 위기론은 학문으로서의 인문학이 위기에 처했다거나 인문학 종사자들의 밥그릇이 위기 국면을 맞고 있다는 식의 문제의식에 한정된 얘기가 아니다. 그런 정도의 문제라면 인문학자들이 구태여 학문 세계 바깥의 '사회'를 향해 위기 신호 같은 것을 송출할 필요가 없다. 인문학 위기론의 핵심에 놓여 있는 것은 인문학의 위기가 곧바로 사회적 위기이고 사회적 삶의 위기라는 문제의식이다.

인문학의 위기라는 말은 최소한 세 가지 차원에서의 문제적 상황들을 가리킨다. 첫째는 학문으로서의 인문학에 닥친 위축 상황이고 둘째는 대학은 물론 중등교육까지 포함한 공교육 과정에서의 인문교육의 부실이 발생시키는 시민교육의 위기이며, 셋째는 사회적으로 인문적 가치의 파탄이 일으키는 막대한 고통과 인간 희생이라는 문제다. 최근에 있었던 이런저런 인문학 위기 선언들이나 신호들은 불행히도 훨씬 본질적이고 절실한 사회적 문제의식을 충분히 전달하지 못함으로써 인문학 위기론이 마치 학문의 위기나 학문 종사자들의 밥그릇 타령에만 한정된 '그들만의 위기론'인 것 같은 인상을 준 듯하다. 그런데 문제는 그런 것이 아니다.

우리가 가장 먼저 생각해야 할 것은 '인문적 가치의 위기'라는 문제의식이다. 어떤 사회도 제멋대로, 함부로, 닥치는 대로 살 수 있는 것이 아니다. 그렇게 살고서도 공동체라는 집단적 모둠살이를 제대로 일구어낸 사회는 없다. 아무렇게나 살기를 거부하는 사회, 제정신 차리면서 살기로 하는 사회는 결코 포기할 수 없는 근본적이고 본질적인 질문 하나를 갖고 있다. "우리는 어떤 사회를 만들 것인가"라는 질문이 그것이다. 사회 구성원들이 현실적으로는 비록 각종의 서로 다른 이해관계로 찢어져 있다 할지라도 "어떤 사회를 만들 것인가"라는 근본적인 질문 앞에서는 '사람이 사람답게 살 수 있는 사회'라는 답변에 대체로 동의한다. 사람이 사람답게 살 수 있는 사회를 만드는 데 없어서는 안 될 기본적인 가치들이 바로 '인문적 가치'다. 그 인문적 가치의 핵심에는 사람에 대한 존중, 곧 인간의 품위와 생명의 존엄이라는 가치가 놓여 있다.

인문학 위기 선언에 담겨 있는, 혹은 거기 마땅히 담겨 있어야 하는 것은 우리 사회가 사람을 잊어버린 사회, 인간의 품위와 생명 존중의 가치를 시궁창에 처박는 몰가치 사회를 향해 치달리고 있다는 문제의식이다. 이 문제의식은 정당하다. 사회는 시장이 아니며 밀림도 아니다. 시장, 산업, 경제가 제아무리 중요한 시대가 되었다 해도 시장유일주의 원리, 경제제일주의 논리, 시장가치 우선주의가 사회의 지배적 운영 원리, 논리, 가치가 될 때 사회는 곤두박질하고, 그 가치 전도에서 발생하는 막대한 고통, 희생, 비용을 물어야 한다. 최근의 소위 '바다 이야기' 사건은 그런 사회적 고통과 희생을 보여주는 단적인 사례다. "게임 산업을 키워야 한다"는 산업 논리가 우리 사회의 집단사고가 되어 "사행성 게임도 허용하자"로 발전한 것이 도박공화국 사태를 불러온 근본 요인이다. "사람 위에 돈 있다"는 인간 망각의 전도 가치 때문에 우리가 그동안 겪어야 했던 '사고공화국'적 고통과 희생은 한두 가지가 아니다. 이런 경험의 누적 위에서도 인문적 가치의 몰락을 말하지 않는다면 그건 어떤 의미에서도 제정신 갖고 사는 사회가 아니다.

사람이 사람답게 살 수 있는 사회를 만들기 위한 필수적인 시민교육이 '인문교육'이다. 인문교육은 인문학 전공자를 길러내기 위한 전문 교육만을 의미하지 않는다. 인문교육은 인문학 전공자도 길러내지만 더 근본적으로는 좋은 사회를 유지할 수 있는 시민적 덕목과 가치관, 정신 자세와 행동 원칙을 기르도록 도와주는 교육이다. 전공이 무엇이냐에 관계없이 대학 진학자 전원이 일정 기간 인문교육 과정을 거치도록 해야 하는 이유가 인문교육의 이런 시민교육적 성격 때문이다. 인문교육은 특정의 직업 분야를 겨냥한 훈련 과정 이상의 것이다. 이공, 경상, 법률, 의학 할 것 없이 대학교육의 전 과정에 기본으로 자리잡아야 하는 것이 인문적 가치교육이다. 인문교육은 대학에서만 필요한 것이 아니다. 더 근본적으로, 중등교육 전 과정에 정성스레 도입되어 사람을 사람답게 길러낼 수 있게 해야 하는 것이 인문교육이다.

이 의미의 인문교육이 지금 우리의 중등교육과 고등교육

과정에서 빈곤과 파행을 겪고 있다는 것도 새삼스러운 얘기가 아니다. 경제 중심의 세계화의 진행, 시장유일주의적 정신 상태와 가치관의 팽배, 성장·개발주의 이념의 편만 같은 외적 조건들이 교육의 본질 목적에 심각한 왜곡을 일으키고 있다. 유념할 것은 인문교육이 시장, 경제 발전, 산업에 역행하는 교육이 아니라는 점이다. 인문교육은 반시장, 반성장, 반산업의 교육이 아니다. 시장, 개발, 산업의 논리들이 사회 유지와 발전에 필요한 다른 모든 논리들과 근본 가치들을 전면적으로 압도해서는 안 된다는 것을 가르치는 것이 인문학 교육이다. 역설적으로 말하면 시장, 경제성장, 산업을 포함해서 사회 발전 전반을 이끄는 진정한 안내자는 시장유일주의, 성장제일주의, 산업우선주의가 아니라 비시장적, 비경제적, 비산업적 가치들이다. 이 가치들이 죽어버리면 사회는 발전의 지속적 동력을 잃고 시장, 성장, 산업이 무엇을 위한 것인지를 망각한다. 그 망각의 결과는 사회 발전이 아니라 인간 희생과 고통의 총량 증대이다. 그뿐이 아니다. 그 고통과 희생을 메우기 위해 사회는 벌어들인 돈의 두 배, 세 배에 달하는 막대한 비용을 지출해야 한다. 밑지는 장사치고도 이런 장사가 없다. 우리 사회가 그런 식의 밑지는 물장사를 해온 지 오래되었다는 사실을 환기시키고 경고하지 않는다면 인문학 위기 선언의 사회적 의미가 무엇일 것인가.

인문학 위기 선언이 인문학과 인문학 연구자들의 입지가 좁아진 데 대한 불만의 표출인 것처럼 사회에 비친 것은 유감이다. 물론 대학에서 인문학의 중요성이 점점 망각되고 학생들의 관심이 줄어든다는 것, 대학의 성과주의, 경영주의, 실적 계량주의가 인문학자들을 옥죄고, 인문학 계열학과 졸업생들의 취업 전망이 흐리다는 것 등등은 인문학 교수들이 우려하는 사태다. 인문학의 학문적 중요성과 그것의 사회적 중요성은 깊이 연결되어 있다. 한 사회를 지탱하는 데 필요한 인문적 가치에 대한 치열한 연구는 인문학의 몫이며, 공공의 가치, 평화, 관용, 선의, 아름다움 같은 것에 대한 존중의 능력을 일깨우고 비판 정신과 대안적 상상력 등 공동체 유지에 필요한 시민적 덕목을 길러주는 시민교육의 학문적 바탕도 인문학이다. 이 점에서 인문학의 위축은 그 자체로 사회적 위기임에 틀림없다. 문제는 인문학 연구자들이 인문학의 위기를 얼마나 사회적 관점에서 제시하는가, 인문학과 사회의 연결을 위해 연구 성과의 사회적 대중적 소통을 어떻게 수행하는가, 인문교육의 시민교육적 효용을 살려내기 위해 얼마나 실천적으로 노력하는가라는 것이다.

이 관점에서 보면 한국 인문학계는 반성하고 성찰할 항목이 한두 가지가 아니다. 인문학은 인간이 가진 기억, 이성, 상상의 능력을 계발하고 종합한다. 성찰, 비판, 대안적 상상이 빠진 인문학은 쭉정이 학문에 불과해진다. 대학교육이 어느 때보다도 시민교육적 인문교육의 필요성에 직면해 있는 지금 인문학자들은 전공 분야에 대한 깊은 연찬을 진행함과 동시에 인문학의 사회적 중요성에 대한 인식도 가다듬어야 한다. 그러지 않고서는 인문학 위기론이 밥그릇 타령으로 비치는 불행을 어찌 면할 수 있겠는가.

한겨레21 2006. 10. 2

아이들에게 문학을!

—중고교 문학교육 강화되어야 한다

십대는 위험한 시기다. 그 십대 중에서도 중학교에서 고등학교에 걸치는 6년은 성장의 비밀스러운 드라마가 전개되는 모험의 기간이다. 그 6년 드라마의 시작과 끝은 아주 다르다. 시작 부분에서 '소년'으로 등장한 주인공이 끝 부분에 가서 소년을 반납하고 나가는 것이 그 성장의 드라마다. 괴테의 시「마왕」의 마지막 구절처럼 "소년은 죽었다"고 그 드라마는 말한다. 소년은 죽고 그 죽음으로부터, 마치 애벌레에서 나비 나오듯 어른 모양의 한 개체가 걸어나온다. 탈바꿈과 우화羽化의 사건이 벌어지는 드라마는 불가피하게 위험하다. 소년이 탈바꿈에 성공할지 못할지는 아무도 모른다. 그는 성공할 수도 있고 중간에 지뢰를 밟고 날아가거나 허방 짚고 벼랑으로 곤두박질할 수도 있다.

성공과 실패 사이의 그 불확실성에 가장 많이 시달리는 것은 누구보다도 주인공 그 자신이다. 친구들과 어울려 깔깔 웃고 있는 동안에도 그는 두렵고 불안하며 그 두려움, 불안, 갈등 때문에 그는 방황하고 고민하고 저항한다.『양철북The Tin Drum』의 오스카처럼 성장을 중지하고 싶지만 몸이 말을 듣지 않는다. 몸은 통제 불가의 괴물과도 같다. 그것은 제멋대로 쑥쑥 자라 해마다 옷은 작아지고 목소리는 바뀌고, 이건 또 뭔가, 사람들이 2차 성징이라 부르는 비밀스러운 것들의 출현과 함께 이상한 충동이 배꼽 아래에서 꿈틀꿈틀 고개를 쳐든다. 몸이 소년을 반납할 모든 징조를 보이면 보일수록 정신은 더 불안하다. 나는 어떤 인간이 될까? 무사히 어른이 되어 사회에 합류할 수 있을까? 나는 실패한 프랑켄슈타인의 괴물, 낙오자, 건달이 되지 않을까? 나를 지키고 안내할 수호천사는 있을까? 어디에? 그가 수호천사 아닌 악마라면? 도망쳐버릴까, 아무도 모르게 아주 먼 곳으로?

불안한 소년, 조만간 소년을 포기해야 하는 그 두려운 성장의 주인공을 위해 학교가 제공해야 할 가장 중요한 교육은 무엇일까? 아니, 교육에 앞서 그에게 가장 필요한 것이 무엇일까? 수학, 영어, 물리학, 컴퓨터? 물론 그런 것도 필요하다. 그러나 그런 것 못지않게, 그런 것 이상으로 그에게 필요한 것, 그의 성장을 위해 요구되는 필수품은 따로 있다. 그것은 그가 본뜨고 싶은 모델, 그가 모방하고 싶은 영웅, 그를 감동시키는 인간형이다. 그의 가슴을 사로잡는 그 감동적 인간의 모델을 그는 어디서 구하는가? 피시방 컴퓨터게임에서? 축구 경기장에서? 주식시장에서? 벤처 마켓에서? 물론 그럴 수도 있다. 영웅의 종류는 많고 지금의 문화 환경은 다수의 채널과 소스로부터 다수의 영웅들을 공급한다. 그러나 성장의 주인공에게 필요한 것은 단순한 성공의 모형이 아니라 철학자 앨프리드 노스 화이트헤드의 말처럼 인간적 '위대함의 감각'을 키워줄 인간 모형과 그런 인간에 대한 '이야기'다. 그리고, 역시 화이트헤드의 주장대로, 그런 이야기의 가장 풍부한 공급원은 '문학'이라는 이름의 서사문화 자원이다.

중등교육 과정에서 '문학교육'이 강화되어야 할 수많은 이유 중에서도 가장 중요한 이유는 문학이 인간 성장에 요구되는 필수품이라는 사실에 있다. 그것은 여가활동, 사치품, 교양을 위한 장식물 이상의 것이며 문장 연습, 논술 준비, 수사 훈련 이상의 것이다. 위대함의 감각 없이 윤리적 인간은 길러지지 않고, 이성과 감성을 조화시키는 균형잡힌 인간, 공존의 정의에 민감하고 타인의 고통을 흡수할 줄 아는 아름다운 인간은 길러지지 않는다. 그 아름다움, 그 위대함의 감각은 교과서만으로는, 아니 교과서로는, 결코 키워지지 않는다. 그런데 지금 우리의 중등교육 실상은 어떤가? 우리 교육의 실상에 관한 한 긴 말이 필요 없다. 현행 교육이 그 구조, 제도, 내용과 목적에서 극히 잘못된 교육, 성장 저해의 교육, 잔인한 인간 파괴적 교육이라는 사실은 바보만 빼고 다 아는 일이다. 다 알면서도 고치지 않고 고치지 못한다는 사실도 바보 빼고는 다 안다.

구조적 이유만이 문제의 전부는 아니다. 설혹 교과구조를 개편한다 해도 문학교육에 관한 한 그것을 담당할 인력, 교육 방법, 교육 교재의 문제가 남는다. 문학은 수학이나 영어를 가르칠 때의 방식으로 '가르칠' 수 있는 것이 아니라는 사실도 문학교육에 고도의 기술과 상상력이 요구되는 이유이다. 지금 우리는 중등 과정에서의 문학교육의 중요성을 시급히 인식해야 하고 그 필요성을 충족시킬 방법을 진지하게 모색해야 한다. 그런데 누가 이 문제를 문제로 인식하며 누가 방법을 강구하는가? 소수의 가난한 몇몇 일선 교사들 말고?

대산문화 2000. 4. 5

이야기는 왜 끊임없이 만들어지는가

> 이야기는 인간이 자연세계에 덮어씌운 의미의 그물망이다.
> 이 그물망이 '상징 우주'다. 인간이 자신을 위해 창조해낸
> 그 상징 우주가 인간에게는 존재의 집이고 그의 고향이며
> 그의 터전이다. 그 고향을 떠나 인간은 존재하지 않고 존재
> 할 수 없다.

이야기를 만들고 이야기로 소통하는 일은 인간세계의 문
화적 보편이며 인간이 하는 일 가운데 가장 오래된 것의 하나
다. 인간 사회치고 예나 지금이나 이야기를 만들지 않는 곳은
없다. 왜 그럴까? 인간은 '이야기하는 원숭이'라는 것이 그 가
장 간단한 이유다. 그는 이야기를 만들고, 이야기를 듣고, 이야
기를 나누지 않고서는 단 한순간도 살기 어려운 존재다. 아이
들은 말을 배우는 순간부터 이야기에 홀리고 어른들은 나이들
어 말을 잊어버리는 순간까지 이야기꾼으로 살다가 이야기를
남기고 떠난다. 이야기는 인간의 우주다.

하지만 인간이 이야기하는 동물이라는 사실만으로 인간
세계의 '이야기 현상'이 모두 설명될 수 있는 것은 아니다. 인
간이라는 생물종이 처음부터 이야기꾼으로 등장했을 가능성은
상상하기 어렵다. 종의 역사와 이야기의 역사는 같지 않다. 이

야기는 인간이 진화의 오랜 과정에서 갈고 닦고 발전시킨 독특한 기술이다. 처음 그 기술은 주어진 환경에 적응할 수 있도록 인간을 도운 요긴한 생존술의 하나였을 것이지만, 시간이 지나면서 그것은 단순한 언어적 적응술이기를 넘어 환경을 조작하고 환경을 만들어내는 적극적인 창조적 기술로 발전했다고 보는 것이 옳다. 인간은 자기 생존의 환경을 제 손으로 바꿀 줄 아는 능력을 키워온 유일한 동물이다. 인간을 인간이게 하는 것은 바로 그 창조의 능력이다. 그 능력의 핵심부에 '이야기의 기술'이 있다. 인간은 이야기로 우주를 바꾸고 세계를 바꾼다. 그리고 자기 자신도 바꾼다.

어떻게 이야기로 우주를 바꾸고 세계를 바꾸는가? 앞에서 우리는 이야기가 '인간의 우주'라고 말했는데, 이때의 우주는 자연 우주가 아니라 상징 우주다. 상징 우주란 인간이 의미와 가치와 목적을 집어넣어 만들어낸 '상징적 우주symbolic universe'다. 해와 달과 별들이 있는 자연의 우주는 인간을 위해 만들어진 것이 아니고 인간을 위해 존재하는 것도 아니다. 그것은 이 지상에서의 인간의 운명에 무관심한 냉랭한 우주다. 해와 달이 인간을 위해 뜨고 지는 것은 아니다. 자연의 세계 전체가 그러하다. 지구는 인간을 위해 설계된 것도, 인간을 위해 행성궤도를 도는 것도 아니다. 과학자들이 말하듯 인간이 우주를 이해하면 할수록 그 우주는 인간에게 의미 없어지는 세계다. 그러나 인간은 '의미 없는' 세계에서는 살 수 없다. 그에게 세계는 '의미 있는' 곳이어야 한다.

무의미한 세계를 어떻게 의미 있는 세계로 바꿀 것인가? 현대 과학과 실존주의 철학이 세계의 냉랭함에 대해 말하기 훨씬 전 이미 고대의 신화 작가, 서사 시인, 이야기꾼 들이 알고 있었던 것은 자연세계의 무의미성meaninglessness이 인간에게 제기한 도전이다. 이것은 인간을 향해 던져진 자연의 첫번째 도전이다. 이야기는 이 도전에 대한 인간의 대응방식이다. 이야기로 차가운 자연세계를 인간화하고 의미를 집어넣고 목적과 질서를 부여하기 시작한 것이 그 대응의 방식이다. 이야기는 인간이 자연세계에 덮어씌운 의미의 그물망이다. 이 그물망이 '상징 우주'다. 인간이 자신을 위해 창조해낸 그 상징 우주가 인간에게는 존재의 집이고 그의 고향이며 그의 터전이다. 그 고향을 떠나 인간은 존재하지 않고 존재할 수 없다.

이야기는 인간이 이 세상에서 겪어야 하는 절절한 문제들과 풀어야 할 딜레마들에 대한 인간의 대응이자 '해법'을 대표한다. 이것이 이야기라는 것이 만들어지는 가장 중요한 이유다. 무의미한 세계를 의미 있는 세계로 바꾸어야 한다는 것이 자연세계와의 대면에서 인간이 포착한 첫번째 도전이었다면, 두번째 도전은 인간이 한계를 가진 존재라는 사실에서 제기되는 '유한성mortality의 도전'이다. 인간은 유한한 존재다. 그의 수명은 무한하지 않고 그가 가진 능력, 지식, 자원도 무한하지 않다. 이 유한성의 문제에 어떻게 대응할 것인가? 죽음과 유한성은 인간에게 소멸, 상실, 이별, 상처, 좌절의 고통을 발생시키고 인간을 '고통받는 존재'이게 한다. 이 고통의 문제를 어떻게 처리할 것인가? 이 요청에 대한 인간의 대표적 응답이 이야기이고 이야기 만들기다. 인간은 이야기함으로써 유한성의 도전에 맞선다.

무의미성과 유한성이라는 두 가지 큰 도전을 우리의 시야 중심부에 놓을 때, 이 세상에서 인간이 해야 할 세 가지 '중요한 일'이 지평 위로 떠오른다. 이 지상에 살면서 인간이 해야 할 일들은 아주 많다. 그는 돈 벌어야 하고 가족을 유지하고 아이들을 키워야 한다. 그는 친구들과 다투기도 하고 미운 녀석을 골탕 먹이기 위해 덫을 놓기도 해야 하며 사랑과 증오 사이를 하루에도 수십 번 왕래해야 한다. 그러나 인간이 하는 일들 사이에는 중요성의 차이가 있다. 인간은 유한성의 프레임에 갇혀 있기 때문에 모든 일들에 같은 양의 시간을 투입하거나 동일한 중요성을 둘 수가 없다. 그는 가치 있는 일, 중요한 일들과 그렇지 않은 일들을 분별하면서 자신의 유한한 시간을 배분해야 한다. 중요한 일들 중에서 세상 사람들이 궁극적으로 동의할 만한 세 가지 '큰일'을 고른다면 무엇일까? 첫째는 의미 없는 곳에 의미를 부여하는 일, 둘째는 희망 없는 곳에 희망을 주입하는 일, 셋째는 정의가 없는 곳에 정의를 세우는 일이다.

이들 큰일의 첫번째 것은 앞서 언급한 것처럼 '무의미성의 도전'에 대한 대응이고 두번째 것은 '지옥의 조건에 대한 거부'이며 세번째 것은 '야만에 대한 저항'이다. 의미, 희망, 정의는 인간의 삶을 지탱하는 세 개의 지주와도 같다. 삶에 의미가 없다고 여겨질 때 인간은 자살을 생각한다. "희망 없다"는 것은 지옥의 조건이다. 누구도 지옥에 살고자 하지 않는다. 정의 없음은 야만의 조건이다. 야만은 인간을 인간 이하의 수준으로 떨어뜨린다. 의미, 희망, 정의의 부재 혹은 결여는 인간이 이 지상 어디에 살건 그의 삶을 항구하게 따라다니는 고통스러운 경험이 되어 있다. 그 경험은 인간에게서 삶의 기쁨과 영광을 박탈하는 형벌과도 같다.

이 오래된 형벌의 경험을 다스리고 그 형벌로부터 벗어나는 일, 그래서 살아 있다는 것의 기쁨을 되찾고 해방과 구원의 희망을 확보하는 일—이것이 인간의 손에서 끊임없이 이야기가 만들어져나오는 가장 절실한 이유다. 고통으로부터 벗어나고 인간으로 산다는 것의 영광을 확보하는 일은 이 지상 어디에서나 인간이 갖고 있는 보편적 소망이고 열망이다. 이 소망의 보편성 때문에 인간의 이야기는 그것이 만들어져나온 지역과 시대를 넘어 사방으로 퍼지고 긴 시대에 걸쳐 향유된다. 이를테면 3000년, 2000년 전 인도에서 만들어진 이야기들, 몇백년 된 중국의 이야기들은 인도나 중국에만 머물러 있지 않는다. 인도네시아, 캄보디아, 태국, 스리랑카, 필리핀의 이야기들도 마찬가지다. 고대 메소포타미아와 페르시아, 아랍 지역, 그리스의 이야기들도 그러하다. 한반도에 전승되는 이야기들 중에는 동남아 지역, 아랍, 그리스, 심지어 아프리카에서 건너오고 확산된 이야기들도 다수 들어 있다. 인간은 이야기를 만들기만 하는 것이 아니라 이야기를 사방에 퍼뜨리고 '교환'하는 동물이다. '서사 교역'은 인간 역사의 일부다.

주로 어떤 이야기들이 교환되고 기억되고 긴 시간에 걸쳐 살아남는가? 재미난 이야기? 아닌 게 아니라 '재미'는 이야기의 교환과 기억을 결정하는 요소의 하나다. 그러나 한 지역의 이야기가 다른 곳으로 확산되고 전승되고 향유될 수 있게 하는 가장 강력한 매력은 그것이 인간의 보편적 소망과 열망을 표현하고 있는가 아닌가에 달려 있다. 고대 인도 서사시 『라마야나Ramayana』는 좋은 사례 중의 하나다. 이 서사시는 남녀 사이의 로맨스 같은 다수의 매혹적 모티프들을 갖고 있다. 그러나 그 모티프들에서 빼놓을 수 없는 것은 주인공 라마가 구현하는 '정의'의 주제다. 라마는 정의의 신 비슈누의 아바타이다. 그는 악이 있는 곳에 출동하여 악당을 물리치는 정의로운 인간이다. 정의는 이 지상 모든 곳의 사람들에게 언제나 '그리운 이름'이다. 서사시 『라마야나』가 인도를 넘어 동남아 여러 나라의 이야기가 되게 된 것은 우리가 앞서 소망 또는 열망이라 부른 그 그리움의 보편성 때문이다. 게다가, 『라마야나』에서 악을 물리칠 수 있는 것은 신이 아니라 '인간'이라는 모티프가 등장한다. 인간만이 악을 제거할 수 있으므로 비슈누 신은 자기가 직접 나서서 악을 퇴치하는 것이 아니라 인간의 육체를 가진 그의 분신 라마에게 그 일을 맡긴다. 얼마나 탁월한 설정인가! 인간 라마의 이야기를 듣고 보고 읽는 동안 사람들은 구원과 해방의 가능성이 바로 인간 그 자신에게 있다는 신비한 경험 속으로 초대된다. 이것이 이야기의 대표적 매혹이다. 이야기는 인간세계에 희망과 정의의 가능성을 끊임없이 환기한다. 그것은 공존과 상생의 가능성이기도 하다.

유네스코 상생 2012. 겨울호

---

* 이 글은 2012년 봄 파주출판도시의 '파주 북소리 2012' 축제의 특별 강연용으로 준비되었던 것이다.

소설 『순교자』의 미스터리

인간이 이 세계에 산다는 것의 이상함과 곤혹스러움을 깊게 생각해보고 그 사유의 바탕에 뿌리를 둔 문제의식으로부터 사건과 주제 구성의 배경 동력을 얻어내는 것은 좋은 소설들이 가진 거의 공통적인 성공의 비결이다.

2010년은 한국전쟁 발발 60주년이고 소설 『순교자』의 초판 출간 46주년이 되는 해다. 김은국Richard E. Kim의 첫 영문소설 『순교자』가 'The Martyred'라는 제목으로 뉴욕에서 출판되어 나온 것은 1964년이다. 전쟁의 발생 시점과 소설 출간 연도 사이의 시간적 거리는 불과 14년이고, 전쟁이 휴전 상태로 종식된 시점에서부터 계산하면 그 거리는 더 짧아져 10년 정도의 시간폭 안으로 좁혀진다. 10년이라면 전쟁의 경험을 소설로 작품화하기에는 너무도 짧은 기간이다. 현대 한국인의 육신과 영혼에 깊은 상처를 남긴 그 전쟁의 경험을 본격적으로 다루어낸 소설이 전쟁 발생 60년이 되는 지금 이 시점까지 대체 몇 권이나 나와 있는가를 생각해보면, 소설 『순교자』의 출현은 경이로운 데가 있다. 『순교자』 초판 출간 당시 뉴욕타임스 신문이 "이 작품은 욥, 도스토옙스키, 카뮈의 위대한 전통 속에 있다"고 평가하고 로스앤젤레스타임스 서평자가 "이것은 우리가 위대한 소설이라 부를 소수의 20세기 작품군에 포함될 만한 눈부시고 강력한 소설"이라 경탄했던 일, 작가 필립 로스가 『순교자』를 읽고 "깊은 감동을 받았다"고 토로했던 일 등을 우리는 기억한다. 그로부터 46년이 지난 지금에도 『순교자』에 대한 그런 평가는 유효할까? 그것은 세계문학전집에 우리가 거리낌없이 포함시킬 만한 '눈부시고 강력한 소설'인가? 이번 『순교자』의 국내 재출간은 그간 요란한 소문만 들었을 뿐(절판 등의 이유로) 작품을 읽어볼 기회는 갖지 못했던 분들에게는 새로운 만남과 발견의 기회를, 한때 읽었으나 '희미한 옛 사랑의 그림자'처럼 그 읽었음의 기억이 가물거리는 분들에게는 재회와 재발견의 순간을 선사할 수 있을 것이다.

고백하자면, 나의 경우는 『순교자』와의 재회이고 재발견이다. 1964년 『순교자』의 첫 국역판이 나온 지 14년 후인 1978년 김은국은 『순교자』를 누군가 다시 번역해서 재출간되게 했으면 한다면서 그 재번역 작업을 내게 갖다 안겼는데, 이것이 독자 아닌 번역자로 내가 『순교자』와 맺게 된 첫 인연이다. 그리고 이번 문학동네가 『순교자』를 전집에 넣어 재출간하겠다면서 1978년의 내 번역을 손질해달라 요청해오는 통에 나는 다시 번역자의 자격으로 『순교자』와 재회한 셈이다. 나로선 이 재회가 반가운 것이나 속으로는 아픔이 없지 않다. 1978년 『순교자』를 재번역할 때 시간에 쫓기면서도(당시는 내가 무슨 시답잖은 공부를 한답시고 밖에 나가 있다가 잠시 귀국해 있을 때였다) 내 딴에는 하느라고 했던 것 같은데 그때의 번역을 이번에 다시 검토하다보니 "이거 내가 한 거 맞아?"라는 자문이 튀어나올 정도로 사람 부끄럽게 하는 구석이 여러 곳 눈에 띄었다. 작가에게는 물론이고 독자에게도 미안하기 그지없는 일이다. 예컨대 소설 1장 첫 단락에서 "(박군은) 당당한 해병대 전투복이 자기 기질에 맞다면서"라고 해야 할 부분을 "(박군은) 전투 기질이 맘에 든다면서"라고 설렁설렁 처리한 것, 역시 1장 네번째 단락의 "아버지의 인정을 받지 못한 아들의 말에 따르면"이라고 해야 할 대목에서 '아버지의 인정을 받지 못한'이라는 극히 중요한 표현을 홀랑 빼먹고(왜 그랬을까, 알 수 없어라) 늠름히 넘어간(물론 그와 유사한 대목이 그 앞서 나오긴 하지만) 것 등등은 '번역의 작죄'를 추궁할 만한 실수다. 번역이 자칫 죄 짓고 빚 짊어지는 일일 수 있다는 것을 거듭 절감하게 하는 이런 크고 작은 실수들을 이번 기회에 손질할 수 있게 된 것이 내가 『순교자』와의 재회를 반기는 이유의 하나다. 번역에는 '결정판'이랄 것이 없는 법이지만, 그래도 이번 문학동네의 『순교자』는 내가 작가와 독자에게 지고 있는 빚을 웬만큼 갚을 수 있을 정도로는 다듬어진 것이기를 희망한다.

『순교자』와의 재회가 내게 '재발견'의 기회로 이어진 것도 반가운 일이다. 소설을 재독하면서 나는 내가 지난 날 『순교자』의 한 번역자였으면서도 정작 이 소설의 매력과 강점을 정당하게 파악하고 있었던가라는 질문을 스스로 던져보지 않을 수 없었다. 다시 고백건대, 『순교자』 재번역을 수행하고 있던 1978년 당시에도 이 소설에 대한 나의 속내 평가는 그리 찬란한 것이 아니었다. 서른두 살 젊은 작가의 작품치고는 뛰어난 것이지만 한국 독자와의 관계에서는 문제가 없지 않다는 것이 솔직히 그때의 내 생각이었다. 소설 속의 등장인물들이 모두 한국인이고 사건 무대도 한국전쟁이지만 소설의 주제 자체는 너무도 서구적인 것이어서 그 서구적 주제와 한국인의 경험 내용 사이에는 잇기 어려운 간극이 존재한다고 나는 판단하고

있었다. '고통의 의미와 무의미'라는 문제는 『순교자』의 핵심
에 놓인 큰 주제의 하나이다. 질문 형태로 바꾸면 그것은 "인간
이 당하는 고통에 의미가 있는가?"라는 질문, "이 무의미한 세
계에 사는 인간은 어디서 어떻게 의미를 얻고 자기 존재의 품
위는 어떻게 확보하는가?"라는 질문으로 요약되는 주제이다.
그런데 문제는 이것이 한국인의 피부에 와 닿는 질문, 다수 한
국인의 절실하고 절절한 관심사일 수 있는가라는 것이다. 나는
"아니다"로 판단했고, 그래서 『순교자』는 서구 독자에게는 매
혹적인 것일 수 있어도 한국 독자에게는 엉뚱하고 서걱서걱한
'이방인' 소설로, 경우에 따라서는 생경한 주제의 치기 어린 과
시에 몰두한 소설로 비칠 수 있을 것이라 생각했다. 말하자면
『순교자』는 인물, 시간, 장소 같은 외적 요소들은 한국의 것으
로 임차하고 있으되 정신과 의식 같은 결정적인 내부 요소들은
서구적인 것들로 채우고 있다는 것이 지난날 이 소설에 대한 나
의 의견이었던 셈이다. 물론 나의 이런 견해는 한국 독자들이
『순교자』에 어떤 반응을 보일까라는 제한된 문제를 우선적으로
고려했을 때의 것이지 반드시 이 소설에 대한 나의 전체적 평가
를 담은 것은 아니다. 그러나 그렇다 할지라도, 『순교자』를 다
시 읽는 동안 나는 내 견해의 상당 부분에 수정이 필요하다는
생각을 하게 되었다. 나는 『순교자』를 재발견한 것이다.

　　인간이 이 세계에 산다는 것의 이상함과 곤혹스러움을 깊
게 생각해보고 그 사유의 바탕에 뿌리를 둔 문제의식으로부터
사건과 주제 구성의 배경 동력을 얻어내는 것은 좋은 소설들이
가진 거의 공통적인 성공의 비결이다. 나는 이것을 작가의, 또
는 소설의 '문제 구성력'이라 부른다. 이 종류의 해설에는 별로
어울리지 않을 논평일지 모르지만 바로 그런 문제 구성력의 결

정적 빈곤은 한국소설이 대체로 안고 있는 오래된 고질의 하나이자 좀체 벗어나지 못하는 지방적 한계의 하나이다. 소설 속에 사건은 있으되 그 사건을 구성하는 방식들이 인간의 삶과 운명에 관한 보편적 주제의 특수한 탐색으로 나아가지 못하는 것이 '지방적 한계'이다. 『순교자』의 재발견에 관한 나의 이 짧은 보고서에서 내가 적극적으로 말하고 싶은 것은 김은국의 이 소설이 한국전쟁을 배경으로 한 어떤 특수한 사건을 인간의 보편적 운명에 관한 '세계문학적' 주제와 연결시키고 있다는 점의 중요성이다. 나는 이것이 소설 『순교자』의 큰 업적이라 생각한다. 죽음은 인간의 보편적 운명이며 그 운명에 나포된 인간의 절망, 괴로움, 수난, 불의不義는 인간의 보편적 고통이다. 그런데 그 고통에 무슨 의미가 있는가? 고통을 보상할 정의가 있는가? 고통이 의미 없고 인간존재 자체가 무의미하다면 인간은 그 난국에 어떻게 대처할 것인가? 『순교자』가 파고드는 것은 이런 질문들이며 그 질문들에 대한 특수한 응답의 방식들이다. 소설 속의 신비로운 인물 신목사는 그런 특수한 응답의 방식을 대표한다. 『순교자』를 통해 의미 있는 질문과 응답의 감동적 전개를 만날 수 있다는 것은 우리의 행운이며 이 시대에 우리가 소설을 읽는 행위에서 얻을 수 있는 행복한 소득이다. 그 소득은 어떤 경영학적 산법으로도 계산할 수 없고 계산되지 않는, 더 정확히는 계산행위의 포기 위에서만 얻어지는 즐거운 재산이다. 이 시대의 소설은 '잡담' 차원을 넘어 훨씬 더 강력해져야 한다. 『순교자』에서 우리는 그런 '강력한 소설'을 만난다.

　『순교자』가 독자를 사로잡는 힘은 대단하다. 첫 장을 읽는 독자는 자기도 모르게 그다음 장으로 빠져들고, 이어 3장과 4장,

그리고 또 그다음 장들로 마치 마법에 홀린 사람처럼 숨 돌릴 틈 없이 소설의 사건 속으로 빨려든다. 독자를 생포하는 이 흡입력의 비밀은 무엇일까? 사건 전개의 빠른 템포, 극도로 말을 아끼고 너절한 감상을 배제한 고도의 언어적 긴축과 절제, 흥미롭고 강력한 인물들 사이의 갈등과 대결, 예상을 깨는 전환과 반전, 건조한 문체 뒤에 깊게 숨겨진 폭발적 열정—이런 요소들은 『순교자』가 꿀통처럼 독자를 끌어당기는 이상한 힘의 진원이다. '침묵'도 비밀의 하나이다. 『순교자』는 역설적이게도 많은 부분에서 정보 공급을 차단하는 침묵의 기법으로 되레 판단 정보를 암시하고 독자의 상상력을 자극한다. 그러나 이 모든 비밀들 중에서도 내가 보기에 가장 강력한 것은 사건 그 자체의 비밀스러운 구성이다. 소설 속의 사건들은 겹겹의 미스터리에 싸여 있고 등장인물들은 제각각 풀어야 할 그들 나름의 미스터리와 찾아내야 할 진실을 갖고 있다. 이 비밀스러운 게임에서 등장인물들은 제각각 '진실의 사냥꾼'이거나 '진실의 보호자'이다. 작중의 장대령에게는 그가 찾아야 한다고 생각하는 어떤 진실이 있고 화자인 이대위에게는 그가 알고 싶은 진실이, 박인도에게는 또 그가 찾는 진실이 따로 있다. 이 겹겹의 미스터리들 속에서도 가장 신비로운 인물은 그 자신의 비밀을 깊게 감추고 드러내지 않는 신목사이다. 이 소설을 단순 미스터리 게임 아닌 인간 영혼의 감동적 드라마로 올려놓는 것은 신목사와 그의 비밀이다. 『순교자』는 등장인물들이 각자 무엇을 찾고 있고 무엇을 발견했으며 어떤 진실에 도달했는가라는 일종의 '비밀 탐험' 속으로 독자를 초대한다. 그 탐험은 독자 자신의 몫이며 해설자가 시건방지게 끼어들어 그 탐험의 즐거움을 반감시켜도 될 사안이 아니다.

그러나 해설자도 독자이기 때문에 이 소설을 읽은 다른 독자들과의 소통을 위해 그의 탐험을 인도한 지도 하나를 슬그머니 내밀어볼 권리는 있다. 그것은 비밀의 양파 껍질에 관한 간편 지도이다. 육본 정보국 평양 파견대장 장대령이 쫓는 진실은 공산당국에 끌려간 열네 명의 목사들 가운데 어째서 두 사람—신목사와 한목사는 총살을 면하고 살아남았는가라는 문제이다. 그가 이 문제를 캐고 드는 이유는 진실을 드러내기 위해서가 아니라 진실을 감추기 위해서이다. 그의 동기는 진실 발견에 있지 않고 국가 이익의 보호와 선전 목적을 위해 거룩한 기독교 '순교자'들을 만들어내는 데 있다. 그가 쫓는 것은 생존자 신목사이고 신목사만이 아는 비밀의 성격(반역, 배반, 부역)을 미리 탐지해서 '순교자 만들기'에 차질이 생기지 않게 하는 것이 그의 이해관계이다. 장대령의 부하인 정보장교 이대위는 신목사에게서 처형 현장의 진실을 알아내고자 하지만, 그 진실이 장대령의 이해관계와는 맞지 않는 난처한 진실(죽은 목사들이 모두 거룩한 순교자는 아니라는)임을 알게 되고 이 고약한 진실을 덮으려드는 장대령과 충돌한다. 그는 "진실은 진실이기 때문에 밝혀져야 한다. 진실은 뇌물을 먹일 수 없다"고 주장하고 장대령은 "진실은 덮어두어도 진실"이라 말한다. 이대위의 친구이고 죽은 박목사의 아들인 해병 대위 박인도는 그의 '광신적인' 아버지 박목사가 마지막 순간까지 흔들림 없는 기독교도로 죽어갔는지 어떤지의 여부를 알고 싶어한다.

이 쫓고 쫓기는 진실 게임의 한복판에 놓인 신목사는 수수께끼 같은 처신과 행동으로 장대령을 곤궁에 몰아넣고 이대위를 당황하게 한다. 처음 그는 죽은 목사들의 처형 현장에 자기는 없었노라 말했다가 나중 번복한다. 그는 장대령과는 다른 이유에서 처형 현장의 진실을 감추고자 한다. 그러나 죽은 목사들이 모두 거룩한 순교자는 아니라는 사실이 드러나고 자신의 무고함이 밝혀졌을 때에도 신목사는 그가 처형 현장에서 다른 목사들을 '배반'했노라 거짓 증언함으로써 장대령의 이해계산법을 초월해버린다. 신목사의 인품에 깊은 신뢰를 갖고 있는 이대위로서도 신목사의 이런 거듭된 '거짓말'이 이해되지 않는다. 그는 신목사에게 "왜 사람들을 속여야 하는가?"라며 대들고 답변해줄 것을 요구한다. "당신의 신은 그의 백성들이 당하고 있는 고통을 알고 있는가? 아무 관심도 없지 않은가? 그런데 왜 당신은 사람들을 속이는가?"라고 물으며 그는 신목사에게 도전한다. 이때부터 소설은 신목사와 이대위 사이의 고뇌에 찬 정신적 비밀의 드라마로 올라선다. 그것은 진실과 허위의 문제를 둘러싼 윤리적 대결이고 갈등이며 고뇌의 드라마이다. 이대위의 질문에 대한 신목사의 응답이 무엇이며 그가 말한 '새로운 신앙'과 그 '신앙의 진리'가 무엇인가는 해설자가 함부로 나불거릴 성질의 것이 아니다. 그것은 이 무의미하고 고통에 찬 세계에 대한 신목사의 응답이며, 기독교 목사로서 그가 자기 내부에 꼭꼭 숨겨놓고 있는 비밀(신을 믿지 않으면서 믿는)이고 이 소설이 발견하는 진실이다. 그 진실과 만나는 것은 독자가 양보해서는 안 되는 특권이다. "희망이 없을 때 인간은 동물이 되고 약속이 없을 때 인간은 야만이 된다"는 신목사의 말, 신을 믿지 않는 이대위를 향해 그가 "당신도 알고 있기 때문에 당신 자신의 십자가를 지고 있다"고 말하는 대목 등은 의미심장하다.

　　무엇을 알고 있단 말인가? 두 사람이 공통으로 알고 있는 것이 도대체 무엇이기에 그들은 마치 형제처럼 서로에 대한 깊은 이해와 존경에 도달하는가? 이 부분이 이 소설의 비밀을 푸는 열쇠이다.

문학동네 세계문학전집 041 『순교자』 해설 2010. 6. 23

CEO들의 서재

　미국의 각종 업계를 이끌어온 CEO들은 주로 어디서 창조적 아이디어를 얻고 생각할 거리를 공급받는가? '아이디어가 돈'이라는 말은 현대 비즈니스의 '황금 언어'가 되어 있다. 아이디어가 뜨는 방식은 물론 천태만상이다. 밥 먹을 때도 오고 길 가다가도 얻고 얘기하다가도 떠오르는 것이 아이디어다. 그러나 한 가지 확실한 것이 있다. 영감처럼 아이디어도 평소에 준비되어 있는 사람의 머리에만 찾아온다. 녹슬고 무딘 안테나에는 아이디어가 걸려들지 않는다. 예술가나 과학자와 마찬가지로 탁월한 경영자는 예민하고 섬세한 안테나를 가진 사람들이다. 문제는 그 CEO들이 평소 어떻게 자기네 안테나를 섬세하고 예민한 상태로 준비해두느냐라는 것이다.

　뉴욕타임스 신문은 지난 21일자 인터넷 판에 'CEO들의 성공의 열쇠'에 관한 기사 한 꼭지를 내보내고 있다. 그 열쇠는 놀랍게도 '서재'다. 기사에 따르면 미국 업계를 이끌어온 주요 CEO들의 상당수가 자기 집이나 회사 집무실에 개인 도서관 규모의 큰 서재들을 갖추어놓고 있다는 것이다. 그들의 서재를 채우고 있는 것은 신매체 자료들이 아니라 사람들이 구닥다리 매체라고 생각하는 '책'이다. 지금 같은 속도전 시대에, 인터넷과 전자매체로 무슨 정보이건 쉽게, 빠르게, 싸게 얻을 수 있다는 믿음이 사람들을 사로잡고 있는 시대에 책으로 꽉 찬 서재라?

더 놀라운 것은 그 CEO들이 즐겨 읽는 책의 종류다. 다른 사람도 아닌 CEO니까 그들이 즐겨 읽는 것도 틀림없이 경영이나 비즈니스에 관한 책들일 것이라는 생각이 얼른 들지만, 천만의 말씀, 기자가 취재한 '서재'파 CEO들 중에 경영이나 비즈니스 책을 열심히 읽는다는 사람은 단 한 사람도 없다. 그럼 무슨 책? 시, 소설, 전기, 역사, 철학 같은 이른바 인문학 계열 책들이거나 예술서들이다. 예컨대, 나이키 창업자 필 나이트가 지금도 즐겨 읽는 것은 아시아 역사에 관한 책, 미술책, 시집이다. 유명한 벤처 캐피털리스트 마이클 모리츠가 노상 꺼내어 읽고 또 읽는 책은 T. E. 로렌스의 『지혜의 일곱 기둥Seven Pillars of Wisdom』이다. 신용카드 사업의 아비이자 '비자' 창업자인 디 호크가 서재 탁자에 펼쳐놓고 매일 읽는 것은 12세기 페르시아 시인 오마르 하이얌의 시집 『루바이야트Rubaiyat』다.

T. E. 로렌스? 오마르 하이얌? 요즘의 젊은 세대 성원들로선 듣도 보도 못한 낯선 이름들일 것이다. 영화로 알려진 '아라비아의 로렌스'가 바로 그 로렌스라는 걸 아는 사람은 더러 있을지 모르지만 그의 책 『지혜의 일곱 기둥』은 '금시초문'일 것이 틀림없다. 대학에서 세계문학 강의라도 들어본 사람이라면 오마르 하이얌이라는 이름을 어렴풋이 기억할지 모른다. 그러나 지금은 그의 시집 『루바이야트』를 읽어보는 젊은이를 상상하기 어려운 시대다. 사운드 시스템 사업의 대부 격인 시드니 하먼은 셰익스피어, 테니슨 같은 시인들과 아서 밀러의 희곡 『세일즈맨의 죽음Death of a Salesman』, 알베르 카뮈의 『이방인 L'Étranger』 같은 소설의 애독자다. 이런 작품들도 지금은 젊은 세

대의 관심 대상에서는 한참 멀어진 책들이다.

CEO들은 왜 이런 책을 읽는가? 시인 경영자를 구하려 했으나 구할 수 없어 스스로 시인 비슷해지기로 했다고 시드니 하먼은 말한다. "시인들은 우리가 생각한 '시스템'을 생각해낸 원초적 사상가들이다. 그들은 우리가 처해 있는 복잡한 환경들을 이해 가능한 것으로 바꿔준다." 또 『세일즈맨의 죽음』이나 『이방인』 같은 작품은 '일하는 삶의 품위를 정의'하는 데 큰 도움을 주었고, 그 작품들의 시적 품질을 노동자 친화적 공장 환경에 들여오고 싶었다는 것이 CEO 하먼의 말이다. "나는 논픽션보다는 픽션을 더 많이 읽는다. 비즈니스 책은 거의 읽지 않는다. 유일한 예외가 앤디 그로브의 『헤엄쳐 건너기Swimming Across: A Memoir』인데, 그것도 비즈니스와는 관계없이 '어떤 탁월한 개인의 정서적 바탕'을 기술한 책이다."

모든 것에 '가격'을 갖다붙이고 모든 가치들을 돈 되는가 안 되는가의 잣대에 의한 가격체계로 바꿔놓는 것이 우리 시대다. 오늘날 문화는 '오락'이다. 단편적이고 피상적인 쪼가리 뉴스가 심층적 분석과 신중한 판단들을 밀어내고, 모든 의미 있는 작업을 가능하게 할 가장 창조적인 지식과 통찰의 소스들이 말라죽고 있다. 이것이 우리 시대의 콜레라, 우리 시대의 문화에 들이닥친 콜레라 같은 위기다. 책 읽는 CEO들의 얘기는 그래서 가뭄의 비 소식 같은 데가 있다.

경향신문 2007. 7. 26

안네 프랑크는 없었다?

국제사회는 일본이 수치로부터 '벗어나기'를 바라는 것이
지 일본에 수치를 '안기고자' 하지 않는다. 현대 일본은 과
거의 군국주의 일본이 초래한 폐허 위에 재건된 나라다. 그
제국주의 '군국' 일본의 과거와 단절하는 일은 전후 '민주'
일본의 당연한 국가적 목표였어야 한다.

2007년 미 하원의 구일본군 위안부 비난 결의안 통과를
저지하려는 일본 정부의 노력, 아베 신조 총리의 발언, 일본 극
우세력의 움직임 등을 보면 위안부 문제에 대한 일본의 대응은
전후 나치 전범들과 신나치주의 파시스트들이 추구한 대응 전
략과 너무도 비슷하다. 역사적 사실을 극구 부정하는 것이 꼭
닮았고 기억을 멸살, 왜곡, 변조하는 것도 닮은꼴이다. 피해 여
성들이 '실존의 몸'으로 나서서 증언하고 관련 증거들이 나와
있는데도 일본 정부는 "위안부 강제 동원은 없었다"고 주장한
다. "대학살 같은 것은 없었다"고 말하는 신나치 집단의 '부정
의 전술' 그대로다.

기억의 멸살과 왜곡 전술도 유사하다. 신나치 집단은 피해
자들의 기억이 조작되고 과장된 것이며 "증거가 없다"고 몰아붙
여 대학살을 아무도 믿지 않는 카산드라의 언어 같은 것으로 만

들고자 한다. 가해자들의 기억도 왜곡, 변조해서 "우리는 그런 짓을 한 적이 없다"거나 전쟁중에 있었던 일은 국가에 대한 충성과 명령 수행의 결과였다는 쪽으로 미화한다. 일본 우익의 경우도 마찬가지다. 아베 총리의 발언처럼 국가나 군대가 위안부를 강제 동원한 증거는 없고 '피해자의 기억'은 증거 능력이 없다고 그들은 말한다. 일본 우익이 노리는 것은 '버티기 작전'이다. 이 작전은 증거가 없다고 끝까지 버티자, 피해 여성들은 거의 팔십대 고령이므로 이제 몇 년만 지나면 자연의 시간이, 혹은 신이, 사건을 종결시켜줄 것이고 세상은 잠잠해질 것이라는 계산을 깔고 있다.

이런 부정과 버티기의 한 유명한 사례가 "안네 프랑크는 없었다"라는 주장이다. 전후 네덜란드 파시스트들은 안네 프랑크라는 이름의 소녀는 실존 인물이 아니다, 그러므로 그녀가 썼다는 『안네의 일기The Diary of Anne Frank』는 연합국 세력이 조작한 선전물에 불과하다고 주장하고 나선다. 이 부정의 전술을 격파한 것은 유대인 절멸수용소에서 살아남아 전후 나치 범죄자들을 추적하는 일에 평생을 바쳤던 사이먼 비젠탈이다. 1963년 그는 칼 실버바우어라는 전직 나치 경찰을 찾아내어 자백 증언을 받아내는 데 성공한다. 비젠탈의 추궁 앞에서 실버바우어는 "그렇다, 내가 안네 프랑크를 체포했다"고 실토한 것이다.

국제사회는 일본이 수치로부터 '벗어나기'를 바라는 것이지 일본에 수치를 '안기고자' 하지 않는다. 현대 일본은 과거의 군국주의 일본이 초래한 폐허 위에 재건된 나라다. 그 제국주의 '군국' 일본의 과거와 단절하는 일은 전후 '민주' 일본의 당연한 국가적 목표였어야 한다. 그런데 기이하게도 일본은 그

단절에 필요한 조치들과 절차들을 지금까지 완강히 거부해오고 있다. (위안부 강제 동원 사실을 공식 인정하고 사과하는 것은 일본이 취해야 할 그런 단절 조치의 하나다.) 이 단절을 거부하는 것이 현대 일본의 수치다. (이 거부는 현대 일본과 제국 일본 사이에 정신적, 심리적, 이념적 동일체주의가 존재한다는 것을 의미하며, 동아시아 피해 국가들이 신경을 곤두세우는 것도 현대 일본이 제국 일본을 계승하고자 한다는 부분이다.) 하지만 이런 지적은 지금 일본의 지배세력들에게는 전혀 먹혀들지 않는다. 쇠귀에 경 읽기다.

일본이 "안네 프랑크는 없었다"는 식의 부정과 버티기로 일관하는 한 국제사회는 일본의 이런 처신이 그 자체로 수치스러운 신나치적 행태라는 것을 일본 정부에 혹독히 인식시킬 필요가 있다. 제국 군대가 20만 명의 여성들을 전장으로 끌고 다니며 성노예를 만들고 학살과 방기를 자행한 것은 나치 만행에 견줄 만한 거대 범죄였고 지금 일본은 그 만행을 부정하는 신나치적 만행을 계속하고 있다는 사실을 일본 정부가 깨치게 해주어야 한다. 미 하원이 위안부 강제 동원 사과 촉구 결의안을 채택하는 것은 분명 국제사회가 일본을 위해 해줄 수 있는 일의 하나다. 도쿄 전범재판 때 위안부 강제 징발 책임자들을 가려내어 처벌하지 못한 것은 연합국측의 실수다. 이 점에서는 미국에도 위안부 문제 처리에 대한 일정한 도덕적 책임이 있다.

우리도 책임을 면탈받기 어렵다. 대통령이 나서서 과거 청산을 촉구하는 강도 높은 대일 발언을 한 것은 역대 정권들 중에 지금의 참여정부가 사실상 처음이다. 피해자들의 증언과 기억을 푸대접하고 그들의 존재조차 잊어버리고자 한 우리 사회의 집단 망각의 책임은 크다. '홀로코스트'에 대한 기억의 집적, 연구, 기록, 증언문학 등의 양에 비하면 위안부 문제에 대한 우리의 증거 수집, 연구 지원, 피해자 보호, 경험 소재의 작품화 노력은 실로 미미하다. 기억을 얼마나 잘 보존할 줄 아는가가 한 사회의 도덕적 역량을 좌우한다는 점을 생각하면 부끄러운 일이 우리에게도 한두 가지가 아니다.

경향신문 2007. 3. 6

일본이 잘 모르는 것

"아시아를 벗어나 유럽으로"라는 후쿠자와 유키치의 100년 전 구호가 아직도 강한 입김을 갖고 있는 나라가 현대 일본이다. 그러나 부국강병이나 과거로의 회귀가 문명국가의 반열에 오르는 길은 아니다.

20세기를 지나면서 '문명'이라는 말이 광채를 잃어버리게 된 데는 그럴 만한 두어 가지 큰 사연이 있어서다. 하나는 19세기 유럽 열강들이 '문명'과 '야만'이라는 이분법의 틀을 들고 나와 제국주의를 정당화했던 일이다. 문명을 대표하는 유럽 국가들이 미개와 야만의 어둠에 잠긴 나라들을 건져내어 문명 세계로 인도하는 것은 도덕적으로 얼마든지 정당하다는 주장을 제국주의적 강점과 침탈의 구실로 삼은 것이다. 이 논리에서 보면 제국주의는 되레 선행과 구원의 실천방식이 된다. 또하나의 사연은 20세기의 두 차례 세계대전이 모두 '문명의 중심부'임을 자랑했던 바로 그 유럽 대륙에서 일어나 역사상 가장 큰 규모의 반문명적인 살육과 파괴를 기록한 일이다.

2차 세계대전 이후의 유럽 지성사는 '문명의 수치'에 대한 성찰로 점철되어 있다. 유럽 문명이 야만의 반대 명제가 아니라 오히려 그 자체 야만의 체제였다는 사실을 알게 된 것은 20세기 유럽인들에게 들이닥친 충격이다. 그들을 부끄럽게 한 것은 '문명의 야만'이다. 세상 모든 것에는 그 반대의 것이 들어 있다는 통찰을 요약하는 유명한 문학 용어가 '아이러니'라는 것이다. '문명의 야만'도 그런 아이러니를 보여준다. 그러나 유럽 문명의 야만성에 대한 비판적 반성은 도통한 사람처럼 "그래, 세상만사가 다 그렇지"라고 말하는 것으로 끝나지 않는다. 아이러니 인식보다 더 중요한 것은 유럽 문명이 어째서 수치일 수 있었는가에 대한 성찰, 그리고 야만의 재발 가능성은 어떻게 차단할 것인가에 대한 연구와 궁리다.

지금 유럽 국가들과 동아시아의 일본을 갈라놓는 큰 차이의 하나는 이런 성찰, 연구, 궁리의 있고 없음이다. 지난 60년간 유럽 국가들이 알게 모르게 몰두해온 일들 중에는 유럽 문명의 '정신적 재건' 작업이 들어 있다. 전후 유럽의 물질적 복구 이상으로 중요한 것이 망가진 문명의 정신적 토대를 재건하는 일이다. 유럽 문명은 몇 차례 부끄러운 야만의 극장을 연출했지만 그러나 그 잿더미 위에 재생의 새로운 계기들을 만들어 야만의 재발 가능성을 방지하자는 것이 정신적 재건 작업이다. 이런 작업의 필요성을 정치 지도자들에 인식시키고 성찰에 의한 문명의 재생을 교육, 매체, 저술 등의 수단을 통해 배후에서 주도한 것은 유럽 일원의 지식인 사회다. "자기비판과 성찰을 통해 갱생의 힘을 발휘할 줄 아는 것이 다른 문명과 구별되는 유럽 문명의 특징"이라 말했던 역사학자 아널드 토인비의 관찰을 생각나게 하는 대목이다.

유럽 문명의 미래에 대해서는 사실 누구도 속단할 수 없다. 반성과 성찰에도 불구하고 유럽 문명은 여전히 위선, 당착, 모순의 순간들을 끊임없이 연출하고 있다. 그러나 '진보'의 증거들이 없는 것은 아니다. 인권 신장을 '문명의 원칙'으로 삼는 다는 데 대한 유럽 국가들의 폭넓은 합의는 그런 증거의 하나 다. 이를테면, 슬라보예 지젝의 말처럼 지금 유럽의 어느 나라, 어느 국민도 '강간'을 옹호하거나 "강간은 잘못된 것"이라는 데 이견을 달고 나오지 않는다. 이는 유럽 문명이 적어도 그 정 도의 인권 존중 원칙에 '합의'할 만큼의 도덕적 수준에는 올라 있는 증거라고 평론가 지젝은 말한다.

미국과 캐나다 의회를 비롯해서 유럽 국가들이 잇달아 일 본에 대고 위안부 강제 동원 사실을 인정하고 사과하라는 압력 을 넣고 있다. 이런 사태 앞에서 일본 정부는 상당히 당혹해하 는 눈치다. 일본은 미국 등 서반구 국가들이 왜 그러는지 그 진 짜 이유를 잘 모르고 있는 것 같다. 그 진짜 이유는 일본이 '문 명의 원칙'을 지키라는 것이다. 20만 명의 여성들을 강간해놓 고 "그건 강간이 아니다"라고 말하는 일본은 적어도 상대할 만 한 문명국가가 아니라는 것이 유럽적 시각이다. "아시아를 벗 어나 유럽으로"라는 후쿠자와 유키치의 100년 전 구호가 아직 도 강한 입김을 갖고 있는 나라가 현대 일본이다. 그러나 경제 력에 의한 부국강병이나 과거로의 회귀가 문명국가의 반열에 오르는 유일한 길은 아니다. 일본은 이 점을 명심해야 한다.

경향신문 2007. 4. 3

쫓겨난 한국 유학생들

경제적 성공을 과시하고 싶어하는 동아시아권 나라들이 정신과 윤리의 타락을 겪고 있다면 동아시아 문명이 '시장가치'를 넘어 세계에 내놓을 수 있는 더 소중한 본질적 가치는 무엇인가?

미국 듀크 대학 경영대학원에 유학중이던 한국 학생 몇 명이 기말 페이퍼를 베껴 내었다가 징계를 받고 퇴학당했다 한다. "당신은 공부할 자격이 없으니 나가라"는 것이 퇴학 조치다. '공부할 자격'이란 이 경우 지능지수도 아니고 수학 능력도 아니다. 공부를 아무리 잘하고 연구 능력이 제아무리 뛰어나도 "베껴서 내면 안 된다"는 연구자의 기본 윤리를 지킬 줄 모르면 그게 바로 '공부할 자격 없음'에 해당한다. 표절이건 복제이건 무단 차용이건 간에 베껴 내기는 학문 세계가 결코 용인할 수 없는 지적 도둑질이고 속임수다. 고등교육의 최고 단계인 대학원에 진학한 사람들이 그 기본 금기조차 모르고 있었다면 그건 보통 문제가 아니다. 그들이 나중 대학에 와서 학생들을 지도하게 될 때, 페이퍼를 베껴 내는 학생들이 있다면 어찌할 것인가? "괜찮아, 괜찮아"라며 어깨를 두드려준 다음 "옛날에 나도 그랬어"라고 말할 것인가?

퇴학당한 유학생들이 정말 뭘 잘 몰라서 그랬던 것인지 알고도 그랬던 것인지는 확실치 않다. 그러나 어느 경우이건 문제가 위중하기는 마찬가지다. 모르고 그랬다면 그들은 한국에서 학교를 다니는 동안 단 한 번도 "그래선 안 된다"를 배운 적이 없었다는 얘기밖에 안 된다. 그렇게 되면 한국 교육은 교육이랄 것도 없는 교육, 그야말로 똥통 교육으로 전락한다. 이 경우 문제의 유학생들만 퇴학감이 아니라 한국 교육 전체가 퇴출감이다. 알고도 그랬다면? 알고도 그랬다면 문제의 위기 국면은 두 차원으로 분리된다. 하나는 그 도덕적 해이가 그들 몇몇 유학생들의 개인적인 위기로 좁혀지는 경우이고, 다른 하나는 베껴 내기가 한국 교육에서는 흔히 있는 일, 누구나 하는 짓, 누구나 하니까 특별히 문제될 것 없고 그래서 뻔히 알면서도 암암리에 허용되고 통용되는 '다반사'라는 쪽으로 위기 국면이 확대되는 경우다. 이렇게 되면 베껴 내기는 한국 교육의 '문화' 같은 것이 된다.

　우리가 문제의 심각성을 인식해야 하는 것은 유학생 퇴출 사건이 몇몇 사람의 개인적인 도덕적 해이로 국한되는 사안이 아니라 한국 교육의 위기이자 문화의 위기라는 숨길 수 없는 사실 때문이다. 나는 그 유학생들이 몰라서 그랬을 것이라고는 생각하지 않는다. 그들은 알면서도 그랬을 것이고 알면서도 그렇게 한 데는 "그래도 된다"는 내적 자기 허용이 그들에게 습관으로, 문화로, 판단으로 몸에 착 달라붙어 있었기 때문일 것이다. 그 경험적 판단의 내용도 우리가 알 만하다. ①한국에서는 아는 것과 행하는 것 사이에 별 관계가 없다. ②한국에서 법대로 하다가는 자기만 손해본다. ③한국에서는 속임수도 경쟁력이다. ④성공하는 데 필요하다면 무슨 수를 쓰건 한국에서는 문제되지 않는다. 옳고 그른 것을 분별하도록 가르치고 그 분별을 실천으로 옮길 줄 알게 하는 것이 교육이다. 한국 교육은 지금 이 부분에서 큰 실패를 경험하고 있다.

문제의 유학생들이 그렇게 행동한 것은 '문화의 차이' 때문일지 모른다는 동정론 비슷한 얘기도 듀크 대학 안에서 나돌았다고 한다. 미국 대학의 문화를 잘 몰라서, 한국에서 통용되는 식으로 행동했다가 낭패를 보았을 것이라는 견해다. 이건 동정도 아무것도 아니다. 그러나 베껴 냈다가 추방당한 9명의 학생들이 한국, 중국, 대만 출신의 유학생들이라는 소식을 접하고 보면, 그 '문화적 차이'론에도 별개의 진실이 있다는 생각을 금할 수 없다. 그 진실은 한국, 중국, 대만의 동아시아 3국이 지금 서로 비슷한 교육의 위기, 비슷한 문화의 위기를 겪고 있을지 모른다는 가능성에 관한 것이다. 경제적 성공을 과시하고 싶어하는 동아시아권 나라들이 정신과 윤리의 타락을 겪고 있다면 동아시아 문명이 '시장가치'를 넘어 세계에 내놓을 수 있는 더 소중한 본질적 가치는 무엇인가? 미래 세계를 위한 동아시아적 비전은? "그런 건 없다"고 말했다가는 동아시아 문명의 꼴이 말이 아니다.

경향신문 2007. 5. 29

교육 폭력이 더 문제다

> 학교 폭력은 실은 그보다 더 큰 어떤 폭력으로부터 빚어지
> 는 현상적 측면의 하나다. 그 더 큰 폭력은 '교육 폭력'이
> 다. 교육 폭력은 사회 전체가, 학교와 학부모와 정책 당국
> 이 똘똘 뭉치다시피 해서 교육의 이름으로 교육을 파괴하
> 는 행위, 곧 '교육 그 자체의 폭력성'을 지칭한다.

　폭력, 갈취, 왕따에 시달리다못해 자살해버리는 아이들을 보면서 지금 우리 사회는 해결책을 찾느라 부산하다. 사실은 학교 폭력이 어제오늘의 일도 아닌데 그동안 우리는 무얼 하다가 이제야 요란을 떠는 것인가? 이 '뒷북치기'는 우리 사회가 얼마나 고통에 무감각한 마비의 사회인가를 잘도 보여준다. 아픔이 있어도 그 아픔을 느끼지 못하는 사회, 문제가 있어도 그것을 문제로 인식하지 못하는 사회가 '마비 사회'다. 마비 사회는 잔인한 사회다. 학교 폭력의 해법을 찾는 일은 더 늦기 전에, 더 많은 아이들이 울면서 골목을 돌고 돌다가 망울째 시들어 떨어지기 전에, 학교 폭력의 밑바닥에 깔린 사회적 잔인성의 뿌리가 무엇인지 깊게 성찰하는 일을 동시에 수반하지 않으면 안 된다.

　그 성찰의 첫번째 수순은 우리가 지금 학교 폭력이라는 표

피 현상만을 놓고 이런저런 진단과 처방을 내리는 데 분주한 나머지 더 본질적이고 근원적인 문제는 놓치고 있다는 사실에 눈 돌리는 일이다. 더 본질적이고 근원적인 문제는 무엇인가. 학교 폭력은 실은 그보다 더 큰 어떤 폭력으로부터 빚어지는 현상적 측면의 하나다. 그 더 큰 폭력은 '교육 폭력'이다. 학교 폭력이 일부 학생들의 폭력, 갈취, 위협 같은 일탈적 행동을 의미한다면 교육 폭력은 우리 사회 전체가, 학교와 학부모와 정책 당국이 똘똘 뭉치다시피 해서 감히 교육의 이름으로 교육을 파괴하는 행위, 곧 '교육 그 자체의 폭력성'을 지칭한다. 사람을 사람다운 사람으로 키우고 북돋우자는 것이 교육의 본질적 목적이고 교육의 가치이며 교육이 교육인 이유다. 그런데 우리는 교육의 그 본질 목적, 가치, 그것의 양보할 수 없는 내적 선善을 시궁창에 내던진 교육, 아이들을 키우고 살리기는커녕 죽이는 교육을 교육의 이름으로 자행하고 강제해오지 않았는가. 이 차원에서의 교육 폭력은 학생들의 문제가 아니다. 그것은 어른들의 문제이며 교육 그 자체의 문제, 사회 전체의 '공모共謀'가 개입된 문제다.

아이들을 잡고 망치기로 작정한 사회가 아니라면, 우리는 지금쯤 마땅히 우리네 교육의 이 폭력성을 어떻게 줄이고 제거할 것인가에 온 신경을 쏟아야 한다. 이것이 학교 폭력의 문제를 풀기 위한 근본적 노력의 하나로서 우리가 교육 폭력에 눈 돌릴 때의 두번째 수순이다. 성찰이 진정한 성찰이 되자면 실행과 실천이 따라붙어야 한다. 지금 같은 경쟁 일변도의 교육, 성적만으로 아이들을 줄 세우고 '인간 등급'을 매기는 파괴적 교육, 오로지 점수 올리기에만 목표를 둔 시험 위주 교육, 시장주의에 지배되는 교육, 사교육 팽배와 공교육 붕괴, 선행 학습의 비교육적 파괴적 영향, 인성 함양 교육의 도외시 같은 교육 현안들에는 정말로 해법이 없는 것인가? 우리는 언제까지 이런 '상식적' 지적만을 되풀이하면서 손놓고 있을 것인가? 해법은 정말로 없는 것일까? 아니다. 해법을 '찾지 않기로' 공모한 사회에서는 해법이 있어도 없어 보일 뿐이다.

공교육 파행을 지적하는 일도 사실은 어제오늘의 일이 아니다. 문제는 그런 지적이 수없이 되풀이되어왔음에도 불구하고 학교교육과 교실 현장은 변하지 않는다는 데 있다. 초중등 교사들이 절망하는 이유도 거기 있다. 이것도 마비 사회의 한 단면이다. 이 마비를 뚫을 방법이 정말로 없는 것일까? 아니다. 방법은 얼마든지 있다. 그러나 바꿀 의지가 없는 곳에서는 어떤 변화도 일어나지 않는다.

총선과 대선을 앞둔 정치권에서는 요즘 각종의 '정책'들을 제시하느라 분주하다. 교육 그 자체는 정치적 문제가 아닐지 모른다. 그러나 아이들을 죽이는 교육을 어찌할 것인가라는 문제는 정치 이상의 문제다. 교육 폭력은 교육의 현안임과 동시에 사회적 문제이고 정치적 문제다. 아이들을 어떻게 키우는가에 한 사회의 미래가 달려 있다. 어떤 인간을 길러내는가에 한 나라의 명운이 걸려 있다. 아이들이 어떤 사회에서 어떤 인간으로 자라는가에 따라 개인의 운명이 달라지고 사회 공동체의 삶의 품질과 행복이 좌우된다. 제대로 된 사회라면 반인간적, 반사회적, 반문명적 교육을 방치할 수 없고 조장할 수 없다. 어떤 교육정책을 세워야 하는가, 어떤 변화가 어떻게 강구되어야 하는가—정치권은 이런 문제를 숙고하고 정책의 차원에서 그 해법을 내놓을 수 있어야 한다.

한국일보 2012. 2. 1

사회를 믿지 않는 아이들

> 자기가 나고 자란 사회를 신뢰하지 못할 때 아이들의 가슴
> 에는 분노가 쌓이고 그 분노는 증오와 원한을 키운다. 아이
> 들이 언제 터질지 모르는 분노와 증오의 폭탄을 안고 자라
> 야 한다면, 장차 그들이 사람 살 만한 사회, 소통의 사회,
> 고신뢰 사회를 만들 수 있을 것인가.

우리나라 중고교생의 절반이 한국을 떠나 다른 나라에서
살고 싶어한다는 한 연구기관의 조사결과는 충격적이다. 한국
청소년정책연구원 집계를 인용한 한 보도에 따르면 조사 대상
학생들 가운데 외국에 나가 살고 싶다고 응답한 학생은 초등
에서 중등 과정으로 학년이 올라갈수록 그 비율이 높아지다가
고3이 되면 58% 선에 이른다. 우리나라 정치체제가 잘돼 있
다고 생각하는 학생 비율은 초등 4학년 83%였다가 고3에 이
르면 17%로 추락한다. 공공기관에 대한 신뢰도는 학년이 높
아질수록 낮아진다. 미래의 주역이 될 청소년들이 자기 나라에
대해 이런 생각을 하고 있다는 것은 '사회통합'과 '소통'을 강
조하는 사람들이 마땅히 주목해야 할 중대한 사회적 역기능 지
수의 하나가 아닐 수 없다.

사회를 보는 청소년들의 눈이 이처럼 부정적이고 신뢰도

가 바닥을 치는 데는 그럴 만한 이유가 있다. 그들이 보기에 어른 사회는 청소년들이 처한 곤경을 풀어줄 생각이 없다. 청소년 자살, 우울증, 학업 중도 포기, 학교 폭력, 게임 중독 같은 사태를 거의 매일 다반사로 접하면서도 문제를 풀어주려는 노력에는 너무도 인색한 것이 어른 사회라고 그들은 생각한다. 이 관점은 전혀 무리한 것이 아니다. 자기들의 곤경을 해소해줄 의사가 없어 보이는 사회를 청소년들이 신뢰할 수 있을 것인가. 그런 사회에 대한 청소년 시각이 긍정적일 수 있겠는가. 그들은 묻고 있는 것 같다. "얼마나 더 많은 아이들이 멍들고 비뚤어지고 죽어가야 어른들은 정신을 차릴 것인가"라고.

청소년들에게서 제기되는 이 신뢰의 위기는 장기적으로 보면 정치, 경제, 문화의 어떤 현안보다도 더 심각한 문제다. 그것은 강 건너 불도, 남의 집 불구경도 아니다. 자기가 나고 자란 사회를 신뢰하지 못할 때 아이들의 가슴에는 분노가 쌓이고 그 분노는 증오와 원한을 키운다. 아이들이 언제 터질지 모르는 분노와 증오의 폭탄을 안고 자라야 한다면, 장차 그들이 사람 살 만한 사회, 소통의 사회, 고신뢰 사회를 만들 수 있을 것인가. 기대하기 어려운 일이다. 말할 필요도 없이, 어떤 아이들을 어떻게 길러내는가가 사회의 미래를 좌우한다. 사회를 신뢰하지 못하고 어른들을 믿지 못할 때 아이들은 자신감을 잃고, 자신감을 잃은 아이들은 어디 가서도 당당한 인간으로 서기 어렵다.

청소년들을 괴롭히는 고통의 주원인이 입시 경쟁을 위한 고강도 학업 스트레스라는 것은 이미 나와 있는 진단이다. 그러므로 청소년 곤경을 해소해주기 위한 첫번째 처방은 '교육개혁'이다. 아이들은 천천히 자란다. 성장의 시간이 느리다는 것은 예나 지금이나 교육이라는 것에 종사하는 사람들이 알고 있는 오랜 진리이고 지혜다. 천천히 자라게 하라. 충분히 쉬고 놀고 잠잘 시간을 주라. 여유를 주고 자유롭게 상상할 시간을 주라. 200년 전 조선시대 사람 이덕무가 맹자의 말을 빌려 충고한 것이 있다. 아이가 글자 200자를 깨칠 능력을 보이거든 100자만 깨치게 하라. 그런데 지금 우리는 100의 능력을 보이는 아이에게는 200을 요구하고, 200의 능력을 가진 아이에게는 300을 강요한다. 그러는 사이 아이들은 멍들고 부러지고 죽는다. 이런 방식의 망국교육을 뜯어고치는 것, 그것이 교육개혁이다.

그런데 그 교육개혁이 왜 그리 어려운가. 우리 사회가 교육개혁을 원치 않고 용납하지 않기 때문이다. 그러므로 교육개혁을 불가능하게 하는 사회적 요인들을 제거하는 일에 나서는 것, 그것이 청소년 곤경을 풀어줄 두번째 방도이다. 사회는 적자생존, 경쟁제일주의, 승자독식 같은 신판 사회다위니즘적 체제, 제도, 이데올로기, 정신 상태에서 벗어나 환골탈태의 새 궤도에 올라서야 한다. 어렵지만 지금 시작하지 않으면 안 되는 일이다.

한국일보 2012. 2. 29

봄은 어디에 와야 하는가

정치가 해야 할 일은 자연의 위대한 원리처럼, 사회의 가장 낮고 그늘진 곳, 빼앗기고 궁핍한 곳, 내팽개쳐지고 억눌리고 무시된 곳에 소생과 부활의 봄을 가져다주는 것이어야 한다.

자연의 사계는 제각각의 소리와 색깔과 동작을 갖고 있다. 여름은 자라는 것들의 소리와 윤기를, 가을은 익어가는 것들의 색채와 자세를, 겨울은 다시 기다리기 위해 근본으로 드는 것들의 멈추어버린 듯한 호흡과 낮은 엎드림의 몸짓을 갖고 있다. 봄은 새로 깨어나는 것들의 소리와 움직임과 색깔로 가득하다. 긴 잠에서 깬 개구리들의 하품 소리, 곰들의 기지개, 터져나오는 싹들의 여린 녹색이 봄의 무대를 장식한다. 여름이 성장의 드라마이고 가을이 성숙의 서사, 겨울이 기다림의 형식이라면 봄은 단연 소생과 부활의 장르다. 말라죽은 듯한 포도나무 줄기에 새싹이 돋고 앙상한 매실나무 가지가 꽃망울을 터트릴 때, 벌들이 햇살 속에서 날갯짓을 연습할 때, 가장 둔감한 사람조차도 소생의 기적을 목격하고 부활의 있음을 확인한다.

그 소생과 부활의 기회는 평등하게 온다. 그것은 제비뽑기로 오지 않고 낯을 가리지 않으며 장소를 선별하지 않는다. 그것은 모든 곳에 찾아오고 모든 곳에서 일어난다. 이 평등성, 소생하고 부활할 기회의 평등한 분배야말로 자연의 순환질서 가운데서 봄이 보여주는 위대한 원리다. 우리는 이 평등의 원리가 가장 춥고 그늘진 곳, 가장 낮고 쓸쓸하고 어두운 곳에도 차별 없이 적용된다는 것에서 자연질서의 거대한 가르침을 본다. 자연의 질서 속에서는 "봄이 어디에 와야 하는가"라는 질문은 성립하지 않는다. 모든 곳에 오기 때문이다. 그러나 인간의 세계에서 봄은 평등하게 오지 않는다. 소생의 기회는 평등하지 않고 부활의 가능성은 고르지 않다. 그 불평등 때문에, 살아나야 할 것들이 살아나지 못하고 부활해야 할 것들이 부활하지 못한다. 그 불평등은 대부분 인간이 제 손으로 만든 인공의 질서, 인위적 질서다. 그 질서는 인간의 세계를 초라하게 한다. 이 계절, 자연의 봄은 다시 무심히 찾아오고 있는 것 같지만, 그 무심한 듯한 봄의 발걸음 소리를 들으며 우리가 유심히 생각해봐야 할 것이 있다. 인간세계의 초라한 질서를 자연의 위대한 질서에 가깝게, 한 발이라도 더 가깝게, 접근시킬 수 없을까?

그 접근의 있고 없음이 인간 집단들과 사회를, 국가와 문명을, 정의로운 것으로 밀어올리기도 하고 야만의 것으로 추락하게 하기도 한다. 지금 우리는 총선과 대선을 앞두고 부산스러운 정치의 한철을 맞고 있다. 이런저런 정책들과 공약들이 쏟아져나오고 있다. 그런데 그 모든 정책, 그 모든 약속들이 밑바닥에 깔고 있어야 하는 가장 중요한 관심사, 정치의 가장 본질적인 목표는 평등의 실현이다. 평등은 사회정의의 핵심이다. 거기에는 기회, 자원, 소득의 평등이 포함되고 상벌과 인정의 공정한 분배가 포함된다. 한 사회가 공존공생의 가능성을 높이고 사회적 삶의 모든 층위에서 불만의 수준을 낮출 수 있는 것도 평등과 공정성의 실현 정도에 좌우된다. 이때 잊지 말아야 할 질문이 있다. "봄은 어디에 와야 하는가"라는 질문이 그것이다. 봄은 어디에 와야 하고, 어디에 '반드시' 와야 하는가? 모든 곳에 오는 자연의 봄과는 달리, 모든 곳에 오지 않게 되어 있는 것이 '사회의 봄'이다. 정치가 해야 할 일은 자연의 위대한 원리처럼, 사회의 가장 낮고 그늘진 곳, 빼앗기고 궁핍한 곳, 내팽개쳐지고 억눌리고 무시된 곳에 소생과 부활의 봄을 가져다주는 것이어야 한다. 이 원리에 충실할 때 정치는 자연의 봄처럼, 예술과 종교처럼, 사람 살리는 소생의 한 장르가 된다.

문명은 흔히 자연에 맞서는 것으로 인식되곤 하지만 사실은 자연의 위대한 질서를 모방하고 그 질서에 가까이 가려는 것이 문명의 목표다. 역사 과정에서 인간이 이룩한 가장 위대한 것들이 무엇이었는가를 생각해보는 순간 우리는 문명의 진정한 목적이 도덕적 진보의 성취에 있다는 주장을 수긍하게 된다. 평등의 실현을 향한 오랜 노력, 그것이 그 도덕적 진보의 핵심부에 있다. 온갖 자질구레한 계산을 다 해야 하는 이 정치의 계절에도 우리는 인간이 성취하고자 한 위대한 것의 본령이 무엇이었던가를 늘 기억할 필요가 있다.

한국일보 2012. 2. 15

기억과 망각의 변증법

인간이 기억하는 존재이자 동시에 망각하는 존재인 이유는
그가 기억과 망각, 그 상반된 명령 사이를 오가는 진자 운
동으로부터 생존의 틈새를 열고 있기 때문이다.

기억과 망각

기억을 빼고 나면 인간은 아무것도 아니다. 작가 최인훈이
소설 『화두』에 썼듯 개체 존재로서의 인간은 자기 기억의 '총
목록'이다. 집단적으로도 인간은 자기 부족의 역사와 내력을
보존하기 위해 기억 장치들을 가동하는 동물이다. 이야기, 문
자 기록, 조형물 등은 그런 대표적 기억 장치다. 역사는 인간이
자신의 기억을 망각의 이빨로부터 지켜내기 위한 보험 장치이
고 과거 보존의 테크놀로지이며, 헤겔의 표현을 빌리면 '기억
의 사원'이다. 그리스신화에서도 역사의 신 클리오Clio는 기억
의 여신Mnemosyne과 자매간이다. 철학자 조지 산타야나는 "역사
를 망각하는 자는 같은 역사를 되풀이한다"는 말을 남기고 있
다. 산타야나의 이 충고는 나치에 희생된 600만 유대인을 기억
하기 위해 세워진 미국 워싱턴 시 홀로코스트 기념박물관에 걸
려 있다. 사실 산타야나의 그 충고는 그보다 훨씬 앞서 로마 철

252

학자 세네카의 입에서 나온 것이기도 하다. 산타야나는 세네카의 말을 기억하고 홀로코스트 기념박물관은 산타야나의 말을 기억함으로써 망각의 위험성을 경고한다.

그러나 "역사를 기억하라, 그리고 그로부터 배우라"는 이 오래된 충고에도 불구하고 인간은 역사로부터 잘 배우지 않는다. 우행의 역사를 잘 기억했다면 인간은 지난 2000년간 그토록 많은 바보짓을 저지르지 않아도 되었을 것이다. 인간은 기억하는 동물이면서 동시에 망각하는 동물이다. 그는 잘 기억하지 않을 뿐 아니라 기억을 도살한다. 기억하면서 동시에 기억을 도살하는 동물, 기억과 망각이라는 이 두 능력 사이의 기묘한 모순이 인간존재의 한 미스터리를 이룬다.

인간이 기억하는 존재이자 동시에 망각하는 존재인 이유는 그가 기억과 망각, 그 상반된 명령 사이를 오가는 진자 운동으로부터 생존의 틈새를 열고 있기 때문이다. 기억의 전령은 인간에게 "잊지 마라" 명령하고 망각의 사자는 "잊어버리라"고 설득한다. 풍요의 여신과 궁핍의 여신이 한 자리에 나란히 있을 수 없듯이 기억과 망각도 서로를 배척한다. 기억은 "망각하는 곳에 죽음 있다"고 가르치고 망각은 "아니야, 기억이 곧 죽음이지"라고 말한다. 하지만 인간은 이 두 개의 명령 가운데 어느 하나에만 전적인 충성을 약속할 수 없다. 기억은 '과거에 대한 기억'이고 '과거의 보존'이기 때문에 기억의 나라는 과거 시제로 되어 있다. 그러나 인간의 생존은 언제나 현재 시제의 동사로 서술되는 진행형 텍스트이다. 그 텍스트는 과거 시제만으로 짜여질 수 있는 것이 아니다. 거기에는 현재형과 미래형 시제, 곧 변화 동사가 필요하고 이를 위해 기억의 테이프는 부단히 지워져 빈자리를 만들지 않으면 안 된다. 과거의 보존에만 매달릴 경우 인간은 '과거'로부터 벗어나지 못하는 기억의 노예가 될 수 있다. 기억의 노예는 그의 생존의 틀 속에 현재와 미래가 개입할 수 있는 가능성을 차단한다. 그에게 과거는 변화의 개입 가능성을 봉쇄하는 거대한 억압세력이 되고 기억은 그 억압의 유지와 재생에 봉사한다. 변화로부터 차단될 때 생존은 결정적으로 위태로워질 수 있다. 인간이 망각의 명령에 이끌리는 것은 바로 이 위기의 순간에서이다. 이 경우 망각은 과거라는 이름의 억압으로부터 벗어나려는 반역의 한 형식이 되고 정체된 세계의 질서를 변화시키려는 자유 추구의 충동으로 대두한다.

세계사의 진행 과정에서 이 의미의 망각 충동이 폭발적으로 터져나온 시대가 이른바 '근대modernity'이다. 시대 구분 단위 아닌 역사적 사건으로서의 근대는, 지금 많은 사람들이 망각하고 있는 것과는 정반대로, 정확히 과거에 대한 반역이고 전통의 파괴이며 마르크스의 규정처럼 "모든 견고한 것들을 바람결에" 날려버려 어떤 신성한 것, 안정된 것, 고정적인 것도 남겨두지 않는 무정형성의 세계를 출발시킨 대사건이다. 서양적 근대의 관점에서 기독교와 신성 권력으로 대표되는 과거는 근대 인간이 깨부수어야 하는 '구정권ancien regime'이고 전통과 인습은 벗어던져야 하는 굴레이며 전통적 이데올로기와 지식 등은 미망의 체계 또는 '미신'이다. 새로운 것은 새롭다는 사실만으로 이미 '좋은 것'이며 과거의 것보다 '더 나은 것'이고 그 자체 진보이자 발전이다. 견고한 가치와 신성한 질서를 가지고 그것들의 보존과 유지 위에 지탱되는 사회를 전통사회란다면 그 사회는 불가피하게 기억의 사회이다. 반면, 과거로부터의 과격하고 급진적인 이탈과 단절에 의거하여 새로운 사회를 열고자 한 근대사회는 기억 파괴를 불가피한 요청으로 갖는 망각의 사회이다. 근대는 합리성의 가치를 확립하려 한 문명사의 극히 중요한 사건이지만, 그 진행 과정에서 여러 형태의 극단적 '과잉'을 초래한 바가 없지 않다. 극단적 망각주의도 그런 과잉의 하나이다.

이 과잉의 망각 충동에 관한 한, 근대를 대표하는 서양 철학자는 헤겔이기보다는 '유쾌한 망각의 철학'을 내놓은 니체이다. 니체가 망각의 철학을 제시한 것은 정신사를 포함한 유럽의 역사에서 잊어버리고 내팽개쳐야 할 억압의 사슬이 너무 많다고 판단했기 때문이다. 이 판단에는 옳은 부분이 있다. 그러나 망각의 철학이 위험해지는 것은 그 메시지가 망각의 과잉을 부추길 때이다. 기억의 과잉과 마찬가지로 망각의 과잉은 인간 생존을 위태롭게 한다. 과잉 기억이 인간을 과거의 노예이게 한다면 과잉의 망각은 인간을 현재의 노예이게 한다. 인간은 과거-현재-미래의 시간 구도 속에서만 그 생존이 가능한 시간적 존재이며 이 시간성이, 다른 모든 이유를 떠나, 그의 존재를 역사적인 것이게 한다. 시간의 연속으로부터 '지금, 여기'만을 뜯어내어 거기 몰두할 때 인간은 자기 삶을 전체적 조망 속에 유지할 길이 없고 방향과 의미를 줄 방도가 없게 된다. 토막난 시간은 삶을 토막내고 부분화한다. 근대 경험의 한 특성을 이루는 '파편화fragmentation'의 개념 속에는 이처럼 토막난 시간이 발생시키는 삶의 극단적 부분성이라는 의미가 들어 있다. 문제는 이 부분성과 파편성이 정확히 인간 생존의 '현재'에 결코 봉사하지 않는다는 데 있다. 이것이 과잉의 망각 철학이 지닌 맹점이며 위험성이다. 인간은 그의 '현재'를 위해 과거의 기억과 미래에의 전망이라는 전체적 구도를 필요로 하며 이 전체적 조망이 상실되거나 불가능할 때 생존은 즐거운 것이 아니라 고통스러운 것이 된다. 망각은 이 경우 유쾌하지 않다. 그것은 여러 형태의 희생과 고통을 수반하거나 그것들의 직접적인 기원이 된다. 그러므로 현재를 위해 기억의 전면적 폐기를 부추기는 과잉의 망각 철학은 오히려 그 현재를 위기로 몰아넣고 그 철학의 추종자를 당대의 지배세력이나 이해관계의 제물이 되게 한다.

포스트모더니즘으로 불리는 최근의 한 사조가 지닌 위험성도 망각이 고통과 희생의 기원이 될 수 있다는 사실을 적극적으로 망각하게 하는 데 있다. 포스트모더니즘은 실상 탈근대적이기보다는 근대적 망각 충동의 극단적 과잉을 지향하는 사조이며 근대의 폐해를 극단화함으로써 근대를 초극한다는 기묘한 도착증적 기획을 내세운다. 망각 충동을 부추김으로써 포스트모더니즘이 거두는 성과는 '유쾌한 바보'를 양산하는 것이다. 이 유쾌한 바보는 망각의 즐거움에 취해 그 즐거움이 그를 죽인다는 사실을 잊어버린다. 근년 들어 포스트모더니즘의 사회적 유용성이 전면적으로 불신받게 된 것은 언필칭 '탈근대'를 주장하는 이 사조가 그 도착증적 성격과 극단성으로 인해 근대 초극의 기획이 될 수 없다는 사실을 분명히 드러냈기 때문이다. 근대의 폐단을 넘어서고 극복하는 일은 근대를 망각함으로써가 아니라 그것을 기억하고 비판함으로써만 가능하다. 비판에는 기억이 절대적이며 따라서 기억이 정지된 곳에서는 비판, 성찰, 교정이 불가능하다. 망각은 정확히 비판력의 마비이다.

"잊지 마라"라는 기억 명령은 과거의 신성화와 신비화를 위한 명령일 때에는 죽음을 동반할 수 있다. 그러나 기억은 과거를 섬기기 위한 것이 아니라 현재와 미래에 봉사하기 위한 것이다. 망각도 그러하다. 비판력이 마비될 때 망각은 죽음의 책략이 된다. 그러나 기억과 마찬가지로 망각도 건강한 현재를 위해 필요하며, 이 경우에만 망각은 유용성을 갖는다. 인간은 기억과 망각의 균형 속에서 그의 현재를 관리하고 미래를 설계할 수 있다. 이것이 기억과 망각의 변증법이다. 양자 균형이 깨질 때 인간은 기억의 노예가 되거나 유쾌한 망각의 바보가 된다. 서사시 『오디세이아Odýsseia』에서 페넬로페가 낮에는 베를 짜고(시아버지의 수의) 밤이면 그 짠 것을 풀어버리듯 인간은 기억의 실로 역사를 짜고, 필요할 경우 망각의 힘으로 그 역사를 풀어 새로운 짜기에 대비한다. 그는 짜고 풀고 또 짠다. 기억이 '짜기weaving'의 긴장 에너지라면 망각은 '풀기unweaving'의 이완 운동이다. 인간은 긴장과 이완 사이를 왕복한다. 그는 그 양단의 어느 한쪽으로 아주 치우치지 못한다.

김용삼과 '훈' 할머니

현대 한국인에게는 잊어서는 안 될 다수의 중요한 집단적 경험들이 있다. 동양 근대세력으로서의 일본 제국주의에 지배당한 식민지 시대, 한국전쟁, 독재정치와 민주화 투쟁, 천민자본주의의 고통 등은 그 다수의 경험들 중에서도 우리가 결코 망각할 수 없고 망각해서는 안 될 경험들이다. 고통스러운 경험의 기억은 그 자체로 고통스러운 것일 수 있다. 불쾌한 사건은 될수록 빨리 잊어버리고자 하는 것이 인간 심리의 한 성향이라는 사실을 감안하면, 고통스러운 기억을 보존한다는 것은 인간의 자연 성향에 반하는 일이기도 하다. 그러나 모든 민족 집단이 그 수난의 역사를 기억하는 것은 고통을 즐기려는 마조히즘적 충동 때문이기보다는 세네카의, 또는 산타야나의 충고처럼, 망각하는 민족은 동일한 수난의 역사를 되풀이한다는 것이 역사의 진실이기 때문이다. 이 경우 기억은 고통을 재생산하기 위한 것이 아니라 고통의 재발생 가능성을 차단하기 위한 것이다. 최근에 우리 사회는 우리가 망각해서는 안 될 것들이 무엇이며 기억해야 할 것은 왜 반드시 기억해야 하는가를 새삼 일깨워주는 몇 가지 사례들을 접하고 있다.

1997년 초, 〈멀고도 먼 아리랑 고개〉라는 작품을 무대에 올린 일본 하코다테 시 지역 극단 고부시좌 사람들을 만나러 갔던 KBS 취재팀은 현지의 옛 화장터 근처 한 사찰에서 한국인으로 보이는 어떤 남자의 오래된 유골함 하나를 발견한다. 화장하고 남은 몇 개의 뼛조각들을 쓰레기처럼 담아둔 그 유골함에는 '김천용삼金川容三'이라는 이름과 함께 그의 출신지 한국의 고향 주소가 적혀 있었다. 한국의 그 고향 주소지를 찾아간 방송사 취재팀은 거기서 아직도 사망 처리되지 않은 채 남아 있는 '김용삼'의 호적을 확인하고 그의 가족들을 만난다. 고향에는 그의 친형이, 오래전 일본으로 징용되어 끌려간 뒤 긴 세월 생사를 알 길 없는 동생을 기다리며 아직 생존해 있다. 김용삼의 유골은 장장 반세기가 넘어서야 조카들의 품에 안겨 귀국한다. 삼촌을 안고 돌아오기 전, 조카들은 하코다테 시청을 찾아가 이런 질문을 던진다. "유골함에는 망자의 주소지가 분명히 적혀 있는데 어째서 50년이 넘도록 돌려보내지 않고 아무 조치도 취하지 않았는가? 우리는 그것이 궁금하다." 시청 직원은 "미안하게 됐다"는 말 한마디로 사과를 표명한다.

궁금한 일이 어찌 그뿐이겠는가. 젊은 나이에 일본으로 끌려간 조선인 청년 김용삼은 어떤 경로로 하코다테까지 흘러가고 무슨 일로 왜 죽었는가? 그러나 이 질문은 허망하다. 하코다테 밤하늘의 별들만이 그 질문에 답할 수 있기 때문이다. 일본에서의 김용삼의 삶과 죽음의 이야기는 소리 없는 망각의 지층에 묻혀 있다. 우리가 알 수 있는 것은 그가 제국주의 역사의 제단에 바쳐진 수없이 많은 조선인 희생자의 하나라는 사실뿐이다. 실로 우연한 조우가 아니었던들 그의 유골조차도 끝내는 깊은 망각의 늪에 가라앉아 흔적 없이 사라졌을 것이고 김용삼은 어느 알 수 없는 순간 이 지상에서 그 존재를 깡그리 증발당해버린 영원한 실종자로 처리되었을 것이다. 피지배 민족의 기억을 송두리째 박탈하고 개체 인간의 존재를 완벽하게 무화시킬 수 있다는 점에서 제국주의는 역사의 가장 난폭한 폭력 형태의 하나이다. 식민지 백성들을 망각의 존재로 만들고 그 근거지로부터 뿌리 뽑아 이산, 떠돌이, 실종, 의문사의 고통 속으로 몰아넣은 다음 그 고통의 흔적을 철저히 지워 없애는 것이 제국주의의 폭력이다.

   망각은 이 지워 없애기의 가장 대표적인 형식이다. 사망당시 김용삼의 유골이 반환되지 않은 것은 그가 다른 수많은 조선인 희생자들처럼 '기억될 필요가 없는 무존재'였기 때문이며, 패전 이후의 일본이 식민지 시대의 조선인 희생자들에 대한 어떤 공식적인 조사도 보상 조치도 취하지 않은 것은 조선인을 무존재로 보는 제국주의적 시각이 현대 일본에서도 바꾸어지지 않았기 때문이다. 제국주의는 사라진 것이 아니다. 그것은 여러 형태로 남아 지금도 세계 도처에서 수많은 고통의 이야기들을 만들어내고 있다. 고부시좌가 무대에 올린 〈멀고도 먼 아리랑 고개〉라는 작품은 1920년대에 일본 하코다테의 한 유곽으로 끌려가 창녀 생활을 강요당하다 바다에 몸을 던져 자살한 한 조선인 처녀의 이야기이다. 그 작품은 잊혀진 한 여성의 이야기를 기억함으로써 제국주의가 개인들의 운명에 가한 폭력을 기억하고자 한다. 우리가 이 종류의 기억행위를 중히 여기는 것은 그런 기억만이 망각의 죄를 심판하고 '지금 여기' 살아 있는 자들의 도덕적 정신적 자세를 바로 세울 수 있게 하기 때문이다.

일본제국 군대의 정신대로 태국까지 끌려가 50년 넘게 완벽하게 망각되었다가 최근 고향을 찾게 된 '훈' 할머니의 슬픈 귀향의 이야기 역시 지금도 진행형으로 남아 있는 제국주의적 폭력에 대해, 그리고 그녀의 삶을 바꿔놓은 이중의 망각에 대해 생각해보게 한다. 김용삼의 경우와 마찬가지로 훈 할머니도 현지의 어떤 한국인이 그녀를 '발견'하지 않았더라면 망각 속에 영원히 묻혔을 조선인 희생자의 하나다. 제국주의는 한 개인을 뿌리 뽑아 먼 이국으로 끌어간 다음 전쟁이 끝나자 오갈 데 없는 그녀를 그곳에 방치하고, 그러고는 잊어버린 것이다. 김용삼의 유골처럼 그녀는 반세기가 넘게 망각 속에 던져져 있었다. 이 할머니의 이야기를 더욱 슬프게 하는 대목은 그녀가 자기 이름과 성, 그리고 모국어까지도 잊어먹었다는 부분이다. 개체가 자연언어로 습득해서 십대 후반의 나이까지 사용한 모국어는 좀체 망실하지 않는다는 것이 일반적인 정설이다. 그러나 훈 할머니의 경우는 생존과 적응이라는 절대명령이 한 인간에게 얼마나 치열한 망각을 일으킬 수 있는가를 보여준다. 그녀는 '태국인'으로 다시 태어나기 위해 자신의 부끄러운 과거와 이름과 성을 송두리째 잊어버리고 싶은 무의식적 망각 충동에 지배되었을 것이 틀림없다. 이것은 살아남기 위한 망각이며

260

강요된 망각이다. 그 망각 속에서 한국인으로서의 그녀는 죽고 모국어도 죽고 이름과 성과 고향의 기억까지도 죽은 것이다. 누군가가 다시 그녀를 되찾아줄 때까지.

살아 있는 국민의 생명과 재산을 보호하는 일만이 아니라 행방불명자를 기억하고 찾아주는 일은 근대국가의 의무이다. 미국은 한국전과 월남전에서 행방불명이 된 자국 장병들을 지금도 찾고 있고 전사자 유골까지도 철저히 반환받기 위해 노력한다. 식민지 시대에 우리에게는 국체가 없었고 해방 이후 수립된 국가는 식민통치 이전의 국체였던 '대한제국'과는 다른 공화국 체제로 출발했지만, 적어도 식민 상황의 해제를 위해 투쟁한 민족 성원들과 임시정부의 정당한 후계라면 해방 이후의 국가는 마땅히 식민 시기의 행방불명자와 희생자들의 행방을 찾고 수소문하는 사업을 벌였어야 한다. 해방기의 혼란과 전쟁, 잇따른 정변 등이 우리에게 정신 차릴 여유를 주지 않았다는 것도 사실이다. 그러나 이것은 여유의 문제가 아니라 의식의 문제이다. 1948년 공화국 수립 이후 지금에 이르기까지 어느 정권도 식민 시기의 행불자들을 찾기 위한 기초 조사조차 벌인 일이 없다. 더구나 정신대 희생자들의 경우는 이 문제가 국민들로부터 제기될까봐 오히려 정치권력이 나서서 억압하기까지 했다는 사실이 알려져 있다. 제국주의만이 억압적 망각의 정치학을 편 세력이 아니라 그 피해자인 우리 자신이 적극적 망각의 세력이 되어 있었던 것이다. 우리가 식민통치를 받아야 했다는 사실도 부끄러운 일이지만 그 이후의 우리의 행태 역시 사람을 창피하게 하는 데가 많다.

한글학자 외솔 최현배는 어떤 역사가의 말이라면서 한국인의 기이한 망각벽을 "천박한 낙천성"에 연결지어 한바탕 질타한 적이 있다. 1949년에 씌어지고 1954년에 나온 그의 저서 『한글의 투쟁』(정음사)에 수록된 이 비판은 당시의 한국인에게 만 적실한 것이 아니다. 그것은 오히려 지금의 우리, 이상할 정 도로 망각의 연대를 살고 있는 이 90년대 한국인에게 더 타당 한 지적 같아 보인다. 우리의 젊은 지성들은 외솔의 아픈 충고 가 담긴 그 대목을 주의깊게 경청할 필요가 있을 것 같아 그 대 목의 상당 부분을 여기 인용코자 한다.

"어떤 우리 역사가는 말한다. 우리 겨레의 사상의 밑가락 에는 천박한 낙천성이 있다. 그 역사적 인연으로, 그 지리적 약 속으로, 배달겨레처럼 기구하고 험한 운명에 희롱된 놈이 없 건마는, 아프고 깊고 간절하고 돈독한 반성, 참회, 발분, 격려 를 보지 못함은 무엇보다도 정당한 감격 기능이 천박한 낙천성 에 눌리고 막힌 때문으로 볼 것이다. 아무러한 고통과 분원이 라도, 그 당장만 지내고 나면, 그만 잊어버리고 단념하여, 그 경험과 느낌이 정당한 가치를 발휘하지 못함이 다 그릇된 낙천 성에 말미암은 것이다. 그리하여, 우리의 역사는 의식적 계획 적 추진의 역사가 아니다. 어지러움을 잡아 바름으로 돌이키 며, 흐림을 헤치고 맑음을 올리며, 혁명적으로 깨끗이 하며, 비 약적으로 방향을 전환함과 같은 일이 없고, 그저 미지근하고 탐탁지 않고 하품 나고 졸림까지 오는 기록의 연속이 조선 역 사의 겉 꼴이다. 구차히 편코자 하는 병, 무관심증, 불철저증, 건망증 들은 다 우리 사람들의 국민적 고질이라고—과연 그렇 다."(『한글의 투쟁』, 17~18쪽)

필요한 변화에 대한 완고한 저항일 때 기억은 발전을 가로 막는 장애이다. 그러나 반드시 기억할 필요가 있는 것까지 다 망각함으로써 정신없이 변화에 편승코자 하는 것은 경망 그 자체이다. 이 종류의 경망스러움은 90년대 한국인의 문제가 되고 있다. 민주주의가 정착되기도 전에 이미 민주사회가 도래한 것으로 착각하고 80년대의 기억을 몽땅 잃어가고 있는 것이 지금의 상황이며, 합리성의 결여로 인한 피해와 희생이 각종 인재의 형태로 연달아 발생하고 있는데도 합리성의 포기를 주장하는 포스트모더니즘에 휘둘리고, 이른바 '세계화'라는 것이 지닌 우둔하고 파괴적인 측면은 간과한 채 마치 제 것 다 버리고 남 쫓는 일만이 유일하게 살 길이라 여기는 착각에 빠져 있는 것이 지금의 우리 초상이다. 토착적인 것, 고유한 것, 자생적인 것을 끊임없이 파괴하고 세계의 여러 다양한 문화 자원들을 소멸시켜 온 것은 근대주의 자체의 제국주의적 죄과이자 문명의 가장 슬픈 성취 가운데 하나이며, 세계화라는 것에는 이 우둔한 성취를 지향하는 측면이 있다. 세계화는 필요한 변화지만, 변화는 현명하게 추구될 때에만 유용한 것이다. 근대적인 것들에는 우리가 버릴 것과 유지할 것이 있고 전근대적인 것들의 경우에도 우리가 기억하고 보존할 것과 잊어버려야 할 것이 있다. 현명한 변화는 기억과 망각의 변증법적 사유를 요구한다. 우리의 젊은 지성들에게 그 사유가 지금처럼 절실한 때도 없다.

지성과패기 1997. 7·8월호

프리모 레비의 기억 투쟁

　　프리모 레비는 2차 세계대전 때 유대인 절멸수용소에서 살아남아 후일 증언문학의 큰 작가가 된 사람이다. 나치에 끌려갔던 사람들이 수용소에서의 삶과 죽음, 비참과 절망의 경험을 직접 기록한 것이 '증언문학'이다. 레비는 작가를 지망했던 사람이 아니다. 그는 대학에서 화학을 전공하고 관련 분야에서 일하다 끌려간 과학자다. 도대체 무엇이 화학자였던 사람을 바꾸어 작가가 되게 한 것일까?

　　이 변모의 핵심에는 인간에 대한 질문이 놓여 있다. 레비가 경험한 나치 수용소는 인간을 '인간 이하'의 수준으로 떨어뜨리기 위해 고안된 조직적인 인간 파괴 체계다. 그 체계에 갇히는 순간 인간은 인간이기를 멈추어야 한다. 거기서 레비는 그때까지 그가 인간에 대해 알고 있었던 모든 것, 인간의 품위와 문명의 성취에 대한 기성의 지식, 개념, 그림 들을 내버려야 하는 상황에 빠진다. 생각도 멈추고 질문도 멈추어야 한다. 그러나 역설적이게도 레비로 하여금 끝까지 명줄을 놓지 않고 버티게 한 것은 그가 한 번도 진지하게 물어본 적이 없는 '인간에 대한 질문'이다. 인간은 무엇이고 '인간 이하'란 무엇인가? 인간으로 존재한다는 것은 어떻게 존재하는 것이며 인간 이하로 떨어진다는 것은 무엇을 말하는가?

이런 물음들은 결코 새로운 것이 아니다. 그것들은 인문학의 오랜 질문 범주 속에 들어 있는 것들이다. 그러나 새로운 질문이 아니라는 사실은 중요하지 않다. 무엇이 중요한가? 인문학자 아닌 화학자 레비가 생의 어떤 순간에 '난생처음' 인문학적 질문들을 발견하고 생의 나머지 기간을 바쳐 그 질문을 추적하는 데 몰두했다는 사실이 중요하다. 인문학의 질문은 인문학 하는 사람들만의 것도, 예술가들만의 것도 아니다. 과학자, 사업가, 정치인 할 것 없이 누구나 던지는 질문, 누구나 묻고 물어야 할 질문이 인문학적 질문이다. 더 기본적으로, 그것은 우리가 우리 자신에게 노상 던져보지 않고서는 우리의 '인간' 그 자체가 초라해져버리는 그런 질문이다.

레비의 책 국역판에 『이것이 인간인가』라는 것이 있다(원제의 의미를 좀더 살린 제목은 『만약 이것이 인간이라면If This Is a Man』이다). 인간을 인간 이하로 추락하게 하는 것도 다름아닌 인간이다. 인간을 인간 이하의 수준으로 떨어뜨리는 것이 또한 인간이라면, 우리가 인간이라 부르는 자들은 어떻게 인간인가? 수용소에서 살아남기 위해 그는 대학 때 읽은 단테의 『신곡 Divine Comedy』과 호메로스의 서사시 『오디세이아』에 나오는 구절들―"나는 짐승으로 살기 위해 태어나지 않았다" 같은 대목들을 끊임없이 암송한다. 그런 구절들을 기억해내어 암송함으로써 그는 자신이 인간이라는 사실을 기억하려 한 것이다. 인간임을 기억하는 것이 그에게 살아남기 위한 눈물겨운 전략의 하나가 된 것이다. (여기서 '짐승'은 동물 비하가 아니라 '인간 이하'를 의미하는 은유다.)

화학자답게 그는 비순수 물질을 다루는 화학이야말로 아리안 순수주의 같은 나치의 왜곡된 과학주의 이데올로기와는 정반대편에 있는 가장 '반나치적'인 학문이라 말한다. 그의 『주기율표The Periodic Table』는 화학책이 아니라 원소들을 주인공으로 등장시킨 이야기책이다. 레비의 또다른 저서 『익사한 자들과 구조된 자들The Drowned and the Saved』은 과학적 양심이 어떻게 깊은 인문학적 성찰에 도달하는지를 보여주는 명저다. 과학 하는 분들에게 권해보고 싶은 책이다. 아직 우리말 번역이 안 나왔던가?

사이언스타임스 2008. 1. 14

어떤 엄마의 개종

　지미 카터가 제39대 미국 대통령이 되어 백악관으로 들어간 것은 지금부터 꼭 30년 전인 1977년 1월 20일이다. 그날, 대통령의 취임 첫날을 취재하기 위해 많은 기자들이 백악관으로 몰려든다. 조지아 주 지사를 지냈다고는 하지만 중앙 정가에서는 거의 무명이나 다름없었던 인물이 지미 카터. 기자들로선 그 '시골뜨기' 무명 인사가 대통령이 되었으니 그의 입에서 어떤 취임 소감이 나올지 궁금했을 것이다. 그 기자들에게 카터는 "내 어머니부터 만나보라"며 곁에 있던 79세의 어머니 릴리언 카터 여사를 소개한다. 한 기자가 물으나마나 싶은 질문 하나를 내놓는다. "아드님이 자랑스러우시죠?" 그러자 형형한 눈빛의 릴리언 카터는 전혀 뜻밖의 방향에서 날아온 화살 같은 되받아치기 질문을 던진다. "어느 아들 말이야?"

　물론 이건 릴리언 카터가 남긴 유명한 유머의 하나다. 카터 여사에게는 장남 지미 말고도 차남 빌리가 있었지만 빌리 카터는 세상의 잣대로 따져 '성공'했다고 말할 만한 사람도, 형 지미에 견줄 만한 이력을 가졌던 사람도 아니다. 그러나 바로 그렇기 때문에, 릴리언 카터가 백악관 기자들에게 던진 유머는 인상적인 데가 있다. 대통령이 된 아들이건 자주 엎어지는 아들이건 간에 자기가 키운 아이들은 똑같은 무게를 가진다는 메시지가 그 유머에 담겨 있기 때문이다.

릴리언 카터는 고령이 되어서도 사람들이 '미스 릴리언'이라 불렀을 정도로 활기 넘치고 공동체를 위한 봉사활동과 인권에 대한 헌신이 남달랐던 여성이다. 그녀는 미국 평화봉사단 역사상 가장 나이 많은 단원이었다는 기록을 갖고 있다. 68세 때 평화봉사단에 지원하고 인도까지 가서 나병환자들을 돌본 사람, 거의 평생 남부 흑인들과 빈민들의 삶을 살핀 간호사, 그가 '미스 릴리언'이다.

인종차별이 자심했던 20세기 초반의 남부 조지아에서는 흑인이 간혹 백인의 집을 방문할 때는 반드시 '뒷문'으로 드나들어야 했는데 어머니 릴리언은 흑인들의 그 뒷문 출입을 금지하고 당당히 '앞문'으로 출입하게 했다. 당시 조지아 시골에서 흑인을 인간으로, 친구로, 이웃으로 대접한 최초의 백인 집안이 '릴리언네'였다고 한다.

느닷없이 웬 카터 집안 얘기? 나는 지금 카터 집안의 영광을 얘기하고 싶은 것이 아니라 지미 카터가 '나를 키운 가치들'이라 말하는 '어머니 릴리언의 가치관'을, 그리고 그것이 요즘 한국의 젊은 엄마들이 아이들에게 주입하고 있는 가치들과 얼마나 다른 것인가를 말하고 싶다. 평화, 자유, 민주주의, 인권, 환경 품질, 사람들의 고통 줄이기, 선의의 나눔, 사랑, 봉사, 법치 같은 것이 카터가 가장 소중하다고 생각하는 기본적인 가치의 목록을 이룬다. 2002년 노벨평화상 수상 연설에서 카터는 이런 가치의 실현이 '사회의 목표'여야 한다고 말하고 있다. "우리는 시대 변화에 맞추어야 하지만 변하지 않는 원칙들도 지킬 줄 알아야" 하며 원칙적이고 기본적인 가치들을 지켜내는 일이 다른 모든 일에 앞서 "사회의 최우선 과제가 되어야 한다"고 그는 말한다. 미국이건 한국이건 간에 이런 기본 가치들의 소중함을 가르치는 것이 교육의 과제이고 목표다. 그러나 지금 우리 사회는 아이들에게 무슨 가치를 가르치고 있고 무엇을 교육의 목표로 삼고 있는가?

아이들을 '잘 교육시키기 위해' 캐나다로 조기 유학을 보낸 어떤 한국 어머니가 최근에 겪은 '개종 사건' 비슷한 것이 하나 있다. 아이들을 일찌감치 외국에 내보내는 한국인 가정은 크게 두 부류로 나뉜다. 하나는 한국의 살인적인 교육 풍토에서 아이들을 해방시키고 싶어, 또하나는 더 강한 학습 경쟁력을 길러주어 외국의 소위 '일류' 대학에 진학시키고 싶어하는 사람들이다. 숫자로 따지면 앞의 경우는 극소수이고 대부분이 후자, 곧 경쟁력 선점주의자들이다. 이 선점파들이 하는 일은 밖에 나가서도 서울 못지않은 학원 과외를 시키면서 아이들을 '선수 학습'의 열탕지옥에 집어넣는 일이다.

캐나다 밴쿠버의 꽤 이름난 사립학교에 아이를 입학시킨 문제의 어머니도 후자의 경우다. 그녀는 고교 1년생인 아들이 화학을 좋아하니까 화학 과목을 더 열심히 공부할 수 있도록 배려해달라고 '당부'하기 위해 아들이 다니는 학교로 찾아간다. 그런데 담임선생은 뜻밖의 제안을 내놓는다. 과목 공부는 학교에서 하는 대로 하면 된다. 당신 아들에게 필요한 것은 특정 과목에 대한 집중이 아니라 넓은 안목과 소양을 기르는 일이다. 그러니 '예술' 쪽으로 관심을 돌리게 하는 것이 좋겠다고 교사가 제안한 것이다. 그 교사는 한국이나 대만 부모들이 대체로 그런 식의 학과목 공부만을 강조하는데 그건 우리 학교의 교육철학이 아니다, 이왕 우리 학교로 아이를 보냈으면 이 학교의 교육방침을 따라달라는 말도 들려준다. "미술교육을요?

우리 아이에게?" "그렇습니다. 길게 보면 미술교육 같은 것은 아드님의 인생에 강한 힘이 되어줄 수 있습니다. 잘 생각해보십시오." 당부하러 갔다가 되레 당부를 듣고 돌아온 어머니는 며칠 고민하다가 그 학교의 '교육철학'에 아이를 맡기기로 작정한다. 경쟁력 선점주의자가 '교육'이라는 것에 눈뜬 것이다.

그 어머니가 듣고 온 것은 그런 얘기만이 아니다. 몇 년 전 동남아시아 해일 재난이 발생했을 때 그 학교에서는 아이들에게 '지진해일'이 어떤 것인지 연구조사하게 하고 고학년생들을 현지로 보내 "희생자들을 위해 우리가 할 수 있는 일은 무엇인가"를 생각하고 찾아내어 에세이를 쓰게 했다는 얘기도 그녀를 개종시킨 계기의 하나다. "우리는 아이들이 스스로 연구하고 체험과 봉사 경험에서 나온 에세이를 쓰게 했다가 나중 아이들이 원하는 대학으로 보내어 선발 자료로 쓰게 합니다."

선수 학습 같은 것으로 얻을 수 있는 이득의 수명은 얇고 짧다. 학습된 영재는 영재도 천재도 아니다. 미국의 유수 대학들은 아시아계 학생들 중에 이런 종류의 학습천재들이 많다는 사실을 알고 있고, 그래서 아시아계 학생들에 대한 입학 허가를 대폭 줄이고 있다. 소위 영재교육을 받았다는 한국 아이들이 하버드에 들어갔다가 1년쯤 간신히 넘기고는 줄줄이 중퇴하거나 나둥그러지는 일들이 벌어지고 있다. 기본과 바탕이 허약해서 따라갈 수 없기 때문이다. 한국의 교육 파국을 손질해야할 때다.

한겨레 2007. 2. 2

엄마라는 이름의 해결사

학생들의 기말시험 답안을 채점중인 교수에게 전화가 걸려온다. 그 과목을 수강한 아무개의 '엄마'에게서 걸려온 전화다. "교수님, 우리 아이 성적 나쁘게 주시면 큰일납니다." 큰일이라니 무슨 큰일? "애가 안 듣겠다는 걸 제가 우겨서 그 과목을 수강하게 했거든요. 성적이 나쁘게 나오면 제가 곤란해집니다." 왜 곤란한데요? "제가 책임을 져야 하잖아요?" 이럴 때 교수들은 성적이 좋고 나쁘고는 학생 책임이지 왜 그걸 엄마책임이라 생각하느냐고 따져 묻지 않는다. 성적이 좋으면 그것도 엄마 덕분이라 말할 거냐고 되묻지도 않는다. 그런 엄마를 설득하자면 시간 걸리고, 설득해보려는 시도도 대부분 실패한다는 것을 교수들은 알고 있기 때문이다. 그들이 할 수 있는 일은 휴우, 한숨 한 번 내쉬고 잠시 창밖의 먼산 뜬구름이나 쳐다보다가 하던 일로 서둘러 되돌아가는 것이 전부다. 그러나 그의 심사는 편치 않다.

엄마는 물론 위대한 존재다. 영유아기 아이들에게 엄마는 거의 절대적인 양육자, 보호자, 공급자다. 대개 13세까지의 아이들에게도 엄마(그리고 아빠)는 거대한 울타리, 안내자, 모델이다. 성장의 일정 시기까지 아이들이 절대적으로 의존해야 하는 양육, 보호, 안내의 역할과 책임을 수행하는 엄마는 위대하

271

다. 그 엄마에게 제1의 관심사는 아이들을 잘 키워낸다는 것이다. 집단적으로도, 아이들을 잘 키워야 한다는 것은 모든 사회가 불문율로 받아들이는 공통의 책임이다. 이 책임의 개별적 수행자가 엄마다. "아이들에게 해코지하지 마라"라는 것은 비록 '십계명' 같은 종교적 계율에는 안 들어 있을지 몰라도 역시 모든 인간 사회가 당연하게 받아들이고 공유하는 '명령'이다. 이 명령의 본능적 수행자도 엄마다.

그러나 엄마는 엄마라는 이유만으로 아무 때나 위대해지는 것이 아니다. "아이들을 잘 키워야 한다"는 불문율이나 "아이들에게 해코지하지 마라"라는 명령은 아이들을 어떻게 키워야 잘 키우는 것인가, 어떻게 키우는 것이 아이들을 해코지하지 않는 일인가라는 질문을 수반한다. 그 질문은 양육이라는 생물학적 책임의 수행 이상으로 중요한 사회적 책임을 엄마에게 부과한다. 엄마가 위대해지는 것은 그 질문 앞에서 엄마의 역할과 책임에 대한 위대한 경험적 직관, 상식적 분별, 건강한 판단을 행사할 때다. 그 직관과 분별과 판단은 평범한 것일지 몰라도 바로 그 평범성 안에 아이들을 키우는 법에 대한 위대한 통찰과 진리가 담겨 있다. 그런 통찰과 분별력을 가진 엄마는 교수에게 전화를 걸어 "우리 아이에게 제발 좋은 점수 주세요"라고 말하지 않는다. 그런 전화질이 바로 '몰상식'의 범주에 든다는 것을, 그리고 그런 몰상식을 밀고 나가는 것이 아이를 잘 키우는 일도, 엄마의 역할도 아니라는 것을 그는 알고 있다.

그런데 이런 종류의 몰상식 사례는 지금 우리 사회에서 예외적 사건이 아니라 항다반사가 되어 있다. 엄마가 모든 문제의 '해결사'가 되어야 한다고 생각하는 '엄마의 문화'가 온 사회에 널리 퍼지고 있다. 그 문화는 대학교육의 독이다. 그것은 제 머리로 생각할 줄 모르고 제 손으로 문제를 풀지 못하는 아이들, "엄마, 어떻게 좀 해줘"라고 노상 매달려야 하는 아이들, 모험과 탐험과 개척에 나서기를 극단적으로 꺼리고 두려워하는 아이들을 길러놓는다. 그렇게 자란 상당수 아이들을 어떻게 독립적 개체로 바꿔놓을 수 있을까라는 문제가 지금 대학교육의 큰 과제다.

어떤 해결사 엄마는 이렇게 말한다. "우리 아이에겐 독립성 같은 거 필요 없어요. 우리(부모)가 끝까지 안고 갈 거니까요." 그런 엄마는 자녀가 대학을 졸업하고 대학원생이 되어도 먹을 것 싸들고 대학원생 엠티에 따라나선다. 아들딸이 판사가 되어 임지에 부임했을 때도 그는 부장판사에게 전화해서 "우리 애는 아무것도 몰라요. 잘 봐주세요"라고 부탁한다. 그런 엄마는 자신의 처신과 행동방식이 자녀의 성숙과 행복을 가로막는 최대의 해코지가 된다는 생각은 해볼 틈이 없다. 그 해결사 엄마들에게 길고 긴 행운이 있기를.

한국일보 2012. 7. 4

하버드 대학생들의 눈물

"수용소의 미군 한 사람이 묻더군요. '너 결혼했냐?' 그렇다고 대답했더니 '네 마누라가 너 이렇게 발가벗은 꼴을 보면 실망하겠지?' 옆에 있던 다른 병사가 말했습니다. '하지만 네 놈 마누라가 지금 여기 나타나면 실망하진 않을 거야. 내가 겁탈해줄 거니까.' 미군들은 내가 아직도 살아 있다는 걸 예수님께 감사하라고 명령했어요. '난 알라를 믿는다'고 말했지요. 그러자 병사 하나가 '난 고문을 믿는다, 이 새끼야. 지금부터 내가 널 고문해주겠다'고 말하더군요."

2003년 여름부터 2004년 초까지 바그다드 근처 아부그라이브 포로수용소에서 미군 헌병대와 정보부대 요원들한테 온갖 고문을 당하다가 풀려난 한 이라크인의 증언이다. 그 포로수용소에서 자행된 '온갖 고문'의 실상은 사진 자료, 진상 조사, 증언, 취재 보도 등을 통해 세상에 알려질 만큼 알려져 있다. 포로들에게 비인간적 학대와 잔혹한 고문을 가했던 정보부대 요원들도 이후 군법회의에서 강등, 불명예 전역 등의 처벌을 받았고 그중 일곱 명은 최고 10년형까지의 실형을 선고받고 지금 복역중이다. 그러나 아직도 잘 밝혀지지 않은 것은 잔혹한 고문의 동기가 무엇인가, 명령에 따른 것인가 아닌가, 명령에 의한 것이라면 그 명령 체계의 꼭짓점은 어딘가 등의 문제다. 군법회의에서 실형을 선고받은 자들은 모두 상사 이하의 병사들이고 지휘관급으로는 딱 한 사람만이 준장에서 대령으로 강등된 것이 전부다.

이달 초 하버드 대학의 한 건물에서 바로 그 아부그라이브 고문 사건을 다룬 기록영화 한 편이 상영되었다는 소식이다. 〈아부그라이브의 유령들Ghosts of Abu Ghraib〉이라는 제목의 이 영상물은 발가벗은 이라크인 포로들을 상대로 진행된 처참한 고문 장면들과 미군 병사들의 고백, 포로들의 증언 등을 생생하게 담아내었는데, 영화가 상영되는 동안 여기저기서 훌쩍이는 소리가 끊이지 않았다고 한다. 이 영화를 만든 사람은 39세의 독립 다큐멘터리 작가 로리 케네디다. 기록영화로 이런저런 수상 경력을 지닌 그녀는 고 로버트 케네디 상원의원(1948년 하버드대 졸업)의 막내딸이다. 사건 발생 후 몇 년이나 지났는데 왜 이 영화를 만들었는가? 상영 뒤 질의응답에 나선 로리는 이렇게 답변한다. "이건 단순히 아부그라이브에 관한 영화가 아니다. 이것은 미국에 관한 것이고 우리는 누구인가에 관한 것이다."

"아부그라이브 사건을 조사했던 사람들한테서 우리가 노상 들은 것은 고문자들이 소수의 '썩은 사과'일 뿐 결코 조직의 일부가 아니라는 것이다. 그러나 내가 발견한 진실은 정반대다." 인터뷰에 응했던 영화 속 미군 병사들의 증언도 반대의 진실을 전달한다. "그 수용소는 나를 괴물로 만들었다." "고문을 수행하는 일은 마치 치과에 가서 생니를 뽑는 것 같았다." 사건 당시 상당수가 아직 십대의 청소년 나이였던 병사들은 '상부 지시'와 '마음의 가책' 사이에서 방향을 잡지 못해 갈팡질팡했다고 한다. "우리가 들은 것은 포로 고문이 미국을 위한 길이며 테러리즘과 싸우는 길이다. 지시를 따르지 않는 것은 테러리즘

을 편드는 행위다, 라는 것이었다." 사건 발생 3년이 지났는데
도 미국 국민들은 그 아부그라이브 추문의 꼭짓점이 어딘지 모
르고 있다고 로리는 말한다. 충격에 휩싸인 하버드 대학생들에
게 로리는 "이제 우리는 행동해야 한다"라는 말로 질의응답을
끝낸다.

　　그녀가 말한 '행동'이라는 것에는 많은 것들이 담길 수 있
다. 우리가 생각해볼 것은 미국에서건 한국에서건 "대학은 어
떤 인간을 어떻게 길러내야 하는가"라는 질문, 곧 '대학의 소
임'이라는 문제다. 로리는 그날 아부그라이브의 참상을 보며
눈물을 흘렸던 하버드 대학생들에게 조지 워싱턴 이야기를 들
려준다. 미국 독립전쟁 당시 워싱턴은 영국군이 식민지 독립군
포로들을 가혹하게 다룬다는 보고와 함께 "우리는 어떻게 해야
합니까?"라는 부하의 질문을 받는다. 포로 처우에 관한 제네바
협정 같은 것이 존재하지 않았던 시절인데도 워싱턴은 영국군
포로들을 인간답게, 품위를 지켜 대우하라고 지시한다. 로리는
당시 워싱턴의 말을 인용한다. "도덕의 나침반을 잃으면 우리
가 지금 무엇을 위해 싸우는지 알 수 없게 된다." 로리의 마음
속에는 인간과 문명의 가장 좋은 전통을 기억하고 이어가는 것
이 대학의 소임이며 대학생들의 할 일이라는 생각이 맴돌고 있
었는지 모른다.

　　2월은 한국에서 한 세대가 대학문을 나서고 새로운 세대
가 들어오는 졸업과 입학의 계절이다. 소문에 의하면 요즘 한
국의 대학 졸업생들에게 '원칙과 방향에 대한 질문'은 없다고
한다. 그들의 머리에는 한 달에 얼마 벌고 얼마를 쓰느냐, 어디
부동산을 언제 어떻게 살 것이냐는 생각만 꽉 차 있고 손익의
대차대조표만 중요할 뿐 삶을 이끌 원칙과 가치의 화살표 같은

것은 아예 없다고 한다. 나는 이런 소문들을 믿지 않는다. 나는 우리의 젊은 세대가 자기 혼자만 생각하는 좁좁한 울타리, 개구리 우물, 작은 세계의 수인들이라고는 생각하지 않는다. 그들은 과거의 어떤 세대와도 다른, 어쩌면 단군 이래 최고의 개인주의적 편향을 가진 세대일지는 모른다. 그러나 나는 그들의 개인주의가 공동체와 정의, 공존과 연민의 윤리를 완벽하게 시궁창으로 내던진 몰가치의 것이라고는 생각하지 않는다. 그들은 어려운 선택의 시대 속으로 내몰리고 있다. 그러나 나는 그들이 "우리는 도대체 어떤 사회를 만들어야 하는가"라는 질문, "어떤 사회가 좋은 사회인가"라는 질문을 그들의 모든 중요한 선택과 행위의 배경에 깔 줄 아는 사람들이라고 생각한다.

이번 2월의 대학 졸업생들에게 나는 뒤늦게나마 작년 6월 하버드 대학 졸업식에서 당시 총장 로런스 서머스가 들려준 축사의 한 대목을 전달해주고 싶다. "나는 하버드 4년이 여러분들에게 편안한 안락지대 바깥에서 생각할 줄 아는 능력, 생각의 힘을 인정하며 바른 논리와 사유에 입각한 토론으로 세계를 바꾸어나갈 능력, 다수가 틀렸을 때에는 그 다수에 외로이 맞설 줄 아는 능력을 길러주었기를 희망한다." 하버드가 길러내고자 하는 것은 생각할 줄 아는 사람, 생각의 창조자, 생각의 실천자라는 말도 그의 축사의 일부다. "이치에 맞는 것들을 위해 일어서고 부당한 것들에 맞서며 남들이 싫어할 소리를 마다하지 않는 불편도 감내하라. 그대들을 불안하게 하는 사람들의 말도 존경하고 경청하라. 우리 대학 졸업생들은 창조자로서, 생각의 실천자들로서만 이 세계에서 차이를 만들어낼 수 있다."

한겨레 2007. 2. 16

4부

사회는
언제
실패하는가

노무현의 질문
―어떤 사회를 만들 것인가

> "우리는 어떤 사회를 만들고자 하는가?" 이 질문을 망각한
> 사회는 제아무리 잘살아도 길 잃은 사회, 제아무리 휘황해
> 도 어두운 사회, 제아무리 똑똑해도 눈먼 맹목의 사회다.

노무현의 유산은 무엇이고 그의 죽음이 우리 사회에 남긴
과제는 무엇인가. 나는 노무현이 대통령 되기 이전부터, 되고
나서, 그리고 퇴임 이후에도 시종일관 그의 삶과 행적을 이끈
커다란 질문을 하나 갖고 있었다고 생각한다. "우리는 어떤 사
회를 만들고자 하는가?"라는 것이 그 질문이다. 이것은 한 사
회가 나아가야 할 방향과 추구해야 할 목표에 관한 질문이며
정신과 비전, 꿈과 가치에 관한 질문이다. 그 질문을 망각한 사
회는 제아무리 잘살아도 길 잃은 사회, 제아무리 휘황해도 어
두운 사회, 제아무리 똑똑해도 눈먼 맹목의 사회이다. 그런데
우리는 그 질문을 너무도 오랫동안 잊고 살지 않았던가? 우리
가 망각한 그 질문의 환기, 그의 죽음이 벼락 치듯 우리에게 일
깨운 그 화두야말로 노무현이 남긴 가장 값진 유산이다. 그의
죽음 이후의 과제들을 생각해본다는 것은 우리 자신을 그 질문
의 거울 앞에 세우는 일에서부터 시작되어야 한다.

우리는 어떤 사회를 만들고자 하는가? 2009년 노무현의

죽음이 절절한 애도의 물결을 일으킨 것은 많은 사람들이 그를 보내고 나서야 그가 꿈꾸었던 세상, 그가 만들어보고자 했던 사회의 비전에 대한 그리움에 흠뻑 젖었기 때문이다. 큰 틀에서, 노무현이 꿈꾸었던 세상은 소박하다면 소박하게도 사람들이 '민주주의'라 부르는 체제의 원칙과 가치를 존중하는 사회, 링컨의 표현을 빌리면 '민주주의의 명제에 봉헌된' 사회이다. 그러나 그런 사회를 만드는 일은 결코 소박한 작업이 아니다. 그의 죽음을 보면서 우리는 그 작업이 우리에게 여전히 미완의 과제이며 그가 우리 모두에게, 집권세력과 국민과 사회에 남긴 숙제들 중에서도 가장 큰 숙제라는 사실을 깨닫는다.

그 과제의 수행을 위한 방법적 측면에서 내가 강조하고 싶은 것은 정치, 경제, 사회의 모든 영역에 걸쳐 '민주주의 문화'의 토양을 일구어나가는 일이다. 민주주의를 성숙시키는 일은 정치 영역만의 작업이 아니다. 정치학자들은 2007년 대선을 앞두고 "이제 우리 사회에서 민주주의는 되었으니" 어쩌고 하는 망발에 가까운 발언들을 쏟아낸 적이 있다. 민주주의는 정치 영역으로만 실현할 수 있는 것이 아니다. 그것은 정치를 포함해서 사회 모든 영역의 밑바닥에 깔려 있어야 하는 민주적 가치, 원칙, 태도, 의식, 정신 상태—곧 '시민문화'의 성숙을 요구한다. 그 문화의 토양 없이 민주사회는 요원하고 일시적으로 민주주의 같아 보이는 것도 쉽사리 엎어지거나 퇴행과 반전의 운명을 거듭할 수 있다. 민주주의는 단거리 경주가 아니라 긴 마라톤이다. 그것이 긴 마라톤인 이유는 민주주의의 문화를 키우고 뿌리내리게 하는 일이 단기간에 이루어지지 않기 때문이다.

생전의 노무현은 '민주주의의 문화'라는 표현은 별로 사용하지 않았지만, 그가 시도했던 제도 개혁, 권력기관의 탈정치화, 인권과 시민 기본권의 존중, 약자 보호, 권력 분산, 지역주의 극복과 수직 서열주의 타파 같은 작업들의 기본 목표는 결국 민주주의의 문화를 키우는 데 있었다고 나는 생각한다. 거듭 말하지만 그 문화를 뿌리내리게 하는 일은 정치권만의 과제가 아니다. 그것은 가정과 직장, 교육과 언론을 포함해서 사회 모든 영역들에서 진행되어야 할 '사회 전체'의 과제다. 우리 사회는 이 사실을 깊이 새겨야 한다. 시민교육 강화는 특히 중요하다. 민주주의를 하겠다는 이 나라에서 교육은 '시민'을 길러내고 있는가? 창조적 교육을 되뇌면서도 창조 정신의 핵심이 비판적 사고라는 것을 지금의 우리 사회는 알고 있는가? 우리의 젊은 세대들은 "어떤 사회를 만들고 싶은가"라는 질문을 노상 머리에 담고 다닐 평생의 화두로 삼아야 하지 않겠는가?

한겨레 2009. 6. 4

자발성의 문화

—2003년의 희망의 문화

좋은 사회를 만드는 데는 최소한 세 개의 민주적 문화가 필요하다. 평등의 문화, 참여의 문화, 다원 가치의 문화가 그것이다.

지난 한 해, 그러니까 2002년 우리 사회에 나타난 문화적 현상 가운데 가장 괄목할 만한 것 하나를 꼽으라면 그것은 단연 민주적 '자발성의 문화'가 확산되기 시작했다는 것이다. 누가 시켜서가 아니라 시민이 자신의 판단과 결정으로 어떤 일을 시작하거나 일에 동참할 때 자발성의 문화가 생겨난다. 작년 월드컵이 남긴 기억할 만한 '문화사적' 사건은 우리 축구의 4강 진출이 아니라 시민적 자발성의 대대적 폭발이라는 사실이다. 12월 겨울밤을 몇 차례나 밝힌 서울 시청 앞 촛불시위의 물결도 어떤 단체나 조직에 의한 대중 동원이나 연출의 결과가 아니다. 연출자가 있었다면 그는 그날 그 자리에 촛불 하나씩 켜들고 나온 무명의 시민 한 사람 한 사람이다. 이번 대선 판도를 바꾼 결정적인 힘의 한 갈래도 젊은 세대 성원들의 자발성에서 나온 것이다. 2002년은 자발성의 문화적 원년으로 기억됨직하다.

2003년은 어떨까? 문화는 단시일에 만들어지지 않고 금세 죽어 없어지지 않는다. 문화의 힘이 센 것은 그것의 긴 생명력 때문이다. 만약 우리 사회에 자발성의 문화가 확실하게 뿌리내리기 시작한 것이라면 우리는 새해에도 그 문화의 지속을 기대할 수 있다. 자발성의 문화는 '희망의 문화'가 될 충분한 자격을 갖고 있다. 인간의 행복과 위엄을 결정하는 핵심 조건의 하나가 자발성이다. 사람들은 자발적으로 움직일 때 가장 행복해하고 활력에 넘친다. 축제도 자발성이 빠지면 축제가 아니고 공부도 그러하다. 우리의 수많은 지역 축제들이 김빠진 소비성 행사에 그치는 것은 지역 주민들의 자발적 기획과 참여가 거기서 빠져 있기 때문이다. 우리 아이들이 학교에 가기 싫어하는 가장 큰 이유는 배움으로부터 자발성이 철저하게 배제되어 있기 때문이다. 일이건 축제건 공부건 간에 자발성이 빠지면 도무지 신명이 나지 않는다.

그러나 우리가 자발성의 문화에 기대를 거는 더 본질적인 이유는 그것이 민주주의 문화의 핵심이고 시민문화의 생명이기 때문이다. 시민의 사회적 삶을 안내하고 떠받치는 가치와 신념 체계, 태도, 행동 강령, 사회적 관계 설정의 원칙, 행위방식 등을 '문화'라고 한다면, 민주사회를 지탱하고 '재생산하는' 원천적인 힘은 민주주의 문화에서 나온다. 문화가 정치적으로 중요한 것은 이 같은 체제 재생산의 위력 때문이다. 제도와 법률만으로는 민주주의가 정착되지 않고 지속되지 않는다. 민주주의의 가치, 이념, 명제에 대한 시민들의 확신이 있고 시민 각자가 자발과 자율의 주체가 될 때에만 민주주의는 뿌리내리고 안정적으로 발전한다. 자율성이 판단과 결정의 주체적 층위라면 자발성은 실천의 주체적 차원이다.

민주주의 발전을 위한 우리 사회의 문화적 기반은 여전히 허약하다. 민주주의는 아직도 많은 경우 '수사'일 뿐 그것의 핵심적 원칙과 가치 들이 사회에 고루, 그리고 깊숙이 뿌리내렸다고 말하기 어렵다. 민주주의의 문화가 성숙하지 않았다는 것은 우리의 민주주의가 언제든지 위기에 처하고 벼랑에 설 수 있다는 얘기다. 한두 번의 문민정부가 실현된다고 해서 민주주의가 실현되는 것은 아니다.

여론조사에서 보면, 신임 정권의 시급한 국정과제로 늘 첫머리에 꼽히는 것은 '경제'다. 먹고사는 문제가 급하다고 사람들은 말한다. 아닌 게 아니라 먹고사는 문제는 중대하다. 그러나 경제가 반드시 시민의 행복을 결정하지 않는다는 사실을 우리는 늘 기억해야 한다. 80년대에 거의 '내전' 수준의 민주화 투쟁이 벌어진 것은 그때 경제가 유독 나쁜 상황에 있었기 때문이 아니다. 물론 지금은 투쟁을 벌여야 할 정도로 민주주의가 위기에 빠져 있는 것은 아니다. 그러나 민주주의를 안착시키는 일은 경제 발전보다도 더 어렵고 시간도 더 오래 걸린다.

신년 정초는 우리가 온 길을 되짚어보고 갈 길을 생각해보는 데 적절한 시간이다. 이제는 우리도 '좋은 사회'에 대한 비전과 그림을 머릿속에 한번쯤 그려볼 때가 아닐까? 우리가 만들려는 사회는 어떤 사회이며 그 사회가 '좋은 사회'라 불릴 만한 것일지 어떨지도 좀 차분히 생각해봐야 하지 않을까? 우리가 힘들여 민주주의를 실현시키고자 하는 것은 '좋은 사회'를 만드는 데는 민주주의가 가장 나은 체제이고 방법이라 생각하기 때문이다. 문화의 관점에서 말하면, 좋은 사회를 만드는 데는 최소한 세 개의 민주적 문화가 필요하다. 평등의 문화, 참여의 문화, 다원 가치의 문화가 그것이다. 평등의 문화는 정의로운 사회를 만들고 참여의 문화는 활력 넘치는 공동체 사회를, 다원 가치의 문화는 공존과 관용의 사회를 만든다.

지난해에 우리 사회에서 터져나온 자발성의 문화는 '좋은 사회'를 만드는 데 필요한 세 가지 민주적 문화 가운데 참여의 문화에 해당한다. 개인주의와 공동체적 요구 사이의 갈등을 풀어 흩어진 개인들을 공동의 운명체로 모이게 하는 것도 참여의 문화이다. 이 점에서 자발성의 문화가 확산되고 있다는 것은 우리 사회의 민주적 기반과 역량이 성숙하고 있다는 증좌다. 그러나 다른 두 문화─평등의 문화와 다원성의 문화도 그런 성숙을 보이고 있을까?

평등을 위한 법제가 제도적 차원의 것이라면 평등을 민주적 가치로 내면화하는 것은 도덕적·윤리적 차원의 것이다. '평등의 문화'라는 말이 의미하는 것은 뒤의 경우다. 평등의 가치에 대한 확신이 있을 때에만 평등의 제도화를 위한 정치적 노력들은 시민의 동의를 얻는다. 다원 가치의 문화도 그러하다. 입으로 제아무리 세계화, 국제화를 말하고 제도화해도 다원성의 가치가 내면화되지 않은 곳에서는 타자에 대한 존중도, 공존의 정의도 생겨나기 어렵다. 작년 한 해에 우리가 참여와 자발성의 문화를 경험했다면, 2003년 신년에 우리가 더 심화시켜야 할 것은 평등의 문화와 다원성의 문화일 것이다. 좋은 사회를 생각하고 그런 사회를 만드는 데 필요한 문화를 키우는 것, 그것이 신년 '희망의 문화'다.

국민일보 2003. 1. 1

탄핵이라는 이름의 불행한 희극
—착각, 범주 혼동, 그리고 오판

　　지금 국민은 7 대 3의 비율로 대통령 탄핵안 국회 가결이 '부당하고 잘못된 일'이라 판단하고 있다. 여론을 종합해보면 "탄핵 사유가 되지 않는 사유들을 가지고 탄핵을 추진했다"는 것이 국민의 소리다. 탄핵 결의안을 거침없이 밀어붙인 세력들에 대해서도 다수 국민은 강한 분노와 혐오감을 표출한다. 국민이 뽑은 대통령을 탄핵하면서 국회 야권세력들은 합당하고 정당한 소추의 요건들을 제시하지 못했을 뿐 아니라 발의에서 가결의 순간까지 국민 의사를 외면하고 무시했다는 것이 분노의 이유다. 대다수 국민을 제쳐놓고 행동하는 국회가 어떻게 "국민의 대의기관일 수 있는가"라고 지금 국민은 엄중히 묻고 있다.

　　이런 지적은 타당하고 그 분노는 정당하다. 한나라당, 민주당, 자민련에 의한 이번 탄핵안 관철은 모든 대목에서 치명적 착각, 범주 혼동, 오판의 장면들을 안고 있다. 국회 내 '다수의 힘'이 이번 경우 결코 '다수 국민'을 대변하지 못한다는 사실을 망각한 것이 야권의 큰 '착각'이다. 이 착각은 공조에 의한 '다수세력'과 그 공조세력을 바라보고 점수 매기는 '다수 국민' 사이의 현저한 불일치에도 불구하고 그 불일치를 '일치'로 오인한 정치적 착시의 결과다. "우리는 다수이며 다수가 하는 일은 곧 다수 국민의 뜻"이라 생각하는 오만도 이런 착시의 산물이다.

　　탄핵안에 제시된 소추의 사유들이 탄핵의 합당하고 정당한 요건들을 충족시키고 있는가에 대한 법리적 판단 작업은 헌법재판소의 몫이다. 헌재 판결은 존중될 것이지만, 야권이 내건 세 가지 탄핵 사유(권력형 비리, 경제 파탄, 중립의무 위반)의 어느 것도 '중대한 위헌 위법'의 요건들을 충족시키지 못한다고 보는 국민 판단은 아주 중요하다. 다수 국민이 보기에 야권이 제시한 탄핵 사유들은 상식에 어긋나고 국민이 아는 원칙과 정의에 반한다. 대통령이 탄핵의 빌미를 주었다느니 그의 평소 언행이 가볍다느니 하는 지적들이 있다. 그러나 빌미, 언행, 스타일 같은 것은 탄핵 사유가 될 정도의 본질 사안이 아니다. 정당한 탄핵 사유의 범주에 들지 않는 것들을 탄핵의 사유로 잡는 오류가 '범주 혼동'이다.

　　대통령 탄핵이라는 극약은 야당들을 위해서도 결코 이로운 약이 아니다. '15분간의 짧은 승리와 영광'을 위해 야권이 스스로 대국을 망친 치명적 실수가 '오판'이다. 야권은 정쟁의 상대만 보고 국민은 보지 않은 것이다. 야권은 '노무현' 탄핵이 다수 국민에게는 "부패 척결과 정치 개혁을 바라는 국민적 열망 그 자체를 탄핵하고 배반하는 일"로 여겨질 것이라는 점을 전혀 고려하지 않은 듯하다. 국민들 자신의 열망이 탄핵받고 배반당했다는 느낌, 이것이 지금 터져나오고 있는 국민 분노의 가장 큰 이유다.

　　결과적으로, 착각과 혼동과 오판으로 얼룩진 이번 탄핵 사태는 누구를 위해서도 이롭지 않은 정치 희극이다. 그런데 국민이 이 희극 앞에서 그냥 허허 웃지 못하는 것은 그것이 '입법부'의 손에서, 민주주의와 헌정질서의 이름으로 연출되어 한국 민주주의를 다시 위기로 몰아넣는 '불행한 희극'이기 때문이다. 입법부가 제 손으로 헌정질서를 교란하는 사태는 국민을 슬프게 하고 다수 국민을 불쾌, 불안, 불행의 늪으로 침몰하게 한다.

그러나 너무 슬퍼하지 말자. 문학에서 '희극' 장르의 진정한 정신은 '봄이 겨울을 이기고' '새로운 생명의 세력이 낡고 썩은 죽음의 세력을 갈아치우는' 것이다. 불행의 희극은 밝고 신명나는 환희의 희극으로 전환될 수 있다. 당신과 내가, 국민이, 그 전환의 주역이 된다면!

한겨레 2003. 3. 12

이라크 파병 문제

지금 (이라크 전쟁을 둘러싼) 전 세계의 반전시위에서 '반전'이 의미하는 것은 두 가지다. 하나는 전쟁 그 자체를 혐오하는 보편 평화주의고 다른 하나는 미국이 일으킨 특수한 갈등으로서의 '이라크 전쟁'에 대한 반대다. 그러나 이 두 가지 입장들은 한데 어울려 격렬한 반전시위를 촉발하고 있다.

명분도 정당성도 없는 조지 부시의 전쟁, '이라크 해방'이라는 거죽을 둘러썼지만 실은 석유와 패권을 노린 미국의 더러운 전쟁이라는 것이 이라크 전쟁에 대한 세계인들의 비판 시각이다. 침공 직전 부시 대통령은 "국제적 지지가 없는데 미국이 혼자 전쟁을 일으켜도 되는가?"라는 기자 질문에 간단히 대답한다. "미국의 안전이 문제되는 한 우리가 누구의 허락을 받고 말고 할 필요는 없다." 이라크가 미국을 위협하기 때문에 그 이라크를 치는 것은 정당하다는 소리다. 그런데 이라크가 미국을 위협할 능력이 있는가? 이라크의 연간 국방예산은 14억 달러이고 미국은 그 300배인 4000억 달러다. 300 대 1이라면 골리앗과 다윗의 차원이 아닌 코끼리와 생쥐의 차원이다. "생쥐가 코끼리를 위협한다"고 부시는 말하고 있는 것이다.

이라크가 대량살상무기를 개발해 보유하고 있으면서 이웃나라들을 위협하고 테러집단 알카에다와도 연계되어 있다고 또 부시는 말한다. 정말로 대량살상무기가 문제라면 전쟁이 아니고도 이라크를 견제할 다른 방법들은 얼마든지 있다. 사담 후세인이 알카에다와 직접 연결되어 있다는 증거는 없다. 심리적 지지와 정서적 연결? 그런 지지가 문제라면 미국은 중동의 아랍 국가 모두를 쳐 없애야 한다. 사담식의 독재 체제가 아랍 민중의 불만을 누적시키고 그 불만이 미국을 향해 폭발하므로 '독재자' 사담을 제거하고 이라크를 '민주화'하는 것이 미국의 안전책이라는 주장도 부시 주변에서 나오고 있다. 그럴까?

사담을 싫어하는 이라크인이 있다면 그는 사담 못지않게 미국도 싫어하고, 미국의 전쟁 동기를 혐오한다는 사실을 '부시와 그 친구들'만 모른다. "미군이 진격해들어가면 이라크 민중의 열렬한 환영을 받을 것"이라는 왕자 설화를 지어내고 그 이야기에 심취했던 것도 부시와 그 친구들이다. 그런데 정작 미군을 맞은 것은 환영은커녕 야유와 경멸, 저항과 소총 세례다. 국외의 이라크 청년들은 "사담과 조국"을 외치며 줄지어 귀국하고 있다.

세계인들이 이라크 전쟁에 반대하는 데는 미국의 일방적 '내 맘대로'주의에 대한 불안, 두려움, 분노가 들어 있다. "미국은 국익을 위해 마음대로 할 수 있다"는 것이 부시 독트린의 요약본이다. 부시가 "악"이라 부르는 것은 모두 악이 되고 산천초목까지도 미국 앞에서 벌벌 떨어야 한다. 이것은 난폭한 무법자의 세계다. 그 세계에서 평화는 가능하지 않다. 단 하나의 초강대국이 군림하는 단극 체제의 세계에서는 그 골리앗의 일방주의를 견제할 방법이 있느냐 없느냐가 평화의 열쇠다. 그 방법이 없을 때 세계 평화는 불가능하다. 반전시위는 이처럼 평화의 토대가 근본적으로 위협받는 상황에 대한 전 세계 시민의 저항이다.

　미국의 안전이라지만 전 세계가 반미로 돌아설 때 미국이 안전할까? 석유를 위해 세계쯤이야 잃을 수 있다? 이 점에서 골리앗의 주먹질은 미국의 영광이 아니라 수치이고 실수이며, 미국의 현 지도부는 미국의 재앙이자 세계의 재난이다. 미 국 민들만 이 사실을 잘 모르고 있다. 이라크 파병 문제에서 우리 가 깊이 생각할 것도 바로 그런 재앙과 재난의 실러버스이다.

한겨레 2003. 4. 2

오늘의 기분 잡치는 소리들

감기 걸린 날 코 푸는 데 드는 시간, 4인 가족 저녁 설거지를 반쯤만 하고 말 때의 소요 시간이 약 8분이다. 그런데 한국인의 하루 평균 독서 시간이 8분이라?

한국인이 노상 신경을 곤두세우는 국제적 등급 순위표는 크게 세 가지다. 국가별 축구실력 순위, 국가신용 등급, 국가경쟁력 순위가 그것이다. 이들 순위에서 한국의 등급 화살표가 위아래 어느 쪽을 향하는가에 따라 한국인의 소화 상태가 달라진다. 우울 지수가 바뀌고 아드레날린 분비량에도 변화가 발생한다. 화살표는 위대하다. 그것이 위를 향하는 날, 한국인의 머리 위에서는 먹구름이 걷히고 갑자기 별빛 찬란한 하늘이 열린다. 고 녀석이 고개를 아래로 떨어뜨리는 순간 상당수 한국인들이 변비에 걸리기도 하고 72시간 체증에 시달리기도 한다.

그 위대한 화살표들이 최근 상향 기미를 보이고 있다는 소식은 한국인을 기분좋게 한다. 소위 국가 경쟁력이란 것의 최근 순위에서 한국은 29위에서 17위로 뛰어올랐다고 한다. 뉴욕의 신용평가기관들도 한국의 신용 등급을 상향 조정할 준비들을 하고 있다는 소식이다. 아직 잘 알 수 없는 것은 축구 등급이다. 그러나 여기서도 파란불이 켜질 것 같다고 믿는 사람들이 많다. 새로 부임한 감독을 봐라, 카리스마도 있고 배짱도 있어 보이던데? 히딩크를 넘어서겠다는 배포까지도 내보이지 않던가? 거기다 일급 코치들까지 합류했으니 2006년 월드컵에서 태극기는 여러 번 위로 위로 올라가지 않겠는가?

그러나 기분좋은 소리만 할 수 없는 것이 '비판적' 논평자의 운명이다. 그는 이 운명을 엿장수에게 팔아넘기고 싶지만 그럴 수 없다. 엿장수가 망할 것이 확실하기 때문이다. 엿장수는 엿을 팔아야 하고 논평자는 기분 잡치는 소리를 해야 한다. 기분 잡치는 소리의 자못 위대한(!) 기능은, 의사가 암환자에게 "당신 암에 걸렸소"라고 말할 때처럼, 사회가 무슨 중병에 걸렸는지 따지고 확인해서 발병 신호를 내보낸다는 것이다. 좋은 통치자라면 "주여, 기분좋은 소리만 하는 친구들에게서 저를 멀리멀리 떼어놔주십시오"라며 늘 기도해야 한다고 충고한 사람이 있다. 왕년의 탁월한 칼럼니스트 월터 리프먼이다. 사회도 마찬가지다. 좋은 사회란 기분좋은 소리만 듣기 위해 유아기로 퇴행하기를 거부하는 사회다.

오늘의 기분 잡치는 소리 제1호는 우리의 지식 국력이 미국의 5.9%, 일본의 14%에 불과하다는 평가다. OECD가 내놓은 회원국 평가 보고서니까 이것도 일종의 '등급 순위'다. 이 평가에 사용된 주요 미시지표는 '대학도서관'이다. 우리 대학도서관들은 자타가 공인하듯 세계적 수준으로부터는 거의 바닥권에 있다. 자료 구입비는 OECD 회원국들 중 최하위이고 장서량, 좌석, 인력, 운영비 등 모든 지표가 바닥을 긴다. 연구조사는 지식 생산의 기초이고 도서관은 그 연구조사를 위한 기본 환경이며 이 환경이 대학의 생명이다. 대학들은 이구동성으로 '세계적 대학'이 되겠다고 큰소리치지만, 국학 계열을 제외한 인문, 사

295

회, 과학, 기술 분야에서 박사 논문을 쓸 수 있을 정도의 연구조
사가 가능한 대학도서관은 대한민국에 단 한 곳도 없다. 몇 개
대학도서관에서만 겨우 석사 논문이 가능한 정도다.

　　기분 잡치는 소리 제2호는 우리 청소년 인구의 24.7%, 숫
자로는 약 208만 명이 온라인게임에 중독되어 있다는 통계다.
이 수치가 현실을 제대로 잡아낸 것인지 오히려 의심스럽다.
초기 중독증세를 보이는 청소년까지 포함하면 각종 게임에 멍
드는 아이들은 전체의 40%를 웃돌 것이라는 추산이 더 맞아
보인다. 게임 중독은 노름 중독이나 마약 중독에 진배없는 파
괴적 '쾌감 중독'이다. 우리가 정보 기술 왕국, 게임 수출 대국,
문화 산업 강국을 내걸고 정신없이 질주하는 동안 '우리의 미
래'라는 아이들은 선거권도 행사해보기 전에, 성장에 필요한
자양들을 고루 흡수해볼 겨를도 없이, 꽃망울을 채 터뜨려보기
도 전에, 이 놀라운 게임왕국의 그늘에서 창백한 '폐인'으로 시
들고 있다.

　　오늘의 기분 잡치는 소리 제3호는 2004년 한국인의 평일
독서 시간이 평균 8분으로 조사됐다는 소식이다. 우리가 하루
화장실 들락거리는 데 보내는 시간이 20분 정도라면(그 이상일
테지만) 8분은 배설용 시간경제 규모의 절반이 채 안 되는 시
간이다. 감기 걸린 날 코 푸는 데 드는 시간, 4인 가족 저녁 설
거지를 반쯤만 하고 말 때의 소요 시간이 약 8분이다. 한국인
상당수가 빈곤국이라 얕잡아 보는 인도의 경우, 그곳 국민의
하루 평균 독서 시간은 1시간 30분이다. 인도인이 하루의 16분
의 1을 바쳐 책을 읽는 동안 우리는 하루의 180분의 1만 책에
할애한다. 시간의 근검절약이 눈부시다. 2003년 유엔조사 때
우리의 한 달 독서량은 평균 0.8권으로 세계 166위를 기록했지

만 그 당당한 기록은 지금쯤 훨씬 당당한 180위 수준을 넘어서지 않았나 싶다.

오늘의 기분 잡치는 소리 중에서도 완벽하게 기분 잡치게 하는 것은 우리가 이런 몰골을 하고서도 태연자약, 희희낙락 자기도취에 빠져 있다는 사실이다. 중병이 들었는데도 국가와 사회가 병의 위중함을 인식하지 않고 인식하지 못한다. 인식 없는 곳에 정책 있을 리 없다. 사회 전체가 환상적 쾌감 중독에 빠져 있다. 대학도서관은 왜 바닥을 기는가? 청소년들은 왜 게임에 빠지고 그 중독 현상에는 무슨 대책이 필요한가? 책을 읽건 말건 무엇이 문제인가? 안 읽는다면 왜 안 읽는가? 탄식보다 중요한 것은 원인 분석이고 대책과 정책의 강구다. 이 작업이 없거나 모자라는 사회는 잠시 기분좋기 위해 길게 죽는 사회다.

한겨레 2005. 10. 7

정권을 위한 고언

근본적 질문을 질문으로 여기지 않는 정권은 '기본이 있는 사회'를 만들 능력이 없다. 우리가 어떤 사회를 만들고 어떤 사회를 지향해야 하는가라는 목표를 부단히 생각하고 주요 정책의 수립과 추진을 긴 안목의 사회철학적 기조 위에서 진행시킬 줄 아는 정권만이 기본이 있는 사회를 만들 수 있다.

국내 신문에 더러 인용되었지만, 지난 달 28일자 뉴욕타임스는 대도시 시카고가 벌이고 있는 '한 권의 책 같이 읽기' 운동을 보도한 바 있다. 8월 25일부터 시작해서 10월 14일까지 7주 동안 될수록 많은 시민들이 참여해서 같은 기간에 같은 책을 읽고 토론하고 공통의 화제를 발견해보자는 것이 이 시카고판 '책 읽는 사회' 만들기 운동의 골자이다. 이 운동은 시카고 시립도서관 당국이 주관하고 있지만, 리처드 댈리 시장이 직접 나서서 시민들의 적극 참여를 호소하는 통에 대단한 호응을 얻고 있다는 소식이다. 선택된 책은 무슨 인터넷 관련 서적도, '정원 예쁘게 꾸미는 법'이나 '나이를 거꾸로 먹는 법' 같은 이른바 '하는 법how-to' 계열의 책도 아니다. 지금 시카고가 읽고 있는 것은 41년 전에 나온 하퍼 리의 소설 『앵무새 죽이기To Kill a

Mockingbird』이다.

이 소설은 지난 40년 동안 미국 거의 대부분의 고등학교와 공공도서관의 권장도서 목록에 올라 있었기 때문에 상당수 미국인에게는 친숙한 작품이다. 그레고리 펙 주연의 영화로도 만들어졌고, 무대에도 올라 작가의 향리 극장에서는 지금도 이 작품이 장기 공연되고 있다 한다. 작품은 어렵지 않고, 뛰어나게 재미있고, 서술과 묘사에 발휘된 언어적 솜씨가 탁월하다. 남부 앨라배마 한 시골 소읍에서의 인종 갈등을 큰 줄거리로 삼으면서도 그 갈등의 와중에서 인간의 품위와 사랑에 눈뜨고 사회정의가 무엇인지를 배우며 자라는 세 소년 소녀의 성장의 드라마가 거기 펼쳐지고 있기 때문이다. 시카고가 이 소설을 선택한 것은 작품 주제가 지금 시카고의 문제(예컨대 인종 분할과 갈등, 인권)에 곧장 연결되어 있기 때문이다. 그러나 다른 중요한 배려도 있다. 책을 읽는다는 것의 가치와 독서문화의 중요성을 망각하지 말자는 것이 그것이다. 거기에는 "한 사회가 비디오나 게임에만 빠져 있어도 되는가?"라는 질문이 있고 "아니다"라는 확고한 판단이 들어 있다.

한국의 자라는 세대를 '게임 중독자'가 되게 하는 데 크게 기여했다는 것은 김대중 현임 정권의 현저한 업적(!) 가운데 하나다. 지금 초등학생들 사이에서의 게임은 거의 열풍의 수준에 있다. 게임을 하지 않거나 게임에 서투른 아이는 '왕따'의 가장 확실한 대상이고, 신판 게임을 잽싸게 터득한 아이는 또래들 사이에서 단연 영웅이거나 최소한 선망의 대상이다. 부모들은 아이들이 요구하는 새 버전의 게임을 사 대느라 헉헉거린다. 대학생들은 어떤가? 강의 빼먹고 온종일 게임에 빠져 있는 대학생도 있고 며칠씩 집에 들어가지 않고 게임방에서 눈 뻘게져 밤을 지새는 친구들도 있다. 이런 게임 중독 현상이 어째서 정권의 책임인가, 미국이나 일본은 안 그런가, 게임문화의 확산과 매혹이 정부 정책의 결과인가, 라고 우리 정부 사람들은 반박하고 나설지 모른다.

그들에게는 이런 질문을 되돌려줄 수 있다. "게임만 잘해도 대학 간다"고 외쳐댄 것은 이 정권의 문화관광부 장관이 아니었던가? 외환 위기 극복을 내세워 교육과 돈벌이를 완전히 혼동하고 "돈만 잘 벌면" 모든 것은 정당하다는 정신 상태의 전 사회적 확산을 부추긴 것은 이 정권이 아니던가? 디지털이 마치 모든 문제를 해결할 것처럼 신기술 만능주의 이데올로기의 거품에 함몰되어 '사회'와 '시장'을 구별하지 않고 오락과 문화를 구별할 능력의 거의 완벽한 마비를 보이고 있는 것도 지금의 정권 아닌가? 이런 풍조와 정신 상태가 막심한 가치 혼란과 허무주의를 파생시켜 사회 도처에 위기를 초래하고 있다는 사실조차도 주목하지 않고 주목할 줄 모르는 것이 지금의 정권 아닌가?

좀 혹독한 비판 같아 보일지 모르지만, 천만에, 이 정권의 고위 정책 당국자들이 취하는 태도를 생각하면 이 정도의 비판으로는 오히려 충분하지 않다. 기술주의, 기능주의, 시장유일주의에 이처럼 헌신적이었던 정권을 우리는 본 적이 없다. 게다가 이 정권은 이런 비판을 '문제의 지적'으로 받아들이지 않고 "그게 뭐가 잘못인가? 디지털 정보화 분야에서 우리는 지금 남들이 다 부러워하는 선두 주자다"라고 되받아치고 나선다. "책? 인터넷 시대에 무슨 놈의 책이냐?"라고 그들은 반문하고, 공공도서관을 더 지어야 한다고 말하면 "인터넷 시대에 도서관이라니?"라며 아주 놀랍다는 표정을 짓는다. "전자책이 나오는 판에 종이책이라고?"라는 것도 그들의 전형적 반응 가운데 하나이다. 시각 쾌락과 오락이 사회를 지배하고 기술적 방법지方法知가 지식의 다른 많은 형태와 형식 들을 압도할 때, 일회성 즉각 정보가 다른 내구적 정보들의 가치를 박탈할 때, 사회가 건강성과 풍요성을 유지할 수 있는가라는 근본적인 질문은 그들의 안중에는 없어 보인다.

근본적 질문을 질문으로 여기지 않는 정권은 '기본이 있는 사회'를 만들 능력이 없다. 우리가 어떤 사회를 만들고 어떤 사회를 지향해야 하는가라는 목표를 부단히 생각하고 주요 정책의 수립과 추진을 긴 안목의 사회철학적 기조 위에서 진행시킬 줄 아는 정권만이 기본이 있는 사회를 만들 수 있다. 기본이 없는 사회는 민주주의를 할 수도 없고 국민이 사랑하고 자랑할 만한 나라를 만들 수도 없다. 너무 늦기 전에, 퇴임 이전에, 이런 사회 만들기의 능력을 서둘러 회복하지 않는 한 현임 정권은 다른 많은 공적에도 불구하고 국가 수립 이후 반세기를 통틀어 '사회 천박화'에 가장 많이 기여한 정권이라는 부끄러운 평가를 모면하기 어려울 것이다. 이것은 이 정권의 성공을 바라는 많은 사람들의 우정 어린 비판이자 경고이다.

교수신문 2001. 9. 5

위험한 신지식인론

　최근 김대중 정부는 누가 낸 아이디어인지는 몰라도 '신지식인 운동'이라는 것을 펼치고 있다. 정부의 최대 관심사는 대통령이 취임 초부터 "6·25 이후 최대 국난"이라 규정한 경제 난국의 극복이다. 신지식인 운동은 일단 이 난국을 풀기 위한 정부의 다각적 노력 가운데 하나이면서 동시에 정부가 내건 '창조적 지식기반국가' 건설이라는 장기적 목표에 연결된 운동인 것 같아 보인다. 난국으로부터의 탈출은 국민 모두가 바라는 일이다. 그 탈출은 정권만이 아니라 국민 모두의 관심사이며, 따라서 신지식인 운동이 그런 탈출 비책의 하나로 제시된 것이라면 거기 이러쿵저러쿵 토를 달고 나선다는 것은 심히 민망한 일임에 틀림없다. 민망할 뿐 아니라 그것은 배부른 자의 한가한 투정이라는 혐의까지도 뒤집어쓸 가능성이 높다.

　그런데 무엇이 문제인가? 문제는 신지식인 운동이 당면 위난의 한 가지 해소책이라는 수준을 넘어 현 정권의 국정 기조, 사회 운영 철학, 그리고 장기적 비전의 바탕 자체에 근본적 질문을 던지게 하는 치명적인 판단들을 시사한다는 사실에 있다. 아니, '시사'하는 정도가 아니다. 그 운동의 명시적 논리는 위기 극복이라는 당면 과제에만 국한된 것이 아니라 정부 국정 운영의 기본 문법, 정권의 근본적 가치관, 그리고 리더십의 심층 멘탈리티까지도 요약해서 보여주고 있다. 이 한정된 지면의 경제학을 고려하여 앞질러 말한다면 그 문법, 가치관, 멘탈리티는 놀라울 정도의 협소성, 단견성, 위험성을 안고 있다. 지금 우리 사정이 아무리 급박하다 해도 신지식인 운동의 논리가 사회 운영의 기본 방향과 국정 기조에 관계된 문제들에 연결되어 있다고 보여지는 한 그 부분에 대한 비판적 점검을 생략하고 못 본 척 넘어갈 권리는 누구에게도 없다.

우선 신지식인은 누구인가? 정부측 자료에 따르면 신지식인 운동이 규정하는 '신지식인'은 "일상적인 경제활동의 현장에서 지식 활용에 성공한" 사람이며 더 구체적으로는 "지식을 활용하여 부가가치를 능동적으로 창출하는 사람"이고 "기존 사고의 틀에서 벗어나 새로운 발상으로 자신의 일하는 방식을 개선-혁신한 사람"이다. 자료 내용을 대충 요약하면, 정부 정책과제 중의 하나인 '창조적 지식기반국가'를 건설하기 위해서는 기존 사고의 틀에서 벗어나 독창성을 발휘하고 부가가치를 창출하는 사람들을 우대해야 하는데 그간 "고급 지식 소유자만을 지식인으로 간주"해온 사회 통념과 학력-학벌을 기준으로 한 지식인 개념 때문에 정작 지금 우리 사회에, 그리고 미래 경쟁 사회에 필요한 창조적 인력들이 지식인으로 대접받지 못하고 있다. 그러므로 "지식인 개념을 쉽게 정의하여" 학력-학벌에 관계없이 자신의 경제활동 영역에서 지식 활용을 통해 부가가치를 능동적으로 창출하는 사람들을 '신지식인'으로 대우하자는 것이다.

학벌이나 학력과 관계없는 지식인은 얼마든지 가능하다. 진취적이고 열린 사회라면 마땅히 그런 지식인들을 산출할 수 있어야 한다. 누가 지식인이고 아닌가, 지식인의 조건은 무엇인가 등등의 문제를 따지는 것도 당장 문제의 핵심은 아니다. 정부 자료가 말하듯 창조적 지식기반국가를 만들기 위해서는 국민 참여가 필요하고 그 참여를 유도하기 위해서는 '지식'과 '지식인' 개념이 쉽게 정의되어야 할 필요가 있을지도 모른다. 그러나 문제는 첫째, 정부가 정의하는 지식인 개념이 '신지식인'의 범위를 확장하기보다는 오히려 크게 축소시키는 협소한 배타성을 노정한다는 점이다. 경제활동의 현장에서 지식을 활용하여 부가가치를 능동적으로 창출하는 사람이 신지식인이란다면, 이 정의에서 결정적으로 강조되는 것은 단연 '경제활동'과 '부가가치 창출'이다. 뒤집어 말하면 부가가치를 창출하지 못하는 지식인은 신지식인이 아니고 그의 지식은 지식기반국가 건설에 필요한 지식이 아니다. 당장 돈으로 계산하기 어려운 가치를 창출하는 사람들, 이른바 부가가치라는 것에 매달리지 않으면서도 사회 발전에 기여하는 다른 수많은 가치 생산자들은 미안하지만 신지식인의 반열에서 제외된다.

둘째, 경제 난국을 타개하고 국민을 고무 격려하기 위해 부가가치 창출을 특별히 강조할 필요가 있다 하더라도 그 방식의 강조를 통해 지식기반국가의 기틀이 만들어질 수 있다고 생각한다면 그거야말로 단견이다. 지식기반국가의 '기반'을 만드는 '지식'은 오히려 당장의 부가가치와 관계없는 지식, 언제 어떤 부가가치를 낳을지 짧게 판단하기 어려운 지식, 경제활동에 연결되기도 하지만 직접적으로 관계되지 않을 수도 있는 그런 지식일 때가 더 많다. 이는 부가가치 창출의 중요성을 폄하하자는 얘기가 아니다. 학력-학벌에 관계없이 독창성을 발휘하여 방법을 개선하고 고부가가치를 내는 사람들의 창조적 역량은 상찬되어 마땅하다. 우리 사회가 그런 종류의 창조성을 진작시키는 풍토를 키워야 한다는 것도 누구나 인정하는 사실이다. 그러나 창조적 지식은 많은 경우 부가가치에 연연하지 않는 지식 생산자들에게서 나오고 그들의 기여로부터 서서히 부가가치가 얻어진다는 사실 역시 망각되어서는 안 된다. 오늘의 실리콘밸리를 있게 한 천재적 '괴짜 아이들'이 학교를 중퇴하고 자기 일에 매달렸을 때 그들을 지배한 것은 돈도 부가가치도 아니었다는 사실을 기억할 필요가 있다.

신지식인 운동의 논리에서 무엇보다 위험한 것은 "결국 돈이구나"의 가치 체계, 호모 에코노미쿠스의 인간관, 시장 논리와 부가가치론으로 사회를 운영하려 드는 듯한 초급 경영론적 멘탈리티이다. 지금 우리는 달러를 벌어야 하고 대량 실업 사태에서 벗어나야 하며 생존의 절대명령을 경청해야 한다. 그러나 사회는 시장이 아니다. 시장이 아니기 때문에 사회는 생존유일 논리나 시장 논리만으로 경영되지 않으며 더욱 중요하게, 그런 논리를 관철하려 들 경우 사회는 '반드시' 무너져 몰가치-무규범의 혼란 속으로 곤두박질한다. 그런 무너짐의 위기를 수없이 경험한 것이 바로 우리 사회가 아니었던가? 그런데 그 곤두박질하는 사회를 만들기 위해 다시 일어서자고? 어려운 때일수록 제대로 일어서야 한다. 현 정권이 위기 탈출을 위해 쏟아붓고 있는 노력은 높이 평가되어야 하지만, 그 노력의 방법과 논리와 목표는 기이하게도 군사정권 시절의 성장 논리를 연상시키는 데가 있다. 자칫 이 정권은 난국 극복이라는 훈장을 얻기 위해 역대 정권들 중에 오히려 가장 초라한 업적을 기록하게 되지 않을까 심히 두렵다.

교수신문 1999. 3. 12

IMF 시대의 지식인

IMF 시대의 가장 두려운 사회적 위협은 이른바 '대처리즘 문화'의 착근 가능성이다. "사회란 것은 없다"라는 대처 영국 총리의 말은, 정글을 위해 모든 다른 가치들을 결딴내고 대안적 사고와 비판적 상상력을 마비시키는 대처리즘을 가장 잘 요약한다.

세칭 IMF 시대란 것을 맞고 있는 최근의 우리 모습은 밥 먹다 갑자기 턱 떨어진 사람의 형상 그대로다. 원숭이가 나무에서 떨어지고 도깨비가 얼음판에 미끄러지는 수는 있어도 밥 먹다 턱 떨어지는 일은 흔치 않다. 우리가 차범근 축구에 열광하고 박찬호에 미치고 대선 정치판의 진흙 던지기나 구경하면서 1997년 여름과 가을을 보내고 난 어느 날 아침, 턱이란 놈이 예고도 없이 툭 떨어진 것이다.

이 돌발적(사실은 결코 돌발적인 것이 아니지만) 위기를 겪으면서 우리가 얻게 된 사회적 효과에는 긍정적 측면도 없지 않다. 우선 90년대에 들어 우리 사회를 풍미한 들뜬 경박증과 부황기가 한차례 찬물 세례를 받게 된 것은 긍정적 효과의 하나다. 위기에 대한 이런저런 원인 규명이 시도되고, 참으로 오랜만에 사회적 반성의 분위기가 조성된 것도 중요한 효과이다.

재벌 해체론이 '빨갱이 수작'으로 몰리지 않고 정치적 사회적 과제로 인식되게 된 것 역시 긍정적 효과다. 재벌들에게서 구조조정을 약속받고 노조측에 국정 협의의 길을 터준 것도 괄목할 만한 효과이다. 이번의 위기가 오히려 우리 사회에 누적된 구조적 비리와 비효율을 척결할 수 있는 천우신조의 기회라는 '전화위복론'도 나오고 있다.

위기의 순간일수록 낙관과 희망은 필요하고 전화위복론은 그런 희망의 한 표현일 수 있다. 그러나 최근 제시되고 있는 위기 타개 방안과 전망 자체에는 위험한 수사적 거품과 맹목이 없는가? 예컨대 우리가 국제통화기금의 처방을 잘 따르고 준수하기만 하면 늪을 빠져나가는 일은 그리 어렵지 않다는 주장, 지금 우리에게는 '대처리즘'의 직수입이 필요하다는 식의 주장, 현 위기는 한국의 경제 위기가 아니라 일시적 금융 위기이고 '환란'이라는 주장 등은 믿을 만한 것인가? 우리가 잘 운영하기만 하면 한국 경제의 앞날은 밝고 다시는 이번 같은 위기를 겪지 않아도 된다는 주장은 정치적 수사 이상의 근거를 가진 것인가?

인문학도의 입으로 말하자면, 이런 전망들이 당장은 듣기 좋은 소망적 믿음을 표출하고는 있지만 한국인을 기다리는 믿을 만한 미래의 그림이라고는 생각되지 않는다. 내일 들통나는 한이 있어도 오늘 정략적 소용에 닿으면 국민을 오도하고, 자신 있건 없건 장밋빛 그림을 그려 보이는 것이 정치권이다. 구정권이 소득 1만 달러를 치적으로 내세우고 선진국 진입의 환상을 위해 경박 풍조와 외화 낭비를 부추긴 것이나, 뻔히 알고도 위기를 최대한 방치한 것은 그 좋은 예다. 정론과 정확한 분석보다는 왜곡과 호도를 일삼아온 것이 대다수 한국 언론의 권력형 비리이며, 합리적 경영은 뒷전에 밀어놓고 노동시장의 유연성 부재를 만병의 근원으로 지목해온 것이 한국 재벌의 어법이다. 이 점에서 한국의 진정한 위기는 분석 없는 사회, 거짓말의 사회, 실상을 호도하는 은폐 사회의 위기다. 믿을 만한 정보의 공급원이 없고 판단을 의지할 만한 분석의 공급 기지가 없다는 것이 바로 우리의 위기이며 이는 다른 어떤 위기보다도 심각한 중증의 위기이다.

IMF 시대에 한국 지식인이 주목해야 하는 위기의 소재 지점, 그가 새삼 자신의 사회적 책임을 통감해야 하는 위기의 지점은 그것이다. 지금의 국제자본은 산업자본이 아니라 금융자본이고 자본주의 자체가 이미 금융자본주의로 이행한 지 오래다. 이 새로운 형태의 자본주의 체제에서 자본의 이윤산출 문맥은 생산공장도 새로운 상품시장도 아닌 금융시장이며, 따라서 금융자본에 가장 중요한 이해관계는 그 시장의 초국가적 개방과 확대이다. 구정권이 멋모르고 외쳐댄 '세계화'란 아주 정확히 금융자본의 이해관계이고 주장이다. 금융자본이 가는 곳, 그 자본의 지배를 받아야 하는 곳에는 반드시 저임금, 대규모 만성 실업, 고용 불안, 정리해고, 탈규제, 부유층 세금 감소, 저소득층의 고난이 따르게 되어 있다. 금융자본은 이런 조건들을 관철함으로써 땀 한 방울 흘리지 않고 이윤을 챙긴다. 우리는 이미 이 금융자본주의 체제 속에 있고 그 자본의 논리와 생리, 그것의 요구와 작동 원리를 따르지 않으면 안 되게 되어 있다. 우리의 '구원자' IMF는 무엇보다도 이 자본의 국제적 작동과 이해관계의 관철을 돕는 기능을 수행한다.

경제 전문가 아닌 인문학도가 왜 이런 소리를 해야 하는가? 위기의 실상을 바로 말하지 않는 것이 지금 우리의 위기이

308

기 때문이다. 희망을 위한 장밋빛 그림 이상으로 지금 우리에게 필요한 것은 우리가 처한 현실, 우리의 운명을 좌우하는 냉엄한 국제 환경을 바로 보고 알고 말하는 일이다. 경제학자들, 재정전문가들은 왜 이 부분에 대해서는 침묵하는가? 왜 그들은 기능적 전문가로 만족하려 드는가? IMF 시대란 단기적으로 극복 가능한 시대가 아니라 만성적 실업과 고용 불안, 저소득층의 지속적 희생, 생존제일주의, 공동체 붕괴 등의 위기가 장기화하는 시대의 출발이라는 사실을 왜 감추는가? 이런 위기들은 외환 위기를 넘긴다고 해서 해소되는 것이 아니다. 우리의 턱은 한 번 떨어진 것이 아니라 앞으로 언제든지 수시로, 걸핏하면 떨어지고 어쩌면 아주 떨어진 상태로 있게 될지 모른다.

IMF 시대의 가장 두려운 사회적 위협은 이른바 '대처리즘 문화'의 착근 가능성이다. 대처리즘의 해악은 노조를 길들인 데에만 있는 것이 아니라 '생존 논리'를 들고 나와 '사회'를 희생시키는 정신 상태를 정당화한 데 있다. "사회란 것은 없다"라는 대처 총리의 말은, 정글을 위해 모든 다른 가치들을 결딴내고 대안적 사고와 비판적 상상력을 마비시키는 대처리즘을 가장 잘 요약한다. 인문적 지성과 지식인 들이 이 시대에 긴장해야 하는 이유는 우리 사회가 여전히 거품 수사를 발하면서 비인간적 사회를 향해 돌진할 맹목의 조건들을 정당화하고 있기 때문이다.

교수신문 1998. 1. 14

성 표현의 수준
—허용과 한계

장정일의 최근 소설 『내게 거짓말을 해봐』가 '문학작품'으로 옹호될 만한 예술적 자질을 갖고 있는지 어떤지에 대해서는 아직 본격적인 비평적 판단이 나오고 있지 않다. 단편적인 견해 표명들을 일별하면 문단과 출판계 일각에는 열렬한 옹호론자들도 있고 격렬한 비판자들도 있어 보이지만, 평단이 대체로 잠잠한 것은 사안 자체가 문학적 논의의 대상 아닌 다른 차원의 문제로 급속히 이동했기 때문이다. 검찰이 출판사 대표를 구속하고 현재 해외 체류중인 작가에 대해서도 '구속할 방침'임이 알려지면서 다수의 문단 인사들이 보인 일차적 반응은 쟁점의 분리라는 것이다. 지금 사안은 장정일 소설의 작품성 여부가 아니라 헌법이 보장하는 국민 기본권인 '표현 자유'의 침해 문제라는 쪽으로 쟁점이 이동한 것이다. 200여 명의 문단 인사들이 서명한 작가 구속 반대 성명에서도 핵심은 표현의 자유 옹호라는 문제다.

쟁점의 이 같은 분리는 그 자체로 의미 있다. 평단은 문제의 소설에 대한 비평적 견해와 판단을 제공해야 할 임무를 지고 있다고 말할 수 있지만 그 견해와 판단은 어떤 경우에도 출판물 유포 금지나 관계자 인신 구속 같은 제재 조치들과는 관계가 없다. 소설에 대한 문학적 논의는 검열이 아니고 제재 권고도 아니며 표현 자유의 침해도 아니다. 비평적 쟁점은 표현의 자유라는 문제와는 엄격히 구분되어야 하고, 따라서 두 쟁점은 서로 다른 차원에서 접근되지 않으면 안 된다. 사상과 표현의 자유가 억압될 때에는 비평적 논의 자체도 억압된다. 문단이 문제의 소설에 대한 모든 다양한 견해들의 표명에 앞서, 그리고 그 견해들 사이의 모든 가능한 차이에 관계없이, 우선 표현 자유의 문제에 민감하게 반응하는 것은 대응해야 할 사안들의 성격이 이처럼 다르다는 사실에 연유한다.

장정일의 소설에 대해서 취해진 이번의 제재 조치들과 그 조치들이 촉발시킨 표현 자유의 문제는 우리 사회가 어차피 한번은 치르고 넘어가야 할 불가피한 통과 절차를 가시화함과 동시에 우리가 더이상 미룰 수 없는 매우 근본적인 토론 과제들을 제기한다. 이 통과 절차에서 우리가 괴롭지만 맨 먼저 검토해야 할 핵심적 사안은 "문학이냐 외설이냐"의 문제가 아니라 "외설이라 하더라도" 그것의 표현과 유통이 반드시 금지되어야 하는가라는 문제다. 다수의 한국인들에게 이 각도에서의 문제 제기는 충격적일 수 있다. 지금까지 우리는 한 번도 외설 표현물의 사회적 허용이라는 문제를 생각해본 일이 없고 외설성 표현물은 당연히 금지되어야 한다는 태도와 논리를 고수해왔기 때문이다.

원론상, 적어도 자유주의 정치체제를 채택하고 있는 나라들의 경우 이 금지 논리는 모순이다. 외설물을 대표하는 '포르노pornography'는 에로티시즘과 마찬가지로 '성에 관한 표현'이며 따라서 포르노를 포르노라는 이유만으로 금지한다는 것은 모든 자유주의적 헌법 체계가 기본권으로 인정하는 표현의 자유에 대한 정면 위배이자 충돌이기 때문이다. 1984년 미국 인디애나폴리스 시의회는 여성학자 두 명이 입안한 '포르노 금지 조례'를 통과시키지만 2년 후 대법원은 이 조례에 '위헌' 결정을 내린다. 이 결정을 지배한 근본적 인식과 법리는 포르노를 금지할 경우 표현의 자유 그 자체가 훼손되고 여타의 모든 표현 자유가 침해될 수 있다는 것이었다. 우리 사회가 그간의 모든 상식적 논의 방식을 떠나 진지하게 외설물 허용 여부의 문제를 토론하고 사회적 합의를 모색해야 하는 것은 무엇보다도 그것이 기본권의 원칙에 관계된 문제이고 이 문제의 해결 없이는 표현 자유는 물론 사회적 성 담론과 예술적 저작물에서의 성 표현에 대한 규제, 허용, 금지의 어떤 합리적 기준도 세우기 어려울 것이기 때문이다.

외설 표현물의 사회적 허용이 반드시 외설물에 대한 몰가치적 수용, 무제한의 유통 허가, 외설문화에 대한 무비판적 동의를 의미하는 것은 아니다. 순수 상품으로서의 외설물은 여성의 물건화와 열등화를 조장하는 비인간적 이데올로기, 행위 자극성, 남녀 관계를 왜곡하는 소외와 계서階序 구조, 창조적 행위를 마비시키는 진부성과 반복성 등 많은 문제들을 갖고 있다. 그러나 이런 문제들에도 불구하고 외설 상품의 생산, 유통, 수요는 세계 모든 자유주의-자본주의 사회의 숨길 수 없는 현실이 되어 있다. 더 근본적으로, 상품문화 자체의 외설성에 전면 포위되어 있는 이들 사회에서 외설 표현물을 금지하는 것은 통제 불능의 것을 통제하려는 실효성 없는 낭비일 뿐 아니라 겉으로 금지하고 뒤로 허용하는 이중 기준적 위선성을 면할 수가 없다. 외설물은 금지되면 될수록 독버섯처럼 음성화하고 지하로 들어간다. 바로 이런 문제들 때문에 서구 국가들은 외설물을 허용하되 그것의 유통매체와 공간을 제한함으로써 청소년들의 접근을 차단하는 '협상방식'을 채택하고 있다. 포르노 상품과 표현물은 전문적 취급 공간(이를테면 섹스숍)에서만 유통이 허용되고 방송의 경우에는 심야 시간대로 제한하는 것 등이 그런 협상방식이다.

이런 접근법은 외설 표현물의 경우 어떤 것은 상품이니까 금지되고 어떤 것은 예술성이나 문학성이 인정되니까 허용된다는 식의 차별적 기준 적용이 야기시키는 분쟁 가능성을 일단 기본적 차원에서 방지할 수 있다. 차별화가 아주 불가능한 것은 아니지만 포르노, 에로티시즘, 예술이 혼합될 경우에는 그 경계선을 선명히 가르는 일이 쉽지 않고 만인을 납득시킬 리트머스식 검사법도 존재하지 않는다. 이는 예술을 주장하는 표현물이 장정일 소설의 경우처럼 명백한 외설성을 담고 있을 때 예술인가 외설인가의 여부를 가리기 위한 비판적 견해의 표명과 판정 작업이 불필요하다는 얘기는 아니다. 그런 판단 작업은 필요하고 각개 사회는 그 사회 고유의 문화와 가치 규범에 따라 외설물에 대한 일정한 규제책을 가질 수 있고 또 가져야 한다. 그러나 규제는 반드시 구속, 판금 등의 전면적 제재가 아니어도 된다. 우리 사회는 외설 표현물의 전면 금지보다는 허용하되 유통을 제한한다는 실효성 있는 접근법의 채택 문제를 진지하게 고려해봐야 할 단계에 와 있다.

예술 분야에 종사하는 사람들이 표현의 자유 문제에 극도로 민감한 것은 무엇보다도 인간이 '표현하는 동물'이라는 사실의 중요성 때문이다. 인간은 표현을 통해 세계와 관계 맺고 표현을 통해 '존재의 확장'을 기도한다. 존재의 확장은 삶을 풍요롭게 하고 억압으로부터 인간을 해방시키며 즐거움을 경험하게 한다. 이 즐거움이 심미적 즐거움이라는 것이다. 이 점에서 표현은 풍요성, 해방, 즐거움의 거대한 자원이다. 성에 관한 담론과 표현의 한계를 넓히기 위한 예술의 오랜 투쟁은 포르노 상품의 자유를 위한 이권 투쟁이 아니라 바로 인간 존재의, 삶의, 즐거움의 확장을 위한 투쟁이다. 표현의 확장이 곧 존재의 확장이다.

예술은 즐거움을 줌으로써 존재를 확장하고 포르노는 쾌락을 주면서 존재를 위축시킨다. 확장과 위축, 이것이 예술과 포르노 상품 사이의 궁극적 경계선이다. 그러나 그 경계선은 수용자에 따라 다를 수 있고 쾌락인가 심미적 즐거움인가의 문제도 많은 경우 모호성으로 둘러싸여 있다. 특정 저작물의 외설 여부를 판정하는 일이 신중해야 하고 판정의 결과에 따른 조치들이 유연한 신축성을 가져야 하는 것은 그 때문이며 선진 사회에서 특정 표현물의 선택과 향수를 일단 수용자(시민) 자신의 책임과 성숙성에 맡겨두는 것도 그 때문이다. 예술이 검열을 싫어하고 예술가가 구금되면서까지 검열에 맞서는 것은 검열 자체가 인간 존재를 위축시키는 위험성을 늘 안고 있기 때문이다. 존재 표현의 가능성을 위축시킨다는 점에서 검열은 최대의 외설이다.

우리가 고려해야 할 것은 사회적으로 생산 유포되는 모든 표현물에 대해 검열과 제재라는 대응 방법만을 가진 사회를 선택할 것인가 아니면 유연한 대응책을 가진 사회를 만들 것인가의 문제다. 다시 말하지만 이때의 유연성은 결코 포르노를 위한 포르노 허용의 정책이 아니다. 공익성과 공익의 논리는 어느 사회에서도 포기될 수 없는 중요한 가치이고 사회 유지의 공준이며, 이 공준은 외부 영향을 통제할 힘이 약한 청소년들을 외설물로부터 보호하는 데에도 마땅히 가동되어야 한다. 이 점에서 장정일의 문제 소설을 고발하고 나선 시민단체들의 행동은 이해할 만한 것이다. 그러나 예술의 형식과 내용은 많은 경우 공익 논리만으로 재단되기 어려운 복잡성과 세련성을 갖고 있기 때문에 하나의 논리만 적용할 경우에는 의외의 희생이 따를 수 있다. 우리는 궁극적 공익이 무엇인가를 생각해야 하며 과거 음란물로 판정되어 수난을 겪었던 다수의 예술품들이 오늘날 인류의 귀중한 공동 자산이 되어 있다는 사실도 기억해야 한다.

한겨레21 1996. 12. 2

배척의 정치를 넘어서

─남북 공존의 문화정치

공존 시대에 긴요한 것은 남과 북 사이의 교류만이 아니라 남한 내부에서, 그리고 북한 내부에서, 양측 주민들의 머리, 가슴, 몸, 언어, 교과서, 기억에 똬리 틀고 있는 적대적 분할구조를 해소하는 일이다. 이것이 남북 공존 시대의 사회문화적 의제이고 접근법이다. 그 의제를 소홀히 하는 순간 우리는 50년의 적대적 전후 체제를 공존 체제로 전환하고 그 공존의 질서를 '지속적으로 유지'하는 데 가장 강력한 힘이 되어줄 보험 장치의 하나를 상실한다.

'6·15 평양 선언'은 분단 55년사에서 가장 중요한 사건이자 가장 의미 있는 역사적 문서이다. 남북 정상들이 이 문서에서 합의한 것은, 요약하면, "한반도에 더이상 전쟁은 없다" "이제부터 서로 돕고 함께 잘살자" "통일은 서로 협의해서 단계적으로 실현하자"라는 세 가지 사항이다. 간단하다면 간단한 합의다. 이 간단해 보이는 합의에 도달하기 위해 남북한이 반백 년 세월을 고스란히 역사의 신에 헌납해야 했다면 대체 역사란 무엇인가. 그것은 이성도 운율도 없는 한판의 악몽, 용서할 수 없는 폭력, 혹은 헨리 포드의 유명한 언명처럼 "엉터리 개나발History is bunk!"인가? 역사의 신은 간단한 것을 싫어한다. 그는 복잡한 이야기를 즐긴다. 그의 이야기는 굽이굽이 돌고 마디마디 엉키고 뜻밖의 곳에서 휘몰아친다. 거기에는 복선, 반전, 아이러니가 가득하다. 그러므로 이 복잡한 신의 화를 돋우지 않게 하기 위해서 우리는 어떤 것도 '간단하다'고 말해서는 안 된다. 남북 합의사항을 두고 간단하다고 말하는 것은 모처럼 온화한 얼굴을 내보인 역사의 신에 대들어 그의 코털을 뽑고 수염에 불 댕기는 일이다. 우리는 얼른 말해야 한다. "역사의 신이여, 당신은 참으로 어렵고 복잡한 문서를 우리에게 안겼나이다. 우리가 그 문서를 감히 '역사적'이라 부르는 것은 그 때문입니다."

아닌 게 아니라 평양 문서의 언어는 간단해 보일지라도 거기 담긴 합의 내용은 간단하지 않다. 3년 동안 죽고 죽이는 전쟁을 치르고 52년간 기회 있을 때마다 상대방 가슴에 총질하고 서로의 해골을 계산해온 남북한이 어느 날 "이제 전쟁은 없다"에 합의한다는 것은 결코 간단한 일이 아니다. 반목, 대립, 갈등, 소외, 배척, 배제, 적대―이런 긴장의 언어들로만 기술 가능한 '주적 관계'를 반세기 지속해온 남북한이 어느 날 만나 악수하고 "자, 이제 서로 돕고 함께 잘살자"에 합의한다는 것은, 기적의 속내가 간단하지 않듯, 결코 간단한 일이 아니다. 제각각 다른 방식의 통일을 꿈꾸면서 한 체제에 의한 타방의 제거, 괴멸, 혹은 흡수를 '통일'로 생각해온 남북한이 무력통일도 흡수통일도 아닌 새로운 통일의 문법―"통일은 서로 협의해서 단계적으로 실현하자"에 합의한 것도 결코 간단한 일이 아니다. 이것들이 간단한 일이었다면 남북한 사람들이 그날 밤 그 평양 합의에 그토록 흥분하고 눈물 흘리고 축배 터뜨리며 감격스러워했을 리 없다. 하지만 그 감격이 남북 합의의 순탄한 미래까지도 보장하는 것은 아니다. 역사에는 때로 감동적 장면이 있다. 그러나 인간의 감동이 역사를 감동시키는 일은 거의 없다.

남북 합의가 간단한 것이 아니었다면 그 합의사항들을 실현시키는 일은 더더욱 간단하지 않다. 그 합의가 장차, 지금부터, 어떤 꼴로 전개될 것인가를 예측할 수 있는 어떤 방법도 우리는 갖고 있지 못하다. 집권세력의 변동, 돌발 변수의 대두, 남북한 쌍방의 미숙성과 오판, 바깥 기류와 입김 등등의 요인에 따라 언제든 후퇴할 수 있는 것이 남북 관계이며, 이번의 합의 역시 반전과 좌절의 벼랑으로 곤두박질할 수 있는 온갖 가능성에 포위되어 있다. 일진광풍, 쥐떼의 오줌과 이빨, 좀팽이 정치학, 증오, 원한, 시기 같은 것도 남북 합의서를 걸레쪽이되게 할 수 있는 위협적 요소들이다. 역사의 신은 간단한 것만 싫어하는 것이 아니다. 그는 '확실성'이라는 것에 대해서도 강한 혐오를 갖고 있다. 그는 앞으로 나가는 듯하다가 돌아서 뒷걸음질치기도 한다. 역사의 이 퇴행 보법은 인간의 기획을 좌절시키고 확실성에 대한 모든 기대를 조롱한다. 우리는 역사의 이 복잡성, 불확실성, 퇴행 가능성을 충분히 고려하고 존중하지 않으면 안 된다.

그러나 이 존중이 반드시, 모든 경우에, 인간의 열망과 의도와 플롯 짜기plotting의 중요성을 무화시키는 것은 아니다. 플롯 짜기라는 이름의 인간적 노동이 없다면 역사는 무의미하다. 평양 합의서라는 중대 문서가 나온 지금 우리에게 무엇보다 중요한 것은 남북 합의를 물거품이 되지 않게 할 일련의 '보험 장치'를 만드는 일이다. 하루의 실천 일과를 짜는 착한 아이처럼, 우리는 지금부터 차근차근 그 보험 장치를 만들고 거기 필요한 일들의 목록을 작성해야 한다. 우발성은 그 목록의 첫 항목이 아니라 우리가 흔히 '진인사대천명盡人事待天命'이라 부르는 최후의 엔트리이다. 그 보험의 이유와 목적은 단 한 가지이다. 장차 남북한에 어떤 정치적 기후 변화가 발생한다 하더라도 그 변화가 이번의 남북 합의를 훼손하거나 무화시킬 수 없게 하는 것—이것이 그 이유이고 목적이다. 모든 가능한 이상기류에 맞서기 위한 안전장치가 그 보험이다.

이 안전장치의 첫번째 수순은 우선 남북한이 '적대적' 존재 방식 속으로 결코 다시 '퇴행'하지 않는다는 것을 남북 주민 전체의 절대적 명령이자 엄중한 약속으로 인식하고 그 약속의 파기 가능성을 줄여나가는 일이다. 1950년 전쟁 이후 50년간 지속된 전후 체제가 한반도 냉전구조이고 이 전후 체제를 종식시키기로 한 약속이 평양 선언이다. 그러나 선언과 실천은 서로 다른 차원을 갖는다. 약속을 실천하기 위해 남북한은 무슨 일을 해야 하는가? 경제 부문에서의 교류 협력은 물론 중요하고 효과적이다. 경제적 상호 관계의 심화는 전쟁 억지력을 가질 수 있고 이해 증진에 기여할 수도 있다. 그러나 경제적 접근법보다 더 근본적이고 본질적인 것은 정신, 의식, 문화, 어법, 분류방식, 태도의 냉전구조를 해소하는 일이다. 적대 관계 속에서도 경제 교류는 가능하다. 그러나 지금 남북 주민들에게 필요한 것은 '적과의 경제적 동침'이 아니라 '적대 관계 그 자체의 해소'이다. 적대 관계의 근본적 해소법은 무엇인가? 그것은 상대를 불구대천의 '적'으로 분류하는 정의定義의 체계와 '우리/적'이라는 이분구조를 해체하고 불관용 체제를 관용의 체제로 전환시키는 일이다. 이를테면 남한의 경우, 50년 지속된 반공교육과 반공 이데올로기의 효과는 뿌리 깊다. 알튀세나 부르디외의 관찰을 빌리지 않더라도, 냉전-반공 이데올로기의 힘은 그것이 냉전

체제와 적대 관계를 부단히 '재생산'하고 '영속화'한다는 데 있다. 그러므로 체제를 재생산하는 분할의 메커니즘 자체를 약화시키고 제거하지 않는다면 냉전 체제는 일시 해빙의 외양을 보일 수는 있어도 근원적으로는 바뀌지 않는다. 바로 그 이유 때문에, 체제 재생산의 기제를 제거하는 것은 남북한 공존-화해-협력 시대를 위한 근본적인 안전장치의 하나가 된다.

'근본적' 작업이라는 말은 '선차적' 작업이라는 의미가 아니고 그것만이 '가장 중요한' 작업이라는 의미도 아니다. 적대의 장치들을 제거하는 일은 정치, 경제, 사회, 문화, 정신심리의 모든 영역에서 동시에 진행되지 않으면 안 된다. 남북 교류 협력이 '쉬운 것, 가능한 것부터 먼저'의 공식을 취택하는 것은 실용적 현실적 차원에서는 의미 있다. 경제 교류는 가시적 성과의 측면에서 가장 실용적인 것일 수 있다. 그러나 '쉽고 가능한 것부터 먼저'라는 실용론이 적대 관계 해소에 필요한 비가시적 노력의 중요성을 망각하게 하는 것이어서는 안 된다. 공존 시대의 의제 설정에서 경계해야 하는 것은 "경제협력이 최우선이고 가장 중요하다"라는 식의 사고법, 곧 '경제 선차주의의 오류'이다. 남북 교류의 현실 문맥에서는 분명 우선순위, 완급, 순차성 설정이 필요하다. 그러나 남북 공존 시대에 긴요한 것은 남과 북 사이의 교류만이 아니라 남한 내부에서, 그리고 북한 내부에서, 양측 주민들의 머리, 가슴, 몸, 언어, 교과서, 기억에 똬리 틀고 있는 적대적 분할구조를 해소하는 일이다. 이것이 남북 공존 시대의 사회문화적 의제이고 접근법이다. 그 의제를 소홀히 하는 순간 우리는 50년의 적대적 전후 체제를 공존 체제로 전환하고 그 공존의 질서를 '지속적으로 유지'하는 데 가장 강력한 힘이 되어줄 보험 장치의 하나를 상실한다.

공존은 경제협력 이상의 사회문화적 정신적 바탕을 요구한다. 공존 시대의 남북한은 각자 자기 내부에서 성찰, 비판, 정비해야 할 수많은 사회문화적 조건들과 개폐해야 할 많은 법률들을 갖고 있다.

　　동유럽에서의 냉전구조 해소와 한반도에서의 냉전구조 종식은 기본적으로 다른 성격의 것이며, 따라서 그 해소의 절차와 접근법은 달라야 한다. 사회주의 체제의 소멸이 유럽의 냉전 종식을 가능하게 했다면, '어느 일방의 소멸'에 의한 냉전 해소를 기대하기 어려운 것이 한반도 사정이다. 반공 체제의 목표는 '적의 괴멸'이다. 북한과의 공존이니 화해니 하는 것은 반공 체제에서는 '용납 불가'이고 '어불성설'이다. 반공의 논리적 요청은 그러므로 전쟁 수단의 동원이거나 냉전의 무한 지속이다. 그런데 지금 누가 전쟁을 원하는가? 남북 어느 쪽이 지금 전쟁의 비용을 감당할 수 있는가? 누가 다시 '멸공'의 명분으로 북을 죽이기 위해 자기도 죽고자 하는가? '조국을 위한 반공 성전'이랄 때 그 조국은 누구의 것이며 그 전쟁은 어떻게 '성전'이 되는가? 물론 반공론자들은 '북의 자멸'이라는 선택을 전략으로 제시할 것이다. 지금 북한은 다 죽어간다, 조금만 더 밀어붙이고 봉쇄하고 고립시키면 북한은 오뉴월 소불알 떨어지듯 우리에게로 떨어져 굴러들 것이라 반공론은 말하고 싶어한다. 이것은 일종의 '중력 이론'이다. 북은 죽을 것이고 죽은 것은 삼풍백화점처럼 중력 법칙에 따라 무너진다. 그러나 누가 엿장수 마음대로 죽어주는가? 북의 죽음을 기다리고 빌고 획책하면서 냉전 체제를 지속하는 것은 우리에게 이득인가? 어떤 '우리'? 냉전의 비용 역시 비싼 것이며, 그 비용은 이미 남쪽에도 충분히 아픈 손실을 입히고 있다. 남쪽은 사회 발전에 필요한 투자를 희생하면서 언제까지 막대한 군비 지출과 국방비를 감당할 것인가? 그러고도 '잘사는 나라'를 만들고 아이들을 잘 키울 수 있는가? 반도의 절반이 폐허가 되고 민족의 절반이 죽기를 바라는 것은 윤리적으로 정당한가? 냉전 체제의 지속은 극히 소수의 세력들을 제외하고는 남북 어느 쪽에도 득이 아니다. 이 가혹한 국제 경쟁 시대에 그것은 '공멸의 전략'이다.

반공 체제와 그 이데올로기의 근본적인 결함은 그것이 지금의 복잡다단한 세계, 다양성과 복합성의 현실을 이해, 기술할 수 없고 적응력도 대응력도 없는 극단적 궁핍의 체제라는 데 있다. 반공 체제에서 공산주의는 '지상에서 제거되어야 할 악'이며 사회주의 북한은 그러므로 '무찔러야 할 불구대천'의 악당, 사탄, 악의 제국이다. 이 마니교적 이분법에서 세계는 '악과 선'으로 간단히 분류·정의된다. 공산주의는 악이고 반공은 선이며 하양 아닌 것은 모두 검정이고 검정 아닌 것은 모두 하양이다. 누가 이 종류의 단순 이분법에 근거한 인식론, 의미론, 세계관, 윤리 감각으로 지금의 세계를 살아갈 수 있는가? 검정과 하양 사이에는 다른 수많은 색깔들이 있고, 양극 사이에는 넓고 긴 스펙트럼이 있다. 자본주의가 곧 '선'인가? 자유주의도 무결한 선의 체제가 아니다. 우리 극우 반공론자들의 분류법에서 '반공' 아닌 것은 모두 '친공'이다. "당신은 어느 편인가? 친공이 아니라면 반공이어야 하지 않는가?"라고 그들은 묻는다. 이런 질문방식은 다름아닌 질문자 자신을 거지 만들고 현실의 다층적 풍요성을 고갈시켜 세계를 궁핍화한다. 구차스러운 얘기지만, 공존 체제의 지향은 반드시 '친공'을 의미하지 않고 화해 협력의 추구가 반드시 '무비판'을 의미하지 않는다.

단순 이분법과 단순 정의의 체계를 해체하고 불관용 체제를 관용의 체제로 전환하는 일이 남북 공존 시대의 중요한 사회문화적 의제가 되는 것은 그 작업 없이 냉전 적대구조의 근본적 해소가 불가능하기 때문이다. 관용은 타자의 존재와 차이를 인정하고 존중하는 체제이다. 그것은 자비도 오만도 허세도 아니다. 지금부터 남북한 지도자들은 그들이 남쪽 혹은 북쪽만의 지도자가 아니라는 사실, 그들의 발언을 듣는 청자는 남북한 주민 모두라는 사실을 깊이 인식해야 한다. 그들에게 당장 필요한 것이 타자를 인정하고 존중하는 관용의 정신, 태도, 능력이다. 관용 체제는 남북 주민이 '과거'를 재해석하는 데에도 필요하다. 남북한은 서로 어떻게 전쟁의 상처를 위무하고 그 깊은 외상을 치료할 것인가? 수많은 목숨의 죽음과 희생에는 어떤 의미를 부여할 것인가? 전쟁은 단순 폭력이고 악몽이었는가? 전몰자 무덤에는 이제 어떤 헌사가 바쳐져야 하는가? 이런 문제를 푸는 것도 공존 시대의 과제이며 거기서도 전후 적대 체제를 넘어서는 새로운 사회문화적 접근이 필요하다.

문화연대 2000. 6. 22

비판적 이성의 귀환

> 근대적 이성의 과잉이 보기 싫어 이성의 전면적인 탈근대
> 적 도살을 주장하는 것은 제 얼굴 보기 싫다고 머리통을 잘
> 라버리는 일과 같다. 비이성과 불합리성의 경축만으로는
> 어떤 사회도 유지되지 않는다.

타인의 사유, 담론, 표현에 대한 메타 언술로서의 비평이
일차적으로 추구하는 것은 '극단과 과잉에 대한 견제'이다. 이
론은 성격상 어떤 가설 혹은 주장을 그 극단적 지점까지 밀고
나가야 한다는 요청을 외면할 수 없을 때가 많다. 극단을 추구
함으로써 이론은 종종 새로운 발견에 도달하거나 '보이지 않던
것을 보게' 한다. 보이지 않던 것을 보자면 이미 보이는 것들
과 알려진 것들에 대해서는 눈을 감고 보지 않기로 하는 맹목
의 방법론이 필요하다. 이 방법의 문제에서 이론과 비평은 확
연하게 갈라선다. 맹목, 과잉, 극단의 추구가 이론의 방법론일
수 있다면, 비평의 경우 그것들은 견제의 대상이다. 극단의 추
구를 이론의 열정이라 한다면 이 열정의 불을 지피는 것은 분
별이기보다는 맹목이다. 그러나 비평은 맹목, 극단, 과잉을 싫
어한다. 비평을 위한 '열정의 불'이란 가당치도 않은 은유이다.
비평은 불의 담론이 아니라 물의 담론, 그것도 차가운 얼음물

의 담론이다. 비평은 뮤즈의 날개를 타지 않는다. 비평의 수레는 '분별'이다.

지난 수십 년간 사회과학과 인문학 분야에서 국내외 학계에 부단한 충격과 자극을 가해온 것은 '이론' 혹은 '이론들'이다. 구조주의, 마르크스주의, 정신분석담론, 기호학, 수용미학, 페미니즘, 해체론, 탈구조주의, 포스트모더니즘, 탈식민주의, 신역사주의, 수용 이론―이것들은 구조주의가 등장한 1960년대 이래 화려한 '이론의 한 시대'를 열었던 다양한 이론들의 이름이다. 지금 그 이론의 시대는 막을 내리고 있다. 이론의 쇠퇴를 발생시킨 가장 큰 요인은 '이론의 난센스화'이다. 극단과 과잉의 추구를 통해 이론(들)이 도달한 것은 어떤 발견이 아니라 이론 자체의 희극적 난센스화이고 그 도산이다. 극단적 주장과 과잉의 추구를 통해 현대 이론들이 이룬 업적의 목록은 도부수의 장부와 흡사하다. 현대 이론들의 상당수가 합작으로 도살해 낸 것들 중에는 이성, 진리-진실, 보편, 객관성, 역사, 현실, 근대-근대성, 진보, 주체, 의미, 정신 등이 포함되고 이것들을 끌어내린 자리에 이론이 대신 내세운 것들의 목록에는 비이성, 허무주의, 구성주의, 우연론, 비본질론, 상대주의, 탈근대론, 무의미론 같은 것들이 포함된다.

이론의 도산을 초래한 것은 현대 이론의 전면적 '허위성' 때문이 아니라 극단적 '과잉' 때문이다. 이성 혹은 이성중심주의의 폐해와 자기기만을 지적하는 일은 반드시 이성을 도살하는 일과 같은 것이 아니다. 보편주의나 목적론적 도그마의 횡포를 지적해야 한다고 해서 우리가 반드시 역사의 전면적 무의미론에 빠져야 하는 것은 아니다. 모든 역사는 무의미하다고 말하는 것은 보편주의를 거부하면서 사실은 무의미의 보편

325

주의 혹은 보편적 무의미론을 내세우는 일이다. 정의, 자유(해방), 평등 같은 가치들을 인간 사회의 역사적 '보편 원칙'으로 설정하고 받아들이지 않는다면 우리가 정치적으로 또 사회적으로 해야 할 일과 할 수 있는 일은 무엇인가? 근대적 이성의 과잉이 보기 싫어 이성의 전면적인 탈근대적 도살을 주장하는 것은 제 얼굴 보기 싫다고 미리통을 잘라버리는 일과 같다. 과잉을 치유하기 위해 과잉의 치료법을 동원하는 것이 이를테면 포스트모더니즘 같은 극단 이론의 오류이다. 비이성과 불합리성의 경축만으로는 어떤 사회도 유지되지 않는다.

국내 사회과학과 인문학계의 젊은 연구자들 사이에는 이런 극단적 과잉 이론의 영향이 상당히 널리 퍼져 있는 것 같아 보인다. 이런 극단성은 예컨대 민족주의, 국민주의, 근대적 국민국가, 국가주의 등에 대한 젊은 비판자들의 논리와 태도에서도 자주 발견된다. 국민국가나 민족주의는 지금도 세계화 이론가들과 시장주의자들의 집중적 표적이 되어온 '동네북'의 하나다. 시장질서에 의한 세계화의 시대에는 국민국가라는 근대 모형의 '폐물화'가 불가피하다고 시장 세계화주의자들은 줄곧 말한다. 그러나 시장 체제의 세계화를 주도해온 미국은 여전히 가장 강대한 '국가'로 엄존하고 있다. 미국과 서유럽 지역은 이미 갈등의 역사시대를 넘어 탈근대적 탈역사의 시대로 진입했다는 것이 잘 알려진 '후쿠야마 주제곡'이다. 그러나 9·11 뉴욕테러 사건은 미국이 탈역사시대에 들어서기는커녕 여전히 갈등의 역사시대에 나포되어 있을 뿐 아니라 그 자신 갈등의 주 생산국이라는 사실을 웅변한다. 러시아, 중국, 일본 같은 강대국들이 근대국가의 테두리를 벗어나 있는가? 천만의 말씀이다.

326

극단과 과잉의 주장을 점검하고 견제하는 것이 비평의 과제라면, 분별은 비평의 방법이고 태도이다. 이 방법 속에는 공정성, 균형, 비판적 거리의 유지, 이성의 온당한 행사, 진실에의 헌신, 객관성 같은 덕목들이 포함된다. 이 덕목들이 고전적 의미에서 비평의 '아레테arete'이며 그 덕목 혹은 아레테를 지키고 발휘하려는 것이 비평의 정신이다. 이 점에서 비평 정신은 비판적 이성의 행사이다. 인간은 이미 충분히 비이성적 동물이다. 은유적으로 말하면, 인간은 99.4%의 비이성과 0.6%의 이성으로 되어 있다. 인간이 비이성적 동물이라는 사실을 애써 부정하고 인간과 사회의 이성적 합리화를 신봉한 것이 근대의 환상이었다면 인간이 보유한 미량의 이성까지도 도살시켜 인간의 전면적 비이성화를 주장하는 것은 탈근대론적 환상이다. 이런 몰이성주의는 위험하고 파괴적이다. 무엇보다도 그것은 진실이 아니다. 진실은 무엇인가? 이성이 제아무리 미량의 것이라 하더라도 그것의 개인적·공적 사용과 작동 없이는 정의, 공평성, 평화, 공존, 평등, 자유가 불가능하고 의미 있는 행동과 비판적 실천이 불가능하다는 사실이다.

비이성의 과잉을 견제하고 이론의 극단주의에 개입하려는 비평의 정신은 지금 같은 시장주의 시대에는 더없이 중요하고 필요하다. '시장'은 우리 시대의 유일한 지배적 질서, 문화, 정신 상태이다. 시장을 떠나서는 지금 어떤 일도 가능하지 않은 것 같아 보인다. 시장은 지금 비평을 전방위에서 포위하고 있는 전면적 환경이다. 이 환경에서 비평이 할 일은 무엇인가? 시장이 지배적 질서라면 그 질서는 이미 그 자체로 과잉이고 극단이며, 따라서 비평의 적극적 견제 대상이다. 지배질서에 대한 저항, 지배문화에 대한 반문화가 아니라면 비평은 무엇인가?

'시장'이라는 용어의 현대적 의미 영역 속에는 시장 체제의 지구화, 자본주의 시장의 '승리', 세계화, 국민국가 소멸론, 탈역사, 탈근대, 민주주의, 전쟁 가능성을 배제하는 새로운 국제질서, 개인주의, 행복, 세속주의, 폭력 배제, 시장의 힘에 의한 평화, 기업주의 등등의 개념들이 포함되고 연결된다. 그러나 이런 개념들이 시장과 모순 없이 순탄하게 연결되는가? 천만의 말씀이다. 시장 체제가 평화를 강화한다는 주장은 맞지 않다. 세계화와 시장이 평화, 번영, 행복을 가져온다는 주장도 정확한 현실 파악에 입각해 있지 않다. 시장 세계화와 신무역 질서는 지금 세계 평화를 위협하고 개도국 농민들의 분노를 폭발시키는 가장 큰 요인의 하나이다. 시장질서의 지배가 야기시키는 이런 폭력, 불안, 정의와 공정성의 파괴, 이성의 맹목적 도구화를 부단히 지적하고 그 질서에 저항하지 않는다면 비판적 정신으로서의 비평 정신이란 도대체 무엇이겠는가?

교수신문 2004. 1. 26

사회는 어느 때 실패하는가

　지리학을 하면서 문명비평에도 일가를 이루고 있는 재레드 다이아몬드 교수의 최근 저서에 『문명의 붕괴Collapse』라는 것이 있다. 모든 자빠지는 것들과 무너지는 것들에 관심을 갖는 사람이라면 우선 제목에서부터 눈이 끌릴 만한 책이다. 아닌 게 아니라 "사회는 어떻게 성공하고 어떻게 실패하는가"라는 것이 이 책의 부제다. 어떤 사회는 성공하고 어떤 사회는 실패한다. 실패하는 사회는 왜 실패하는가? 다이아몬드의 언어 사용에서 흥미로운 것은 '왜why' 아닌 '어떻게how'라는 의문사가 선택되고 있다는 점이다. '어떻게'라는 것은 방법과 절차와 선택을 물을 때 쓰는 말이다. 사회가 망하는 데도 '방법'이 있는가? 망하는 사회는 '망할 방법'만을 골라 선택하는가?

　다이아몬드의 진단을 요약하면 대체로 "그렇다"이다. 망하는 사회는 '잘못된 결정'을 선택함으로써 붕괴와 자멸의 길로 들어선다. 사회의 실패는 주로 네 가지 상황에서 발생한다. 첫째는 어떤 문제가 발생할 수 있다는 가능성을 미리 예견하거나 예상하지 못한 채 틀린 결정을 내리는 경우이고, 둘째는 심각한 문제가 이미 발생해 있음에도 불구하고 그것을 인식하거나 감지하지 못하는 경우다. 셋째는 의지의 결여, 넷째는 불충분성이다. 사회가 어떤 문제를 발견하긴 했으나 그것을 해결하려 들지 않는 것이 의지의 결여라면, 문제를 알고 해결하고자 하면서도 "비용이 너무 들어"라며 우물거리거나 '너무 늦게 너무 적은' 쥐꼬리 해결책만 내놓다가 시기를 놓쳐버리는 것이 불충분성에 의한 실패다.

어떤 사회도 망하고 싶어서 스스로 망조 든 길을 선택하지는 않을 것이라는 상식에 기대어 말하면, 다이아몬드가 선택이라고 부른 것은 의미의 증감 없이 글자 그대로 '비고의적 실패'라고 해야 할지 모른다. 그러나 모든 실패는 뒤집어보면 '실패의 선택'이다. 사회는 함부로 망하는 것이 아니라 망할 이유가 있기 때문에 망한다. 사회를 무너지게 하는 이유 가운데 가장 치명적인 것이 결정의 오류, 곧 틀린 결정을 내리고 그것을 따라가기다. 옳은 결정이건 틀린 결정이건 모든 결정은 이미 선택행위다. 문제의 발생 가능성을 미리 예상하지 못한 데서 발생하는 실패는 인간 능력의 일반적 한계와 관계된다. 그러나 그 실패조차도 따져보면 상상력을 억눌러 죽이기로 '선택한' 사회의 실패일 때가 많다.

지금 우리 사회는 어떤 중대한 실패를 선택하고 있는 것은 아닌가? 망조는 여러 곳에서 발견된다. 다이아몬드가 제시한 실패의 범주들은 우리 사회에도 그대로 적용된다. 문제의 발생 가능성을 예상하지 못하는 상상력 실패, 문제가 발생했음에도 불구하고 그것을 문제로 감지하지 못하는 인식의 실패, 문제는 발견했지만 의지 부족으로 해결에 나서지 못하는 우유부단, 문제를 알면서도 제때에 해결책을 동원하지 못하는 안일성과 무능. 이런 실패의 상황들은 남의 것이 아니다. 광복 60주년을 축하하기 위해 온갖 번쩍거리는 행사들은 열심히 치르면서도 우리 사회를 멍들게 하는 망조들은 차분히 점검해내지 못하는,

330

아니 점검하지 않기로 '선택'하는 것은 무슨 망조인가? 정부의 실패나 시장의 실패도 한 사회를 망하게 할 수 있지만, 가장 치명적인 것은 사회 자체가 실패의 가능성을 보지 않기로 선택할 때의 실패, 곧 '사회의 실패'이다.

이 사회의 실패 가운데 가장 오래되고 가장 위험한 것이 "경제를 살려야 한다"라는 썩은 구호의 '썩었음'을 감지하지 않기로 선택하는 우리 사회의 고질이다. 경제가 잘못되기를 아무도 원치 않는다. 그러나 재벌 기업들과 권력의 유착, 언론과 법조까지도 손에 넣어 부당한 방법으로 지배권을 확장하려는 재벌 행태, 그 행태를 두둔하고 감싸기 위해 제정신 놓고 앞장서는 매체 조직들의 파렴치 매판행위, 이런 것들과 '경제 살리기'는 아무 관계가 없다. 경제를 살리기 위해서는 되레 척결하고 청산해야 할 부패한 관행들을 독버섯처럼 키워주기 위해 30년간 국민을 볼모 잡고 협박하고 속여온 것이 "경제를 살려야 한다"라는 구호다. 이 썩은 구호를 계속 방치한다면 그것이야말로 우리가 망하기로 작정하는 가장 확실한 실패의 선택이다.

이번의 소위 도청 테이프 사건을 보면서 경악을 금할 수 없는 것은 민주국가의 집권당이 되겠다고 나섰던 정치세력이 가장 반민주적인 방법으로 돈과의 유착을 추구했다는 정황의 포착 부분이다. 이것이 단순 정황이 아니라 사실이라면 우리는 어찌해야 하는가? 오랜 관행이었기 때문에 그냥 덮고 넘어가야 한다? 권력과 검은돈의 결탁은 지난 세월 우리 사회를 기본에서부터 멍들게 한 만성 질병이다. 그 질병을 치유하기 위한 개혁 시도들은 지금까지 한 번도 성공한 적이 없다. 현 정부의 개혁 노력도 '개코(개혁 코드)'라는 비아냥거림의 대상이 되어 휘청거리고 있다. 그러나 사회를 실패하게 하는 망조 관행들은 드러내어 청산하는 것만이 최선의 치유책이다.

사회가 망하지 않기 위해서는 무엇보다도 우리들 시민 자신이, 사회가, "우리는 실패를 선택하고 있지 않은가?"라는 질문을, 특히 요즘 같은 때는 하루 세 번씩, 우리 자신에게 던져 보아야 한다. 시민이 시민인 것은 그가 사회의 무너짐을 거부하는 자이기 때문이다. 그 거부가 시민의 권리다. 이미 오래전부터 발생해 있었으나 그 치유는 무한 연기되어온 문제, 그것이 지금 시민 앞에 있다. 슬프게도 우리는 '시민 법정'을 세워야 할 궁벽한 순간으로 지금 내몰리고 있는지 모른다.

한겨레 2005. 8. 26

허리케인이 올지 누가 알았나

"인간이 계획하면 신이 웃는다"는 말이 있다. 그러나 신이
야 웃건 말건 필요한 곳에 필요한 계획을 세워야 하는 것이
인간의 운명이다. 그 운명의 겸손한 수용이 인간을 인간답
게 한다.

자연의 파괴력에 걸려들면 인간과 그의 문명은 여전히 미
물이다. 인간은 아직 폭풍을 잠재울 수 없고 대홍수를 다스리
지 못하며 해일과 허리케인을 막지 못한다. 대홍수가 나면 사
람들은 집 버리고 도망치거나 물속에 무덤을 만드는 수밖에 없
다. 둑은 옆구리 터지고 전화는 불통이고 자동차는 저 혼자 떠
내려간다. 아무리 힘센 기관차도, 우리가 자랑하는 'KTX'도,
물에 잠긴 도시로는 들어오지 못한다. 비행기는 내려앉을 곳을
찾지 못한 살찐 오리처럼 하늘을 빙빙 돌아야 한다. 탱크도, 대
포도, 총칼도 소용없다.

인간을 또 낭패스럽게 하는 것은 자연재난이 선악의 경계
너머에 있다는 사실이다. 2004년 여름 동남아 해안을 덮친 해
일은 악을 징벌하러 온 '신의 물바가지'가 아니다. 이번 미국의
걸프 만 연안 뉴올리언스를 삼킨 허리케인은 무고한 인명들을
앗아갔으되 그 자체가 '악의 세력'이랄 수는 없다. 자연은 인간

이 만든 선악의 이분법에 철저히 무관심하고 하늘은 무심하다. 그 무심 앞에서 인간이 할 수 있는 일은 무심의 확인("하늘도 참 무심하시지")뿐이다. 선악 구분이 문명의 한 장치라면, 자연은 그 장치까지도 쉽게 박살낸다.

그러나 이렇게만 말해서 될까? 인간이 자연을 우습게 아는 것은 분명 오만이다. 그러나 자연의 파괴력 앞에서 인간이 자기 방어를 도모하는 것은 오만이 아니다. 그 방어책이 아무리 보잘 것없다 해도 방어의 도모 자체가 죄를 구성하지는 않는다. 오히려 그 반대다. 피해를 최소화해서 인명을 살리고 고통을 줄일 방법이 있는데도 나태, 무관심, 오판으로 그 방법을 강구하지 않는다면 그것이 되레 오만이고 자연 앞에 건방 떨기다. "인간이 계획하면 신이 웃는다"는 말이 있다. 그러나 신이야 웃건 말건 필요한 곳에 필요한 계획을 세워야 하는 것이 인간의 운명이다. 그 운명의 겸손한 수용이 인간을 인간답게 한다.

허리케인 카트리나의 대습격 이후 드러나고 있는 미국의 비참을 보고 있자면 "사회는 어느 때 실패하는가"에 대한 재레드 다이아몬드 교수의 경고가 그렇게 적절할 수가 없다. 재난 가능성을 예상하지 못했을 때, 재난이 발생했는데도 그 심각성을 인식하지 못할 때, 문제 발견 후에도 그것을 해결하려는 의지가 없을 때, 해결하고자 하면서도 충분한 해법을 동원하지 못할 때, 사회는 실패한다는 것이 다이아몬드가 저서 『문명의 붕괴』에서 내놓았던 경고다. 이 네 가지 경고들은 이번 미국의 경우에 맞춘 듯이 들어맞는다.

조지 부시가 허리케인 재난의 가능성을 깔아뭉갠 것이나 재난 수습에 신속 대응하지 못한 것은 부시 정권의 치명적 무능과 실패를 보여준다. "허리케인이 올지 누가 알았나?"라고 부시는 말했다고 한다. 그러나 페마FEMA, 연방비상관리청는 이미 4년 전 9·11 테러 이전에 미국이 당할 수 있는 세 가지 재난의 하나로 허리케인을 꼽아 백악관에 보고했던 것으로 알려져 있다. (다른 두 가지는 테러와 로스앤젤레스 일대의 지진 가능성이다.) 하지만 이라크 침공 준비에 부심했던 부시 정권은 페마의 경고를 묵살했다고 관계자들은 말한다. 부시는 페마를 국토안보부에 편입시켜 예산을 대폭 삭감하고, 무자격 인사들을 기용해 효율을 마비시켰다. 부시의 첫 페마 청장을 지낸 조지프 올바우는 부시의 정치 측근이었고 다음 청장 마이클 브라운은 전임자의 대학 시절 룸메이트다. 전문성과 능력보다 측근과 룸메이트가 더 중요했던 것이다. 이들은 요즘 미 언론들로부터 '희대의 멍텅구리'라는 욕을 먹고 있다.

물에 잠겨 썩어가는 시신들, 먹고 마실 것이 없어서 졸도하는 아이들, 속수무책으로 죽어간 병원의 위급 환자들, 풋볼 경기장에 수용된 이재민들의 비참, 약탈과 폭행, 뉴올리언스의 이런 참상을 보면서 지금 미국 스스로는 물론 온 세계가 깜짝 놀라고 있다. 놀라는 이유는 자연재해 그 자체의 크기 때문이 아니다. 사람들은 하늘의 무관심에 놀라는 것이 아니라 오히려 부시의 무관심에 놀라고 그의 마비에 놀란다. 자연은 무심할지라도 정부가 국민에게 무심할 수는 없다. 사태의 심각성에 대한 대통령의 무감각, 땅을 칠 늑장 대응, 자원 동원의 비효율 앞에 지금 미국 조야가 할말을 잃고 있다. 재난이 닥쳤을 때 부시는 백악관을 비우고 다른 데 가서 농담하고 있었고 사태 발생 72시간이 지나도록 자원 동원령을 내리지 않았다고 보도되고 있다. 한 예로, 재해지역 인근 해역에는 수천 개의 구급 침대와 하루 10만 갤런의 식수 생산시설을 가진 해군 함정 바타안호가 펑펑 놀며 정박해 있었다고 한다.

부시의 이런 무관심은 그의 보수주의 정책에, 그의 마비는 인간 고통에 대한 그의 무감각에 직결되어 있다. 뉴올리언스의 참상이 그의 눈에 들어오지 않은 것은 희생자 대부분이 흑인이고 빈곤층이었기 때문이다. 그에게 빈자는 보이지 않는다. 부자 세금은 열심히 깎아주면서 빈곤과 환경 문제는 뒷전인 것이 부시 정권이다. 고지대에 살았기 때문에 무사했던 부자들과는 달리 저지대에 산 죄로 '물 먹어야' 했던 뉴올리언스의 이재민들에게 부시의 계급주의적·인종주의적 정책은 사회적 재난이고 악이다. 악의 세력을 친다고 전쟁을 일으킨 자가 스스로 악의 세력이 되는 역설을 우리는 미국의 비참에서 목격한다. 이 비참은 세계 모든 사람들에게 타산지석이다. 가진 자의 이익만을 생각하는 나쁜 정부와 무능하고 무감각한 지도자를 두었을 때에도 사회는 실패한다. 사회가 정부보다 못할 때에도 그 사회는 실패한다. 그러므로 사회는 언제나 정부보다 나아야 한다.

한겨레 2005. 9. 9

한국 민주주의는 '되었다'고?

한국에서 정치를 말한다는 것은 한 군데도 볼만한 구석은 없이 사시장철 사람 만정 떨어지게 하는 혐오스러운 괴물을 묘사하는 일과 비슷하다. '한강의 괴물'이 따로 없다. 이 정치의 괴물성을 다스릴 필요가 있다. 대선 준비의 계절에 한양 이선 달에서부터 제주 고을나에 이르기까지 유권자들이 토론을 일으키는 일은 그래서 아주 중요하다. 유권자들만이 정치를 고쳐나갈 수 있기 때문이다.

최근 여기저기서 전개되고 있는 토론들을 보면 흥미로운 현상이 하나 눈에 띈다. "이제 대한민국에서 민주주의는 되었으니"라 상정해놓고 들어가는 어법, 태도, 인식이 그것이다. 이 인식법에 따르면 '민주주의'는 이제 한국 사회에서 더이상 토론거리도, 이슈도, 과제도 아니다. 민주주의는 '되었기' 때문이다. 논자에 따라서는 '웬만큼'을 붙여 "이제 민주주의는 웬만큼 되었으니"라고 말하는 경우도 있다. 그러나 사정은 마찬가지다. '웬만큼' 된 것도 된 것이니까 더는 민주주의 문제로 왈가왈부할 것 없다, 2007년 대선 정국에서 민주주의 문제는 토론거리일 수 없다는 인식이 거기 여전히 깔려 있다.

흥미로운 것은 이런 인식법이 소위 보수논객은 물론 이른바 진보를 자처하는 논자들 사이에서도 무슨 합의사항처럼, 누구도 부정할 수 없는 기정사실의 확인처럼, 광범하게 공유되고 있다는 점이다. 소위 보수논객들이 그렇게 말하는 데는 그럴 만한 이유가 있다. 이제 민주주의는 되었지 않은가, 그러니 어떤 정치세력의 민주적 능력 유무를 대선 이슈로 삼을 필요는 없다, 다른 더 중요한 문제를 거론하자는 것이 그 이유다. 그들이 '다른 더 중요한 문제'라고 생각하는 것들의 목록 첫머리에 올라 있는 것은 '경제'다. 그들이 보기에 경제문제는 현임 정권이 확실히 실패한 영역이다. 민주화 세력임을 자처하면서 개혁을 주장하고 나선 현임 정권이 민생을 도탄에 빠뜨린 이상 더는 '민주화'니 '민주적 개혁'이니를 주장하는 세력에 정권을 맡길 수 없다, 경제를 아는 정치세력에 다음 정권을 넘겨야 한다는 것이 그들의 주장이다. 이른바 진보논객들이 민주주의 문제를 논외로 삼고 싶어하는 데도 그럴 만한 이유가 있어 보인다. 그들이 보기에 현임 정권은 무능하고 서투르다. 참여정부는 민주주의에 대한 헌신만으로는 결코 충분하지 않다는 것을 천하에 '입증'했기 때문에 더는 민주화 세력이냐 아니냐를 핵심 이슈로 삼을 필요가 없다—이런 생각이 소위 진보를 자처하는 논객 상당수의 머리를 암암리에 지배하고 있는 것 같아 보인다. 더 노골적으로 말하면, 민주주의 문제를 내걸어서는 더이상 '장사'가 안 된다고 생각하는 듯하다.

　　"이제 민주주의는 되었다"라거나 "웬만큼 되었다"라는 생각과 주장, 인식과 어법은 사실은 흥미로운 것이기는커녕 지금 이 시점에 우리가 지적하고 경계하지 않으면 안 되는 심각한 판단 오류이다. 민주주의는 어느 시대에도 '완성'되거나 '완결'될 수 있는 물건이 아니다. 그것은 "자, 이제 우리는 도착했다"고 말할 수 있는 북한산 꼭대기나 보스턴 마라톤 종착점 같은 것이 아니고, 냉장고나 자동차, 책상, 의자처럼 "봐라, 우리가 다 만들었다"고 종결과 완성을 선언해도 될 무슨 제작 품목이 아니다. 민주주의는 부단한 진화와 발전을 거듭하는 '과정'이다. 거기에는 종착점이 없다. 더 중요하게도, 과정으로서의 민주주의는 대단히 연약하고 수많은 위기와 도전의 풍랑 앞에 언제나 노출되어 있다. 한순간의 방심, 자만, 오판만으로도 민주주의는 반전, 후퇴, 소멸의 위기에 빠질 수 있다.

정치를 말하고 민주주의를 말하는 사람들이 이제 한국 사회에서 "민주주의는 되었다"고 생각하거나 주장하는 것은 참으로 위험한 일이다. 민주주의는 독재를 무너뜨린다고 해서 '자동'으로 찾아오는 것이 아니고 겨우 몇 번의 '문민정부' 실현으로 완성되는 것이 아니다. 우리가 민주주의 비슷한 것을 실현한 지는 이제 겨우 15년에 불과하다. 80년대의 민주화 항쟁 시대를 다 넣어 계산해도 한국 민주주의의 역사는 사반세기에 지나지 않는다. 이렇게 짧은 연륜의 민주주의를 가진 나라 사람들이 이제 민주주의는 되었으니 그 문제는 더이상 논할 필요가 없다고 말한다면 그것은 순진이 아니라 자만이며, 이런 가당찮은 자만이야말로 민주주의에 대한 가장 큰 위협의 하나다.

우리가 사회 민주화를 전혀 성취하지 못했다는 소리가 아니다. 우리 사회가 지난 시절 험난한 민주화의 과정을 거쳐 일정 정도의 민주주의를 이루어낸 것도 사실이다. 그러나 이런 성취가 "이제 민주주의는 되었다"고 말해도 될 자기만족의 근거가 될 수는 없다. 문제는 '자만'이다. 세계 역사상 최초로 민주주의를 제도화하고 체제화했던 미국에서도 민주주의는 여전히 항구한 사회적 정치적 문화적 과제로 인식되고 있다. 민주주의 200년의 역사를 가진 나라도 자만을 부단히 경계하면서

'민주주의 지키기'를 제1의 정치적 사회적 교육적 의제로 삼고 있다. 그런데 이제 겨우 15년, 25년의 민주주의 발전사를 가진 나라 사람들이 "민주주의는 되었다"고? 남의 나라 얘기를 자꾸 해서 안됐지만, 민주주의는 미국이 내거는 최대의 국가 정체성이고 "나는 민주주의의 시민"이라는 것이 인종과 계층을 떠나 미국인이 자기 정체성을 규정할 때 머리에 떠올리는 첫번째 명제다. "나는 민주사회의 시민"이란 것으로 자기 정체성을 규정하는 한국인은 도대체 몇이나 될까? 정치인, 논객, 언론을 위시해서 사회 구성원 상당수가 터무니없는 자만에 빠져 민주주의 지키기의 절대적 필요성을 망각하고 있다.

한국 민주주의는 여전히 수많은 도전과 위기를 만나고 있다. 한국 민주주의는 아직도 민주주의의 명제와 원칙, 그 가치와 규범을 정치, 경제, 사회, 문화의 모든 영역에서, 그리고 사회적 삶의 모든 단계에서, 한참 더 익히고 성숙시켜나가야 하는, 말하자면 걸음마 단계의 것이다. 자유, 평등, 인권의 확대와 확장은 여전히 우리에게 거대한 과제이다. 경제는 중요하다. 그러나 재벌 기업 비호세력들이 경제를 내걸어 시민의 자유를 옥죄고 허위에 대한 혐오의 능력을 잃어버린 언론 조직들이 자유의 이름으로 진실을 비트는 나라에서 정치논객들이 "민주주의는 되었으니" 이제 잊어버려도 된다는 식으로 말한다면 한국 민주주의는 어찌되는가?

한겨레 2007. 3. 2

야만의 체제

나치즘이 야만의 체제였다면 일본 군국주의도 야만의 체제다. 이 체제는 이웃나라 국민들만을 희생시킨 것이 아니다. 침략 전쟁에서 죽어간 일본의 수많은 젊은이들도 야만의 체제에 동원되어 어떤 항의도 제기하지 못한 채 명령에 따라 속절없이 목숨을 내놓아야 했던 사람들이다. 그들을 기억하고 기리는 일과 그들을 지옥의 전장으로 몰아넣은 자들을 기억하는 일은 같은 것이 아니다. 지옥에 빠진 자와 지옥을 만든 자는 다르다.

"오늘 여기서 우리의 목표는 봄에 도달하는 것이다." 1945년 아우슈비츠 유대인 절멸수용소에서 살아남아 20세기 증언문학사에 빛나는 작품들을 남긴 이탈리아 화학자 프리모 레비의 첫 저서 『이것이 인간인가』에 나오는 한 구절이다. 봄을 목 빠지게 기다려야 하고, 봄에 도달하는 것만을 삶의 절절한 목표로 삼아야 한다는 것은 삶이 최소한 정상성의 조건을 충족시키고 있는 상황에서라면 상상하기 어려운 국면이다. '봄'의 상징적 의미는 깊고 큰 것이지만 프리모 레비가 기다리던 봄은 그런 의미의 봄이 아니다. 그것은 문자 그대로의 봄, 사람이 얼어죽지 않아도 되는 온기 그 자체, 추위라는 이름의 '적'이 물러가는 계절이다. 레비는 쓰고 있다. "두 달 후, 한 달 후, 추위가 휴전을 선포할 것이고 그러면 우리의 적이 하나 사라지는 것이다." 이 진술은 야만 상태에 관한 보고서, 더 정확히는 '지옥의 보고서'다.

20세기는 13세기 시인 단테가 『신곡』에 그려넣었던 '지옥'을 정확히 이 지상에 현실로 구현했던 시대다. 히틀러 집단이 만든 절멸수용소들이 그런 지옥이고 솔제니친이 '아키펠라고archipelago, 군도'라고 부른 스탈린의 강제수용소들이 또 그런 지옥이다. 구원의 희망이 없는 곳, 거기가 지옥이다. 단테가 그린 '지옥'의 입구 팻말에는 이렇게 씌어 있다. "이 문으로 들어오는 자여, 모든 희망을 버릴진저." 단테의 9층 지옥은 '죄지은 자'들이 형벌을 받는 곳이다. 그러나 아우슈비츠의 지옥에 빠져 익사한 자들은 무슨 죄로 그 희망 없는 형벌의 땅에 유배되었는가? 단테의 지옥과 20세기의 지옥들을 갈라놓는 차이는 이것이다. 여기서 지옥에 관한 의미론의 질서는 반전된다. 20세기의 신곡에서는 지옥에 갇힌 자들이 죄인이 아니다. 죄는 지옥을 만든 자들의 것이다.

프리모 레비가 본 아우슈비츠라는 이름의 지옥은 인간이 인간이기를 정지해야 하는 곳, 인간이 인간이기를 잊고 가장 낮은 짐승의 수준으로 추락해야 하는 야만의 장소다. 인간이 인간이기를 망각하고 짐승처럼 살아야 한다면, 만약 그것이 인간이라면, 그 인간에게 희망은 없다. 그러므로 이 망각의 조건과 맞서기 위해 레비가 선택한 것은 반대 전략, 곧 '기억하기'이다. 망각을 강요하는 시간과 공간에서 그는, 마치 키르케의 마술에 맞설 때의 오디세우스처럼, 자신이 인간이라는 것을 잊지 않기 위해 버둥거린다. 역설적이게도 단테의 시편들은 기억을 위한 레비의 이 투쟁에 큰 힘이 되어준다. 그는 대학 시절에 읽었던,

그러나 그의 머릿속에 어렴풋한 그림자로만 남아 있는 『신곡』, 특히 '지옥편'의 언어들을 흐린 기억의 창고에서 되살려내기 위해 애쓴다. 그렇게 해서 그는 "나는 짐승으로 살기 위해 태어나지 않았다"는 구절을 기억해내고 "나는 나를 떠나지 않았다" 같은 구절들을 기억해내어 암송한다.

레비가 지옥의 조건에서 기억해낸 이런 구절들은 우리가 히틀러의 만행이니 일본 제국주의의 만행이니를 말할 때 그 '만행'이 정확히 무엇을 의미하는가를 생각해보는 데 아주 요긴하다. 만행이라는 말이 대체로 의미하는 것은 살육, 파괴, 폭력이다. 그러나 그것의 의미 지층에서 우리가 정확히 드러내야 하는 것은 인간이 인간이기를 잊어버리게 하는 행위의 야만성, "나는 나를 떠났다"라고 말해야 하는 조건의 야만성이다. 인간 역사 속에서 전개되어온 문명들은 우리가 언제나, 반드시, 박수 쳐주어야 하는 예찬의 대상은 아니다. 그러나 레비 같은 사람들이 지옥 속에서도 문명에 대한 신뢰를 버리지 않은 것은 문명의 여러 체제들이 인간을 인간이게 하고 "우리는 사람이다"를 잊어버리지 않게 하는 인간적 품위의 수호 장치들이기 때문이다. 이런 품위와 기억의 장치들을 포기한 것이 야만이고 만행이다.

우리가 일본 정부에 대고 '과거와의 단절'을 요구할 때 그 '과거'는 일본의 모든 과거가 아니라 '야만으로서의 과거'다. 일본은 2차 세계대전에서 죽어간 사람들과 희생자들을 기억하고 기릴 권리가 있다. 그러나 이 기억의 권리는 야만의 과거까지도 끌어안고 기릴 권리가 아니다. 그것은 권리가 아니라 어리석음이고 수치이다. 히틀러의 나치즘이 전체주의적 야만의 체제였다면 일본 군국주의도 야만의 체제다. 이 야만의 체제는 이웃나라 국민들만을 희생시킨 것이 아니다. 침략 전쟁에서 죽어간 일본의 수많은 젊은이들도 야만의 체제에 동원되어 그 체제의 야만성과 무의미성에 어떤 항의도 제기하지 못한 채 명령에 따라 속절없이 목숨을 내놓아야 했던 사람들이다. 그들을 기억하고 기리는 일과 그들을 지옥의 전장으로 몰아넣은 자들을 기억하는 일은 전혀 같은 것이 아니다. 지옥에 빠진 자와 지옥을 만든 자는 다르다. 그런데 일본 우익과 일본 정부는 이 혼동할 수 없는 것들을 혼동하고 '지옥을 만든 자'들까지도 열심히 기리고자 한다. 과거와의 단절은 바로 일본인 자신을 위한 단절이라는 것을 지금의 일본 정부는 알아야 한다.

프리모 레비의 마지막 저술 『익사한 자들과 구조된 자들』에는 야만의 체제에 대한 깊은 통찰이 담겨 있다. 나치가 아우슈비츠 등지에 건설한 지옥은 그 지옥을 만든 자들의 야만의 체제를 그대로 반영한 것이며 그 체제를 빼다박은 모방이라는 통찰이 그것이다. 야만의 체제는 다른 모든 체제들도 그 자신처럼 밑바닥으로 끌어내려 그 자신과 같은 수준의 것으로 만들지 않고서는 견딜 수 없어 한다. 그러므로 나치가 만든 수용소 지옥은 다름아닌 나치라는 이름의 지옥의 체제를 그대로 복사한 것이라고 레비는 생각한다. 야만의 권력은 야만을 좋아한다. 그것은 무엇보다 '인간'을 그냥 두고볼 수가 없다. 인간이라는 것을 깨고 두들겨패고 부수어 낮고 낮은 수준으로 끌어내리지 않으면 안 된다. 이런 통찰은 '만행'이라는 것의 의미를 말하는 모든 사람들에게 소중한 깨침의 한순간을 제공한다. 화학자로 출발해서 작가가 되고 깊은 인문학적 진실에 도달한 레비의 이 같은 통찰을 우리는 지금의 일본 정부와 일본 우익에도 아시아인의 '우정 어린 선물'로 전달하고 싶다. 야만의 과거를 버리지 않는 것은 그 과거를 재생하는 행위이기 때문이다.

　일본에만? 아니다. 이른바 '과거사 청산'이라는 문제를 놓고 국내 우익과 일부 정치세력이 벌여온 발목 잡기, 트집, 반발 등은 우리들 자신이 무엇을 청산해야 하는지, 과거사 청산의 의미가 무엇인지에 대해 극히 둔감하다는 사실을 너무도 잘 보여준다. 청산이란 말에는 물론 문제가 없지 않다. 역사에서 청산이란 원천적으로 불가능하다. 그러나 잘못된 과거를 직시하고 교정한다는 의미에서 '과거사 청산'이라는 말을 한정적으로 사용한다면, 우리가 청산해야 하는 것은 과거 한때 국가권력이 저지른 인간 파괴이다. 권력이 국민들에게 지옥의 체제를 강요했다면 그 체제를 청산하는 것은 보복행위가 아니라 나라가 품위와 명예를 회복하는 행위다. 군사정권 시절 최루탄 연기 자욱한 대학 구내에서 쓰러져 땅바닥을 기던 어떤 노교수의 말이 생각난다. 부축을 받고 일어나면서 그가 한 말—"에고, 모두 짐승처럼 사는 거지요, 뭐." 짐승처럼 살아야 했던 것이 대학만인가? "나는 짐승이 아니다" "나는 나를 떠나지 않았다"라고 말할 수 있는 삶의 조건을 만드는 일이 아직도 이렇게 힘겨워야 한다면 '대한민국'은 무엇인가?

한겨레 2007. 3. 16

소통의 조건

인간은 소통의 천재다. 소통에 필요한 수단(부호, 기술, 장비)을 인간만큼 골고루, 그리고 풍요롭게 갖추고 있는 동물은 따로 없다. 소통 대상도 광범하다. 소통은 사람과 사람 사이의 일이므로 소통의 제1 대상은 나의 타자, 곧 타인이다. 그러나 우리는 우리 자신과도 소통하고 자연계의 다른 존재들과도 소통하며 비인격적 사물들까지도 우리의 소통 네트워크 속으로 끌어들인다. 그 소통망 속에는 신, 죽은 조상, 아직 태어나지 않은 미래의 아이들도 들어 있다. 소통은 인간의 가장 특징적인 존재방식이다. 소통을 떠나 인간은 존재하지 않는다. 그래서 우리는 자나 깨나 소통하고 소통으로 삶을 지탱한다.

그런데 지금 한국은 불소통 사회라고 한다. 불소통의 문제는 근년 들어 우리 사회의 큰 화두 가운데 하나가 되어 있다. 여기저기서 "소통해야 한다"는 소리들이 요란하다. 소통이 잘 안 되는 사회일수록 소통을 호소하는 소리도 높은 법이다. 이상하지 않은가. 지금 우리는 유례없이 찬란한 통신 기술의 시대에 살고 있고 신문, 방송, 손전화는 물론 인터넷, 트위터, 페이스북 같은 수많은 사회매체들을 갖고 있다. 다섯 살 꼬맹이들까지 스마트폰을 들고 다닌다. 젊은층 사이에서 스마트폰은 이미 몸의 일부다. 외부와의 접속이 모자라는 것도 아니다. 접속의 양과 빈도로 따지면 세계 1등이 한국이다. 한국인은 단연 '접속광'이다. 잠시라도 누가 메시지를 보내오지 않거나 외부 접속이 끊어지면 마치 자기 존재가 이 지상에서 지워져 없어진 듯한 낭패감과 외로움에 휩싸이고, 안달하고, 그러다 분노하기까지 하는 것이 요즘의 한국인이다. 그 한국인의 나라가 불소통에 시달리고 있다니 이 무슨 역설인가.

소통은 통신과 다르다. 언어 등의 메시지 교환 부호가 있고 메시지를 실어나를 기술과 장비가 있고 사용 기술이 있으면 통신은 이루어진다. 그러나 그런 기술과 장비만으로는 성취되지 않는 것이 소통이다. '통신 플러스 알파'가 소통이다. 같은 언어를 사용하고 같은 장비와 기술로 교신하면서도 말이 통하지 않을 때 '불소통'이 발생한다. 기술과 장비만으로는 해결되지 않는 그 무엇, 소통에 필요한 그 '알파'는 무엇인가? 아니, 그 알파를 말하기 전에 먼저 우리가 주목해야 할 것은 소통을 방해하고 소통을 불가능하게 하는 요인은 무엇인가라는 문제다. 불소통의 조건들을 그대로 둔 채 소통을 기대할 수는 없다. 그것은 물길도 만들지 않고 통수식부터 하자고 나서는 거나 진배없다. 소통을 외치고 사회통합을 말하는 사람들이 먼저 손대야 할 것은 소통을 불가능하게 하는 조건들이 무엇인지를 따져보고 그 조건들을 제거할 방도를 찾아나가는 일이다.

소통을 방해하거나 불가능하게 하는 요인들은 개인, 사회, 문화 등 많은 차원들에 도사리고 있다는 것을 우리는 안다. 인간이 유한한 존재로 태어나고서도 그 욕망만은 무한하다는 존재론적 모순의 차원에도 소통을 어렵게 하는 요인들이 있다. 심리적 요인도 있다. 인간은 그 속을 알기 어려운 복잡한 동물이다("열 길 물속은 알아도 한 길 사람 속은 모른다"). 그 속을 더욱 복잡한 것이게 하는 변덕의 자유도 인간은 갖고 있다. 이런 불소통의 요인들 중에는 인간이 죽을 때까지 함께 안고 가야 하는 것도 있고 인간이 제 힘으로 제거하거나 완화할 수 있는 것도 있다. 우리가 먼저 주목할 것은 이 두번째 범주의 요인, 곧 우리가 고치자면 고칠 수 있고 제거하자면 제거할 수도 있는 요인이다. 소통을 불가능하게 하는 '사회적 차원'의 요인이 그런 것이다.

무엇보다, 사람들이 억울한 일을 많이 당해야 하는 사회, 그리고 그 억울함을 하소연할 길도 풀 길도 막막한 사회에서는 소통이 가능하지 않다. 이것은 아주 간단한 진실이다. 억울한 일, 부당한 일, 정의롭지 못한 일을 당하고도 어쩔 도리가 없을 때 사람들은 어떻게 행동하는가? 순서를 매기면 그럴 때 사람들은 ①운다, ②미친다, ③죽는다, ④사회 파괴에 나선다. 이 네 가지 행동방식의 어느 것도 소통과 관계없다. 거기에는 소통은 커녕 고통이 있고 소통이 불가능한 데서 오는 슬픔, 분노, 증오가 있다. 이때 필요한 것은 "소통하자"고 외치는 일이 아니다. 함부로 화해와 통합을 말하거나 무턱대고 용서와 관용을 호소할 일도 아니다. 그런 말만으로는 소통도, 화해도, 통합도 이루어지지 않는다. 필요한 것은 고통을 발생시키는 요인들을 제거해서 사람들의 가슴에 담긴 상처의 무게를 들어줄 사회적 조건을 만들어주는 일이다. 그 조건의 핵심은 말할 것도 없이 '사회 정의'다. 공정성, 합리성, 평등성은 공존공생의 사회정의를 구성하는 요소들이다. 공생 사회에서만 소통은 가능하다. 그러므로 공생이 가능한 사회를 만드는 일, 그것이 소통 사회의 조건이다. 이것은 설교로, 도덕교과서로, 구호로 될 일이 아니다.

한국일보 2012. 5. 2

디지털 시대의 우울

디지털 기술이 교육 분야에서 열어놓고 있는 가장 위대한 민주적 가능성의 하나는 교육에 접근할 기회의 대폭 확장이다. 대표적으로 사이버 교육과 원거리 학습은 아닌 게 아니라 국내외 굴지의 교육센터들을 내 방으로 끌어들인다. 민주주의는 배제의 정치학 아닌 '포함'의 정치학이다. 누구에게나 교육받을 기회를 주고 그 기회의 평등을 보장하는 것은 민주사회가 실현하고자 하는 교육적 이상이다. 이 이상의 바닥에 깔린 기본 전제는 교육의 영역에서 특권의 울타리를 제거하고 '최대 다수에게 최대 기회'를 갖게 하는 것이 '최대 다수의 최대 행복'을 실현할 사회적 지름길이 된다는 것이다. 최대 다수의 최대 교육기회라는 민주적 이상은 그렇게 해서 최대 다수의 최대 행복이라는 공리주의 사회철학과 멋들어지게(?) 결합하고, 디지털 하이테크는 이 결합을 중매하는 축복의 기술이 된다.

디지털 기술이 교육에 기여한다고 여겨지는 또다른 부분은 그 기술의 도움을 최대로 활용할 때 '교육 효과'가 엄청스레 높아진다는 것이다. 교육의 효과를 어떻게 높일 것인가는 모든 교육 종사자들의 항구한 화두다. 교육에 투입되는 각종 노력들이 허공으로 날아가지 않고 최대의 '아웃풋'을 낼 수 있게 하자는 것도 교육의 이상 가운데 하나다. 디지털 기술이 그런 교육적 이상의 실현에 크게 기여한다는 주장은, 그 주장의 실증적 증거 유무를 떠나 디지털 시대가 퍼뜨리는 복음의 하나다. 이 복음의 바닥에 깔린 기본적인 생각은 디지털 기술 수단들이 정보 생산과 유통의 양을 팽창시키고 누구에게나 다량의 정보에 접근할 길을 열어버리면 교육 종사자들이 머리 싸매고 교육의 효과를 걱정할 필요가 없어진다는 것이다. 그래서 디지털 복음 주의자들 중에는 머지않아 대학 같은 것은 무용지물이 될 것이라 주장하는 사람들이 있다. 50년쯤 지나면 전 세계를 통틀어 10개 안팎의 대학만 남아 있게 될 것이라 예측하는 급진적 디지털 복음주의자들도 있다.

디지털 하이테크의 교육적 기여를 예찬하는 열광적 박수 소리는 이미 도처에서 귀가 따갑게 들려오고 있다. 그 박수 소리에 묻히고 눌려서 들려오지 않는 다른 소리는 없는가? 특히 한국에서? 디지털 기술 시대의 교육이 하이테크의 행진 앞에서 깊이 고민해야 할 문제들, 해법을 찾기 위해 고심해야 할 심각한 문제들은 없는가? 교육이 제기해야 할 근본적인 질문들은 없겠는가? 밑바닥에서부터 다시 검토해봐야 할 위험하고 근거 박약한 '디지털 시대의 통상적 전제'들은 없을 것인가?

우선, 학생들의 신음 소리가 있다. "교수님, 제가 이 글쪽지를 열 번이나 읽었는데 무슨 소린지 모르겠어요." 대학 신입생 하나가 읽기 교재에 실린 열 쪽도 안 되는 글 한 편을 읽고 (사실은 버둥거리다) 와서 털어놓는 소리다. 그를 고생하게 만든 글쪽지는 고교 졸업자가 읽어낼 수 없을 정도로 난해한 글이 아니다. 한국인이니까 한글로 된 텍스트를 읽기는 하는데 도무지 의미 파악은 안 되는 경우다. 진정한 의미의 '문해력'이 길러져 있지 않은 것이다. 의미 파악은 생각하는 능력, 읽은 것을 개념화하는 능력, 앞뒤 문맥을 비교 대조하는 비판적 분석적 능력을 요구한다. 그러니까 문해력이 약하다는 것은 이런 사고력, 개념화의 능력, 비판적 사유의 능력이 '위기'에 처해 있다는 얘기다. 읽을 수가 없는데 대학에 오니까 교수가 읽어라, 읽어라 해서 "죽겠다"는 것이 그 학생의 신음 소리다.

이런 신음도 있다. "한 단락을 읽고 다음 단락으로 넘어가면 앞에서 뭘 읽었는지 도무지 생각나지 않아요." 조지 오웰의 풍자우화 『동물농장Animal Farm』에 나오는 얘기 같다. 농장의 말 두 마리가 '알파벳'을 깨치느라 애쓰는데, ABCD까지는 간신히 깨치지만 그 다음 EFGH 넉 자로 넘어가면 앞에서 공부한 ABCD가 생각나지 않는다. 교육은 실패한다. 기억력의 위기다. 기억력은 암기의 능력 말고도 집중력을 필요로 하고, 단기기억을 장기기억의 저장 창고로 이송해서 갈무리하고 그렇게 저장된 정보를 필요할 때 인출하는 뇌신경 작업을 요구한다. 이 작업에는 '에너지'가 필요하다. 단기기억에 처리할 수 없을 정도로 많은 자극적 순간 정보들이 입력되거나 단기적 용도의 정보처리를 위한 기술 터득에 과도한 인지 부하가 걸릴 경우, 단기기억의 정보들 중에서 중요한 것들조차도 장기기억 창고로 이관되지 않는다. 기억력 결핍이 발생하고 정보는 인출되지 않는다.

나는 지금 수많은 관찰 사례들 가운데 단 두 개만을 든 것에 불과하다. 이런 사례가 디지털 기술 시대와 무슨 관계가 있는가? 깊은 관계가 있다. 디지털 기술 시대의 '원주민'을 자처하는 젊은 세대는 디지털 기기와 디지털 환경 속에 태어나 자라면서 정신 분산을 강요하는 과잉 자극과 과잉 정보의 홍수에 떠밀려 사고력, 집중력, 기억력, 판단력의 파탄에 가까운 위기를 만나고 있다. 이중에서도 사고력의 약화는 치명적인 것이다. 인간만이 생각한다. 생각한다는 것은 기계가 '결코' 할 수 없는 일이라는 것을 요즘 사람들은 잊고 있다.

손에 쥔 스마트폰으로 많은 일을 할 수 있다는 것은 나쁘지 않다. 그러나 그것은 훨씬 비싼 대가를 요구한다. 그 대가는 지적 정서적 능력의 결손, 자기를 만들고 형성해가야 하는 성장기 교육의 위기, 넓고 깊게 지식의 토대를 닦아야 하는 시대의 생존의 위기로 나타난다. 이런 위기로부터 탁월한 개인, 책임 있는 민주 시민이 길러질까? 디지털 시대의 교육 종사자들은 밤을 새우며 해법을 찾아야 할 문제들 앞에서 고민이 많다.

한국일보 2012. 6. 13

사회를 '업그레이드'해야 한다

한 사회를, 그리고 궁극적으로 한 나라를 부끄럽지 않은 수준으로 들어올리는 힘은 '문화의 품질'에서 나온다. 지갑에 돈 좀 있고 먹고살 만하다 해서 사회가 품위 있고 품격 높은 사회로 도약하는 것은 아니다. 먹고사는 문제는 '기본'이다. 아무도 이 기본의 중요성을 경시하지 않는다. 그러나 생존 수단의 확보 못지않게 중요한 것이 있다. 문화의 품질 개선과 수준 향상이 그것이다. 한가한 얘기가 아니다. 나쁜 문화는 국민의 삶을 지옥에 빠뜨리고 어른들을 병들게 하며 아이들을 죽인다. 그것은 사회의 암이다. 문화의 품질 수준을 높인다는 것은 무엇보다 '나쁜 문화'를 '좋은 문화'로 바꿔내는 일이다. 나쁜 문화에 주목하고 개혁의 정책 수단을 강구하는 일은 이 대선의 계절에 누구도 방기할 수 없는 사회적 요청이다.

나쁜 문화란 어떤 것인가. 한두 가지 예만 들어보자. 우리는 OECD 국가들 중에서 자살률 1위를 기록하고 있는 나라다. 노인 자살률만이 아니다. 초등생에서 대학생에 이르기까지 자살 청소년의 수는 해마다 늘고 있다. 우울증을 앓고 있는 사람까지 합치면 우리는 사회병리적 질병에 시달리는 인구가 가장 많은 나라에 속한다. '묻지 마' 살인과 폭력, 반사회적 행위 건수도 '남부럽지 않은' 수준을 자랑한다. 사회적 병리의 원인은 여러 갈래로 진단될 수 있다. 그러나 그 가장 궁극적인 이유는 '사람이 존중되고 사람이 살 만한 사회'를 만드는 데 우리가 실패했기 때문이다. 우리는 지금 '사이코패스 사회'로 진입하고 있다. 이런 현상의 배후에는 특정의 가치관, 행동, 태도, 정신 상태를 부추기고 강화하는 나쁜 문화가 자리잡고 있다. 그 나쁜 문화의 특성은 이해, 공감, 동정의 능력 결손, 극단적 이기주의, 생존과 도생, 성공/성적/성과 등 '3성 제일주의' 같은 것들이다. 이런 특성이 사람들의 가치관과 정신 상태를 좌우하는 지배적 문화가 될 때 사회는 병든 사회로 전락한다.

학부모 폭력과 교육 폭력도 청소년을 죽이는 나쁜 문화를 대표한다. "반드시 1등 하라"는 엄마의 등쌀을 견디다못해 그 엄마를 살해한 청소년 이야기, "네 성적을 보면 굶겨 죽이고 싶지만"이라는 식의 메모를 써놓고 외출한 어떤 엄마의 행동은 학부모 폭력의 극단적 사례다. 성적 떨어졌다 해서 몽둥이로, 심지어 철근으로 아이를 두들겨패는 엄마들이 적지 않다. 그 엄마들은 또 그들대로 어떤 명령의 희생자일 때가 많다. "아이 성적을 올리는 것이 너의 임무이고 네가 세상에 존재하는 이유다." 이것이 남편, 시아버지, 친척들로부터 엄마가 받는 명령이다. 아이 성적이 떨어지면 엄마는 존재할 이유가 없어진다. 학교도 마찬가지다. 틀린 방향의 학교평가와 교사평가 제도는 교장에서부터 신참 교사에 이르기까지 아이들의 성적 올리는 일에 목줄 걸게 한다.

시장가치와 시장적 기준이 문화를 좌우하는 거의 절대적인 잣대가 되어 있는 것도 지금 우리 사회가 보여주는 나쁜 문화의 한 얼굴이다. 우리 사회는 시장만능주의, 시장제일주의, 시장전체주의에 문화를 내준 지 오래다. 시장 논리에 따르면 문화는 팔아먹는 것이고 팔리지 않는 문화는 아무 가치도 없다. 이 시장주의 문화는 가장 창조적인 것, 고품질의 것, 지속적 가치를 지니는 것들을 설 자리 없게 한다. 껍데기가 깊이를 대체하고 유행이 창조성을 고갈시킨다. 사유의 정지(생각하지 않기)와 지성의 사막화가 발생한다. 팔 수 있는 것과 팔 수 없는 것의 구분조차 없어진다. 예술에서부터 출판과 교육에 이르기까지 경박성과 피상성이 세계를 접수한다.

이런 나쁜 문화를 그대로 두고 사회가 어떻게 발전하는가? 대선 정책 캠프들은 문화라는 것 앞에서 지금처럼 막막해하고 있을 때가 아니다. 문화는 그들이 공들여 제도와 관행의 개혁 방안을 내놓아야 하는 중대 영역의 하나다. 개인의 삶은 물론 사회적 삶의 품질을 궁극적으로 결정하는 것은 문화다. 사회의 획기적 업그레이딩이 필요하다.

한국일보 2012. 11. 7

정치, 선을 행하려는 열정과 의지

2012년 12월 대선을 치르면서 우리가 알게 된 것이 있다. 무엇을 알게 되었는가는 물론 사람마다 다를 수 있다. 알게 된 것을 '발견'이라 한다면, 관점, 시각, 동기에 따라 발견의 방법과 내용은 달라진다. 선거결과를 분석하는 데 목적을 두는 사람에게는 무엇이 승리와 패배를 갈랐는가라는 요인을 찾아내는 일이 중요하다. 유권자 투표 행태를 보고자 하는 사람이라면 표심 결정에 영향을 준 여러 요소들(나이, 계층, 지역, 이념, 성별에 따른 이해관계의 차이는 물론 심지어 날씨까지도)을 주요 분석 대상으로 삼을 것이다. 이런 요인 분석들은 한국인의 정치적 의사결정이 지난 대선에서 주로 어떤 선택 압력에 지배되었는가를 열심히 찾아낸다. 거기서 얻어진 발견들은 좁게는 정치세력들이 다음 선거에 대비할 유효 전략을 짜는 데 유용하고 넓게는 지금의 한국인, 한국 사회, 한국의 정치문화를 이해하는 데 기여한다.

내가 관심을 갖는 부분은 우리의 선거문화다. 좀 성급하게 결론 비슷한 얘기부터 꺼내자면, 내가 발견한 것은 크게 세 가지다. 첫째, 한국에서의 대통령 선거가 정책선거 수준에 올라서자면 아직도 갈 길이 멀다는 것이고 둘째, 선거에 임하는 정치세력들의 품위 수준이 날이 갈수록 하향 질주를 하고 있다는 것, 셋째는 유권자들의 선택과 판단을 지원하는 데는 현행 선거법상의 선거운동 규정들이 터무니없이 비합리적이라는 것이다. 이 세 가지 사항들은 말이 발견이지 사실은 발견이라 이름 붙이기 민망할 정도로 이미 우리가 익히 알고 있는 것들이다. 그러나 익히 알고 있는 것들을 재확인하는 일도 발견에 해당한다. 이때의 발견은 우리가 알고 있으면서 고치지 못하는 것이 무엇인가를 재발견해서 그것을 다시 사회적 의식의 수면 위로 띄워올리기 때문이다. 우리가 틀린 것, 모자라는 것, 잘못하고 있는 것들을 뻔히 알면서 고치지 못한다면 이는 고치지 '못하는' 것이 아니라 고치지 '않는' 것이고, 고칠 의사도 의지도 없다는 소리가 된다.

위에 언급한 세 가지 발견 내용들을 세세히 이 손바닥 칼럼에 거론할 필요는 없다. 전혀 새롭다고 할 수 없는 그 발견들을 내가 새삼 무슨 대발견인 양 여기 제시해보는 것은 이참에 우리가 '정치'라 부르는 행위의 가장 중요한 요소가 무엇인지를 다시 생각해보기 위해서다. 정치가 무엇이냐는 질문에 대해서는 수천 개의 응답들이 나와 있다. 선거철의 유권자는 저마다 정치에 대한 견해를 갖고 있다. 특정의 후보에 대해서도 우리는 곧잘 "그 사람 아직 정치가 뭔지 잘 몰라"라고 한마디로 평가절하할 때가 있고 정치 1단이니 정치 9단이니 하는 딱지를 서슴없이 갖다붙이기도 한다. 이런 풍습은 꼭 문제적인 것만은 아니다. 선거철을 맞아 유권자 상당수가 정치를 말하고 정치에 대해 일가견을 피력하는 것은 정치에 대한 관심의 보편화일 수 있다. 평소 정치판에 끼어들 기회를 갖지 못했다고 생각하는 사람들에게 선거철은 평소의 정치관을 펼쳐 보일 좋은 기회가 되기도 한다.

민주주의의 좋은 점 하나는 "정치하는 사람 따로 없다"는 주장을 실감나게 하고 누구나 "우리도 정치인"이라 말할 수 있게 한다는 것이다. 민주주의에서 이것은 진실이다. 소위 정치엘리트만 정치를 말할 자격이나 권리를 갖지 않는다는 것이 민주주의 체제다. 그러나 바로 같은 이유에서, 민주주의가 모든 유권자에게 동의와 참여의 권리를 보장한다는 바로 그 이유 때문에, 민주정치는 한 가지 결정적으로 중요한 '정치의 조건'을 갖고 있다. 그것은 민주사회에서 정치는 "보편적 선을 행하려는 열정과 의지"라는 것이다. 이 보편적 선을 우리는 특정의 이해관계를 넘어설 때에만 그 존재가 보이는 '공동선'이라 말할 수도 있고, 특정의 집단, 계층, 계급, 지역의 이익에 종속되지 않을 때에만 실현 가능한 '보편 정의'라 부를 수도 있다. 보편적 선은 대선처럼 큰 국면에서의 정치적 의사결정이 요구되는 선거에서는 후보, 정책, 정당을 선택하고 판단할 때 가장 중요한 기준이 되어야 한다. 이것이 지금 내가 말하는 '정치의 조건'이다.

　　한 사회의 선거문화를 들어올리고 거기 고품질을 주는 것은 보편적 선에 대한 고려가 유권자의 선택과 판단에서 얼마나 중요한 기준이 되는가에 달려 있다. 이 기준이 시야 밖으로 내팽개쳐질 때 정치는 마피아 집단의 이권 다툼이나 별로 다를 것 없는 수준으로 추락한다. 사회통합도 결속도 불가능해진다. 지난 대선에서 우리는 보편적 선을 행하려는 열정과 의지를 얼마나 고려했을까? 그 판단은 독자의 몫이다.

한국일보 2013. 1. 9

공존의 정의, 공생의 윤리
—총선의 날에 부침

> 정치의 목적은 공동체의 선을 추구하고 실현하는 일이다.
> 나에게만, 혹은 내가 속한 집단이나 세력에만 좋은 것이 아
> 니라 다른 모든 사람에게도 좋은 것, 그것이 공동선이다.
> 내게만 좋은 것이 아니라 남들에게도 좋은 것이 '정의'라는
> 것이다. 그러므로 정의는 정치가 추구할 최고의 선이고 공
> 동선의 핵심이다.

제19대 국회의원을 뽑기 위해 우리는 오늘 투표소로 간다.
1948년의 제헌국회 의원들이 생존해 있다면 "벌써 19대야?"라
며 감개무량해할 것이 틀림없다. 민주주의가 무엇인지 경험도
실습도 해본 일이 없는 나라에서 최초의 근대민주주의 헌법을
만들고 한반도 최초의 '민주공화국' 정부조직법을 만드는 등
64년 전 그 제1대 국회가 수행해야 했던 토대 작업이 얼마나
어렵고 힘든 것이었을까는 짐작하기 어렵지 않다. 19대에 이
르기까지의 선거의 역사도 파란만장하다. 고무신 선거, 관권선
거, 부정선거 등 유무형의 파행과 불법과 탈법으로 얼룩진 선
거사를 우리는 갖고 있다. 그 많은 우여곡절을 거치면서 그래
도 우리가 19대 총선을 치르는 순간에까지 이르렀다는 것은 대
견하다면 대견한 일이다. '대견하다'고 말해야 할 가장 중요한

이유는 지금까지 열여덟 번의 국회의원 선거가 이 땅에 민주주의를 만들고 발전시키기 위해 우리가 흘린 땀과 눈물을 대변하기 때문이다.

이번 선거도 그 땀과 눈물의 연장선상에 있다. 민주주의는 단시일에 실현되는 것이 아니다. 어느 날 아침 제비 한 마리가 날아들었다 해서 봄이 왔다고 말할 수 없듯(아리스토텔레스의 표현) 민주주의는 몇 번의 선거로 성취되는 것이 아니다. 민주주의를 지키고 발전시키는 일은 여전히, 아직도, 우리 사회의 과제이고 목표다. 오늘 투표소에서 내가 누구를 찍고 어느 정당을 지지할 것인가, 그 판단과 선택을 안내할 첫번째 화살표는 민주주의라는 '목표의식'이다. 내가 선택하는 후보와 정당은 민주주의를 할 수 있는 인물이고 단체인가? 링컨의 말을 빌리면 그 후보와 그가 속한 정당은 "민주주의의 명제에 봉헌된" 후보이고 정당인가? 입으로만 민주주의를 떠드는 세력은 아닌가? 후보와 정당이 지금까지 어떻게 행동해왔는지 그들의 실행과 실천의 역사를 챙겨보는 일은 그래서 중요하다. 후보 개개인이 가진 품성과 자질은 물론 중요하다. 그러나 어떤 후보가 좋은 품성과 자질을 '소유'하고 있다고 해서 그 소유 자질이 반드시 실천을 보장하는 것은 아니다. 소유와 실천은 다르다. 그가 속한 정치세력과 정당이 그가 가진 자질의 발휘를 얼마든지 좌절시킬 수 있기 때문이다.

나의 판단과 선택을 안내하는 두번째 화살표는 후보와 정당이 무엇 때문에, 무엇을 위해서, 선거에 이기려고 하는가라는 문제, 곧 '목적의식'이다. 후보 개개인의 제1의 목표는 말할 것도 없이 선거에 '이기는' 일이다. "이겨야 한다"라는 것은 모든 후보에게 지상명령 같은 것이다. 그러나 그 후보에게 유권자는 물어보아야 한다. "당신은 왜 이기려고 하는가? 무엇을 위해서?" 선거에 이기고 당선된다는 것은 모든 선거 캠프의 당면 목표다. 그러나 목표와 목적은 다르다. 이겨야 한다는 목표는 이겨야 하는 이유가 아니고 이기고자 하는 정치 행동의 목적이 될 수 없다. 이긴다는 것이 유일한 목적이 되면 선거는 '무슨 수를 써서라도' 이겨야 한다는 비열한 술수 전략의 희생물이 된다. 목적을 묻는 질문은 그래서 중요하다. 당신은 왜 이기려고 하는가? 물론 이런 질문이 던져지면 모든 후보, 모든 정당은 1초의 망설임도 없이 총알같이 대답할 것이다. "국민을 잘살게 하기 위해서입니다."

그러나 우리는 알고 있다. 우리는 지금까지 총선이건 대선이건 간에 '국민'을 내걸지 않은 후보와 정당이 없었다는 것, 그 '국민'은 종종 선거판의 허사虛辭이고 빛 좋은 개살구에 지나지 않는다는 것, 허다한 후보들과 정치세력들이 국민을 위해서라는 말로 자기 이권과 이득을 챙기는 '그들만의 리그'를 벌여왔다는 것을 경험으로 알고 있다. 그래서 유권자는 좀 엄정한 판단 기준을 들이댈 필요가 있다. 이때 아주 요긴하게 참조할 것이 2300년 전 아리스토텔레스가 내놓은 '정치의 목적'론이다. 그에 따르면 정치의 목적은 공동체의 선, 곧 '공동선'을 추구하고 실현하는 일이다. 나에게만, 혹은 내가 속한 집단이나 세력에만 좋은 것이 아니라 다른 모든 사람에게도 좋은 것, 그것이 공동선이다. 내게만 좋은 것이 아니라 남들에게도 좋은 것이 '정의'라는 것이다. 그러므로 정의는 정치가 추구할 최고의 선이고 공동선의 핵심이다. 그것은 어떤 다른 것을 위한 수단이 아니라 그 자체로 목적인 목적이며 정치의 궁극적 목적은 바로 그 '공동선=정의'의 추구와 실현이다.

지금처럼 이권 확보와 기득권 유지가 정치행위의 목적이
되다시피 한 시대에는 전혀 맞지 않는 낡은 소리라고? 그럴지
모른다. 그러나 현실정치의 논리와 계산을 제아무리 따지고 고
려한다 해도 정치의 궁극적 목적이라는 문제는 우리가 선택과
판단의 잣대로 삼아야 할 소중한 가치다. 아리스토텔레스적 공
동선을 요즘의 언어로 옮기면 그것은 '공존의 정의'다. "너도
살고 나도 산다"가 공존의 정의를 요약한다. 그 정의에는 "네
가 살아야 나도 산다"는 공생의 윤리가 포함된다. 누구를 찍을
것인가? 공존의 정의를 추구할 줄 아는 후보와 정당, 공생의
윤리를 알고 실천할 세력은 누구인가? 4월 11일 아침 투표소로
가는 동안 내 마음을 지배하는 질문은 이런 것이다.

한국일보 2012. 4. 11

고노 담화, 역사교육, 인문학

"역사로부터 배운다"는 것은 '오류를 인정하고 수정하는' 능력이 있을 때에만 가능하다. 이 점에서 역사교육은 오류 수정의 정신을 강조하는 과학교육과 닮았다.

1993년 8월에 나온 '고노 담화'는 기억할 만한 문서다. 미 야자와 내각의 관방장관이던 고노 요헤이가 2차 세계대전 당시 종군위안부들의 동원과 배치에 일본군이 관여했음을 인정하고 위안부로 끌려가 '무수한 고통'을 겪어야 했던 사람들에게 '사 죄와 반성의 마음'을 전한다고 공식 표명한 것이 고노 담화다. 위안부 문제를 두고 일본이 이처럼 정부 차원의 사과를 공식화 한 것은 이 담화가 사실상 처음이다. 이것이 고노 담화의 역사 적 중요성이다. 그러나 종전 68주년이 되는 올해 고노 담화가 한국과 일본 두 나라 국민에게 다 같이 '기억할 만한 문서'가 되는 이유는 좀 다른 데 있다.

고노 담화의 말미 부분에는 이런 대목이 나온다. "우리는 역사의 진실을 회피하지 않고 오히려 이를 역사의 교훈으로 직 시해가고자 한다. 우리는 역사연구와 역사교육을 통해 이러한 문제를 오랫동안 기억해 같은 과오를 결코 반복하지 않겠다는 굳은 결의를 새롭게 표명한다." 주목할 만한 부분은 일본이 '역사연구'와 '역사교육'을 통해 장차 "같은 과오를 결코 반복하지 않겠다는 굳은 결의를 표명한다"는 언명이다. 역사적 진실을 기억하고 그 기억을 보존하는 것이 역사라는 학문이다. 그 학문 안에서도 진실을 찾아 기록하고 해석하는 일은 주로 '역사연구'의 작업이며 거기서 얻어진 진실을 일반 세상에 풀어 "잊지 맙시다"를 호소하는 사회적 공기억으로 확산시키는 일은 주로 '역사교육'이 담당하는 작업이다. 이 두 가지 일의 수행만으로도 역사를 연구하고 가르치는 일은 의미 있는 활동이다.

그런데 여기서 우리가 짚어야 할 것은 고노 담화가 '진실기억' 이상의 것을 강조하고 있다는 사실이다. 그것은 일본이 장차 "같은 과오를 결코 반복하지 않겠다는 굳은 결의를 표명한다"고 강하게 언명한 대목이다. 한국 국민이나 일본 국민이 '다 같이' 고노 문서에서 새삼 주목하고 기억해야 할 부분은 바로 그 대목이다.

틀린 역사, 오류의 역사, 왜곡된 역사를 '아는' 것과 그런 역사의 '반복을 거부'하는 일은 전혀 다른 차원의 것이라는 사실을 우리는 안다. 앞의 것이 지식의 문제라면 뒤의 것은 실천의 문제다. 지식과 실천을 결합하는 것이 적어도 문화의 이상이고 문명의 목표처럼 여겨졌던 때가 있었다. 지금은 사정이 다르다. 달라도 보통 다른 게 아니다. 지금은 지식과 실천이 거의 완전히 따로 노는 시대다. 교육에서조차도 배워서 안다는 것과 그 배운 것을 실행으로 이어붙인다는 것 사이에는 거대한 괴리가 놓여 있다. 잘못인 줄 뻔히 알면서도 잘못을 저지르고, 그것도 기꺼이, 즐겁게 저질러야 행복하게 살 수 있다는 생각이 개인·조직·국가를 지배하는 사회문화적 풍토가 되어 있다. 그 풍토에 적응하는 것이 우리 시대의 지혜이고 기술이다. 그래서 순박한 사람들은 "배운 자들이 나쁜 짓 더 한다"고 말한다. 옛날 소크라테스나 플라톤 같은 아테네 철학자들은 인간이 '몰라서' 잘못을 저지르는 것이지 '알기만' 하면 잘못 행동하지 않는다고 생각했던 사람들이다. 그 순진한 철학자들이 21세기를 방문한다면 지知와 행行 사이에 태평양이 가로놓이고 그들이 생각했던 지혜라는 것도 시장에 내다놓으면 '똥값'조차 못 받을 바보의 철학이 되었다는 사실을 발견하고 기절할지 모른다.

이런 시대에 일본 조야와 국제사회를 향해 잘못된 역사를 '기억'하고 동일한 오류를 '반복'하지 않는다는 결의를 천명하고 나선 것이 고노 담화다. 기억이 지식의 일종이라면 반복의 거부는 실천 의지다. 역사 지식이 과거에 관한 것이라면 실천 의지는 미래로 연결된다. 고노 담화는 과거사에 대한 진실의 기억(지식)을 실천으로 연결시키겠다는 의지를 표현한 것이고 광복 68주년을 맞은 시점에서 우리가 그 담화의 결의 부분을 기억해야 하는 이유도 거기 있다. (고노 담화가 그후, 특히 지금의 일본 정치판에서 어떤 대접을 받고 있는가라는 문제는 별도 논의가 필요한 대목이다.) 왜 기억해야 하는가? 왜 기억을 실천으로 이어붙여야 하는가?

첫째, 틀린 역사를 반복하지 않는다는 실천 의지야말로 한 나라를 '정상 국가'일 수 있게 하는 요건이다. 의지가 없는 곳에서는 어떤 실천도 가능하지 않다. 2차 세계대전 당시 비행과 오류에 빠져들었던 나라일수록 그 실천 의지의 유무는 국가적 정상성의 기준이 된다. 독일이 이 테스트를 통과했다면 지금의 일본은 그 기준 자체를 반국가적 '매국 반열'에 올려놓고 있다. (고노 담화도 일본의 과격 우익들에게는 매국 반열이다.)

둘째, 잘못된 역사를 되풀이하지 않는다는 정신과 태도, 자세와 판단력을 길러주는 것이 '역사교육'의 핵심이다. 사실史實을 단순 암기시키고 연대를 외우게 하고 왕들의 이름을 머리에 빼곡 입력시키는 것은 역사교육의 본질 과제가 아니다. 역사 과목에는 암기해야 할 것들이 많다. 그러나 암기 그 자체가 교육의 목표는 아니다. 한국 학생들이 역사 과목에 종종 진저리치는 것은 역사를 왜 배우는지 모르고 배우게 하기 때문이다. 나라 역사이건 세계사이건 간에 역사의 실패와 오류 부분을 공부하는 것은 역사의 영광과 성공의 부분을 공부하는 것 못지않게, 아니 그 이상으로 중요하다. 왜? 그러지 않을 경우 역사 공부는 무의미한 것이 되기 때문이다. "역사로부터 배운다"는 것은 '오류를 인정하고 수정하는' 능력이 있을 때에만 가능하다. 이 점에서 역사교육은 '오류 수정'의 정신을 강조하는 과학교육과 닮았다. 한국에서는 역사교육이 곧바로 애국교육인 것처럼 인식되곤 한다. 이런 인식은 역사교육에 대한 일본 과격 우파의 인식과 다를 것이 없다. 애국은 중요하다. 그러나 역사교육이 애국주의에만 빠지면 거기서 길러지는 애국심은 종종 성찰과 판단이 희생된 경쟁적 맹목성의 포로가 된다. 맹목적 애국주의는 결코 애국이 아니다.

셋째, 오류의 역사를 성찰하고 그 역사의 반복을 경계하는 것이 바로 '역사에 대한 인간의 책임'이다. 이 책임을 방기하지 않는 것이 '인문학'이고 인문학의 '정신'이다. 역사가 반드시 인간의 희망대로 정의와 진리의 방향으로 진행되어야 한다는 소리가 아니다. 역사를 만드는 것은 인간이되 인간이 자기 희망대로 역사를 만드는 것은 아니다. 역사에는 많은 변수가 작용한다. 인간의 통제를 벗어난 우연성의 개입도 비일비재하다. 그 역사에 대해 인간이 무슨 책임을 질 수 있을까? 그 이유는 뜻밖에도 간단하다. 잘못된 역사는 수많은 사람을 희생시키고 고통에 빠뜨리고 삶을 파괴한다. 역사의 오류는 추상적인 것이 아니다. 그 오류 때문에 피의 강이 흐르고 눈물의 골짜기가 만들어지고 땅 위에 생지옥이 생겨난다. 역사의 횡포는 거의 대부분 인간에 의한 횡포다. 인간이 저지르는 오류와 횡포를 인간이 손질하지 않는다면 누가? 역사에 대한 인간의 책임이란 달리 말하면 '인간에 대한 인간의 책임'이다. 바로 이 책임을 환기시키는 것이 인문학의 기본 정신이다. 그것은 우리가 '교양'이라고 부르는 것의 핵심부에 놓인 정신이기도 하다.

2차 세계대전 이후 세계는 인간이 도대체 어떤 동물이기에 그토록 잔인한 살육과 파괴행위를 자행할 수 있었는가라는 자기 성찰의 질문과 만난다. 나치 독일은 전대미문의 유대인 절멸 작전을 수행했고 군국주의 일본은 난징 대학살, 중국인 생체 실험, 여성 희생을 비롯한 다수의 반인간적 잔혹사의 장면들을 연출했다. 일본 관동군 소속으로 그 잔혹사에 참여하고 스스로 그 역사의 행위자가 되었던 사람들은 후일 나이들어 "그때 우리는 인간이 아니라 악마였다"고 회고한다. 그들을 악마가 되게 한 것은 무엇인가? 명령? 조직 정체성? 국가 이데올로기? 유전자? 개인 그 자신? 사회문화? 교육? 세계는 지금도 그 해답을 찾고 있다.

한겨레 2013. 8. 16

상생의 질서가 사회정의다

지금 한국인의 삶이 절실히 요구하고 있는 것은 경제권력
에 대한 사회적 통제다. 경제 민주화는 정치에 의한 경제
장악이 아니다. 그것은 우리 사회의 경제질서를 사회질서
의 핵심부 속으로 위치시키고 경제권력의 폭력을 사회적으
로 통제하는 일이다.

"나는 쌍둥이로 태어났다. 그 쌍둥이의 하나는 나이고, 다
른 하나는 공포다." 17세기 영국 정치철학자 토머스 홉스의 말
이다. 인간이 자연 상태에서 자유롭게 살기를 포기하고 왜 공
동체니 국가니 하는 정치사회로 이행하게 되었는가라는 질문
은 홉스 시대 정치사상가들이 몰두했던 화두의 하나다. 물론
그 화두는 지금도 사회·국가·정치 질서의 필요성을 생각해보
도록 학생들을 유도할 때 교수들이 반드시 거쳐가야 하는 기
본 질문의 목록에 올라 있다. 잘 알려져 있듯 홉스에 따르면 인
간이 자연 상태에서 사회 상태로 옮아가는 가장 큰 이유는 '공
포'다. 무슨 공포? 자연 상태에서 사람들은 자유를 누릴 수 있
지만 그 자유가 그들의 '안전'을 지켜주지는 않는다. 생존을 위
해 서로 다투어야 하고 약자는 강자의 폭력을 피할 길이 없다.
생명·재산·행복 어느 것도 안전하지 않다. 자연 상태에서 "인

간은 인간에 대해 늑대"다. 만인을 상대로 한 만인의 투쟁이 불가피하고 무질서가 평화를 불가능하게 한다. 공포란 바로 그런 무질서에 대한 공포다. 그 공포로부터 벗어나자면 절대적 권위를 가진 권력 주체가 필요하다. 사람들이 그 절대적 권력 주체에게 자유를 반납하거나 양도하고 거기 복종할 때에만 질서·안전·평화가 가능하다. 홉스가 주장한 그 절대권력의 주체는 국가다.

민주주의 시대의 사람들에게 홉스의 정치철학은 '웃기는 이야기' 한 토막 같은 데가 있다. 존 로크나 장자크 루소 같은 이들이 근대 민주주의 이론의 단골 참조 지점으로 대접받는 동안 홉스 이론은 '괴물' 비슷한 것으로 여겨져왔는데, 이유는 그의 사상이 비민주적 성격을 갖고 있다고 여겨졌기 때문이다. 그러나 요즘 세상 돌아가는 모양새를 보고 있자면 홉스의 주장에서 참조해야 할 일이 한두 가지가 아니다. 첫째는 '공포 이론'이다. 지금 우리 사회에서 생존의 공포로부터 누가 자유로운가? 누가 안전한가? 누가 평화로운가? 지금의 한국인들 가운데 공포의 쌍생아 아닌 사람이 있는가? "나는 두렵지 않고 억울하지 않고 서럽지 않다"고 말할 사람이 몇이나 되는가? 누군가의 표현대로 우리는 하나같이 '철봉 신세'다. 어른 아이 할 것 없이 모두가 철봉에 대롱대롱 매달려 추락의 순간을 조금이나마 늦추기 위해 버둥거려야 한다. "인간은 인간에게 늑대가 아니다"라고 품위 있게 말할 여유를 가진 사람이 얼마나 될까?

둘째로 참조할 만한 것은 '무질서 이론'이다. 인간은 무질서에 대한 두려움 때문에 정치사회를 구성하게 되었다고 홉스는 말했는데 현대 문맥에서 뼈아프게 성찰할 것은 홉스의 정치사회 기원론 그 자체가 아니라 그의 주장이 제기하는 역설적 질문이다. 늑대처럼 살아야 하는 상태를 벗어나기 위해 정치사회를 조직했는데 그 결과가 여전히 '늑대 사회'라면 애당초 정치사회는 왜 구성하고 국가는 왜 만들고 공동체는 왜 일구었는가? 민주주의의 용도는 무엇인가? 민주주의 정치질서가 사회의 밀림화를 막아내고 무질서의 공포를 다스리게 되었는가? 사회가 정글이 될 때 그 공포 사회를 고칠 책임은 누구에게 있는가? 어떻게 고칠 것인가? 더 많은 늑대들을 풀고 너와 내가 모두 늑대가 되어 늑대의 방식으로 밀림을 탈출한다? 민주주의 정치가 밀림화 사회를 교정할 수 있을 것인가? 로크·루소 같은 민주주의 이론가들의 뒤통수를 치는 홉스의 조롱조 웃음소리가 귀에 들리는 듯하다.

나는 지금 홉스 사상을 지지하기 위해 이런 소리를 하고 있는 것이 아니다. 시민의 정치적 자유를 신장하고 정치권력의 횡포를 제어하는 데 웬만큼 성공한 것은 근대 자유주의의 공로이고 민주주의의 성취다. 그러나 권력에는 정치권력만 있는 것이 아니다. 지금의 세계에서 정치권력을 압도하는 것은 경제권력이고 시장의 권력이다. 애덤 스미스식의 경제자유주의가 경제활동의 자유를 확장하는 데 기여하는 동안 그 경제적 자유로부터 초래된 경제권력의 횡포를 막아내지 못한 것은 지난 200년 간의 정치자유주의의 실패이고 그 실패의 고통을 톡톡히 당하고 있는 것이 현대사회다. 시민의 정치적 자유를 확장함과 동시에 정치권력의 독단을 제어하는 것이 민주주의 정치질서다. 그러나 제어되어야 하는 것은 정치권력만이 아니다. 경제권력도 사회적으로 통제되고 제어되어야 한다. 경제권력의 횡포를 막아낼 유효한 사회적 통제 수단이 없을 때 사회는 밀림이 되고 국민 모두가 생존의 위협 앞에 덜덜 떨어야 하는 공포 사회가 된다. 지금 한국인의 삶을 고통스럽게 하고 있는 것은 바로 그런 공포 사회다. 오해 없기를 바란다. 나는 통제경제의 필요성을 주장하고 있는 것이 아니라 '경제권력의 폭력화'를 제어할 사회적 견제의 필요성을 말하고 있다. 경제활동의 자유와 경제권력의 폭력화는 완전히 별개 문제다.

그런데 경제권력을 제어할 책임은 누구에게 있는가? 정치권력의 전횡을 막아내는 것이 민주주의 정치질서라면 경제권력의 횡포를 제어하는 것도 민주주의 '정치질서'의 책임인가? 그렇다. 우리 사회의 문맥에서 그 제어력을 발휘해야 하는 것은 정치의 책임이다. 그것도 정치의 부차적 방계적 책임이 아니라 '핵심적' 책임이다. 지금 한국인의 삶이 절실히 요구하고 있는 것은 경제권력에 대한 사회적 통제다. 이 통제야말로 우리 사회가 모처럼 의제화한 '경제 민주화'의 진정한 목표여야 하고 실질적 내용이어야 한다. 경제 민주화란 경제질서를 정치질서화하는 일, 달리 말하면 경제질서를 민주적 정치질서의 일부가 되게 하는 일이다. 정치 따로 경제 따로의 방식으로는 경제 민주화가 불가능하다. 경제 민주화는 정치에 의한 경제 장악이 아니다. 그것은 우리 사회의 경제질서를 사회질서의 핵심부 속으로 위치시키고 경제권력의 폭력화를 사회적으로 통제하는 일이다.

경제권력의 횡포를 단적으로 보여주는 것의 하나가 이른바 '갑의 횡포'다. 근대적 개념에서 갑을 관계란 계약관계이지 지배/복종의 권력관계가 아니다. 누구나 갑이 되기도 하고 을이 되기도 하는 것이 경제활동에 필요한 계약관계다. 이 관계를 비틀어 우열과 서열, 지배와 복종, 영원한 갑, 영원한 을의 권력관계로 고정시키는 것은 봉건적 사회질서이지 민주주의

371

시대의 사회질서가 아니다. 전근대적 봉건질서를 민주주의 사회질서로 바꿔내는 일은 경제 민주화의 필수적 절차다. 민주주의 체제에서 경제질서는 불가피하게 정치적 질서의 일부다.

경제질서를 바꿔내는 일이 민주주의 정치의 책임이 되는 더 근본적인 이유는 그것이 국가의 책임임과 동시에 시민의 책임이라는 사실에 있다. 시민은 민주주의를 유지하고 발전시킬 권리를 갖고 있고 책임과 의무를 지고 있다. 시민은 국적에 따른 '시민권'을 갖고 있다는 이유만으로 시민인 것이 아니다. 민주주의에 대한 권리와 책임이 '시민성'의 핵심이다. 시민은 국가나 정치권력이 민주주의 질서를 지키도록 요구할 권리가 있고 국가권력이 그 질서를 파괴할 때에는 거기 저항할 권리를 갖고 있다. 로크가 시민의 권리 속에 저항권과 혁명권을 포함시킨 것은 그런 이유에서다. 마찬가지로 시민은 그가 사람답게 살아갈 수 있는 사회적·경제적 조건의 형성을 국가와 정치권력에 요구할 권리가 있고 스스로 그런 조건을 만들 책임을 지고 있다. 그는 경제정의의 수동적 수혜자로 끝나지 않는다. 그는 영원한 을이 아니라 경우에 따라 그 자신 갑이 되기도 해야 하는 경제주체다. 갑의 위치에 설 때, 그는 자기 손으로 만드는 갑을 관계가 공정성의 원칙을 준수하는 것일 수 있게 해야 한다. 그것이 바로 시민적 덕목이며, 그 덕목을 발휘할 때에만 그는 '책임 있는 시민'이 된다. 책임 있는 시민은 타율에 지배되지 않는다. 그는 자율성의 원칙 위에서 판단하고 행동한다.

인간이 정치사회를 구성하는 가장 중요하고 기본적인 이유는 정치사회가 상생의 질서를 만드는 데 불가결의 것이기 때문이다. 상생의 질서가 사회정의다. 각자도생의 공포 사회를 벗어나고자 할 때 사회정의는 정치의 목표이고 정치의 선이 된

다. 상생은 그 정의의 원칙이며 그 원칙을 향한 열정과 의지가
정치다. 경제 민주화가 정치적 과제가 되는 이유다.

한겨레 2013. 5. 24

정치의 호연지기

한국 민주주의는 아직도 취약하다. 그냥 취약한 것이 아니라 '말할 수 없이' 취약하고 연약하고 위태롭다. 왜 그런가? 국민은 그 답을 알고 있다. 씁쓸하게도 한국 민주주의에 부단히 위기를 안기는 것은 '국가권력'이라는 이름의 괴물이다. 물론 국가권력이 언제나 괴물인 것은 아니다. 국가권력이 괴물이 되는 것은 집권세력과 국가기관이 정권 이익과 정파적 이해관계를 관철시키기 위해 국가권력을 조직적으로 남용하고 악용할 때다. 국정원 선거 개입은 바로 그런 권력 남용과 악용의 적나라한 사례다. 국가기관과 집권세력이 권력 악용이라는 괴물을 풀어 민주질서를 왜곡하고 파탄시킬 때, 사회는 그 괴물을 유효하게 제어할 수 있을까? 고삐를 채울 수 있을까? 다이달로스가 괴물 미노타우로스를 미궁에 가두듯 우리 사회는 권력 괴물의 발호를 막을 튼튼한 우리를 만들 수 있을까? 이번의 국회 국정조사에는 바로 이 질문에 대한 해답 여부가 걸려 있다. 국정원의 선거 개입이 국기를 뒤흔든 사건이라는 것은 이미 검찰 조사를 통해 국민 모두가 알고 있는 바다. 지금 우리 사회의 성년 구성원들이(미성년 고등학생들과 해외 교민들까지도) 목을 길게 빼어 주시하고 있는 것은 이번 조사가 국가권력의 '괴물화'를 차단할 결정적 계기를 만들어낼 수 있을 것인가 아닌가라는 문제다.

　이 문제는 모든 각도에서 중대하다. 국민들에게 막대한 희생과 고통을 안긴 지난 수십 년간의 사회 민주화 노력에도 불구하고 한국 민주주의가 계속 위기를 만나야 한다면 그 많은 희생과 고통의 의미는 무엇일 것인가. 민주주의는 '더 나은 사회'를 만들기 위한 정치적 수단이고 '더 나은 삶'을 향한 문화적 윤리적 요청이다. 우리가 민주화 과정에서 4·19 혁명, 부마사태, 5·18 광주민주화운동, 6·10 시민항쟁 같은 큰 고비와 난국 들을 헤쳐온 것은 민주화가 더 나은 사회, 더 나은 삶을 향한 불가결의 조건이라는 공통의 인식과 합의가 있었기 때문이고 그 조건의 확보를 위한 노력에 큰 의미를 부여했기 때문이다. 그런 국민에게 국가권력이 다시 민주주의의 위기를 조성한다는 것은 국민에 대한 조롱이자 국민이 민주화에 부여해온 의미의 정면 부정이다. 의미의 부정은 삶의 부정, 가치의 부정, 역사의 부정과도 같다. 국정원 사태 앞에서 국민들이 분노하는 것은 그런 조롱과 의미 부정을 용납할 수 없기 때문이다.

　국정조사에 임하는 정치세력들이 알아야 할 것은 바로 이 사실이다. 국정원 사태에 대한 국민 분노는 특정 정치세력에 대한 지지의 표현이나 특정 정파에 대한 증오의 발동이 아니다. 그 분노는 여야의 판도 분할을 넘어선 것이고 정파적 이해관계를 벗어나 있다. 여야는 이 사실을 철저히 인식해야 하며 그 인식의 공유 위에서 조사에 임해야 한다. 이것이 이번 국정조사에 거는 국민의 기대다. 한번 더 강조하자. 국정조사는 여야 간의 정쟁거리가 아니고 정략 메뉴가 아니다. 누가 더 많은 몫을 가져가는가를 따지는 좀생이 수준의 '판돈 챙기기'도 아니다. 누가 더 유리해지고 누가 손실을 입을 것인가라는 문제

375

에만 신경을 곤두세워 치졸한 '전술'을 동원하는 소인배적 정파 정치 놀음도 아니다. 굳이 판돈이라는 말을 쓴다면 이번 조사에 걸려 있는 것은 한국 민주주의의 건강성 회복이라는 더 큰 판돈, 국민 모두를 승자가 되게 할 '대국적' 판돈이다.

그런데 그게 가능할까? 회의적 시각은 크게 두 갈래로 제기된다. 하나는 정치권이 너무도 오랫동안 정파적 손익계산과 눈앞의 이득에만 익숙한 '작은 정치'에 매몰되어왔기 때문에 더 크고 더 본질적인 것을 보지 못하는 어리석음을 이번에도 벗어나지 못할 것이라는 관점이다. 대국을 보는 능력의 결여는 한국 정치의 지속적 결핍항으로 남아 있다. 그럴 능력이 있었다면 국가기관이 선거에 개입하는 일부터가 발생하지 않았을 것이다. 둘째, 한국 정치는 정적을 거꾸러뜨리기 위해서라면 수단 방법을 가리지 않는 잔인성, 권력을 잡고 유지하는 데 도움이 되기만 한다면 어떤 비열한 술수도 마다하지 않고 어떤 왜곡, 어떤 난센스도 모두 정당화된다는 패도覇道의 정치관, 잡은 권력은 절대 놓쳐서는 안 된다는 집착, 이성의 공적 사용을 멸시하고 합리적 사유는 철저히 외면하기—이런 특징적 행동방식들을 갖고 있다. 국민이 지켜보는 국정조사라 해서 한국 정치가 이런 해묵은 행동 특성들을 청산하고 나설 가능성은 전무하다는 것이 회의론의 두번째 시각이다. 청산의 의지와 능력이 조금이라도 있었다면 국가기관에 의한 권력 악용이 애당초 발생했겠는가.

이런 회의론은 국정조사의 전망을 우울한 것이게 한다. 국정조사에 대한 국민적 기대에도 불구하고 그 진행 전망과 관련해서는 회의적 태도가 고개를 드는 데는 타당한 근거들이 있다. 본격 조사가 시작되기도 전에 국정원이 취한 일련의 행동들과 집권세력이 내놓은 조사 대상 항목들을 보면 난센스, 오만, 판단 도착이 한두 가지가 아니다. 국가 안보의 제1 요건은 민주주의 정치질서를 지키는 일이며 국민 생활의 현재와 미래를 안전하게 할 제1의 조건도 그 질서의 준수다. 헌법은 국민이 동의하고 합의한 최고 형태의 사회계약이다. 그 계약을 준수하고 수호한다는 것이 대한민국 대통령의 취임 선서다. 그 약속 문서에 명시된 민주주의의 원칙들을 망가뜨려 국가 기반을 뒤흔들고 국민적 약속을 배반하는 일보다 더 중대한 안보 위협이 어디 있는가. '인권' 문제를 진정으로 중히 여기는 정치세력이라면 국가기관 직원들을 '명령'으로 묶어 불법적 선거 개입의 공범자가 되게 하는 행위의 반인권적 성격부터 먼저 성찰했어야 한다.

그러나 지금은 우리가 회의론에 빠져 있을 때가 아니다. 거듭 말하지만 이번 국정조사는 정쟁을 위한 자리가 아니다. 오히려 그것은 여야 정치세력들이 소탐대실의 우를 벗어나고 당리당략의 계산법을 넘어설 '절호의' 기회다. 국정조사가 국민의 기대에 부응하고 국민이 승자가 되게 한다면 그것은 여야가 함께 이기는 '원원'의 기회가 될 수 있다. 이는 한국 정치가 그 품위를 되찾고 국민 신뢰를 회복할 더없이 좋은 기회다. 여야가 서로 따질 것은 따지고 분명히 할 것은 분명히 하되 민주주의 질서의 토대를 다시 다지는 일은 여야의 공통 관심사이고 공통의 이익이라는 인식과 태도가 필요하다. 그것은 여의 이익, 야의 이익, 국민의 이익이기 때문이다. 이 공통의 수확을 거두는 것이 사회적 공동선에 대한 정치의 봉사다.

그 봉사에는 '큰 정치'를 해보려는 결의가 필요하다. 이 결의는 말하자면 '정치의 호연지기浩然之氣' 같은 것이다. 작은 이해관계를 넘어 크고 넓은 공동선의 지평으로 눈 돌리는 것이 정치의 호연지기다. 호연지기를 기르는 일은 사람에게만 필요한 것이 아니라 정치에도 필요하다. 한국 정치는 그런 호연의 기세를 잃어버린 지 오래다. 그런데 호연지기는 큰소리로 고함 지른다고 길러지는 것이 아니다. 그것은 '옳은 일正義'과 '바른 길正道'의 배합을 추구할 때에만 길러진다. 그 배합이 빠지면 호연의 기세는 금세 시들고 만다. 이것이 맹자가 말한 호연지기의 의미이고 그 양성법이다. 맹자의 언어가 2300년 세월을 넘어 오늘의 한국에 되살아나는 이유는 바른 일과 바른길의 배합이 지금의 우리 정치에 너무도 필요하기 때문이다. 그 배합을 요구하고 그것을 가능하게 할 궁극적 힘의 소스는 시민이고 국민이다. 국정원 국정조사가 길을 잃고 표류하지 않게 할 최종적 책임은 시민에게 있다. 우리가 국정조사의 전망을 놓고 회의론을 넘어서보려는 이유도 시민의 힘에 대한 믿음 때문이다.

한겨레 2013. 7. 5

미국의 애국주의 신드롬

9·11 테러 이후 도시나 시골 할 것 없이 미국 전역을 휩쓴 것은 깃발(성조기)의 물결과 〈신이여 미국을 축복하소서God Bless America〉라는 노래다. 특히 뉴욕은 사건 발생 1년이 지난 지금도 여전히 성조기의 도시다. 중심 상가인 5번가의 상점들과 업소들, 월 가의 큰 건물들에는 성조기들이 걸개그림처럼 내리닫으로 걸려 바람에 펄럭인다. 월 가의 한 건물에 걸린 대형 성조기는 특히 인상적이다. 무슨 '애국시민연대 전국 본부'인가 싶지만 사실은 뉴욕 증권거래소 건물이다. 금융자본주의가 미국을 상징하고 그 자본주의를 상징하는 것은 뉴욕 증시니까 증권거래소가 저렇게 밤낮으로 국기를 걸었구나 생각할 필요는 없다. 증권거래소가 전부터 그런 식으로 성조기를 내걸었던 것은 아니다. 모두 9·11 이후 미국을 사로잡은 애국주의 신드롬의 일부다.

'애국심 폭발'은 9·11 사태가 불러온 가장 현저한 사회적 국민적 반응의 하나다. 평소 정부 비판을 서슴지 않던 개인주의적 시민들, 극우 파쇼 정서와 국가주의를 경계해온 지식인들, 객관주의를 주장해온 언론인들 할 것 없이 지난 1년간 미국인들의 정서를 지배해온 것은 단연 집단적 애국주의, 곧 '미국 사랑'이다. 대학 캠퍼스에서도 지배적 담론 코드는 애국심이다. 국민주의 정서를 환영하기 어려운 자유주의자들까지도 자기 집 현관에 성조기를 내걸고, 주류 사회에 불만이 없지 않은 소수민족 집단들도 '미국 사랑'을 고백하는 일에는 절대로 빠지지 않는다. 미국인이란 누구인가? 애국주의의 이 거대 신드롬에서 보면 '미국인'은 "미국을 미친 듯이 사랑하는 미국 시민"이다.

미국의 이 '애국주의'가 지금 국제사회의 비상한 관심사가 되어 있다. 관심사라는 말은 오히려 적절하지 않다. 유럽, 중동, 아시아, 남미 등 세계 대다수 지역 사람들에게 미국 사회가 보이고 있는 애국주의는 단순한 관광상품도 구경거리도 아닌 '꼴불견'이고 '걱정거리'이기 때문이다. 꼴불견? 미국인들은 제 나라를 사랑해서는 안 되는가? 한국인의 애국심이 특별한 국제적 주목을 받을 이유가 없다면 미국인의 애국주의라 해서 문제될 이유는 없어 보인다. 더구나 미국은 테러를 '당한' 나라다. 그 나라 국민들이 나라 사랑과 국가 수호 의지를 나타낸다고 남들이 눈살 찌푸릴 까닭이 무엇인가? 뭐가 걱정거리인가?

이유도 있고 까닭도 있다. 다른 나라 사람들이 볼 때 그 가장 큰 이유는 미국이 지구촌의 한 작은 동네가 아니라 단극 체제의 유일 초강대국이고 스스로 자임하듯 '세계의 경찰'이기 때문이다. 애국주의라는 것은 근본적으로 '국민국가' 차원의 정치 에너지이다. 그러나 지금 미국은 매사에 '미국 먼저'와 '미국 사랑'을 맨 앞에 내세워 행동해도 되는 국민국가 차원의 나라가 아니라 세계 전체의 안정과 질서를 안중에 두는 전략을 구사해야 하는 초강대국이자 자칭 세계화 주도국이다. 국민국가이면서 세계적으로는 국민국가 이상으로 행동해야 하는 것이 미국이다. 세계 자원의 절반 이상을 쓰고 있는 것도 미국이다. 그런 나라가 미국 제일주의나 국민국가적 애국주의에 빠진다는 것은 과거의 패권주의처럼 국제사회에 새로운 불안을 일으킬 수 있는 잠재적 화약고가 아닐 것인가?

20세기의 두 차례 세계대전이 모두 과도한 국가주권의 확장과 행사의 결과라면, 지금 부시 정권이 보이고 있는 것도 위험한 국가주의적 배제와 분할의 정치학이라고 비판자들은 생각한다. 이들이 보기에 "미국은 입맛대로 행동할 수 있다" "미국을 위협하는 자는 영구 박멸한다"는 것이 사실상 부시 정치학의 메시지다. 사실 부시 정권은 이런 식의 일방주의를 여러 번 행사해오고 있다. 그러므로 미국 국민의 애국심은 비록 그 기원과 성격은 소박한 차원의 것일지 몰라도 특정 정치세력에 이용되는 순간 강자의 패권적 '실력 행사'를 추구하는 '힘의 정치'를 정당화하고, 그 정치세력에 국민적 합의 기반을 제공한다는 부정적 기능을 수행한다. 미국 제일주의-일방주의로부터 세계적 갈등의 해소책이나 근본적 테러리즘 방지 전략이 나오기 어렵다면, 그런 정치학에 기름을 부어주는 애국주의가 국제사회의 환영을 받을 리 없다.

사실 미국민의 애국심이 전적으로 9·11 이후의 돌연한 현상이라 말해서는 안 된다. 역사적으로, 20세기 초반까지 서유럽 나라들의 국민주의가 파시즘, 나치즘, 제국주의 같은 부정적인 가해자 세력으로 둔갑한 반면 미국의 국민주의나 애국심은 신생 민주국가 미국에 대한 긍지와 낙관에 기초해 있었던 것이 사실이다. 미국이 인권, 자유, 존엄, 평등을 실현한다는 정치적 이상 위에 세워진 세계 '최초의' 민주국가라는 데 대한 미국인의 긍지는 대단하다. 2차 세계대전 이후 독일인들과 일본인들이 독일 국기나 일장기를 함부로 흔들고 다니지 못한 것

381

에 비하면 대다수 미국인에게 성조기는 부끄러울 것이 없는 긍지의 표상이다. 모든 미국인은 "궁극적으로 미국주의자"이고 "애국자 아닌 미국인은 없다"는 말은 진실일지 모른다.

작가 노먼 메일러는 미국인의 이런 애국주의를 두고 "미국인의 항구한 유아화 경향"이라 꼬집는다. 하지만 미국인의 애국심에는 상당한 긍지의 기반과 전통이 있다는 것을 다른 나라 사람들이 일단 이해해줄 필요가 있다. 그러나 문제는 미국이 지금 세계에서 요구받고 있는 것은 일방주의나 패권주의 아닌 새로운 세계 국가적 행동양식이라는 사실이며, 미국 제일주의로는 '충돌을 넘어선 세계'를 실현하기는커녕 구상하기조차 어렵다는 사실이다. '미국을 사랑하는 미국 국민'이 알아야 할 것은 뜻밖에도 간단하다.

중앙일보 2002. 8. 20

월드컵, 환상과 광기의 서사구조

농경 공동체 붕괴 이후 축제다운 축제가 없는 나라에서, 게다가 천 갈래 만 갈래의 이해관계로 찢어진 사람들이 그나마 축구에서 정체성의 공통 언어를 발견하는 한순간을 갖는다는 것은 나쁘지 않다. 그러나 '대에한민국'을 한목소리로 외치지 않는 자는 대한민국 국민이 아니고 '오 필승 코리아'를 연호하지 않는 자는 시민이 아니라고 여겨질 정도에 이르면 문제는 심각하다.

오르페우스의 노래를 듣기 위해 숲의 모든 동물들이 사이좋게 한자리에 모이고 강물은 물길을 바꾸고 산도 방향을 틀었다는 것은 그리스신화 속 이야기다. 한국의 16강 진출이 좌절되던 6월 24일 그 '돌연한 죽음'의 순간까지, 대다수 한국인에게 월드컵은 그 이상의 신화였다고 말할 만하다. 2006년 6월의 한국을 지켜본 신화 작가가 있다면 그는 일기에다 이렇게 써넣지 않았을까? "한국 사람들에게 월드컵 축구보다 더 위대한 것은 이 은하계를 다 뒤져도 없다. 서울을 보라. 시청 광장에 붉은색 함성이 터지는 날이면 한강은 흐르던 물길을 멈추고 남산 북악산도 광장 쪽으로 돌아앉는다. 늑대와 새끼양이 함께 춤추고 호랑이, 토끼, 사자가 어깨동무하고 빚쟁이는 히히 웃고 놀부가

술을 돌리고 여당 야당이 한 마당이다. 낙원이 따로 없었다."

물론 우리만 그랬던 것은 아니다. 적어도 월드컵에 출전한 나라의 백성들치고 자기네 대표팀의 전적에 일희일비하며 반쯤 미치지 않은 부족이 없다. 4년에 한 번 사람들에게 미칠 기회를 준다는 점에서 월드컵은 세계적 규모로 되살아난 현대판 디오니소스 축제다. 그 어떤 신의 이름도, 그 이떤 축제, 그 어떤 구호도 사람들의 가슴을 열게 하기에는 역부족인 시대에 월드컵은 마치 대통합의 신처럼 모든 사람을 한자리에 불러모아 춤추게 한다. 바벨탑을 세우다가 싸우고 제각각 다른 방언을 쓰며 흩어졌던 부족들이 축구라는 하나의 언어 앞에서는 다 모인다. 감격할 일이 별로 없고 가슴이 감동을 잃어버린 시대에는 사람들을 미치게 할 일이 하나쯤 있다는 것이 축복이고 구원일지 모른다.

그 구원의 비밀 하나를 우리는 안다. 이름 없었던 자가 그 무명성에서 탈출하고 미미했던 자가 그 존재의 범상성으로부터 벗어날 수 있게 한다는 것은 그 비밀의 한 자락이다. 월드컵에 나올 때까지 토고라는 나라는 세계무대에 널리 알려진 존재가 아니었다. 월드컵에서 만나기 전 아프리카의 이 작은 나라를 알고 있었던 한국인은 많지 않다. 빈곤국 가나가 초강대국 미국을 꺾는다는 것은 월드컵에서나 가능한 일이다. 그것은 다윗이 골리앗을 이기는 정도의 일이 아니라, 가나 사람들의 용서를 빌고 말한다면, 생쥐가 코끼리를 때려누이고 당나귀를 무릎 꿇리는 것 같은 환상적 사건이다. 그런데 월드컵에서는 그 판타지가 가능하다.

아무도 알아주지 않던 작고 이름 없는 존재가 어느 날 크고 힘센 골리앗들을 차례로 무너뜨려 세상을 깜짝 놀라게 한다는 것은 사실은 가장 오래된, 그리고 유구한 세월 동안 사람들을 즐겁게 해온 이야기 구조의 하나다. 엄지동자가 거인을 이기고 토끼가 여우를 골탕 먹이고 새끼양이 늑대를 눕히는 이야기는 인간이 '이야기'라는 것을 만들기 시작한 이후 한 번도 그 위력을 잃은 일이 없는 기본 서사구조이고 모든 대중문화의 골간 플롯이다. 월드컵은 그런 서사구조를 갖고 있다. 그것은 엄지동자가 낮은 데서 높은 곳으로 솟아오르는 ∨자 상승의 구조, 모든 약자가 자기 존재의 무명성, 미약성, 범상성으로부터 해방되어 영웅의 크기를 획득하는 서사구조다. 사람들이 이런 이야기 구조를 좋아하는 이유는 인간 자체가 기본적으로 약자이고 엄지동자이기 때문이다. 그에게는 존재의 상승, 해방, 확장을 경험하게 하는 이야기처럼 신명나는 것이 없다.

그러나, 그렇다고 하더라도, 우리가 2006년 6월의 월드컵을 맞고 보낸 방식에 대해서는 반성할 일이 한두 가지가 아니다. 월드컵으로 도배질을 한 방송의 싹쓸이 편성, 신문들의 호들갑과 터무니없는 과장 보도, 기업들의 파렴치한 장삿속과 자본의 개입, 보도 뉴스의 80% 가량을 차지한 과잉 공급, 이런 일들은 '문화연대' 사람들이 지적하듯 "세상을 마취와 망각으로 몰아넣고" "많은 문제들을 은폐"한 미디어의 광기이자 사회적 이성의 실패다. 언론에 축제란 것은 없다. 언론은 어떤 경우에도 공공성을 희생할 수 없고 사회적 이성의 사용을 포기하거나 국민 생활에 제기되는 중요한 도전들을 외면할 수 없다. 우리 언론의 제시방식에 따르면 6월 한 달의 대한민국은 월드컵 말고는 다른 어떤 중요한 것도 존재하지 않은 나라 같다. 그 나라는 아무리 봐도 자랑할 만한 '대에한민국'이 아니다.

가장 우려할 만한 사태는 전 국민을 과도한 '대한민국주의'의 물결 속으로 몰아넣은 기이한 애국주의 열풍이다. 서울 광화문 네거리를 비롯해서 도심 거대 건물의 광고판 밑에 어김없이 내걸렸던 것이 "우리는 대~한민국입니다"라는 펼침막이다. 그 공허하고 애처로운 구호들은 지금도 남아 바람에 펄럭이고 있다. 나라 사랑이 정도를 지나치면 광기가 된다. 중요한 것은 그 방식의 애국이 나라 사랑의 길이기는커녕 정신적 질병의 한 징후이자 사람들을 '아이 시절'로 퇴행하게 하는 '유아화' 현상의 하나라는 사실이다. 월드컵을 즐기고 우리 대표팀의 분전에 갈채를 보내는 일과 월드컵에 모든 정서 에너지를 '올인'으로 쏟아부어 오로지 '대에한민국'을 외쳐야 애국이 된다고 생각하는 일은 결코 같은 것일 수 없다.

　4년 전 이맘때, 우연히 시청 앞을 지나가던 대학원생 K는 흥분한 목소리로 붉은 물결의 응원 풍경을 취재하던 한 텔레비전 방송의 길거리 인터뷰에 걸린 일이 있다. "어찌 생각하십니까? 오늘 우리가 이기겠죠?"라는 기자 질문에 K는 "난 월드컵 같은 거 관심 없는데요"라고 대답했다가 혼쭐이 난다. 기자가 갑자기 시뻘개진 얼굴로 "야, 너 대한민국 국민 아니지? 어느 나라 사람이야?"라며 된통 힐난하고 달려든 것이다. 졸지에 민족 반역자 대열에 낄 뻔한 K는 엇 뜨거, 축구 대표팀 미드필더보다 더 빠른 속도로 줄행랑쳤다고 한다. 2002년 여름의 이 삽화는 가감 없이 2006년 6월의 얘기이기도 하다. 농경 공동체 붕괴 이후 축제다운 축제가 없는 나라에서, 게다가 천 갈래만 갈래의 이해관계로 찢어진 사람들이 그나마 축구에서 정체성의 공통 언어를 발견하는 한순간을 갖는다는 것은 나쁘지 않다. 그러나 '대에한민국'을 한목소리로 외치지 않는 자는 대한민국 국민이 아니고 '오 필승 코리아'를 연호하지 않는 자는 시

민이 아니라고 여겨질 정도에 이르면 문제는 심각하다. 2006년
6월은 우리에게 심각한 문제들을 안긴 한 달이기도 하다.

한겨레 2006. 6. 30

쓰잘데없이 고귀한 것들의 목록

ⓒ 도정일 2014

1판 1쇄 2014년 2월 28일
1판 8쇄 2022년 8월 24일

지은이 도정일
책임편집 김형균 | 편집 김민정 김필균 이경록 강윤정
디자인 고은이 유현아 이기준
마케팅 정민호 이숙재 박치우 한민아 이민경 안남영 김수현 정경주
브랜딩 함유지 함근아 김희숙 박민재 박진희 정승민
제작 강신은 김동욱 임현식 | 제작처 영신사

펴낸곳 (주)문학동네 | 펴낸이 김소영
출판등록 1993년 10월 22일 제2003-000045호
주소 10881 경기도 파주시 회동길 210
전자우편 editor@munhak.com | 대표전화 031) 955-8888 | 팩스 031) 955-8855
문의전화 031) 955-3578(마케팅) 031) 955-2679(편집)
문학동네카페 http://cafe.naver.com/mhdn
인스타그램 @munhakdongne | 트위터 @munhakdongne
북클럽문학동네 http://bookclubmunhak.com

ISBN 978-89-546-2408-4 03810

www.munhak.com